Edgar Morin

Pour entrer dans le XXIe siècle

NOUVELLE ÉDITION AUGMENTÉE D'UNE PRÉFACE

Éditions du Seuil

La première édition de cet ouvrage a paru en 1981
aux Éditions Fernand Nathan sous le titre
Pour sortir du XXe siècle.
La présente édition en reprend le texte
intégral augmenté d'une préface.

ISBN 978-2-02-063874-6
(ISBN 2-09-299-110-8, 1re édition)
(ISBN 2-02-006994-6, 1re publication poche)

Les temps sont forts, et l'heure est grande ! Les premières houles d'équinoxe se lèvent déjà à l'horizon pour l'enfantement d'un nouveau millénaire... Un grand morceau d'histoire naissante se détache pour nous des langes du futur...

Saint-John Perse

L'agonie finale de la naissance de l'homme – ou de sa mort – a commencé.

T.E. Bearden

Notre temps est au plus profond de la nuit du monde et de la penurie.

M. Heidegger

Le destin nous poursuit comme un dément armé d'un rasoir.

A. Tarkovski

PRÉFACE

Ce livre publié en 1981 s'intitulait *Pour sortir du XXe siècle.* Certes, en dépit des richesses et ambivalences du XXe siècle, le titre signifiait qu'il fallait sortir de tant d'erreurs, d'illusions, de délires qui avaient marqué ce siècle, de tant d'horreurs multiples et massives qui l'avaient souillé, de tant d'échecs pour humaniser ou civiliser par révolutions les relations entre humains, et, pire qu'échecs, le fait que les révolutions pour civiliser l'humanité aient elles-mêmes produit erreurs, illusions, délires, horreurs.

On aurait pu croire que la chute de l'Allemagne nazie, l'implosion de l'Union soviétique, la démaoïsation chinoise auraient tari les sources d'erreurs, d'illusions, de délires. Mais les leçons n'ont pas été tirées et beaucoup ont refusé de reconnaître la réalité sociologique du totalitarisme. L'expérience vécue n'a que rarement été transformée en conscience. Les modes de connaissance et de pensée qui produisent erreurs et illusions n'ont pas été reconnus, analysés, critiqués. Il n'a même pas été compris que, comme je l'indique dans ce livre, l'occupation du site de la Vérité-Messie conduit aux actes les plus furieux et les plus horribles.

Pire : ce passé dont on ne tire pas la leçon s'évanouit, il fuit vers l'Oubli, vers le Néant à une vitesse vertigineuse, vitesse qu'accroît l'accélération du temps dans l'autre direction, vers un futur de moins en moins prévisible, de moins en moins concevable, qui fait que notre présent n'est plus qu'un frêle esquif entre deux néants. Ceux qui entretiennent un « devoir de mémoire » ne sauvegardent qu'un fragment du passé détaché de ce qui est essentiel pour toute compréhension : le contexte.

Ce livre a-t-il vieilli ? Certes, 25 ans plus tard, bien des assertions au présent sont aujourd'hui à mettre au passé, mais elles ne sont pas pour autant dévaluées. Bien des énoncés aujourd'hui évidents qui ne l'étaient pas à l'époque m'éviteront des rejets allergiques, tout en perdant l'originalité de leur propos. Cela dit, le thème de ce livre n'a pas vieilli, il a même rajeuni, car l'actualité des problèmes de l'illusion, de l'erreur et de l'horreur demeure plus que jamais.

Au lieu d'une pensée qui voit la difficulté d'une connaissance pertinente, qui affronte la difficulté d'une pensée complexe, continue de régner la pensée dénonciatrice (de l'idée ennemie), associée à la pensée justificatrice (de sa propre idée), la conjonction de ces deux pensées constituant la pensée manichéenne. Il y a une nouvelle occupation du site de la Vérité-Messie par les nouveaux antagonistes de la lutte du Bien contre le Mal.

Le propre de ce livre était non principalement de critiquer erreurs, illusions ou délires, il était de repérer les sources cognitives et les logiques de pensée qui les produisaient et qui demeurent en permanence capables d'en produire de nouvelles.

Effectivement on a pu constater que là même où s'effondrait le mythe du socialisme soviétique, surgissait et se déployait de 1989 à 1992 le mythe antagoniste du néo-libéralisme, lequel suscita de telles calamités en Union soviétique, et détermina tant de résultats ambivalents dans son expansion mondiale, qu'il commença son érosion dès la dernière décennie du XXe siècle et ne survit que de façon minimale au début du nouveau siècle. Cette survie est entretenue par l'absence d'une alternative, absence qui est elle-même due à l'absence d'une pensée politique capable de prendre en charge la problématique économique au lieu d'être à la remorque de l'économie et des processus sociaux qu'elle entraîne.

Certes il faut distinguer illusions et erreurs. Les premières sont des manifestations de croyance, de foi, entretenues par de puissants mythes qui portent en eux de profondes aspirations humaines. Cela dit, les illusions produisent des erreurs de connaissance. Les erreurs de connaissance, elles, viennent non seulement de mauvais diagnostics, d'une insuffisante connaissance des faits, de méprises ou de confusions, mais aussi des modes de connaissance qui nous semblent normaux. Ainsi les principes de disjonction et de réduction qui régissent nos modes de connaître produisent d'eux-mêmes erreurs et illusions dès qu'il s'agit de reconnaître le lien entre le particulier et le général, le local et le global. En effet, notre enseignement qui cloisonne les savoirs en disciplines non communicantes produit des connaissances fragmentaires, c'est-à-dire de la connaissance en miettes. Le principe de réduction tend à nous faire prendre un élément pour le tout, en soumettant la connaissance d'un tout complexe à celle d'une partie jugée déterminante ; ainsi s'est développée une pensée techniciste devenue technocratique, une pensée économique devenue économistique où tous les phénomènes humains perçus par le seul calcul, de façon seulement quantitative, sont privés de leurs qualités vivantes de souffrance, de malheur, de bonheur, de joie, où la société et l'individu sont conçus uniquement comme machines déterministes triviales, analogues aux machines artificielles de nos industries. Il y a là les sources d'une folie spécifique qu'on a pu appeler « la folie à fragmentation » qui, comme la bombe à fragmentation, désintègre la vie.

Ce livre est issu de mon obsession centrale, laquelle a produit en 1957 mon *Autocritique* où j'essayais de reconnaître la source de ce qui fut mon erreur de pensée et mon illusion de croyance, lors de mon engagement durant la Seconde Guerre mondiale au parti communiste. Grâce à ce travail réflexif, où j'ai pu détecter les vices de connaissance et de pensée qui m'ont égaré, vices qui ont réapparu plus tard ailleurs pour provoquer de nouvelles erreurs, illusions et délires, j'ai pu me constituer une certaine immunologie contre les formes toujours renaissantes de l'hystérie politique. Cette cure d'autodésintoxication intellectuelle ne me fut pas suffisante : c'est durablement obsédé par le problème de l'erreur et de l'illusion que j'ai entrepris *La Méthode* tout entière vouée à la connaissance de la connaissance, c'est-à-dire du même coup à la recherche d'une connaissance pertinente qui permette non pas d'éliminer à jamais, tâche chimérique, l'erreur et l'illusion, mais de nous armer le mieux possible, de reconnaître le plus possible les dangers d'erreur et d'illusion. J'ai commencé à rédiger *La Méthode* en 1973. Le premier volume a paru en 1977, le deuxième en 1980, et c'est dans ce mouvement même que j'ai voulu utiliser la méthode de la complexité dans le concret vécu de nos existences individuelles, de nos expériences sociales, politiques et historiques, pour nous aider justement à sortir de tant d'erreurs, illusions et délires…

Aujourd'hui notre histoire vécue, notre devenir planétaire nous obligent à une connaissance et à une pensée capables de les considérer. C'est la globalisation qui appelle une pensée globale. Ce sont les éruptions, crises, perturbations locales qui appellent une pensée capable de saisir les interactions et rétroactions entre local et global. Ce sont les conditions planétaires, où se mêlent les désordres effrénés et les ordres rigides, qui nous demandent d'être capable de considérer les relations complexes entre ordre, désordre et organisation. C'est alors que la planète à la fois s'enfonce dans le chaos et semble faire émerger une société-monde, que nous devons considérer ce chaos à la fois comme un processus d'agonie et un processus de gestation.

C'est en ces moments de confusions et d'errances que le problème de l'erreur et de la vérité redevient un problème vital pour chaque humain et pour toute l'humanité planétaire. D'où la nécessité de réaffirmer ce qui a été dans cet ouvrage défini comme mission de l'intellectuel. Alors que les contraintes de l'hyperspécialisation et les modes de pensée dominants empêchent de poser les problèmes fondamentaux et globaux, c'est bien la mission de l'intellectuel de continuer à les poser, mais en essayant d'éviter les errements et délires dans lesquels ont sombré tant d'intelligences au cours du XXe siècle.

Aussi, alors que la connaissance est de plus en plus disloquée et la mondialisation de plus en plus accentuée, alors que tous les problèmes posés dans ce livre se sont aggravés, je maintiens ses grands diagnostics :

– nous sommes toujours dans l'âge de fer planétaire ;

– nous sommes toujours dans la préhistoire de l'esprit humain ;

– nous sommes dans la crise de l'humanité encore incapable de s'affirmer comme humanité.

De même je maintiens les thèses fondamentales :

Nous devons :

– réapprendre à connaître ;

– réapprendre à penser ;

– apprendre à concevoir et connaître le complexe.

Ce livre aurait pu s'intituler « Manuel pour affronter la complexité du siècle ».

Il porte déjà en lui, sans encore pleinement les dégager, les thèmes que j'ai développés par la suite :

– le thème de la Terre-Patrie (à partir du livre du même nom publié en 1993) ;

– le thème du vaisseau spatial Terre propulsé par quatre moteurs associés mais incontrôlés : science-technique-industrie-profit, tandis que des forces aveugles et furieuses se déchaînent parmi les passagers ;

– le thème de la politique pour l'humanité (complétant la « politique de l'homme[1] ») et celui d'une politique planétaire de civilisation ;

– le thème de la surrection des infrastructures d'une société-monde dans des conditions de chaos qui de façon ambivalente préparent et menacent son émergence.

Il y a désormais, pour moi, la conscience accrue d'une nécessaire refondation et régénération de la politique, de la nécessaire désenkylose des forces génératrices et régénératrices incluses en chaque individu et chaque société.

La conscience accrue de la nécessité de changer de voie.

1. Cf. *Introduction à une politique de l'homme*, 1re édition 1965, réédition « Points », Le Seuil, 1999.

La conscience accrue que nous n'avons même pas encore commencé à prendre conscience de cette nécessité de changer de voie. Mais la même conclusion demeure : semer → s'aimer.
↑←←←←←←←↓

E. M.

INTRODUCTION

Dans la nuit du siècle

Qui sommes-nous ? D'où venons-nous ? Où allons-nous ? Nous avons des réponses physiques, biologiques, anthropologiques, sociologiques, historiques de plus en plus certaines à ces questions. Mais ces réponses n'ouvrent-elles pas des questions beaucoup plus vastes que celles qu'elles referment ? Nous sommes dans un univers où sans cesse, par myriades, des étoiles meurent, éclatent, naissent et renaissent. Nous sommes des êtres physiques situés dans le troisième satellite d'un petit soleil de la Voie lactée. Nous sommes les êtres biologiques les plus cérébralement développés du rameau cérébralement le plus développé de l'évolution animale. Nous sommes des humains de l'espèce dite *homo sapiens*, pour qui le problème, l'énigme, le mystère les plus grands sont sa propre capacité à résoudre les problèmes, dénouer les énigmes, considérer les mystères. Nous sommes parties constitutives, intégrées, autonomes et serves à la fois, de sociétés gigantesques nommées nations. Nous sommes dans le cinquantième millénaire – le cinq millième siècle – du devenir des sociétés humaines, dans le dixième millénaire de l'aventure historique des sociétés-États, et nous allons peut-être aborder le troisième millénaire de l'ère chrétienne/occidentale.

Mais nous sommes devenus irrémédiablement perplexes et désorientés sur notre situation dans le monde, depuis que nous avons appris que nous étions dans une petite toupie qui tourne en plein ciel autour d'une boule de feu. Et, lorsque nous avons compris que notre soleil était un astre pygmée perdu parmi des milliards d'étoiles, relégué à la périphérie d'une petite galaxie de banlieue, nous avons perdu toute certitude fondamentale sur notre situation, notre destin, notre sens.

Savons-nous d'où vient et où va l'univers dont nous faisons partie ? Savons-nous quand finira et comment se métamorphosera notre soleil ? Savons-nous si la vie a un sens, et si elle donne sens à nos existences ? Savons-nous qui nous sommes ? Concevons-nous vraiment la relation entre notre nature et notre culture ? Notre animalité et notre humanité ? *Homo sapiens* sait-il vraiment ce que sont raison et folie, ce qui les oppose et ce qui les lie ?

Savons-nous ce que sont ces États-Nations dont nous tissons la vie et qui tissent nos propres vies ? Savons-nous à quoi obéit l'Histoire ? Lois ? Nécessité ? Hasard ? Caprices ? Tout cela à la fois ? Alternativement ? Savons-nous si, en cette préaube du troisième millénaire, l'histoire de l'humanité tend à un accomplissement grandiose ? A un fiasco total ? A un piétinement interminable ? Le monde va-t-il imperturbablement vers le développement et le progrès, à travers seulement soubresauts temporaires et crises locales, ou bien les idées de progrès ou développement nous ont-elles égarés, et nous conduisent-elles aux désastres ?

Savons-nous ce qui s'est passé dans notre siècle ? Savons-nous nous souvenir que celui-ci a été non seulement sans cesse traversé de guerres, oppressions, crises, mais ravagé par deux immenses tueries/boucheries mondiales ? N'avons-nous pas déjà oublié la première, celle-ci effacée par la seconde, et l'image de cette seconde n'allait-elle pas en s'effaçant, jusqu'à ce que revienne aujourd'hui la crainte d'une troisième virtuelle/éventuelle ?

Nous savons que la Première Guerre mondiale procède du heurt des États-Nations, impérialismes, capitalismes, et que c'est d'elle que procèdent la révolution d'Octobre, le stalinisme, le fascisme, le nazisme. Savons-nous ce qu'est l'impérialisme ? Est-ce vraiment, n'est-ce que seulement le stade suprême du capitalisme ou bien l'a-t-il précédé comme il lui succède déjà ? Savons-nous ce qu'est le capitalisme ? Est-ce un système ? Un être réel doté de vie ? Un mythe ? Tout cela à la fois ? Près d'un demi-siècle après son triomphe et son agonie, savons-nous ce qu'est le nazisme ? Savons-nous ce qu'est ce fascisme que nous évoquons, pourfendons sans cesse ? Savons-nous ce qu'a été le stalinisme ? Savons-nous ce qu'est la société dite soviétique où les soviets n'ont aucun pouvoir, l'État dit ouvrier où les ouvriers ne peuvent faire grève ?

Et pourtant ! Ne disposons-nous pas de réseaux d'informations/communications innombrables, instantanés, universels comme jamais n'en a connu l'humanité ? N'avons-nous pas connaissance et science prodigieusement développées de l'homme, de la société, de l'histoire ? Ne disposons-nous pas de psychanalyses et socioanalyses qui permettent de décanter le réel et le vrai du fantasme, du mythe, de l'idéologie ?

Alors, les développements de l'information, de la communication, de la connaissance, de la science, de la démystification, tout en nous éclairant, ne contribueraient-ils pas aussi à notre égarement ?

Savons-nous ce que le journal, l'écran de télévision, apportent à nos yeux ? Voyons-nous ce qui nous crève les yeux ? Percevons-nous ce que nous voyons et qui a déjà envahi l'horizon ? Concevons-nous correctement ce que nous percevons ? Ne sommes-nous pas aussi aveugles, et pis, que l'étaient en 1937, 1938, 1939 nos prédécesseurs ? N'est-ce pas cela qui nous arrive : ne pas savoir ce qui nous arrive ? *No sabemos lo que nos pasa, y eso es lo que pasa* (Ortega y Gasset).

Le défi du politique

Nous ne pouvons pas faire abstraction de la dimension politique, si nous voulons comprendre notre monde et notre temps, si nous voulons agir sur nos destins et sur le destin. Mais comment concevoir la politique ?

La politique jette le plus grand défi à la connaissance. La politique est une chose générale qui requiert des idées générales dans un monde où les connaissances générales sont insuffisantes parce que générales, et les connaissances spécialisées insuffisantes parce que spécialisées. La politique concerne tous les domaines de la connaissance de l'homme et de la société, alors que ces connaissances sont à la fois balbutiantes, cloisonnées, trompeuses. La politique traite de ce qu'il y a de plus complexe dans l'univers – les affaires humaines – et sa relation avec les affaires humaines est devenue extrêmement complexe. En effet, le non-politique ne peut être isolé du politique, mais, en même temps, on ne peut tout réduire au politique. Tout ce qui est non politique comporte au moins une dimension politique : l'écologie, la démographie, la naissance, la jeunesse, la vieillesse, la santé, le logement, le bien-être, le mal-être, le libre transit des spermatozoïdes, le contrôle des ovulations, etc. A l'inverse, tout ce qui est politique comporte aussi, toujours, une dimension non politique. Plus profondément, nos vies, nos morts, nos joies, nos malheurs échappent de toute part au politique. Mais la vie et la mort de chaque humain dépendent aussi de la détermination politique, la vie et la mort de l'humanité se jouent désormais dans le jeu politique, entre Puissances et impuissances.

La politique, dont tout dépend, dépend aussi de tout ce qui dépend d'elle. La politique qui décide de l'économie, de la société, de l'armée, dépend elle-même de conditions économiques, sociales, militaires. La politique est le préalable qui dépend de multiples préalables qui dépendent d'elle. En fin de compte, le destin du monde dépend du destin politique, qui dépend du destin du monde...

La politique jette le plus grand défi à l'action. Toute action est incertaine et nécessite une stratégie, c'est-à-dire un art d'agir dans des conditions aléatoires et adverses. Mais l'action politique est un jeu particulièrement incertain où les actions peuvent déterminer des réactions qui la détruisent, où l'effet peut tromper l'intention, où les fins peuvent se transformer en moyens et les moyens en fins. Ce qui est le plus frappant, le plus fréquent en politique, c'est la dérivation, la perversion, le détournement de l'action. Aussi la remarque de Saint-Just vaut plus que jamais : « Tous les arts ont produit des merveilles, seul l'art de gouverner n'a produit que des monstres. » Ce n'est pas que les actions politiques aient toutes été animées par les ambitions, la soif du pouvoir, *l'ubris*, c'est-à-dire le pire ou le délire. Au contraire, il est d'innombrables actes politiques qui ont été inspirés par l'amour de la cité, de l'humanité, le dévouement, la volonté d'édifier un monde meilleur. Mais, comme dans la tragédie de Goethe, où les bonnes intentions de Faust entraînent la perte de Marguerite, tandis que les mauvaises actions de Méphisto finalement la sauvent, les intentions salutaires pavent un chemin d'enfer, tandis que les intentions infernales déclenchent en réaction des interventions salutaires.

La politique traite ce qu'il y a de plus complexe et de plus précieux : la vie, le destin, la liberté des individus, des collectivités, et désormais de l'humanité. Et pourtant, c'est dans la politique que règnent les idées les plus simplistes, les moins fondées, les plus brutales, les plus meurtrières. C'est la pensée la moins complexe qui règne sur cette sphère qui est la plus complexe de toutes. Ce sont les structures mentales les plus infantiles qui y imposent une vision manichéenne où s'opposent Vérité/Mensonge, Bien/Mal. C'est dans la sphère politique que règnent la pensée close, la pensée dogmatique, la pensée fanatique, le tabou, le sacré... Certes, comme toute chose humaine, la politique se nourrit de mythes, qui eux-mêmes se nourrissent de nos aspirations les plus profondes. Mais, c'est dans le mythe politique que se sont réfugiées et déversées les eschatologies, les promesses de Salut, qui ont transformé ces mythes en illusions.

Je vais essayer de montrer dans ce livre que la pauvreté en pensée et la richesse en illusions politiques concourent à nous entraîner dans les tragédies et les désastres. Je vais essayer de montrer que tout en étant jeux et conflits d'intérêts, de forces, de puissances, de classes, d'idéologies, de délires, la politique est en son cœur un jeu de l'erreur et de la vérité : autrement dit, il n'est pas sans importance, il n'est pas accessoire, il est vital de ne pas se tromper en politique, et il est vital que la politique qui porte nos aspirations ne se trompe ni ne nous trompe.

Je vais essayer de montrer que la politique requiert vitalement une pensée qui puisse se hisser au niveau de la complexité du problème politique lui-même et puisse répondre au vouloir-vivre de l'espèce humaine.

Première partie

Savoir voir

Ceux qui ne peuvent se rappeler l'expérience sont condamnés à la répéter.
Santayana

1.

La révision des 2000

Voir ? Voire...

Il y a quelques mois, me dirigeant vers la Maison des sciences de l'homme, je m'apprêtais à traverser la rue d'Assas, au carrefour Raspail/Cherche-Midi/Assas, lorsque je vis une deux-chevaux, passant au feu rouge, renverser un motoriste qui traversait tranquillement au vert. La voiture s'arrête, le conducteur sort, je me précipite pour témoigner en faveur de la victime, qui se relève péniblement.

Mais le voituriste me dit que c'est le motard qui est passé au feu rouge, et lui est rentré dedans. Comment ? En ce qui concerne la couleur du feu, je me rends compte que je ne suis plus si sûr, mais en ce qui concerne le choc, j'ai bien vu la Citroën rentrer dans le deux-roues. L'homme de la voiture me montre son aile arrière gauche légèrement enfoncée sous le choc. C'est bien lui qui avait été tamponné. Ce que n'a pas démenti le blessé.

J'ai, du coup, compris que ma perception avait été immédiatement ordonnée en fonction d'une apparente rationalité : le petit ayant été renversé, c'était le gros qui avait renversé le petit, donc lui était entré dedans. J'étais sûr d'avoir bien vu, mais, quelques instants après, la preuve matérielle infirmait ma vision. Je vérifiais sur moi-même cette chose bien connue, et dont j'avais fait état dans un livre ancien : la composante hallucinatoire de la perception. C'est une expérience commune de constater de telles erreurs de perception chez les témoins d'accidents d'autos. Sauf, dans des cas absolument flagrants, où une auto renverse un piéton engagé sur les clous, les représentations varient de témoin à témoin, en fonction non seulement de l'angle de vue, de l'existence d'un facteur visible à l'un, invisible à l'autre, mais aussi de l'émotion et du sentiment. Ces exemples apparemment mineurs (mais qui, en cas d'accident, sont d'importance vitale pour les protagonistes et surtout l'accidenté) renvoient au grand problème du témoignage. Adolescent, j'avais lu le livre de Norton Cru, justement titré *Du témoignage*, qui faisait une critique impitoyable de ces « témoins qui se font égorger », participant, des deux côtés de la bataille, aux mêmes combats de la Première Guerre mondiale. Je ne me souviens plus guère du contenu du livre, mes nombreuses notes ont été balayées sous l'Occupation par la Gestapo ; mais l'impression forte me reste : qu'il faut se méfier de la seule chose fiable dont nous disposons pour décrire notre histoire et pour écrire l'histoire : du témoignage.

La perception, ai-je dit, comporte une composante hallucinatoire. Ainsi, il est bien connu que dans notre lecture rapide d'un texte, notre regard ne happe que certains blocs de lettres à partir desquels nous reconstituons spontanément l'intégralité de la phrase. C'est pourquoi du reste nous avons tant de difficulté à discerner une couille d'imprimerie, la vision globale à partir d'éléments privilégiés, permettant d'économiser la lecture de tous les éléments. Ainsi, par exemple, je me demande combien de lecteurs ont remarqué que j'avais délibérément fait imprimer le mot couille, à la place du mot coquille ? Des expériences sur la perception, chez des petits enfants, ont montré que ceux-ci percevaient bien, jusqu'à un certain âge, l'identité de volume entre deux récipients à bonbons, l'un large et bas, l'autre haut et étroit. Mais, à partir d'un certain stade de développement, l'enfant, vivant dans un milieu où statistiquement les choses hautes sont plus volumineuses que les basses, perçoit aussitôt comme plus volumineuses les boîtes hautes par rapport aux boîtes basses. C'est qu'il adopte, inconsciemment, une stratégie de perception économique, rapide, comportant de faibles chances d'erreur, et, de ce fait, « raisonnable ». Ce n'est qu'après un certain âge que l'enfant, sensible aux exceptions à cette règle, reconsidérera toutes les dimensions de la boîte et adoptera une stratégie perceptive encore plus raisonnablé

Dans les exemples que je viens de donner, la composante hallucinatoire de la perception est déterminée non par un facteur « irrationnel » (affectif, magique), mais par un principe de rationalité. En ce qui me concerne, il était rationnel que le gros écrase le petit, et cette rationalité donnait cohérence à ma vision. C'est donc une rationalisation immédiate qui avait « halluciné » ma perception du choc. Mais, une fois informé, une nouvelle vision rationnelle chassait l'autre : c'est que le petit, distrait, avait ignoré le feu devenant rouge, et, du coup, avait tamponné le véhicule qui s'était ébranlé une fois son feu devenu vert.

Ainsi, ce n'est pas seulement l'intrusion d'une composante affective ou magique qui peut nous tromper dans nos perceptions, c'est aussi le fonctionnement d'une composante apparemment logique et rationnelle. Autrement dit, il nous faut nous méfier, dans notre perception, non seulement de ce qui nous semble absurde, mais aussi de ce qui nous semble évident, parce que logique et rationnel. Au premier regard, il est beaucoup plus logique et rationnel que le petit disque du Soleil tourne autour de la Terre, mais tout change dès que nous apprenons que le Soleil n'est pas un petit disque, mais un astre beaucoup plus gros que la Terre.

Là où la composante hallucinatoire cesse d'être rationnelle (tout en demeurant rationalisatrice, j'expliquerai un peu plus loin la différence entre les deux termes), c'est lorsqu'il y a choc, traumatisme, émotion violente. Dans le cas du motoriste renversé, il y avait certainement émotion de ma part, et cette émotion a joué un rôle associé, conjoint à ma rationalité représentative : en effet, à l'image du gros renversant le petit s'associait celle du faible mis à terre par le fort, et la crainte pour le blessé se joignant au sentiment d'injustice fortifiait la justesse de ma perception. Toutefois, je n'étais pas personnellement impliqué dans la collision, et le choc matériel et moral n'avait pas été très grand. De ce fait, la composante hallucinatoire de ma perception pouvait être éliminée dès les premières indications correctrices.

La composante hallucinatoire peut, en revanche, résister à la correction, voire, dans certains cas, déterminer une hallucination pure et simple.

L'hallucination pure et simple est un phénomène bien connu, mais que l'on a longtemps considéré comme propre à la « folie ». Or, chacun peut, à la limite, être sujet à des hallucinations, soit dans des conditions de grande fatigue (où notamment notre propre « double » peut nous apparaître), soit dans des conditions d'angoisse, d'exaltation ou d'extase collectives. Ainsi, des milliers de personnes auraient vu à Smyrne, au moment d'un prêche de Zabbetai Zevi, le Messie du XVIIe siècle, une colonne de feu monter au ciel. De même, il semble qu'à Fatima des milliers de personnes auraient vu le soleil tournoyer et manifester divers symptômes d'émotion. Le problème de l'hallucination est un problème clé. Non seulement parce que toute perception est sous-tendue, aidée, par une composante hallucinatoire, non seulement que cette composante peut déformer la vision, mais aussi parce qu'il n'y a pas de différence intrinsèque, sur le plan de la représentation, entre hallucination et perception : la vision de l'halluciné a les mêmes caractères de réalité que la perception réelle pour le non-halluciné.

Pour le comprendre, il faut comprendre que la perception visuelle n'est pas un pur et simple reflet de ce qui est perçu. Notre esprit/cerveau est enfermé dans une boîte noire : il ne « voit » pas les choses directement : il se les représente au terme d'un processus complexe de codage et de traduction ; les stimuli lumineux qui viennent impressionner notre rétine sont traduits, codés en impulsions qui, *via* les nerfs optiques, vont déterminer les processus cérébraux biochimico-électriques déterminant notre représentation. Mais cette représentation est elle-même coorganisée en fonction de structures et stratégies mentales qui déterminent la cohérence et l'intelligibilité de la perception (ainsi notre esprit rétablit automatiquement la « constance » des objets, lesquels, selon qu'ils sont situés près ou loin de nos regards, sont énormes ou minuscules sur notre rétine). Autrement dit, l'esprit/cerveau structure et organise des représentations, c'est-à-dire produit une image du réel. Cette production est une *traduction*, non une « reproduction » ou un reflet. Certes, il y a impression sur la rétine comme il y a impression sur la plaque photographique, mais c'est notre esprit/cerveau qui, à partir des impressions sur rétine produit ses représentations. Dès lors, la perception est un processus en boucle qui s'accomplit dans la projection, sous forme de vision, de la représentation mentale sur les phénomènes extérieurs dont elle est issue.

L'hallucination, elle, est une représentation déclenchée non par des stimuli visuels extérieurs, mais par des stimuli cérébraux internes. L'hallucination est, pour l'halluciné, intrinsèquement semblable à la vision perceptive. C'est effectivement, comme on dit, une « vision », douée du sentiment intégral de réalité. Les seuls moyens de distinguer la perception de l'hallucination sont des moyens réflexifs personnels (« Mais non, ce n'est pas possible, ça n'existe pas. ») faisant appel à la cohérence logique, la plausibilité, la mémoire, ou le recours à des références extérieures (« Est-ce que vous voyez la même chose que moi ? »).

Que ce soit dans le rêve ou dans l'hallucination, la distinction entre la vision réelle et l'illusion n'est pas donnée immédiatement. Effectivement, nous vivons nos rêves, la plupart du temps, comme s'ils étaient notre réalité. Ce n'est qu'à de rares moments, entre veille et sommeil, que nous devinons que le rêve, qui continue ou meurt, n'est qu'un rêve. Ce n'est qu'après le rêve que nous faisons la différence, que nous renvoyons le rêve à l'irréel, et nous pouvons faire cette différence parce que nous retrouvons les mêmes structures, les mêmes données, les mêmes constances chaque matin. Toutefois, si nous étions chaque nuit victime d'un même rêve, lequel se déroulerait dans un univers ayant les mêmes constances et inconstances que le nôtre, nous serions fort troublés, et nous devrions rechercher les signes qui différencieraient le rêve du réel dans et par une stratégie d'élucidation, comportant notamment les communications avec autrui. Remarquons ici que ce n'est que dans une civilisation comportant une conception empirico-logique du réel que nous opposons clairement réel et rêve. Dans d'autres civilisations, notamment archaïques, le rêve est réellement vécu par notre *double*, qui, pendant le sommeil, s'échappe du corps et vit ses aventures.

La stratégie d'élucidation de l'hallucination peut être très aisée, lorsque l'hallucination est extravagante pour celui qui la subit, très difficile lorsque le sujet « croit » à son hallucination, parce qu'il croit préalablement à la réalité des fantômes, spectres, esprits qui lui apparaissent. Elle est également difficile s'il s'agit d'hallucination collective, la référence à autrui inversant sa valeur vérificatrice.

Ainsi, nous voyons qu'il n'y a pas de différence intrinsèque, au niveau de la représentation, entre hallucination et perception, mais que la différence est capitale quant au sens de l'une et de l'autre, et notamment son sens de réalité ou de vérité. Nous avons vu que toute perception comporte une composante hallucinatoire, laquelle peut être déclenchée ou orientée par notre affectivité, mais aussi peut résulter, simultanément ou principalement, des stratégies ou des structures de rationalisation que nous mettons en œuvre dans toute perception. Par conséquent, le risque de l'illusion ne vient pas seulement des bouleversements affectifs ou/et des structures magiques/archaïques de l'esprit humain, il vient aussi de la rationalité propre à toute opération de connaissance. C'est-à-dire que nous devons nous méfier du témoignage de « nos yeux », car ce ne sont pas nos yeux qui ont *vue*, c'est notre esprit, par le truchement de nos yeux.

Il nous faut être prudent non seulement avec le témoignage d'autrui, mais aussi avec celui qui nous est le plus indubitable : le nôtre propre.

Revenons au témoignage. Jusqu'ici, je n'ai parlé que du témoignage immédiat. Or, le temps dégrade le souvenir. Ce qui se passe tout d'abord, c'est un processus cérébral inconscient, qui, quotidiennement, reporte une partie sélectionnée de la « mémoire courte » du jour dans la « mémoire de longue durée ». Bien des éléments peuvent donc ainsi tomber dans les poubelles de l'oubli. Mais ces déchets ne contenaient-ils pas l'or du détail significatif que l'on a préféré inconsciemment oublier ? De plus, avec le temps, un principe d'entropie ronge le souvenir, qui devient mité, lacunaire, s'effiloche, et, *in extremis*, quand on veut se le rappeler au bout de tant d'années, il ne reste que bribes incertaines... Toutefois, le souvenir peut être rénové par des remémorations fréquentes, pour soi ou pour autrui, comme le récit d'ancien combattant. Mais alors, rappelons-nous que la représentation pouvait être déformée/déformante dès le départ, et qu'avec chaque récit non seulement les petits trous dans le souvenir peuvent être rapiécés par des détails enjoliveurs, mais aussi qu'à la longue se trouve de plus en plus valorisé ce qui est égocentrique et autogratifiant, se trouve de plus en plus refoulé ce qui prête à critique ou contestation. Ainsi, les souvenirs des illustres doivent être plus encore critiqués que ceux des quidams. La question de savoir où commence la déformation consciente est secondaire, car la déformation inconsciente suffit à dénaturer un témoignage. Les puissances égocentriques du refoulement et les puissances fantasmatiques de l'imaginaire sont telles qu'elles suffisent à dégrader la plus honnête des perceptions.

Nous pouvons lutter contre la tromperie par le souvenir en faisant appel aux souvenirs d'autrui, certes, mais également en nous employant à nous auto-analyser, autocorriger et autocritiquer continuellement. (Or, cette hygiène de l'esprit est devenue méconnue et ignorée : on vante et vend aujourd'hui des yogismes de désangoisse et de rassérénation, on ignore la gymnastique/yoga de l'esprit s'auto-analysant lui-même : du reste, les manuels de psychologie ont depuis longtemps condamné « l'introspection », méthode subjective archaïque bonne pour des arriérés comme Montaigne ou Proust, qui ne disposaient pas encore du Q.I., du psychanalyste et du gourou.)

Et nous voici devant le problème de celui qui veut savoir ce qui s'est passé, il y a un instant, ou il y a un siècle. Dans l'un et l'autre cas, il ne suffit pas d'une investigation pour recueillir les témoignages, il faut une investigation sur les témoignages eux-mêmes. Il faut une *stratégie de connaissance*. Et, dans une telle stratégie, comme le savent historiens et policiers, rien isolément n'a valeur absolue, même la plus sincère des perceptions (encore qu'elle ait valeur de présomption très forte, à condition qu'on en ait reconnu la sincérité, ce qui nécessite là aussi enquête).

Le témoignage oculaire est un élément capital, mais n'est qu'un élément pour un travail de reconstruction, vérification, à travers confrontations. La stratégie de connaissance se développe en établissant des concordances et des cohérences, mais la concordance n'a pas toujours valeur probatoire et la cohérence peut être détruite par le surgissement d'une donnée qui la contredit (il n'y a pas de cohérence en soi, il y a cohérence à partir de données).

A cela s'ajoute le problème du faux témoignage conscient, du mensonge délibéré pour cacher un fait accablant, et de la fabrication du faux document pour prouver la vérité de sa vérité.

Nous voyons donc la difficulté : un témoignage vrai peut être bourré d'erreurs, un faux témoignage dispose d'éléments vraisemblables pour ceux à qui il est destiné.

La stratégie de recherche du vrai doit alors s'efforcer de déterminer le véridique à partir du vraisemblable, sans nécessairement identifier le véridique au vraisemblable (lequel vraisemblable dépend de critères qui varient selon les esprits). Il faut faire la critique des témoignages. Mais une critique qui disqualifierait un témoignage parce qu'il comporte quelques erreurs doit elle-même être critiquée. Et cette critique de la critique doit elle-même être critiquée à son tour. Cela semble entraîner une désintégration en chaîne qui finalement réduit en miettes toutes données. En fait non : la critique qui met en doute tout témoignage devient hypercritique, et c'est l'hypercritique qui doit être critiquée. Mais si la critique de l'hypercritique aboutit à une confiance sous-critique, alors elle doit être critiquée à son tour. En fait, nous avons tendance à être hypercritiques à l'égard des témoignages qui nous déplaisent, parce qu'ils contredisent notre propre vision de la réalité, et nous avons tendance à être sous-critiques pour tout ce qui va dans notre sens.

Ainsi nous voyons que les mêmes problèmes fondamentaux se posent pour tout témoignage y compris le sien propre. D'où une conclusion paradoxale : *méfions-nous de nos yeux, bien que ce soit à eux seuls que nous puissions faire confiance*. Comment à la fois faire méfiance et confiance ? Ce problème ne nous lâchera pas (comme nous le verrons, il faut nous méfier de notre confiance, mais aussi nous méfier de notre méfiance). Le problème s'éclaire si nous pensons que nos yeux ne sont pas que nos yeux, que la vision vient de la rencontre entre des stimuli extérieurs, l'activité impressive/transmettrice de notre appareil oculaire, l'activité représentative de notre cerveau, et que tout cela donne une perception. Alors, étant donné que des processus cérébraux/psychiques inconscients sont mobilisés dans toute perception, ce qu'ont surabondamment montré, chacune à leur manière, théorie de la *Gestalt* et psychanalyse, il nous faut des processus cérébraux/psychiques conscients, pour examiner, réfléchir, autocritiquer notre vision. C'est dire que nous serons incapables de bien voir si nous ne sommes pas capables de nous regarder nous-mêmes. Il nous faut mobiliser l'esprit pour contrôler nos yeux, comme il nous faut mobiliser nos yeux pour contrôler notre esprit.

La détresse informationnelle

Les média constituent le meilleur système d'information que l'on puisse concevoir. Un tissu serré couvre la surface du globe, capte et transmet immédiatement l'événement. Enquêteurs et journalistes font leurs plongées dans les problèmes qui surgissent au sein des sociétés. A chaque instant, nous avons la possibilité de voir/savoir ce qui se passe. Nous pouvons avoir quotidiennement connaissance de l'histoire qui se fait. La planète Terre est devenue l'orange bleue, que nous pouvons contempler à tout moment.

Sur-information, sous-information, pseudo-information

Et pourtant cette planète nous apparaît enveloppée de nuages. Nous souffrons à la fois de sous-information et de sur-information, de manques et d'excès.

Il est étonnant que l'on puisse déplorer une surabondance d'informations. Et pourtant, l'excès étouffe l'information quand nous sommes soumis au déferlement ininterrompu d'événements sur lesquels on ne peut méditer parce qu'ils sont aussitôt chassés par d'autres événements. Ainsi, au lieu de voir, de percevoir les contours, les arêtes de ce qu'apportent les phénomènes, nous sommes comme aveuglés dans un nuage informationnel. Et, si les fortes images de famines, détresses, ruines, désastres, nous reviennent quotidiennement, comme ce fut le cas pendant la guerre du Viêt-nam, comme c'est le cas au moment où j'écris, du Cambodge, de l'Afghanistan, alors elles se saturent, nous saturent, se banalisent. Alors que l'information apporte *forme* aux choses, la sur-information nous plonge dans l'informe.

Nous subissons la sur-information ; or, celle-ci n'est nullement incompatible avec la sous-information. Sous-information : des continents entiers sont redevenus inconnus ; aux anciennes taches blanches géographiques ont succédé les immenses zones de silence sociologique et politique qui sont en même temps des zones d'information-fiction.

On apprend plusieurs mois ou années plus tard qu'une

émeute a eu lieu dans une grande ville de Chine ou d'URSS. Les correspondants des journaux étrangers, dans ces pays, sont cloîtrés dans les capitales, circulent dans des itinéraires choisis ; pour demeurer en place, ils envoient des textes mi-diplomatiques, mi-informatifs, contribuant autant à la désinformation qu'à l'information.

Le plus inouï : voici une guerre entre Chine et Viêt-nam dont nous ne savons rien sur les combats, la stratégie, les villes occupées ou non, les blessés, les morts, le vainqueur, le vaincu. Sur le Cambodge nous ne disposons, pour sonder des abîmes d'épouvante, que de témoignages fugitifs et d'un chiffre — réel ? mythique ? — de quatre millions de morts.

Chez nous, il est des zones d'ombre informationnelle. Ainsi, lorsque Mai 68 a éclaté, aucun journal ne disposait d'antennes là où se passait/forgeait l'action, c'est-à-dire dans les « groupuscules » marginaux d'étudiants révolutionnaires, et il a fallu votre serviteur, pour informer, dans *le Monde*, sur ce qui se passait [(1)]. Dans les usines, entreprises, bureaux, dans les sous-sols de la société, l'information n'a pas de réseau nerveux (c'est en partie dans cette zone d'ombre que s'est installé *Libération*) et c'est par des plongées, de temps à autre, ici ou là, qu'on sait ou croit savoir ce qui s'y passe.

A la sous-information s'associe l'information-fiction. Celle-ci, chez nous, est circonscrite en quelques secteurs ou journaux, polémiques ou fantaisistes. Par contre, elle règne dans les pays où l'on cloître et anesthésie l'informateur étranger. J'ai été extrêmement frappé par un événement mineur lors de la visite historique de Nixon en Chine. A un moment donné, le président américain, suivi des journalistes, traverse le jardin d'une pagode, comportant une pièce d'eau. Dans ce décor enchanteur, des enfants lancent des petits bateaux sur l'eau, des couples d'adolescents sont assis, main dans la main, écoutent des transistors. Des jeunes filles portent des fleurs. La

(1) « La commune étudiante », *Le Monde*, des 17, 18, 20, 21 mai 1968, texte repris dans *La Brèche* par Edgar Morin, Claude Lefort, Cornélius Castoriadis, éd. Fayard, 1968.

troupe présidentielle quitte ce spectacle idyllique après que les journalistes ont pris de nombreuses photographies. Un photographe retourne quelques instants après sur les lieux pour y chercher un accessoire oublié. Là, il voit que des instructeurs, surgis d'on ne sait où, ont rassemblé les enfants et adolescents qui se tiennent en rang ; chacun remet son bateau, son transistor, ses fleurs à l'instructeur, qui, ramassage fait, siffle le départ au pas cadencé.

A l'ère stalinienne, la mise en scène apportait partout le spectacle de l'unanimité, de l'adhésion enthousiaste, de la construction du socialisme, du bonheur en marche. Chacun savait qu'il était vital pour lui de ne jamais informer l'étranger, toujours lui mentir. Ainsi mon amie O., qui allait souvent en Pologne avant 1956, revenait toujours exaltée des propos de ses amis de Varsovie, vantant les progrès, la liberté, le bonheur socialiste. Lorsqu'elle se hasardait à quelque remarque critique, ils la rabrouaient, en lui démontrant que l'idéologie petite-bourgeoise déformait sa vision. Elle y revint après l'« Octobre polonais » de 1956, et ces mêmes amis, la bouche enfin déliée, exhalèrent leur dégoût et leur horreur des temps radieux. « Mais pourquoi ne m'avoir pas prévenue alors ? » Ils lui expliquèrent qu'ils ne pouvaient se risquer à choquer ses sentiments progressistes. Comme nous dit l'inoubliable poème de Wajyck, écrit en 1955 je crois, ou au début de 1956, le socialisme a réussi à transformer l'eau de mer en limonade. Les foules sur les plages boivent en s'exclamant avec émerveillement : « De la limonade ! de la limonade ! » *Et elles vomissent.*

Une autre anecdote me vient. En 1957, ou 1958, je ne sais plus, une jeune communiste de Bordeaux faisait ses études de russe à l'université de Leningrad et y avait été adoptée par un groupe d'étudiants russes. Tout en demeurant enthousiaste, il lui arrivait de remarquer parfois des contraintes, absurdités, duretés dans l'admirable système. A chaque fois le groupe ami protestait et attribuait ses critiques à un résidu de mentalité capitaliste ; au bout de neuf mois, un jour, au cours d'un repas, nouvelle remarque critique, nouvelle discussion, mais soudain l'un des amis demande aux autres : « On lui dit ? » ;

après approbation, le groupe apprend à la jeune militante que ses critiques sont insignifiantes et superficielles, qu'ils pensent mille fois pire du système. Ainsi ses amis intimes lui avaient exprimé pendant neuf mois une vérité officielle qu'ils tenaient pour mensonge. Une fois instituée la nouvelle – véritable – amitié, ils lui montrèrent des textes recopiés à la main, dont un texte de la revue *Arguments*, que je dirigeais alors ; de retour à Bordeaux, l'étudiante nous contacta et nous informa de cette histoire.

Le petit provincial d'Occident, ignorant les ruses grandioses et raffinées de l'Orient, le petit intellectuel de gauche, incapable de concevoir la profondeur du mensonge stalinien, ne peuvent qu'être dupés, puis émerveillés par les deux grandioses mises en scène que je vais évoquer.

La première concerne le massacre de Katyn, survenu dans une forêt de l'Est polonais, pendant la Deuxième Guerre mondiale. Les nazis, ayant occupé la région jusqu'alors tenue par les Russes, avaient déterré un charnier de milliers d'officiers et soldats polonais, et attribuèrent ce massacre à l'URSS. Le gouvernement polonais en exil à Londres rompit alors les relations diplomatiques avec l'URSS. A l'époque, l'événement nous arriva, bien atténué, noyé parmi d'autres, pour nous évidemment secondaire au moment où l'Allemagne hitlérienne menaçait vitalement le cœur de l'URSS. Au lendemain de la Libération, je m'occupais de monter une exposition « crimes hitlériens », et l'ambassade soviétique nous fournit un énorme dossier sur l'origine nazie du massacre de Katyn, mille fois attestée par d'innombrables paysans de la région. La cause était entendue. Ce qui avait été en question, ce n'était pas la réalité du massacre de Katyn, amplement affirmée et confirmée par les deux parties antagonistes, c'était la paternité de ce massacre, attribuée par chacune à l'autre. Chaque thèse, objectivement (je veux dire si l'on se réfère à la potentialité exterminatrice/liquidatrice nazie ou stalinienne), était plausible. Chacune fournissait informations et témoignages en quantité. Mais il est certain que l'une était fausse : si la Pologne avait été asservie successivement par les deux puissances, il était impossible que les mêmes Polonais eussent été massacrés deux fois. En ce qui me concerne, ma conviction établie en 1945 resta longtemps inaltérée. Il a fallu les années 1955-1956 pour que, des sphères du Parti ouvrier unifié polonais lui-même, survienne la confirmation de la version nazie : Katyn avait été commis par les Russes. Bien entendu, lors de mon séjour à Varsovie dans les derniers feux de l'« Octobre polonais », au début de 1957, je me préoccupais (vu mon rôle dans l'authentification de la version stalinienne et mon éberluement encore non absolument convaincu) d'en avoir le cœur net. J'appris par surcroît que Staline avait mis au Goulag l'ensemble de la direction du parti communiste polonais, victime plus du stalinisme que du fascisme, et je découvris enfin l'ahurissante et incroyable vérité : partout où il avait le pouvoir, le stalinisme avait tué plus de staliniens que le nazisme.

Le second exemple est la guerre bactériologique. Durant la guerre de Corée, les Chinois annoncèrent que les Américains lançaient en territoire nord-coréen des bombes farcies de microbes. D'innombrables déclarations de témoins oculaires et de victimes furent fournies à la presse, la radio, la télévision, de nombreuses bombes furent recueillies et exhibées. Des savants étrangers de grand renom et haute probité furent invités dans les laboratoires où ils purent voir au microscope le grouillement immonde. Le correspondant de guerre du *Népszabadsàg,* journal du parti communiste hongrois, décida de se consacrer à la propagation de la vérité, fit une enquête approfondie, et publia un livre sur la guerre bactériologique américaine, qui fut traduit dans toutes les démocraties populaires et dans divers pays capitalistes.

Quelques années passèrent et ce journaliste retourna à Pékin. La guerre de Corée était terminée. Un printemps de « Cent Fleurs » flottait, des bouches s'ouvraient, les gigantesques bonds en avant ne se profilaient point encore à l'horizon. Ce journaliste, encore tout ardent de la juste cause, parla de la guerre bactériologique. On fut évasif, on lui sourit amicalement, puis, sur son insistance, on lui révéla qu'il n'y avait jamais eu de guerre bactériologique. Il y avait bien eu des témoins, des bombes, des microbes, mais les témoins étaient contraints, les bombes n'étaient pas bactériologiques, les microbes venaient de charognes. Après la « révolution hongroise », ce journaliste quitta la Hongrie, le parti. Je le rencontrai souvent. Il me fit ce récit... Il l'a écrit, je crois.

Depuis, entre autres, il y eut l'affaire admirable du gouvernement provisoire du Sud-Viêt-nam, gouvernement d'union nationale guidant la lutte contre l'occupation américaine et ses collaborateurs saigonnais. L'existence et l'action de ce gouvernement étaient indubitables, et nos plus éminents journalistes, d'Olivier Todd à Jean Lacouture, étaient frappés par son autonomie à l'égard du Nord-Viêt-nam. Or, sitôt après la déroute américaine et la prise de Saigon, *ce gouvernement disparut*. De même que dans *les Contes de la lune vague* une femme spectre apparemment charnelle vit pendant plusieurs années avec son naïf époux, de même le gouvernement provisoire, s'il était effectivement provisoire, n'était pas un Gouvernement : c'était un fantôme !

Ces anecdotes illustrent la difficulté de l'information de première main, auprès des acteurs mêmes de la réalité que l'on veut connaître. On croit être témoin, on est le jouet d'une machinerie inouïe destinée aux média. Et ce sont les progrès dans le système d'information – dans les média justement – qui permettent et suscitent un formidable progrès dans la mise en scène de la vie sociale et politique, ce qu'illustre l'épisode Nixon que j'ai cité. Dès lors, on ne peut plus *voir* ce qui se passe, puisque le système camoufle la véritable information et la peur qu'il inspire fait dire à chacun ce qu'il faut dire. Terrorisés et terrorisants coopèrent ainsi, de façon vitale pour chacun, à cette comédie que l'on peut partout voir, soit médiatiquement, soit directement. Visiter un pays ? Voyager ? Le pire : tous les visiteurs de la Chine des années soixante, de la droite à la gauche, tous les auteurs d'articles et de livres, à l'exception de Simon Leys, ont vu et décrit la foi unanime en Mao, les communes modèles, l'enthousiasme indescriptible, la sagesse profonde, l'audace admirable, les résultats prodigieux.

On ne voit pas ce qui est, on voit ce qui n'est pas, et, ainsi, ce qui est n'est pas (c'est une « ignoble calomnie »), ce qui n'est pas est : les pseudo-faits *proclament* leur vérité (par la bouche des porte-parole, des acteurs contraints) ; ils *avouent* (par la bouche des accusés).

Ainsi le système stalinien publiait et radiodiffusait *in extenso* le compte rendu des procès de Moscou, et les aurait sans doute retransmis en direct, si la télévision existait alors. Comment savoir, de l'extérieur, dans l'innocence, ce qui est vérité ? Comment ne pas croire que la vérité est du côté des proclamations et des aveux unanimes ?

Réfléchissons un peu, rétrospectivement, sur les procès de Moscou : les accusés, membres de la vieille garde bolchevique, anciens compagnons de Lénine, ont avoué publiquement leur trahison devant le tribunal. Les aveux constituent une preuve empirique et logique évidente : un accusé qui avoue son crime en est l'auteur, à moins qu'il soit fou. L'hypothèse de la folie est exclue quand tous les accusés avouent et s'entreconfirment leurs forfaits. En même temps, le luxe et la précision des détails concrets avec lesquels les traîtres décrivent leurs missions de sabotage et d'espionnage confèrent à leurs récits une très haute vraisemblance.

Certes, il est troublant que la majorité des compagnons de Lénine soient devenus des saboteurs et des espions. Mais, étant donné que les aveux le prouvent, une rationalisation *a posteriori* va venir expliquer logiquement leur déchéance (pour ceux que ne satisfait pas l'explication étonnante de la trahison originelle des dirigeants de la révolution d'Octobre) : c'est la logique de la dérive et la logique de la lutte qui, en période révolutionnaire, entraînent toute opposition à sa propre corruption et la rend perméable à la corruption étrangère. Enfin, l'incroyable lui-même concourt au croyable : on ne peut pas inventer cela ! Ainsi ces procès sont véridiques, non seulement pour l'opinion communiste, mais aussi pour une bonne part de l'opinion « bourgeoise » (qui y voit certes quelques excès, mais slaves, dostoïevskiens, vychinskiens).

Et pourtant, tout cela est faux, et la démonstration en est faite dans les temps mêmes par Trotski, Victor Serge (comme la fausseté des aveux de Rayk fut faite en 1948 ou 1949 par François Fejtö dans cet article d'*Esprit* qui me marqua définitivement). Pour leur démonstration, il leur fallut mettre en évidence de petites contradictions, de petites impossibilités de fait dans les aveux. Ces détails qui clochent devenaient décisifs dès lors que l'on s'accrochait à l'impossibilité psychologique et logique que presque tous les vieux bolcheviks aient pu devenir traîtres et espions.

Mais, si les procès sont truqués, si les aveux sont extorqués (par torture ? menaces ? promesses ?), alors leur rationalité semble s'effondrer. Ils relèvent, non plus de la logique judiciaire moderne, mais de la logique inquisitoriale qui extrait par la question l'aveu de possession démoniaque. Or c'est cela même qui semblait absurde et invraisemblable d'un parti se réclamant d'une doctrine scientifique, rationnelle, matérialiste et d'un État se prétendant socialiste. Cela ne pouvait prendre sens que si le socialisme soviétique dissimulait un pouvoir fondé sur la Terreur et la Sacralité, que si le marxisme-léninisme cachait en fait une logique théologico-magique. Dès lors, les coupes sombres pratiquées dans le parti et dans l'armée, tout en affaiblissant effectivement les compétences politiques de l'un et les compétences militaires de l'autre, renforçaient en même temps la Terreur et la Sacralité du pouvoir.

Il fallait donc considérer que le système soviétique était le contraire de ce qu'il prétendait être. Or, ni les fidèles ni les esprits cartésiens d'Occident ne pouvaient concevoir un renversement aussi énorme de leur vision du monde. En matière de procès, leur référence était ou le tribunal d'Europe libérale, ou le tribunal révolutionnaire de salut public, non le tribunal médiéval jugeant les templiers. Leur vision de l'URSS était celle d'une société sans classe, certes spartiate et disciplinaire, non d'un nouveau despotisme. Finalement, s'il paraissait absurde que les accusés fussent coupables, il paraissait non moins absurde qu'ils ne le fussent pas, et, dans ce *double bind* d'irrationalité, la seule chose tangible demeurait les aveux.

Et comme, dans cette période tendue, toute critique contre l'URSS pouvait apparaître, dans la logique antifasciste manichéenne, comme un appui « objectif » fourni à Hitler, cet antifascisme conduisait, sinon à croire au mensonge, du moins à douter de la vérité.

De toute façon, pour comprendre ce qui s'était passé, il fallait sur l'URSS des années 1935-1937, sur la vie réelle du Kremlin, sur la vraie nature de Staline (dont la bonté bouleversante n'avait d'égale que la modestie), sur les conditions dans lesquelles étaient extorqués les aveux, des informations véridiques, lesquelles étaient enfermées dans les oubliettes et les goulags. Par contre, la légende régnait, à travers les informations officielles et les récits de voyageurs. Certes, la vérité était suggérée indirectement par le langage rituel, injurieux, délirant de la dénonciation stalinienne, et on pouvait, à partir des failles et incohérences des aveux, à partir des informateurs authentiques, tisser un réseau empirico-logique qui permettait de comprendre ce qui se passait psychologiquement, sociologiquement, historiquement. Les informateurs authentiques, qui connaissaient de l'intérieur l'univers stalinien, parce qu'ils avaient participé à l'aventure bolchevico-kominternienne, parlaient d'expérience. Mais cette expérience était précisément ce qui leur valait d'être identifiés aux traîtres des procès. On se méfiait justement des témoins fiables, dénoncés comme hitléro-trotskistes, au mieux comme « anticommunistes viscéraux ».

Depuis, avec les réhabilitations et révélations du rapport K (notamment sur l'emploi de la torture en URSS), la vérité a percé. Et c'est désormais l'ampleur du mensonge qui fait problème. Pourquoi le communisme stalinien a-t-il eu besoin de produire sans discontinuer de la fausse information ?

Pour tenter de le comprendre originairement, il faut comprendre que toute foi virulente suscite la fabrication de faux pour la certifier aux yeux des incrédules. Dans ce sens, on ment par « sincérité », mais cette sincérité n'est que la partie émergée de quelque chose de plus complexe comportant refoulement de ses propres doutes. Toute foi (j'y reviens au chapitre « Que croire ? Que faire ? ») comporte son doute refoulé, sa potentialité d'hypocrisie, qui produit le mensonge en toute bonne-mauvaise foi. Mais il faut des conditions particulières pour que la foi produise des faux. Ce sont les moments où la foi subit une épreuve intérieure critique. Ainsi, c'est au moment où s'effondre la promesse messianique du retour imminent du Christ que se multiplient les faux de tous ordres attestant la divinité de Jésus. *On divinise le Christ au moment où l'on n'attend plus son retour.* A cela s'ajoutent les faux institutionnels, comme la fausse donation de Constantin établissant les droits souverains des papes sur Rome.

Il est non moins remarquable qu'on ait encore plus grand besoin de faux pour convaincre du satanisme de l'ennemi. Au milieu du siècle dernier, une officine vaticane exhiba un message signé de Satan trouvé dans les poches d'un franc-maçon. C'est bien le même processus mental qui produisit les *Protocoles des Sages de Sion,* où une assemblée juive suprême promulgue son plan de corruption et de domination du monde.

Je crois bien que la grandiose fabrique stalinienne de faux vient à l'origine d'un même type de causes. C'est au moment où il devint évident que ne s'était pas réalisé le message messianique de Marx et Lénine, c'est-à-dire l'avènement du communisme international et de la société sans classe, que s'édifia la théorie du « socialisme dans un seul pays » et que l'on diffusa l'image du « paradis socialiste ». Depuis lors, sans discontinuer, l'information est vouée à décrire les progrès incessants de ce socialisme idéal, et tout ce qui contredit ou dénie ce progrès est mis sur le compte du néo-satanisme, qui, à l'époque de Staline, prit le visage de « l'hitléro-trotskisme ». Dès lors, comme au Moyen Âge, des grandes mises en scène judiciaires ont produit les aveux des agents diaboliques, infiltrés dans le parti, parfois jusque dans ses sommets, ce qui est de faible logique rationnelle, mais de haute logique magico-religieuse. L'ennemi satanique, comme dans la vision chrétienne, est toujours sur le point d'être victorieux, mais ses horribles machinations sont toujours vouées à l'échec. Ainsi, plus l'impérialisme recule et s'effondre, plus il devient menaçant, plus il importe de ne pas relâcher la vigilance.

Aujourd'hui, l'Est, russe et chinois, continue de nourrir son mythe et produire sa légende. Mais, ici, de l'extérieur, nous n'en subissons plus guère la fascination. Ce n'est pas que nous sommes devenus de nous-mêmes plus lucides. C'est que les événements internes, en URSS depuis 1956, en Chine depuis 1973, ont eu vertu dégrisante.

Nous ne voyons toutefois pas encore clair. La nuit informationnelle recouvre toujours les deux Espaces géants, comme elle recouvre Viêt-nam, Cambodge et autres lieux. Et nous demeurons, ici, dans la détresse informationnelle. Nous subissons encore sous-information et pseudo-information.

Partout où les média donnent une représentation théâtrale de la réalité, l'information se tapit et se tait. Elle peut, par chance, se murmurer dans le bouche-à-oreille, dans le tête-à-tête. Il faut aller la chercher dans les catacombes parmi les faux bruits et les fantasmes. Il n'y a pas de test préalable pour reconnaître la bonne et la mauvaise information, la véridique et la fausse. Savoir lire, voir, discerner, suppose un difficile et aléatoire effort de décryptage, non pas une qualité vérificatrice comme celle des appareils qui détectent les faux billets de banque.

Le pouvoir d'information

Qu'est-ce que l'information ? Un événement qui se reproduit de façon régulière et peut être prédit avec certitude, comme le lever quotidien du soleil, ne nous apporte aucune information. Ce qui relève du déjà su, déjà connu, déjà assuré est, selon le terme de la théorie de l'information shannonienne, *redondance*. Un événement porteur d'information est un événement qui, soit met un terme à une incertitude, soit apporte du nouveau, c'est-à-dire de la surprise. Ainsi sont porteurs d'information, d'une part, les résultats des courses, matches, tirages au sort, d'autre part, la trahison et mort de Lin Piao, la prise en otages de diplomates américains, l'enlèvement du juge d'Urso. L'information qui résout une incertitude peut éliminer une inquiétude et rasséréner. L'information qui apporte une surprise peut au contraire inquiéter et provoquer l'incertitude sur notre aptitude à concevoir la réalité. On comprend que le contrôle totalitaire de l'information s'emploie à censurer les informations qui inquiètent et à dispenser les informations qui rassérènent.

Tout ce qui n'est pas redondance n'est pas forcément information. D'innombrables événements n'offrent pas d'intérêt pour nous et nous ne leur accordons aucune attention : ainsi, dans la rue, la plupart des passants vaquent sans que leur regard s'attarde sur les gens, chiens, automobiles qu'ils rencontrent. Tous les événements survenant en désordre, sans signification pour nous, constituent, toujours dans le jargon de la théorie shannonienne, du *bruit*. Nos vies baignent dans un « bruit de fond », grouillement d'événements insignifiants qui n'accèdent pas à l'information, voire en perturbent la réception. Toutefois, ce qui est « bruit » pour l'un peut être information pour un autre, et *vice versa*. Ainsi, le résultat des courses, information capitale pour le turfiste, n'est que du « bruit » pour le non-turfiste. Les désastres du Bangladesh, du Biafra, du Cambodge ne sont que de vagues bruits de fond pour ceux que concerne seulement le cours de la Bourse ou le résultat des courses.

Chaque matin, radio et journaux nous apportent leurs informations. Au préalable, ils ont éliminé des nouvelles mineures qui, jetées au panier, s'y dissolvent en bruits. Ils ont éliminé également des confirmations qui leur semblent n'être que redondantes : ainsi, au bout de quelque temps, on cesse de confirmer quotidiennement l'état stationnaire du sort des otages de Téhéran, mais toute éventualité nouvelle rétablit l'information.

Il y a des informations « faibles », qui apportent confirmation du prévisible et du probable, comme la victoire électorale du candidat bien placé. Par contre, l'information devient forte si l'outsider obtient le siège.

L'information peut être non seulement forte mais riche. L'information riche apporte du nouveau, c'est-à-dire de l'inattendu, c'est-à-dire de la surprise. Ainsi les informations fortes et riches sont apportées par les événements inouïs, qui nous semblent impossibles avant qu'ils surviennent, comme le pacte germano-soviétique de 1939, l'attaque japonaise sur Pearl Harbor, le rapport K., la scission Moscou-Pékin, Mai 68, l'arrestation de la « bande des quatre », le mouvement polonais de l'été 1980.

L'information dispose d'une énergie potentielle qui peut être immense aussi bien pour l'action que pour la pensée.

Toute action incertaine/aléatoire nécessite une stratégie et celle-ci doit nécessairement se nourrir en informations. L'action militaire cherche à s'informer des préparatifs, moyens et mouvements de l'ennemi et a besoin d'occulter ses propres communications par un code secret. Ainsi, le message radio « les sanglots longs des violons de l'automne », le 5 juin 1944 au soir, signale aux résistants français que le débarquement allié est pour le lendemain et leur permet de déclencher de façon synchrone leur propre lutte armée.

La valeur de l'information sur le moment et le lieu d'une offensive militaire est telle que les services secrets de l'attaquant s'efforcent d'intoxiquer, par de fausses informations secrètes, les services secrets ennemis, lesquels s'évertuent à déceler la « vraie » information parmi les fausses. Souvent, en fin de compte, la véridique information est totalement submergée par les fausses informations. Ainsi l'information fournie par Sorge à Staline de l'attaque allemande de juin 1941 fut incapable de dénouer l'incertitude ou d'entamer la fausse certitude du destinataire obtus ou dupé.

La guerre informationnelle est devenue partie intrinsèque et essentielle de la guerre tout court au XXe siècle. Les belligérants étendent la zone du secret militaire à l'ensemble des informations civiles. Ils produisent des informations de guerre qui suscitent et entretiennent la foi en la victoire et la haine de l'ennemi (toujours présenté comme agresseur, toujours coupable de barbaries et atrocités).

Information et idéologie

Notre relation avec le monde extérieur passe, non seulement par les média informationnels, mais aussi par nos systèmes d'idées qui reçoivent, filtrent, trient ce que nous apportent les média. Là où nous n'avons pas d'opinion ou de préjugé préalable, nous sommes extrêmement ouverts aux informations. Là où nous n'avons pas de structure mentale ou idéologique capable de l'assimiler ou de l'inscrire, l'information devient du bruit.

En revanche, là où nous disposons d'idées fermes et arrêtées, nous sommes très accueillants pour toutes informations qui les confirment, mais fort méfiants pour celles qui les contrarient.

Mieux encore, nous sommes capables de résister aux informations non conformes à notre idéologie, en percevant ces informations non comme informations, mais comme duperies ou mensonges.

Comme on le sait depuis longtemps, mais qu'on ne cesse d'oublier, les esprits individuels (et, par leur truchement, les idéologies collectives) sont fort capables de résister aux média lorsque ceux-ci diffusent, non seulement des idées, mais aussi des informations contraires à leurs convictions et croyances profondes. Ainsi les films d'actualités et les émissions de radio de l'occupation allemande ont eu une influence négligeable sur les opinions et espoirs des Français. Ceux-ci ne voyaient que mystification dans les énormes masses de prisonniers et les destructions de chars russes présentés sur les écrans. Bien plus : à partir de l'automne 1940 une information-mythe a régné dans l'opinion française, bien qu'elle n'ait jamais été confirmée par la radio anglaise : l'échec du débarquement allemand en Angleterre : au moment où la flotte allemande s'apprêtait à débarquer, les Anglais avaient mis le feu au mazout qu'ils avaient répandu sur la mer, provoquant l'incendie de l'armada nazie.

Nos systèmes mentaux filtrent l'information : nous ignorons, censurons, refoulons, désintégrons ce que nous ne voulons pas savoir : les Allemands qui ont voulu ignorer les camps nazis l'ont ignoré et, en 1945, les populations allemandes ont reçu comme mensonges de propagande les images et récits des camps de la mort ; les communistes qui ont voulu ignorer le Goulag l'ont ignoré ; les Français qui ont voulu ignorer la torture en Algérie l'ont ignorée. Pendant un an, j'ai imploré mon amie C. de lire *l'Archipel du Goulag*. Elle n'avait pas le temps, mais trouvait le loisir de lire Guattari et Lacan.

Ainsi, on s'arrange pour ne pas voir ce qu'on voit, on cesse de voir ce qu'on ne cesse de voir (saturation), on regarde autre chose (diversion) et cela même quand nous avons toutes les informations à notre disposition. Je pourrais presque formuler cette loi psychosociale : une conviction bien assurée détruit l'information qui la dément.

Il faudrait tout un livre pour montrer comment on réussit à ne pas voir ni savoir. Effectivement, ce qui agit en nous, à la fois obscurément et extra-lucidement, c'est la volonté d'empêcher l'information d'atteindre l'idéologie. Alors, elle détourne l'information, c'est-à-dire s'en détourne. L'idéologie fait exploser l'information (« bobard ! mensonge ! calomnie ! ») pour que l'information ne la fasse pas exploser.

Qu'est-ce qu'une idéologie du point de vue informationnel ? C'est un système d'idées fait pour contrôler, accueillir, refuser l'information. Si l'idéologie est *théorie*, elle est dans son principe ouverte à l'information non conforme, qui peut la mettre en question. Si elle est *doctrine*, elle est dans son principe close à toute information non conforme. L'idéologie politique est beaucoup plus doctrine que théorie. Ici, nous arrivons à ce problème capital : la relation *répulsive et potentiellement désintégratrice entre information et idéologie politique*. C'est parce que l'information est un explosif virtuel pour l'idéologie, que celle-ci a besoin d'entretenir une relation oppressive et répressive à l'égard de l'information.

Une information forte, en un point faible de l'idéologie, peut faire brèche et provoquer éventuellement la désintégration partielle ou totale de tout le système d'idées. Ainsi, le pacte germano-soviétique de 1939, c'est-à-dire la soudaine entente entre les deux ennemis mortels, communisme et nazisme, contredit le caractère absolument antifasciste attribué à l'URSS, alors que les pays capitalistes occidentaux, taxés de complaisance au nazisme, entraient en guerre contre l'Allemagne. D'où le trouble chez nombre de communistes et sympathisants, et pour certains la désagrégation de leur croyance. Mais, chez le plus grand nombre, l'idéologie trouva une position de repli sur le noyau dur, qui est non pas l'antifascisme mais l'anticapitalisme et la nature intrinsèquement prolétarienne de tout ce qu'accomplit l'URSS. Ainsi, l'URSS a le droit de conclure tous pactes sans jamais altérer sa nature émancipatrice ; elle n'a aucun privilège à accorder aux pays occidentaux, étant donné qu'il n'y a pas de différence substantielle entre fascisme et capitalisme. Du reste, les pays occidentaux étaient prêts à s'entendre avec Hitler, et Staline a déjoué leur manœuvre. Le pacte germano-soviétique apparaît alors comme une mesure de défense vitale ou une manœuvre géniale. Un dispositif immunologique s'est donc mis en œuvre pour neutraliser l'information, l'atténuer, la nier, la renverser. Et le plus gros des fidèles resta fidèle.

Dix-sept ans plus tard, l'URSS intervenait en Hongrie pour y écraser une insurrection nationale. La classe ouvrière s'était révoltée contre le « parti de la classe ouvrière », l'armée « soviétique » écrasait les soviets de Budapest. Cette contradiction apportée par l'événement à l'idéologie était potentiellement explosive et pouvait atteindre en son cœur le principe justificateur de l'URSS. Effectivement, il y eut des défections, mais peu nombreuses. L'idéologie réussit à protéger son noyau : la révolte des ouvriers hongrois était égarée, pervertie, subvertie par l'action de l'impérialisme ; l'insurrection tendait inévitablement au rétablissement du capitalisme, puisqu'elle faisait perdre au parti de la classe ouvrière son pouvoir monopoliste. Ainsi l'information se transmuta et la « révolution hongroise » devint contre-révolution. Une fois, événement inouï, l'idéologie stalinienne fut contrainte d'admettre l'information concernant les crimes et massacres staliniens, parce que cette information émanait de l'autorité suprême du Parti. On vit ce phénomène étonnant : le parti lui-même freiner, ralentir, distiller au goutte à goutte et, dans certains cas (le Parti communiste français), purement et simplement censurer l'information émanant de son sommet. Mais, par là même, la machine idéologique amortissait et finalement étouffait la radioactivité désintégrante de l'information. Celle-ci, enfin aseptisée, était inscrite en une place secondaire, presque épiphénoménale, accompagnée de son antidote : ces crimes étaient dus aux égarements personnels de Staline, ils n'affectaient en rien la substance du socialisme, l'excellence du régime, et, mieux encore, l'autocritique effectuée prouvait de façon éclatante la supériorité du seul parti capable de reconnaître ses erreurs et de s'en corriger définitivement.

De plus, très rapidement, une autre défense se met en œuvre, silencieuse, irrémédiable : le refoulement. On y pense le moins possible, on s'irrite lorsque « l'ennemi » vous le rappelle : cette information fait trop bien le jeu des forces mauvaises, et devient par là souillée. Il faut l'éjecter au plus tôt dans les poubelles de l'histoire.

Ainsi, si frappant soit-il, l'effet de l'information désintégrante peut être seulement local et temporaire. Mieux : le système désormais aguerri peut affronter avec encore plus de résistance le virus une première fois vaincu.

L'ouverture à l'information

Nous ne pouvons pas être totalement ouverts à l'information. Un esprit sans idées préconçues subit, *via* les média, une pluie incohérente d'informations qui se dissipent en bruits. Il faut une théorie qui puisse accueillir l'information, c'est-à-dire qui puisse la contester aussi. Mais, nous venons de le voir, cette idéologie ne doit pas se refermer sur elle-même, *sinon nous serions incapables de recevoir la moindre leçon du réel ni d'accueillir le nouveau.*

Or la vertu irremplaçable de l'information, c'est l'irruption du réel dans l'idéalité qui tend à se prendre pour la réalité. C'est l'irruption du nouveau dans le système, qui tend à enfermer le monde dans sa propre règle et ne peut qu'être dérangé par la nouveauté. Il faut noter par conséquent que *le réel et le nouveau font toujours irruption dans la théorie et la croyance sous forme de dérèglement et de rupture*. Ils font toujours irruption dans une rationalité close sous forme d'irrationalité. Et la vertu de l'information c'est cela : son aptitude à détruire la *rationalisation* (système cohérent d'idées qui prétend enfermer en lui le réel) et à créer une rationalité nouvelle (nouveau système cohérent intégrant l'information). L'information est l'antidote à la tendance naturelle de l'idéologie à se clore en elle-même, c'est-à-dire à la tendance de la théorie à se fermer en doctrine, à la doctrine de se blinder en dogme.

L'événement – l'information – doit être capable de nous enrichir, de nous changer, de nous convertir, simplement parce qu'il nous a permis de voir ce qui nous était invisible, de savoir ce que nous ignorions, d'admettre ce qui nous était incroyable.

Les faits ne parlent d'eux-mêmes que si on leur permet de parler. Les systèmes d'idées sont nécessaires pour que les faits puissent nous délivrer leur message. Mais ce sont eux qui, devenus idéologies closes, les font taire. Il nous faut donc tenter le double contrôle : il nous faut accepter que le noyau dur de notre idéologie soit soumis au contrôle de l'information, mais il faut réciproquement que l'information soit contrôlée par la rationalité, c'est-à-dire le recours conjoint à la vérification empirique et à la vérification logique.

Certes, le recours direct à la vérification empirique n'est guère possible dans la plupart des cas. Mais la diversité/concurrence des sources d'information effectue d'elle-même une première vérification, en permettant l'émission d'informations « vraies » que chaque source aurait isolément intérêt à étouffer, et elle autorise notre vérification personnelle par confrontation et concordance. (C'est pourquoi nous avons besoin d'excès d'informations.) Le recours à la vérification logique, lui, risque de se dégrader en rationalisation, qui est, on le verra de mieux en mieux dans ce livre, l'ennemie intime de la rationalité. Nous devons donc opérer un circuit difficile, aléatoire, mais *vital*, idéologie → information, où ces deux termes deviennent complémentaires sans cesser de demeurer antinomiques et antagonistes.

Les conditions de production de l'information

Il n'y a pas que le médium et le message, il y a, nous l'avons vu, le récepteur. Il y a aussi les centres qui produisent, choisissent, contrôlent, commandent l'information. Le contrôle de ces centres de contrôle pose un problème obsédant : peut-on le laisser aux intérêts privés, c'est-à dire au contrôle de l'argent, faut-il les soumettre au contrôle de l'État ?

D'où le dilemme : presse d'argent ? presse d'État ?

Examinons la notion de « presse d'argent ». A un premier regard, elle signifie « presse pour gagner de l'argent ». Presse donc qui traite l'information comme une denrée marchande, sélectionnant l'information rentable et éliminant l'information non rentable. Selon ce critère, l'extraordinaire, le surprenant, le nouveau d'une part, mais aussi l'obsédant, le passionnant, l'adorable, le haïssable sont hautement valorisés. D'où une presse à « sensation », qui choisit et produit ce qui crée des sensations ; d'un côté, la grande presse d'information mettant en relief tout ce qu'il y a de surprenant, happant *in extremis* l'information de dernière heure, de l'autre, la presse qui raconte des histoires archétypiques – amours divins, sacrés-profanes entre olympiens modernes (vedettes de cinéma, têtes couronnées, etc.) – et qui, pour cela, produit des pseudo-informations se conformant aux besoins mythologiques.

La presse d'argent est donc soumise à cette double tendance, et c'est à cette double tendance qu'essaie d'échapper la presse d'opinion, qui vend non tant de l'information que le sertissage idéologique de l'information, ce qui nous ramène aux problèmes précédemment examinés de la relation idéologie/information.

A un second regard, la notion de « presse d'argent » signifie non seulement « presse pour gagner de l'argent », mais aussi presse sélectionnant l'information selon l'utilité qu'elle comporte à l'égard du pouvoir de l'argent, c'est-à-dire le système capitaliste. Ici, il ne s'agit plus seulement de faire de l'argent par l'information, il s'agit aussi de soumettre l'information au pouvoir de l'argent.

Cette tendance se développe naturellement dans la presse d'argent. Mais il faut remarquer qu'elle peut se heurter à la tendance à « faire de l'argent » : en effet, une information « sensationnelle », qui fait de l'argent, peut être contraire à l'intérêt du pouvoir de l'argent (scandale financier), mais elle ne peut être tue, s'il y a concurrence.

Il y a donc une contradiction interne dans la presse d'argent, et cette contradiction, vitale pour l'information, ne peut être maintenue que dans et par la concurrence.

La concurrence entre journaux, radios, télévisions, la concurrence des sources d'information donne des chances à l'information que l'argent ou l'État veulent étouffer. Une feuille marginale commence à lancer la « révélation » : il devient alors possible, et tôt ou tard, probable, que là où il y a concurrence, l'information sortira et se répandra dans l'ensemble des média. Ainsi, c'est dans le système le plus capitaliste, mais aussi le plus concurrentiel en matière de presse, radio, télévision, le système américain, que les « scandales » de My Lay et du Watergate ont pu finalement envahir la vie politique et avoir les effets que l'on sait. (Le massacre de My Lay a lieu en mars 1968. L'information est étouffée dans/par l'armée U.S. L'obstination d'un journaliste finit par la faire marginalement percer. En novembre-décembre 1969, elle remplit tous les journaux américains.)

C'est parce que l'information vaut de l'argent que finalement l'argent lui-même concourt à diffuser l'information dont le sens conteste le pouvoir de l'argent. Par contre, là où l'information est dénuée de valeur marchande, là où peut jouer une censure, c'est-à-dire là où il y a monopole d'État, alors l'information contestataire est chassée des média.

Ainsi, sous le problème presse d'argent/presse d'État s'en cache un autre qui ne le recouvre pas entièrement : concurrence/monopole.

Pour qu'il y ait concurrence, il faut qu'il y ait pluralité véritable des sources d'information. Et c'est dans et par la pluralité des sources que peut surgir l'information dans ce qu'elle a de *dérangeant*.

En fait, il peut y avoir concurrence au sein des systèmes sous contrôle d'État, quand il y a institutionnellement et socialement relative autonomie des sources. Les média d'État, en France, sont inscrits dans un système de concurrence comprenant la presse nationale, les radios périphériques, les grandes agences internationales. Il faut surcontrôler les média et clore hermétiquement la société pour occulter les grands événements nationaux et internationaux. Mais, même dans les pays clos, des informations étrangères filtrent à travers le brouillage des ondes radios. La planète subit mille contraintes, mille censures, mille déformations locales et nationales dans l'information, mais, plus ou moins mal, lentement, difficilement, l'information circule. L'hégémonie des grandes agences anglo-saxonnes sur une partie du globe contient en elle-même l'antidote au monopole : la concurrence. La pluralité, la concurrence c'est cela, aujourd'hui, le ballon d'oxygène informationnel de l'humanité : la concurrence des informations, la concurrence des messages, la concurrence des idées.

L'information totalitaire

L'information, dans un système totalitaire, n'est pas seulement une information d'État, elle est surtout une information d'État totalitaire. Son caractère propre n'est pas seulement d'être soumise à la censure de cet État, d'où résulte la sous-information, il est dans la conjonction entre la sous-information et la production de pseudo-informations qui donnent une image idéale/légendaire de la société.

Censure, camouflage, mise en scène contribuent à créer un univers où mille pseudo-informations chantent l'excellence du système. Il n'y a pas que les grèves ou émeutes qui soient tues, les conflits internes qui soient occultés ; les accidents de chemins de fer et d'avion eux-mêmes ont été bannis de la réalité soviétique. Il n'y a plus d'histoires, et, à la limite, il n'y a plus d'Histoire : le futur est déjà connu, prédit, produit : c'est le progrès incessant vers l'épanouissement du communisme.

Il se crée ainsi un univers mythique, amputé, enrichi, où il n'y a plus d'informations dans le sens où le terme apporte surprise, inattendu, perturbation. Cet univers « irréel » fait pourtant partie de la réalité qui le produit, et qui, sans lui, comme nous allons le voir, s'effondrerait.

Les naïfs s'imaginent que l'image et la propagande sont douées de toute-puissance et croient que le formidable dispositif de l'information totalitaire convainc ceux qui le subissent. Mais, à l'intérieur, la classe ouvrière sait qu'elle n'a pas le droit de grève, le droit de choisir ses délégués, ni son syndicat. Pire, l'effet boomerang joue souvent : ainsi pour les assujettis de l'intérieur, le mot socialisme désigne la mauvaise société et le mot capitalisme la bonne. On doute même des informations authentiques, lorsqu'elles sont émises par la source officielle. On doute des succès économiques réels, après tant de proclamations mensongères. Le système impose l'inverse de sa vision du monde, sauf lorsque celle-ci coïncide avec le sentiment national, et, ainsi, pour les succès astronautiques et sportifs, voire pour l'occupation de la Tchécoslovaquie et de l'Afghanistan, il y a réadhérence et réadhésion à l'information officielle.

On peut se demander alors où est la véritable efficacité d'un système aussi peu convaincant, qui comporte autant de ratés et d'effets boomerangs, qui incite aux écoutes clandestines en donnant de lui-même une prime de véracité aux radios étrangères. En fait, son efficacité est énorme et polyvalente.

Tout d'abord il convainc le monde extérieur. C'est à l'extérieur qu'il dispose d'un pouvoir de persuasion sur de très larges sphères. Son image légendaire a eu force de vérité, d'Hollywood aux mines de cuivre chiliennes, des prix Nobel, Langevin, Joliot-Curie, Pauling aux paysans grecs, du philosophe rationaliste au curé guérillero. L'URSS continue à assurer sa légende, non seulement dans la partie du monde la plus éloignée du paradis (Amérique latine, Afrique), mais aussi chez une grande partie des ouvriers et paysans français et italiens.

Le système informationnel totalitaire dispose surtout d'une double efficacité intérieure. La première tient à la nature même de la pseudo-information. Pour le comprendre, il faut nous rappeler que l'information, dans la science des machines, s'identifie au « programme » qui en détermine les actions. Dans le système conçu par le stalinisme, l'information médiatique s'identifie à l'information-programme : elle *est* programme : elle dicte ce qu'il faut voir, savoir, dire, ne pas dire (ne serait-ce que pour ne pas avoir d'ennuis) : elle dicte la *norme* et s'impose dans l'ensemble des normes, règles, interdits, savoirs qui contrôlent et commandent les comportements des individus entre eux et dans la société.

Ainsi la légende soviétique ou maoïste joue un rôle clé. Le socialisme idéal donne la norme aux hommes réels. Il dicte à la réalité ce qu'elle doit être et contraint ce qui est à se déguiser en ce qui doit être. La légende sert ainsi à commander la réalité, et, à ce titre, elle dispose d'une très puissante réalité.

La seconde efficacité intérieure du totalitarisme informationnel tient à la sous-information. Celle-ci a pour fonction de *désamorcer la force explosive de l'information.* Par tous ses moyens et de diverses façons, le système, bien que son information ne soit pas crédible, réussit en inhibant, réprimant, tabouisant, colmatant, isolant, asphyxiant les informations qui ont un potentiel explosif, à inhiber victorieusement cette potentialité explosive, ce qui permet, entre autres, d'éviter toute contagion à partir d'un foyer de protestation ou de révolte.

A l'inverse, dès qu'il y a relâchement de la censure, un processus commence, qui devient véritablement subversif pour le système. Au cours de l'été 1980, le gouvernement polonais a maintenu le plus longtemps possible le blocus téléphonique de Gdansk et le cordon sanitaire policier autour de la ville. Le dispositif a fonctionné dans le sens où il a retardé l'explosion des grèves dans les autres régions industrielles. Mais il était mité, troué ; ainsi, même raréfiée et ralentie, l'information circulait, et la communication s'est finalement opérée non seulement entre ouvriers, mais aussi entre les ouvriers et le reste de la population.

Cet exemple, et plus encore ceux de la « révolution hongroise » et du « printemps de Prague », nous montrent que la libération de l'information peut entraîner une désintégration en chaîne affectant l'être même du système. Paradoxalement, le dispositif incessant de désamorçage de l'information en accroît la potentialité explosive. Le potentiel explosif de l'information augmente là où elle est raréfiée, diminue là où elle est surabondante.

La tabouisation de tout ce qui concerne le système et les instances suprêmes du pouvoir donne la puissance explosive du sacrilège à toute atteinte au tabou. Par contre, dans les systèmes pluralistes où le pouvoir est faiblement sacralisé, systèmes qui non seulement tolèrent la critique mais aussi vivent de la critique, la vertu explosive de l'information politique s'atténue par saturation et peut aller jusqu'à l'extinction. Il est sans conséquence de frire un œuf sur la flamme de l'Arc de Triomphe ou de lancer des pommes pourries à Giscard. Mais ce serait lèse-Révolution de faire une omelette dans le mausolée de Lénine ou de projeter des fruits avariés sur les décorations de Brejnev.

Ainsi, le point le plus fort du système, c'est-à-dire son dispositif informationnel, est en même temps son point le plus faible. La perte du pouvoir informationnel entraîne la désintégration en chaîne du totalitarisme. Certes, il y a des censures plus ou moins tâtillonnes, des zones de tolérance qui sont finalement tolérables au système : ainsi après Staline, on relâcha la contrainte sur les arts, à condition bien entendu que les œuvres n'affectent ni l'idéologie ni la politique. Mais le système est tellement fondé sur son autosacralisation, il vit tellement de terreur et de tabou qu'il craint obsessionnellement que l'ébauche de désacralisation, de détabouisation, de déterrorisation entraîne un processus qui lui soit fatal. Ou bien, quand une désacralisation devient inévitable, comme celle de Staline, elle entraîne une sacralisation compensatoire sur la direction collégiale.

L'appropriation monopoliste de l'information n'est pas un caractère secondaire, elle constitue une clé de voûte du pouvoir totalitaire. Celui-ci a besoin de la sous-information, de la pseudo-information, de la contre-information, non seulement pour masquer sa vraie nature, mais aussi pour accomplir sa vraie nature. Sans la production/reproduction permanente de la légende, sans le filtrage, refoulement, destruction, de l'information, le système ne pourrait se perpétuer et se reproduire.

Le système justifie son contrôle de l'information par l'état de guerre. Il est en guerre contre le mensonge, la calomnie, l'idéologie capitaliste. Il subit l'encerclement et la provocation impérialistes. Il conduit jusqu'à son accomplissement final, la lutte des classes, qui, dans les ultimes phases, les ultimes soubresauts de l'ennemi, ne fait que s'aggraver. Effectivement, l'URSS a dû subir pendant des décennies « l'encerclement capitaliste », encore qu'elle ait réussi à y opérer des brèches et des retournements. Effectivement, l'idéologie de la lutte des classes est une idéologie de combat qui appelle la victoire totale du socialisme sur un ennemi enragé. Mais aujourd'hui que l'ère de l'encerclement a cessé depuis plusieurs décennies, c'est-à-dire depuis que l'ère de l'Empire a commencé, il est remarquable que le système informationnel se maintienne sur le pied de guerre, intérieur et extérieur, en pleine paix.

C'est que le parti mène sa guerre contre la société qu'il commande. Il mène effectivement une lutte de classes contre les diverses classes sociales composant la nation, afin d'empêcher celles-ci de communiquer, se concerter, voire se coaliser. Il mène une guerre sans merci contre une réalité sociale qui, en fait, vit hors la légende, sous la légende. Il entretient la haute hystérie de guerre, qui intimide chacun, écrase dans l'œuf, avec l'aide du NKVD, tout embryon de critique ou d'opposition.

Ici apparaît l'unité profonde de combat et d'intimidation, où l'appareil informationnel, l'appareil policier, l'appareil militaire jouent conjointement leur rôle. Ces trois appareils relèvent du même centre, le Parti/État, et ont pour fonction conjointe de maintenir son appropriation sur la société tout entière.

Ainsi, simultanément, le parti exprime la voix de ceux qu'il opprime, occulte la réalité qu'il asservit, ainsi que sa propre réalité, programme et produit un nouveau type de société qui, comme nous le verrons, défie encore nos moyens de connaissance et nos instruments d'analyse, fait tout pour empêcher de connaître et comprendre ce qui se passe dans les sociétés qui se nomment socialistes, c'est-à-dire de connaître et comprendre leur vraie nature.

Conclusion : De la nécessaire et insuffisante information

1. L'apparition et le développement des média ont disposé sur la planète un réseau d'informations qui a accru de façon extraordinaire les possibilités de connaissance du monde et de son devenir. Il est remarquable que ce soit ce progrès dans l'information et la connaissance qui ait provoqué le progrès de la déformation et de l'ignorance. Les puissances menacées par le pouvoir informationnel véhiculé par les média n'ont eu d'autres recours que de les asservir pour les transformer en instruments d'aveuglement. Dès que la photographie est apparue, elle a suscité les trucages de la « photographie spirite » où apparaissent spectres et fantômes. L'histoire stalinienne de l'URSS a été authentifiée par des photographies truquées d'où ont disparu à jamais les visages de Trotski, Boukharine et autres vieux bolcheviks condamnés par Staline. Il n'y a rien de plus trompeur que les innombrables documentaires tournés sur la Chine, la Sibérie, Cuba, sous les auspices de la caméra-témoin. Enfin et surtout, les pouvoirs contrôlant l'information ont pratiqué systématiquement la sous-information et produit la pseudo-information. On voit donc que le progrès du mensonge dans le champ de l'information est la réponse au progrès potentiel de vérité qu'apportait le développement des média. Le mensonge a progressé parce que les média permettent un progrès de vérité.

2. La « bonne » information peut être difficilement authentifiée par le récepteur des média. Ni l'image ni le témoignage ne sont en eux-mêmes des garanties absolues. La « bonne »

information ne peut jamais être définie *a priori*. Ce qui peut être défini, ce sont les conditions d'apparition de la bonne information, c'est-à-dire les conditions de concurrence/antagonisme des organes d'information.

3. La concurrence et l'antagonisme sont nécessaires à la vie informationnelle en même temps qu'ils sont nécessaires à la vie démocratique d'une société. Le problème de l'information doit être situé dans son contexte sociopolitique.

4. L'information-bien d'État et l'information-marchandise tendent l'une et l'autre, pour des raisons différentes et selon des processus différents, à dégrader leur qualité d'information, qui est *le seul moyen dont nous disposons pour recevoir les leçons du réel*.

5. Il nous est absolument nécessaire d'être bien informés, mais cela n'est nullement suffisant pour bien connaître. L'important n'est pas seulement l'information, c'est le système mental ou le système idéologique qui accueille, recueille, refuse, situe l'information et lui donne sens.

En effet, l'accord sur les données ne suffit pas. L'humanité pré-copernicienne et l'humanité post-copernicienne voient le même Soleil, mais, pour la première, c'est un disque tournant autour de la Terre, pour la seconde, c'est l'astre autour duquel la Terre tourne. Il a fallu, certes, pour que se constitue la nouvelle théorie, de nouvelles informations qui apportèrent la perturbation dans les anciennes, mais il a fallu aussi qu'un nouveau système cohérent d'hypothèses puisse mettre le Soleil au centre du monde et la Terre à sa périphérie.

Tout se joue donc, non seulement sur le plan de la seule information, mais sur le plan du cycle

information ——→ théorie ——→ vision du monde
(↩ retour de théorie vers information ; ↩ retour de vision du monde vers théorie)

qui permet de faire écrouler l'ordre et l'organisation de l'univers, et de susciter l'édification d'un nouvel ordre et d'une nouvelle organisation.

Un exemple d'un autre type va nous montrer que le sens d'une même information peut s'inverser selon le système de pensée qui l'intègre. Georges Friedmann écrivit dans les années trente *La Crise du progrès*. L'analyse des textes de philosophes et écrivains du début du siècle lui montrait, que, contrairement à la fin du siècle précédent, l'idée de progrès était de plus en plus contestée dans l'intelligentsia occidentale. Sa vision marxiste du monde expliqua ce phénomène : philosophes et écrivains exprimaient l'idéologie de leur classe, la bourgeoisie, et celle-ci, désormais en déclin, laissait échapper le flambeau du progrès que ramassait la nouvelle classe, montante, le prolétariat.

Vingt-cinq ans plus tard, le philosophe lisait autrement les mêmes textes sur lesquels il avait bâti son analyse. Ceux-ci désormais ne reflétaient plus à ses yeux les angoisses de la bourgeoisie décadente, mais exprimaient la crise profonde de la civilisation moderne, face à l'ambiguïté des développements de la technique. Georges Friedmann lui-même mettait le progrès en question : celui-ci n'était plus nécessairement inscrit dans le devenir historique, il devenait une possibilité, fragile et menacée. Ainsi, ce qui avait changé, c'était la structure de la vision du monde. Georges Friedmann n'avait pas modifié les données textuelles dont il disposait : c'étaient bien les mêmes textes. Mais le changement dans la vision du monde était elle-même liée à l'irruption de nouvelles informations politico-sociales, à de nouveaux modes d'acquisition/sélection de cette information, à de nouvelles méthodes d'interprétation. C'est dire que le problème de l'information est inséparable du problème de l'interprétation par le système d'idées qui l'intègre, la situe, la rejette, et qu'elle peut réformer ou révolutionner.

6. Nous voyons donc que le problème de l'information, nécessaire pour savoir ce qui se passe dans le monde, nous oblige à remonter bien en deçà et au-delà de la vérification des informations. Il nous plonge dans des problèmes complexes de structure mentale, de croyance, d'idéologie, de confiance/méfiance, d'organisation des média, d'organisa-

des fait psychiques !

tion de la société. Nous commençons à comprendre ce que veut dire le mot de complexité : c'est de ne pouvoir isoler totalement un phénomène pour le comprendre, c'est, au contraire, la nécessité de le relier à ses articulations naturelles. Et voilà la complexité du problème de l'information : on ne peut l'isoler absolument du problème social, du problème de l'idéologie, du problème de l'esprit humain. *Il y a distingabilité, non-séparabilité des problèmes*. Cela effraie. C'est en effet effrayant. Mais c'est la seule voie pour tenter de comprendre.

Les maux des mots

Les maîtres mots

Droite/Gauche, Capitalisme/Socialisme, Fascisme/Antifascisme, Démocratie/Totalitarisme sont des mots qui, parmi tous les mots dont nous nous servons pour désigner les choses politiques, ont acquis un privilège et une domination qui en font des *maîtres mots*.

Les maîtres mots sont à la fois :

– des mots géants qui étendent leur empire sur tout le champ politique : ainsi, selon l'optique, démocratie/dictature, socialisme/capitalisme, gauche/droite se disputent et se partagent le monde ;

– des mots hyperdenses, concentrant en eux le maximum de signification et vérité, ce qui rend les autres mots creux et faux ;

– des mots noyaux, qui sont ainsi les centres autour de quoi gravitent nos croyances et idées ;

– des mots cardinaux, qui nous indiquent le bas et le haut, le nord et le sud, le bon et le mauvais, la gauche et la droite (dont justement les mots « gauche » et « droite ») ;

– des mots stratégiques, forteresses de nos croyances politiques, ou, au contraire, mots panzers qui intimident et terrorisent l'ennemi.

Ainsi, les maîtres mots sont plus que des idées clés, opérant les distinctions/oppositions fondamentales qui donnent forme et sens à notre univers. Ils deviennent possesseurs de la réalité. Ils deviennent hyper-réels. Nous finissons même par voir dans le capitalisme, le communisme, le fascisme, non seulement la substance du réel, mais des êtres doués d'existence et d'intelligence.

Nous avons certes besoin de mots cles, de mots cardinaux, de mots noyaux, mais aujourd'hui se pose le problème : est-ce que les maîtres mots de nos vocabulaires politiques dominants ne sont pas de moins en moins des mots qui renvoient aux phénomènes effectifs, de plus en plus des mots mystères (que l'on croit explicatifs alors que ce sont eux qui devraient être expliqués), des mots spectres s'imposant comme réalités et masquant alors les choses réelles, des mots pourris (qui ont perdu leur vertu et leur fécondité) ?

En ce qui concerne nos ennemis, nous voyons que les mots, qui pour eux expriment la réalité et la valeur suprêmes, sont pour nous des mots fiction. Ainsi, le mot « aryen », qui pour le nazi exprima scientifiquement sa vérité et sa supériorité, ne correspond pour nous à aucune réalité biologique, ethnique, rationnelle. Nous voyons très bien que les maîtres mots de nos adversaires sont creux, illusoires, morts, mortels, alors que pour eux ils sont réels, vivants, vivifiants.

Qu'est-il des nôtres, je veux parler ici des mots de « gauche », à commencer par les maîtres mots « droite-gauche » ?

Droite/Gauche

Les mots droite/gauche sont des mots cardinaux permettant de situer politiquement toute idée, parole, décision. Mais ont-ils toujours leur même valeur ? Leur opposition est-elle toujours pertinente ? Un argument immédiat intimide et casse cette question : se demander si l'opposition gauche/droite est toujours pertinente, c'est précisément une question de droite. Mais cet argument est-il vraiment satisfaisant ?

N'a-t-on pas vu des formations d'origine révolutionnaire, dériver de l'extrême gauche au centre gauche, comme les radicaux français, héritiers des Jacobins, les sociaux-démocrates, héritiers directs de Marx et Engels ? Des formations réactionnaires ou traditionalistes elles-mêmes accepter puis prôner des idées évolutives ? Dans ce dernier cas, on peut penser que l'évolution a changé de sens et n'est pas nécessairement progressiste, mais alors, ne sont-ce pas les idées d'évolution sociale qui auraient perdu leur relation exclusive avec la gauche ? Ne peut-il y avoir une dérive *de facto* en dépit du vocabulaire ? Certes, l'opposition sociaux-démocrates/conservateurs demeure, mais n'a plus la portée radicale que lui prête encore la doctrine. Le communisme est-il de gauche là où il est caractérisé par des traits politiques congénitalement attribués à droite, comme l'État policier, l'absence de droit de grève et de libertés ? Certes, le parti communiste, en pays non communiste, soutient les grèves ouvrières, y constitue un mouvement syndical indépendant du pouvoir, y lutte pour la défense des libertés, mais ne constitue-t-il pas déjà le microcosme et l'appareil dirigeant d'une future démocratie populaire aux couleurs de la France ? A tout le moins, ce communisme ne révèle-t-il pas un phénomène hybride, qui cesse de relever correctement de l'opposition droite/gauche ?

Il y a eu dérive et transformation du message marxiste originel à la social-démocratie, de celle-ci au bolchevisme de Lénine, de celui-ci au stalinisme. Ces dérives/transformations ont fait que, du parti révolutionnaire originel au pouvoir d'État totalitaire, de l'aspiration à la société sans classe à la *Nomenclatura*, du pouvoir des soviets à la suppression de toute autonomie ouvrière, les mots de « gauche » ou « extrême gauche » n'ont plus de sens pour qualifier un tel système, bien que le mot de « droite » ne soit non plus pertinent. On dit souvent, à gauche, que l'idéologie libérale de la nouvelle droite est un camouflage. Mais alors l'idéologie de gauche du communisme d'appareil (cela pour désigner son originalité structurelle) ou stalinistique (cela pour désigner son originalité historique) n'est-elle pas devenue son camouflage, bien qu'elle anime encore tant d'espoirs émancipateurs et révolutionnaires ? N'est-ce pas le marxisme qui nous montre que l'idéologie cache le réel plus qu'elle ne l'exprime ?

Tout cela ne nous incite nullement à rejeter les concepts cardinaux de droite et de gauche, mais à les revisiter et les réinterroger. Je suis pour ma part convaincu de la distinction/opposition droite/gauche, mais elle n'est pas nécessairement là où elle se proclame. Il faut tenir compte des dérives et transformations historiques qui peuvent la rendre équivoque, insuffisante ou trompeuse. La bipolarisation droite/gauche ne peut continuer à demeurer élucidante qu'à condition qu'elle soit elle-même re-élucidée en fonction du champ politique réel.

Droite et gauche sont élucidants seulement à partir du moment où l'on n'oublie pas que, dans le champ politique complexe, « droite » polarise les solutions d'ordre, de hiérarchie, de conformité, et « gauche » les solutions de liberté, d'égalité, de solidarité.

Ni gauche, ni droite ne sauraient être des attributs définitifs, intemporels, substantiels, invulnérables, donc métaphysiques. Ils doivent être périodiquement réexaminés, reformulés, refondés, sinon ces mots deviennent des étiquettes trompeuses, qui demeurent sur les bouteilles après que le vin est devenu vinaigre.

La distinction droite/gauche ne saurait être seulement une distinction immédiate/locale qui concernerait telle action politique *hic et nunc* (un des paradoxes de la vie politique française est que des réformes de « gauche » sont finalement réalisées par des gouvernements de « droite », et que la gauche au pouvoir accomplisse des actes de « droite »). Mais elle ne saurait être une distinction ontologique insensible aux actions *hic et nunc*. Il nous faut donc introduire d'autres notions cardinales pour pouvoir concevoir des phénomènes politiques qui, si nous sommes prisonniers d'une vision simplifiante et abstraite de la distinction/opposition droite/gauche, nous échappent, nous troublent ou nous trompent. Dès lors, droite et gauche peuvent jouer un rôle opérationnel au sein d'un système complexe de notions cardinales. Ce ne sont plus les maîtres mots qui déterminent *a priori* le sens d'une action politique. Notre vision doit accéder à la complexité d'une réalité où il y a de la droite dans la gauche, de la gauche dans la droite, de l'ambiguïté, de la dérive, de la transformation. Rappelons que le fascisme, originairement, est venu de droite et de gauche.

Capitalisme/Socialisme

L'heure du réexamen a également sonné pour les deux maîtres mots Capitalisme et Socialisme. Dans leur empire politique, ces deux maîtres mots contrôlent toutes idées ; ainsi la démocratie devient purement « formelle » et illusoire là où règne le capitalisme, mais réelle là où règne le socialisme. Le fascisme s'éclaire comme stade suprême ou exacerbé du grand capital, le stalinisme se rabougrit en forme provisoirement pervertie du socialisme. Ces maîtres mots sont-ils vraiment fondamentaux, opérationnels, élucidants ?

Le mot capitalisme est le fruit d'un formidable travail d'investigation théorique, au terme duquel Marx l'a reconnu et défini comme réalité cachée des sociétés qui se présentaient officiellement comme démocratiques ou libérales.

Or, le capitalisme devient maître mot lorsqu'il devient le terme réducteur qui suffit à rendre compte de sociétés comportant d'autres caractères et dimensions, et lorsque le terme se substantialise, devenant une entité en soi, alors qu'il était adjectif : économie capitaliste, société capitaliste. Plus encore, le capitalisme devient un spectre lorsqu'il apparaît comme une sorte d'être anthropomorphe, de *deus ex machina*, ourdissant sans trêve ruses et infamies contre les peuples travailleurs. Dès lors, les hallucinés idéologiques *voient* le capitalisme décider, agir, tromper comme d'autres avaient pu voir, au Moyen Age, le diable.

La détermination capitaliste est, certes omniprésente dans notre société, mais est-ce la seule, ou la principale ? Le capitalisme est-il vraiment extra-lucide ? Cherche-t-il à maintenir par tous les moyens son pouvoir dans le monde ? Son intérêt mercantile immédiat ne va-t-il pas contre son intérêt vital ? Pourquoi entreprises et pays capitalistes fournissent-ils à l'URSS, non seulement les machines et les usines nécessaires à son développement, mais le blé nécessaire à sa subsistance ? Le capitalisme a-t-il une tête pensante, ou, en dépit de son nom, est-il acéphale, c'est-à-dire n'est qu'un système, lequel est soumis, comme l'avait vu Marx, à des contradictions ? Les libertés, les pluralismes qui existent dans les pays capitalistes comme la France ou les USA, sont-ils des masques, des épiphénomènes ? L'Albanie est-elle plus avancée *politiquement* que la Suède ? La Tchécoslovaquie que la Suisse ? Le moment n'est-il pas venu de repenser le capitalisme ? Ne s'est-il pas métamorphosé et sa nature n'est-elle pas dans ces métamorphoses ? Ne faut-il pas le réintroduire dans la complexité de l'histoire, de l'économie, de la société et réinterroger sa signification historique, économique, sociale ? Ne faut-il pas reconnaître l'inexpliqué de cet explicant, la non-explication qui résulte de sa volonté explicative impérieuse ? Ne faut-il pas comprendre que ce mot devient fantôme, lorsqu'il devient réducteur, substantiel, biomorphe, anthropomorphe, égomorphe ?

Quant au socialisme, à quoi correspond-il ? En ce qui concerne les social-démocraties, c'est l'espoir, le but d'une société sans domination/exploitation de classes. En ce qui concerne les pays du socialisme dit « réel », alors il s'agit d'un mot fiction. La réalité du socialisme « réel » contredit son idéologie de façon radicale.

Et pourtant, dans une très grande partie du monde, en Amérique latine, en Afrique, en Europe, des intellectuels, des théoriciens, des prolétaires croient que le socialisme de leur idée existe réellement en URSS, en Chine, à Cuba, en Albanie, en Angola. Ils y croient comme l'humanité chrétienne a cru en l'incarnation et en la réalisation de la promesse divine. Pour Marx et Engels, le socialisme était le produit du développement de la classe ouvrière, et succédait donc au capitalisme industriel. Aujourd'hui, on fabrique un socialisme sans classe ouvrière, sans industrie, à partir des débris d'un monde tribal et féodal. Et pourtant, l'halluciné idéologique, de même qu'*il voit* la main du capitalisme partout où son socialisme enregistre quelques difficultés ou échecs, voit ce socialisme comme une entité existante, portée par la classe ouvrière (inexistante ou asservie) et le peuple. Le terme de peuple, dans ce contexte, joue alors une fonction hallucinatoire spécifique. Effectivement la notion de peuple, dans son principe « socialiste », exclut la population qui constitue le peuple, pour s'épanouir dans sa plénitude métaphysique, et, comme les grandes divinités des siècles théologiques, il parle par la bouche de ses prêtres, les dirigeants du Parti.

Mais alors qu'est-ce que ce socialisme « réel » qui s'enveloppe de notions mythiques et légendaires ? Ici nous sommes désemparés. Les outils conceptuels dont nous disposons, dans la science politique bourgeoise ou dans le marxisme, ne collent que partiellement : nouvelle classe, bureaucratie, totalitarisme, despotisme oriental, autant de termes qui éclairent des faces du phénomène, mais ne le saisissent pas dans sa réalité multidimensionnelle et *une*. La notion de stalinisme est non seulement à élucider, mais à appliquer adéquatement. Ou bien elle est trop circonscrite (à la personne et la durée de vie de l'homme Staline) ou trop généralisée (à tout ce qui est URSS) ; ou elle est exorciste (localisant le mal sur un individu) ou imprécatoire (pour qualifier tout ce qui relève du communisme). C'est dire qu'il nous faut non seulement repenser l'idée du socialisme, mais penser la réalité que nous désigne et nous cache l'idée de socialisme « réel » ou soviétique.

Que reste-t-il quand, dans la dichotomie capitalisme/socialisme, chacun des deux termes est à réinterroger et repenser ? En même temps que la symétrie antagoniste entre ces deux notions, l'ordre et le sens du monde s'effondrent : on perd le nord, on perd la gauche, on perd le soleil levant, on perd la vérité... C'est pourquoi on fait tout pour retarder l'examen qui fait s'écrouler les piliers idéologiques de la réalité et nous plonge dans les ténèbres.

Si le socialisme « réel » instaure une oppression pire que celle des systèmes capitalistes de l'Occident libéral et plus durable que celle de la pire des dictatures militaires américano-latines, on perd le sens évident du mot de « révolution socialiste ».

Nous avons vu, en ce siècle, les Révolutions dériver, se

détourner en leur contraire, devenir réactionnaires. Nous avons vu l'idée de Révolution conduire au terrorisme halluciné. Nous devons désormais savoir que toute révolution conduite sous la bannière du marxisme-léninisme par le parti-du-prolétariat conduit à une nouvelle domination et exploitation. Nous devons savoir qu'une libération peut conduire à un asservissement pire que celui qu'elle a brisé si elle est guidée par une organisation asservisseuse.

Nous avions cru vivre le siècle des Révolutions de la misère qui chasseraient la misère. Nous subissons la misère des révolutions de ce siècle.

Ne faut-il pas remettre en cause, non pas l'idée de révolution, mais le maître mot de Révolution, la Révolution-Salut, la Révolution-Solution ?

Fascisme/Antifascisme

Le fascisme est un terme qui révèle l'unité profonde du fascisme italien, du nazisme allemand, du franquisme espagnol et des mouvements ou partis créés sur ces modèles. Le noyau dur du fascisme, constitué par le nazisme, a été anéanti durant la Seconde Guerre mondiale, ainsi que les autres fascismes ou parafascismes européens, à l'exclusion des deux variantes ibériques.

Trente-cinq ans après sa fin, la nature sociologique du fascisme n'est pas vraiment élucidée et les instruments de la science politique « bourgeoise », comme du marxisme, sont insuffisants ou inadéquats à la cerner. Dictature de parti unique à caractère totalitaire, certes. Mais fut-il seulement, principalement, le serviteur du grand capital ? Et s'il a servi le grand capital, ne l'a-t-il pas mis aussi à son service ? S'il a emprunté au bolchevisme son mode d'organisation partidaire, s'il s'est inspiré du système de parti unique qui s'est imposé en URSS, est-ce seulement pour retourner sur l'adversaire les mêmes armes efficaces, ou n'est-il pas devenu, tout en lui demeurant ennemi, un rameau divergeant sur le tronc du totalitarisme moderne ?

L'horreur du nazisme ne saurait le projeter hors de l'histoire et de l'humanité, en sorte que l'hitlérisme relèverait désormais uniquement de la condamnation morale. C'est au contraire cette horreur qui doit nous pousser à comprendre les causes de sa formation, de son déferlement, de son emprise, de sa puissance. Le refus de comprendre (sociologiquement, historiquement) prétend que comprendre c'est justifier. Mais cet argument ne relève-t-il pas de l'obscurantisme justement dénoncé comme fasciste ? Est-ce que comprendre signifie oublier ? Au contraire, c'est la réflexion toujours renouvelée qui entretient la mémoire, alors que l'imprécation s'use.

L'antifascisme devient débile quand il met le nazisme hors temporalité (imprescriptibilité de ses crimes) et hors humanité. L'antifascisme est débile, quand il voit en Hitler un bourreau à plein temps, qui ne peut être crédité d'un amour sincère pour son chat, Eva Braun, les lieder de Schubert. Ainsi (*l'Express* du 3 août 1980) je lis dans un article « Hitler trop humain », consacré à un film d'Anthony Hopkins sur Hitler : « Anthony Hopkins se défend d'avoir voulu rendre Hitler sympathique, " simplement humain ", dit-il. Mais c'est cet adjectif, accolé au nom d'Hitler, qui fera mal à tous ceux qui se souviennent. » Et pourtant Hitler n'était pas en permanence éructant dans les meetings, donnant à tout instant des ordres de destruction et d'anéantissement. Est-ce que l'antifascisme doit conduire *à déshumaniser de façon abstraite, comme le fit le fascisme pour ses ennemis réels et supposés ?* Qu'est-ce donc un antifascisme qui s'autorise à être aussi débile, intolérant, inhumain que le fascisme ? Je considère que c'est par simple rationalité que nous ne devons, ni ne pouvons, retirer à quiconque son humanité, toute humanité. Car c'est cela l'humanité : le mélange horrible d'humanité et d'inhumanité. Le fascisme a été écrasé par la victoire alliée. Pourtant l'antifascisme demeure. Cela peut se comprendre : des résidus persistent, les germes subsistent, des résurgences apparaissent et, même minoritaires ou mineures, peuvent réveiller une très compréhensible allergie. Toutefois, l'antifascisme ne fait pas que demeurer, il s'est développé depuis la mort du fascisme. Pour cela, il a fait sortir le mot fascisme de son lit historique, il l'a inflationné : on a identifié comme fascisme toute dictature, alors que le fascisme est une forme spécifique de dictature totalitaire ; on a nommé fasciste toute mesure, voire toute attitude autoritaire, alors que l'autoritarisme précède le fascisme et lui succède sous des formes anciennes ou nouvelles. De 1958 à 1980, on n'a cessé de dénoncer la « montée du fascisme » en France, et, pendant ses premières années, en dépit des différences manifestes, le gaullisme fut qualifié de fascisme par l'intelligentsia avancée. Police devint fasciste et CRS devint SS. Contradicteur, phallocrate, technocrate, devinrent *fachos*. Ultime dégoulinage, le libéralisme fut démasqué comme fascisme mou, honteux, sournois, et, dès lors, le fascisme est partout, tapi, caché, rongeur, ajoutant à son ignominie l'hypocrisie des apparences libérales.

Il y a deux antifascismes dans l'antifascisme. Le premier est l'horreur de la dictature totalitaire fasciste, et il ne peut que communiquer avec l'antistalinisme. Le second sert de diversion pour nous empêcher de voir la réalité bien vivante de la dictature totalitaire dite communiste, en nous mettant en état d'hystérie contre la menace urgente de l'ennemi écrasé il y a trente ans. L'antifascisme débile, intolérant, inhumain est précisément animé par le totalitarisme communiste, qui exprime par cela même sa propre nature. Cet antifascisme de diversion est exactement de même nature que fut l'anticommunisme nazi ou collabo. Étant donné que le bolchevisme était posé comme l'horreur et l'asservissement absolus, il fallait le combattre par tous les moyens, et collaborer avec ceux qui le combattaient. Longtemps en France, et aujourd'hui encore dans bien des pays, l'anticommunisme sert à justifier la dictature militaire, la répression des révolutionnaires, l'état de siège, les mesures d'exception.

Aujourd'hui sont passés les temps de la tragédie politique pour toute une génération de militants qui, de 1931 à 1941, furent soumis à la double injonction de lutter contre nazisme et stalinisme. Aujourd'hui sont passés les temps où l'occupation allemande dictait clairement le sens antifasciste de la

Résistance. Aujourd'hui sont passés les temps où l'on pouvait se convaincre que les démocraties bourgeoises, apparemment ennemies du fascisme, faisaient en réalité son lit parce que « capitalistes », tandis que le communisme stalinien était son seul ennemi efficace, parce que revêtu des mêmes armures d'airain et gouvernant de la même poigne de fer.

Aujourd'hui, l'antifascisme endort plus qu'il ne rend vigilant, s'il nous fait porter le regard toujours sur la renaissance du nazisme en Allemagne (où il demeure étonnamment marginal), sur les groupuscules de nazillons français, sur les menaces qui viennent du désert des Tartares, et nous détourne l'esprit de l'énorme puissance impériale qui ne cesse de s'accroître... Il n'est nullement impossible qu'apparaisse une nouvelle menace totalitaire. Mais, de même que le virus d'une grippe vaincue est impuissant à ravager l'organisme désormais immunisé, il est hautement improbable que l'ancien virus fasciste brise nos défenses. C'est une structure virale inconnue qui provoque l'épidémie nouvelle. Alors, plutôt que de veiller sur les anciennes lignes Maginot de l'antifascisme, il nous faudrait, comme l'a dit Gianfranco Sanguinetti, « craindre ce qu'on ne connaît pas et connaître au plus vite ce qu'il faut craindre aujourd'hui ».

L'enjeu et la bataille des mots

Tous les maîtres mots que j'ai évoqués sont des mots stratégiquement clés, et la bataille idéologico-politique, qui ne se réduit certes pas à une bataille de mots, est aussi une bataille qui se joue avec les mots. On se bat, d'une part, pour imposer son vocabulaire, y compris à l'adversaire, d'autre part, pour s'approprier les mots qui, comme révolution, socialisme, nation, permettent le contrôle d'un vaste territoire idéologique.

Ainsi, il n'est pas indifférent de considérer le monde selon les termes est/ouest, selon les termes socialisme/capitalisme, ou selon les termes démocraties/États totalitaires. Le partage Est/Ouest est en principe neutre, mais en fait exclut le reste du monde et favorise implicitement notre occidentalo-centrisme.

Le partage capitalisme/socialisme favorise le terme socialisme. Le troisième partage est en défaveur du totalitarisme qui perd du coup sa qualité de socialisme. Il est donc capital de pouvoir imposer ses maîtres mots. Toute puissance occupante veut flétrir le résistant du nom de terroriste ou bandit, et lui dénier le titre de patriote. Le communisme stalinien a acquis une grande suprématie de vocabulaire en imposant, pour le désigner, les mots porteurs des mythes et illusions qu'il veut répandre. Ainsi, le terme *Union soviétique* renvoie à la réalité incontestable d'une Nation/État, mais est conceptuellement hallucinatoire car l'Union soviétique n'est ni union ni soviétique. Le stalinisme a gagné une grande bataille de mots lorsque notre plus sérieux journal d'informations a catégorisé les nations européennes en « pays socialistes » et « pays capitalistes ».

Il y eut une première brèche dans le glacis des mots staliniens quand le mot Goulag s'est imposé à l'Ouest. Voici un mot sigle, comme RATP ou SNCF, qui désigne l'entité administrative régissant les camps « soviétiques ». Mais ce terme neuf, à consonance barbare et étrange, a permis de conceptualiser dans son originalité et sa spécificité le système concentrationnaire de l'URSS. Malheureusement, sitôt mis en circulation, ce mot fut soumis à une inflation dévergondée qui l'a conduit au bord de la dévaluation. On a commencé par faire voyager ce mot pour donner toute son intensité concentrationnaire à la situation répressive dans les dictatures d'Amérique latine, et on a parlé alors de « goulag chilien », de « goulag nicaraguayen », etc., terme qui, en donnant un peu plus de force à la dénonciation de ces dictatures, affaiblissait le sens du mot « goulag ». Puis le « goulag » servit à des dénonciations locales, il y eut le « goulag de la Goutte-d'Or », le « goulag des Beaumettes » ; puis le « goulag » s'est mis à désigner tout renfermement ; il y eut le « goulag intellectuel », des « goulags de l'esprit » au « goulag de l'âme » ; on a goulagué et dégoulagué de toute part, à tout propos. En même temps, l'anticommunisme de la bourgeoisie possédante, des nantis sans cœur, n'a cessé de répéter avec joie « goulag, goulag,

goulag ». Ainsi, d'inflation en dévaluation, de dévaluation en inflation, le mot s'appliquant à tout et à rien, cesse de désigner ce qui précisément et spécifiquement s'appelle « goulag ».

Plus récemment, une nouvelle brèche dans le vocabulaire aseptisé du communisme officiel s'est ouverte avec l'irruption du mot *Nomenclatura*, qui exprime la spécificité de la nouvelle classe dirigeante/dominante en URSS. Aujourd'hui, c'est une grande et longue bataille qui se joue autour du mot « totalitarisme », et le combat demeure indécis...

Conclusion : Pour des moindres mots

Nos maîtres mots sont malades : ils sont dégradés, obsessionnalisés, reviennent à tort et à travers, prétendent tout connaître et tout expliquer. Ils ont perdu vertu opérationnelle et ont acquis vertu magique d'exaltation ou d'exorcisme. Ils sont substantialisés, réifiés et ils ont pris la place des choses qu'ils avaient pour fonction de désigner. Ils ont même pris forme spectrale, biomorphe et anthropomorphe, et nous avons pu croire que socialisme et capitalisme, comme les dieux de l'Olympe, se combattaient par mortels interposés.

Nos maîtres mots sont devenus troués, aveugles, aveuglants. Nous croyions qu'ils illuminaient la nature de la réalité sociale et politique ; nous découvrons qu'ils nous la camouflaient.

Il est malheureusement très difficile qu'un maître mot qui éclaire tout l'univers puisse être abandonné. Il résiste parce que sa désintégration ferait écrouler l'idéologie qu'il soustend. Les maîtres mots sont des mots-Antée qui supportent le monde sur leurs épaules.

Et c'est cela qu'il faut abandonner. Il nous faut renoncer aux maîtres mots. Mais il faut retrouver l'opérationnalité des mots clés. Il nous faut retrouver l'intégrité et la spécificité des mots comme fascisme, nazisme, goulag. Il nous faut retrouver la possibilité de nous orienter et de nous reconnaître, mais, cette fois, en respectant la complexité du réel. Les maîtres mots sont hyper-réels. Or, les mots ne sont pas le réel. Ils traduisent le réel par le truchement des idées. Le problème des mots renvoie donc à celui des relations entre les idées et le réel.

La déroute idéologique

Nous avons besoin d'idées pour commercer avec le réel. Nous avons besoin de systèmes d'idées pour donner forme, structure, sens au réel, pour l'arpenter, le mesurer, nous y repérer. Les systèmes d'idées ou *idéologies* permettent de voir le monde et procurent ainsi des *visions du monde*. Toute insuffisance et inadéquation dans l'idéologie donne alors à voir un monde mutilé et illusoire. Dès lors, l'idéologie déforme en donnant forme.

L'idéologie traduit le monde en idées, et, par là, s'interpose entre le monde et nous au moment même où elle opère la communication. Nous sommes victimes de l'idéologie quand nous ignorons que nous voyons le monde par le truchement de nos idées, et quand nous croyons voir dans nos idées le monde. Dès lors, nous croyons que nos idées sont le réel, ce qui nous rend méfiants à l'égard de toute donnée ou expérience qui contredit nos idées : c'est le réel qui a tort, quand il contredit l'idée.

Ainsi le réel se présente toujours comme aberration et irrationalité devant tout système d'idées dont il menace la logique (laquelle est conçue comme rationalité). Si le réel fait brèche, si l'idéologie commence à faire eau, à tanguer, alors c'est le réel qui est malade. Si l'idéologie chavire, alors c'est le réel qui chavire... Mais alors, celui qui surnage après le désastre aperçoit un réel tout neuf : ce réel, certes, existait, mais il n'avait pas les mots pour le nommer, il n'avait pas les idées pour le concevoir, il n'avait pas la logique pour l'ordonner... Il lui faut se convertir à un nouveau monde. C'est bien cela : la *conversion*.

Jusqu'en 1968, deux idéologies stables régnaient sur notre univers social. La première, l'idéologie sociologique (qu'il me plaît encore parfois de dire « bourgeoise ») voyait une société fondée sur les bases solides de l'industrie, se développant à l'infini, apportant non seulement croissance économique, mais aussi bien-être, résolvant, grâce à la science, la technique, la démocratie, les problèmes de la guerre, de la faim, de la maladie, de l'inégalité. La seconde, l'idéologie marxiste-stalinistique, voyait également que la société avait pris un bon départ, mais à l'Est, sur la base assurée du socialisme, lequel apportait l'égalité, le mieux-être, l'instruction, et, bien sûr, liquidait le problème de la faim, de la maladie, de la guerre. Certes, tout n'était pas résolu, il y avait encore quelques soubresauts, notamment dans le Tiers Monde soumis à des crises de croissance, des éruptions démographiques, quelques famines locales, d'inévitables soubresauts de transition. Certes, il fallait, pour la première idéologie, attendre que le « socialisme » de l'Est se libéralise progressivement, comme le laissait prévoir sa propre dynamique économique (car le bien-être apporte avec lui la démocratie). Il fallait, pour la seconde idéologie, que le capitalisme fasse place, ce qui s'annonçait sans trop de douleurs, au socialisme. De toute façon, l'une et l'autre étaient des idéologies de *fin de l'histoire* : le plus gros du travail historique était accompli : il n'y avait plus de révolution radicale, plus de métamorphose sociale, au-delà de la société industrielle avancée ou au-delà de la société socialiste en marche vers le communisme. L'histoire était arrivée à maturité. Ces idéologies de la fin de l'histoire ne savaient pas qu'elles étaient des idéologies de la fin d'un monde, et peut-être de fin du monde.

Ces deux idéologies sont aujourd'hui en déroute. Je ne dis pas qu'elles sont en miettes, je ne nie pas qu'elles puissent se restaurer, se réformer, et par là même, dès lors, se transformer ; mais elles sont atteintes au noyau dur, et pas seulement à la ceinture de sécurité.

Ce qui s'effrite entre 1968-1974, c'est le roc sur lequel se croyait bâtie la société industrielle/technicienne. La crise culturelle de 1968-1970 montre que le bien-être produit non seulement du mieux-être mais aussi du mal-être ; que l'accroissement des besoins matériels, lié à l'atomisation individualiste de la vie, réveille des besoins affectifs profonds, qui, réprimés/contrôlés dans la civilisation traditionnelle, sont devenus errants et divagants. Les mythes du bonheur se mitent, se problématisent. C'est sur cette crise culturelle que se greffe le problème écologique, qui montre qu'au-delà de certains seuils, les croissances industrielles créent plus de nuisances que de bienfaisances, qu'en somme leurs sous-produits pollueurs tendent à devenir produits principaux tandis que les produits principaux – les satisfactions – tendent à devenir sous-produits. Enfin, la crise pétrolière de 1973, en réveillant tous les facteurs, jusqu'alors inhibés ou rampants, de crise économique, nous montre la fragilité inouïe non seulement de la prospérité, mais de l'existence des sociétés occidentales. On prend conscience de ce que l'on avait totalement réussi à refouler : les sources productrices de notre sang pétrolier se trouvent très loin de l'organisme, au-delà de dix mers, dans des contrées incontrôlables, livrées aux conflits violents, aux idéologies frénétiques. Ce sang arrive par tankers, traversant des détroits incertains qu'un rien peut barrer ou miner. En nos promontoires, nos estuaires, les Antifer reçoivent le goutte à goutte des pétroliers géants qui attendent à la queue leu leu le moment de décharge... Notre circulation de sang est ainsi quasi totalement extracorporelle. Notre situation est pire que celle de l'emprisonné du poumon d'acier. Ce qui avait manqué à la vision socio-économique, c'était le monde, notre monde en état de chaos, d'agonie, de gésine, un monde ouragané par deux guerres mondiales, incontrôlable, mais dont la première et élémentaire prévision qu'on pouvait faire sur son avenir est qu'il était imprévisible.

L'autre monde, le monde « socialiste » est-il, lui, cohérent ? Certes l'URSS ne cesse de développer une formidable économie de guerre, mais l'économie de paix vivote dans la pénurie, le désordre, la stagnation. La société socialiste ne connaît pas de grèves, conflits, insurrections, mais est-ce parce qu'elle est autorégulée ou parce qu'elle réprime toujours dans l'œuf, à la source ? Chaque fois que l'étau s'est légèrement desserré, la libéralisation a montré une radicalisation et une unanimité des peuples, non seulement contre la puissance vassalisatrice, mais aussi contre le parti régnant. Ainsi, à trois reprises en Pologne, et toujours dans le soulèvement de la classe ouvrière, une fois en Hongrie, dans l'insurrection de la nation, une fois en Tchécoslovaquie, dans la résistance d'un peuple, le socialisme « réel » a révélé que l'ordre qu'il instaurait était de contrainte et servitude. Plus encore, ce qui est irrémédiablement mort, c'est l'espoir que le socialisme puisse créer un nouvel ordre pacifique entre nations. Ces communismes n'ont pas seulement enfourché les nationalismes, ce sont les nationalismes qui les ont, plus profondément encore, enfourchés. Alors que les oppositions nationales en Europe, foyer depuis deux siècles de l'impérialisme, du capitalisme, du chauvinisme s'estompent ou s'endorment, les casus belli s'allument entre États socialistes, se réclamant du même credo, se fondant sur la même organisation. C'est entre URSS et Yougoslavie, entre Chine et URSS qu'il y a risque de guerre, c'est entre Chine et Viêt-nam, entre Viêt-nam et Cambodge, qu'il y a eu guerre.

De telles sociétés tendent-elles vers l'abolition des classes, des inégalités ? En fait, c'est une classe dominante d'un type nouveau, mais jouissant de privilèges de type ancien, qui s'y est formée, instituant un nouvel esclavage concentrationnaire, asservissant un prolétariat dénué du droit de grève et du droit syndical.

Ainsi les fondements sociologiques de la société industrielle et les fondements marxistes du socialisme de l'Est s'effondrent. Mais ce qui s'effondre en même temps est ce qu'il y avait de sous-jacent à l'une et l'autre idéologie, l'idée d'un progrès désormais mis sur rail, s'autodéveloppant de lui-même... De plus en plus, nous voyons que tout progrès comporte son envers, qui est régrès, et que parfois la régression est plus forte que la progression qui l'a provoquée. Nous voyons que le développement ne fait pas que résorber, il apporte aussi du sous-développement, non seulement le sous-développement de bidonville, chômage, déracinement, mais aussi, au cœur même de la sphère économiquement développée, du sous-développement culturel, moral, intellectuel, affectif...

Nous sommes en un temps où l'idéologie et le réel dérivent

l'un par rapport à l'autre. Dès lors les idéologues désenchantés accusent le réel de les avoir trompés, ils accusent les temps sans pitié, les temps infâmes. Mais ne devraient-ils pas se demander où et pourquoi ils s'étaient trompés ?

Le drame est que les idées fausses sont en même temps *des idées réelles*, qui disposent de la réalité idéologique, laquelle est en même temps une réalité sociologique. Nous devons donc savoir qu'une idéologie même aberrante constitue une dimension de la réalité dès lors qu'elle est tenue pour vraie par une collectivité humaine, et surtout lorsqu'elle devient l'idéologie d'un État. Disposant dès lors de la loi, de la police et de l'armée, l'idéologie devient une force réelle capable de contraindre le réel, voire de le mettre en esclavage.

Nous sommes aujourd'hui en un temps hagard où l'on sait que quelque chose est malade dans la relation entre l'idéologie et le réel. Est-ce l'idéologie ? Est-ce le réel ? Mais quelle entreprise énorme de repenser l'idéologie... ! Ne suffit-il pas de la troquer contre une autre, une ancienne, apparemment plus résistante, contenant éventuellement le Bon Dieu comme consolation ? Ou bien sombrer dans cette idéologie sommaire, cette version dégradée du nihilisme, qu'est le je-m'en-fichisme ?

L'inconnu de la connaissance

Une idéologie est sous-tendue par une *théorie*. La théorie est un système d'idées structurant, hiérarchisant, vérifiant le savoir, de façon à rendre compte de l'ordre et de l'organisation des phénomènes qu'elle envisage. La théorie est dans son principe *ouverte* sur l'univers dont elle rend compte : elle y puise confirmation, et si des données la contredisant surgissent, elle procède à des vérifications (sur les données), des révisions (sur son propre fonctionnement) et des modifications (sur elle-même). Une théorie, par là, est à la fois vivante (elle échange) et mortelle (le réel peut lui infliger un démenti fatal).

Une théorie qui se ferme au réel devient *doctrine*. La doctrine est la théorie qui affirme que sa vérité est définitivement prouvée, et réfute tous les démentis du réel. La doctrine-citadelle blinde ses axiomes qui deviennent alors *dogmes*. Une doctrine est, en principe, inexpugnable. Mais les forteresses imprenables finissent, sans doute trop tard, par succomber, sinon sous l'assaut du réel, du moins, sous l'usure du temps.

Le problème que pose la théorie n'est pas un problème plus « profond » que celui de « savoir voir » : de fait, c'est le même : autrement dit, c'est « savoir voir » qui pose un problème profond, parce que non seulement toute théorie dépend d'une observation, mais aussi parce que toute observation dépend d'une théorie. Comme l'a dit Hanson : « Lorsque Tycho-Brahé (géocentriste) et Képler (héliocentriste) contemplent le Soleil, leur rétine a beau être bombardée par des photons semblables, ils ne voient pas la même chose : Tycho voit un objet brillant qui tourne autour de la Terre, Képler voit un objet brillant fixe, autour duquel tourne la Terre[(2)]. »

Le problème de l'organisation du savoir est capital. Il ne suffit pas de savoir que le goulag, par exemple, existe en URSS. Il ne suffit pas non plus de savoir que, contrairement à la version officielle, il s'agit d'une organisation concentrationnaire d'asservissement, et non d'un système de rééducation par le travail. Il faut savoir comment le goulag se situe dans notre théorie de l'URSS. Ainsi, dans la doctrine stalinienne, le dogme de l'excellence du socialisme refuse le droit d'entrée au goulag : ce ne peut être qu'un mensonge, une ignoble calomnie, et la théorie met alors le mot goulag dans son goulag à concepts. Si la théorie reconnaît le fait concentrationnaire, tout dépend de la façon dont elle le situe dans sa conception de la société soviétique. Elle peut le considérer comme un aspect regrettable mais provisoire, et ce trait, n'affectant pas l'essence intrinsèquement socialiste du système, devient secondaire. Si, au contraire, la théorie est une théorie du tota-

(2) In *Pattern of Discovery*, cité par P. Jacob, *De Vienne à Cambridge*, éd. Gallimard, Paris, 1980.

litarisme et de la nouvelle classe despotique, alors elle accueille le goulag comme phénomène central, qui exprime l'essence même du système. Ainsi, une fois admis et reconnu, le même goulag peut prendre des sens très différents et s'inscrire dans des visions finalement antagonistes.

Une théorie comporte son ou ses noyaux organisateurs principaux, dont dépendent l'insertion et le classement des données, la hiérarchie des idées au sein de la théorie. Ainsi la théorie de Marx est une théorie richement polynucléée, comportant comme noyaux les idées de : dialectique, matérialisme, lutte des classes, nécessité du socialisme, mission du prolétariat. Les variantes marxistes issues de la pensée mère sont moins riches, chacune privilégiant un noyau. Elles tendent souvent à se refermer en doctrines. Ainsi, si le marxisme lefebvrien demeure encore en principe ouvert en privilégiant l'idée de dialectique, le marxisme althussérien élimine la dialectique et fait du marxisme la seule « science »

Mais qu'est-ce qui organise les noyaux organisateurs ? Dans un sens, c'est le « génie » du fondateur de la théorie, ici Marx, qui a rassemblé les composants jusqu'alors disjoints de l'économie anglaise, de la philosophie allemande, du socialisme français, renversé ce qui apparemment marchait sur la tête (la dialectique... mais celle-ci a-t-elle des pieds ?), articulé les uns et les autres par le fil solide du matérialisme historique.

Mais qu'est-ce qui a poussé Marx à organiser ainsi ces éléments théoriques fondamentaux ? Certainement quelque chose d'infrathéorique, émanant de ses expériences et de sa vie, alimentant ses besoins profonds, à commencer le besoin de lier science et action. Mais encore, pourquoi ce besoin aussi profond de lier science et action ? Sans doute parce qu'il y avait un appel inconscient en lui, de caractère messianique, qui l'amena à chercher, puis trouver la solution historique au problème du Salut : l'avènement de la société sans classe, d'une humanité réconciliée.

Ici, on pourrait croire que la recherche en profondeur de ce qui génère les théories nous amène dans les sous-sols existentiels et relèverait principalement de psychanalyses... Certes, il y a tout un aspect de la construction théorique qui vient de nos tufs existentiels. Mais un autre aspect de la construction théorique, ainsi que nos besoins existentiels eux-mêmes nous renvoient à nos situations *hic et nunc* dans une culture et une société, donc aux déterminations culturelles, qui, elles, fournissent aussi aux théories leurs principes générateurs.

Ici, nous pouvons essayer de dégager la notion de *paradigme*. Qu'est-ce qu'un paradigme ? *C'est un principe de distinctions/liaisons/oppositions fondamentales entre quelques notions maîtresses, qui commandent et contrôlent la pensée, c'est-à-dire la constitution des théories et la production des discours*. Ainsi, si l'on envisage la relation fondamentale nature/culture ou animal/homme, il y a un paradigme de conjonction qui situe la culture dans la nature et inscrit l'humanité dans l'animalité, et tous les divers discours produits à partir de ce paradigme s'efforceront de reconnaître la liaison entre l'humain et le naturel. Il y a, à l'inverse, un paradigme de disjonction qui oppose nature et culture, humanité et animalité, et tous les discours produits à partir de ce paradigme verront l'homme étranger et supérieur à la nature.

C'est un grand paradigme de disjonction, opposant science et philosophie, matérialisme et idéalisme/spiritualisme, fait et valeur, qui règne depuis le XVIIIe siècle, et son empire commence seulement à décliner.

Et à l'intérieur des sciences, le paradigme régnant a enjoint de réduire le complexe au simple, le global à l'élémentaire, l'organisation à l'ordre, la qualité à la quantité, le multidimensionnel au formel, de découper les phénomènes en objets isolables de leur environnement et séparables du sujet qui les perçoit/conçoit.

Tout cela nous indique, une fois de plus, mais cette fois avec encore plus de complexité et difficulté, que la connaissance, y compris scientifique, n'est pas le reflet des choses, mais dépend d'une organisation théorique, laquelle est organisée par des facteurs supracognitifs (les paradigmes) et des facteurs infracognitifs (besoins, aspirations), facteurs qui eux-mêmes sont inséparables non seulement du sujet théoricien *hic et nunc*, mais de déterminations culturelles, sociales, historiques. Ce que je viens de dire vaut pour toute théorie, y compris les théories scientifiques.

La connaissance scientifique, et surtout elle, n'apporte pas de certitude théorique absolue : c'est la connaissance religieuse qui prétend l'apporter. La vérification des données scientifiques, l'opérationnalité des formules théoriques, la viabilité de leurs applications ne comporte pas *ipso facto* la vérité des idées. Whitehead avait remarqué, du point de vue des idées précisément, que la science est beaucoup plus changeante que la théologie. Popper a montré que les théories scientifiques ne s'induisent pas de l'expérience (donc ne peuvent être un verdict dicté par les phénomènes), mais s'y appliquent (donc sont des produits de l'activité de l'esprit humain confronté aux phénomènes), et qu'une théorie est scientifique, non parce qu'elle est « vraie » de façon définitive, mais parce qu'elle est réfutable, offrant prise à la démonstration de sa fausseté. Kuhn a montré que la science progresse, non pas dans une ascension continue, mais de façon révolutionnaire, par transformation des principes d'explication ou paradigmes. Adorno et Habermas nous disent de ne pas oublier que toute connaissance scientifique est, dans sa dépendance à l'égard d'une culture et d'une société *hic et nunc*, tissée par de l'idéologie propre à cette société.

Plus encore, comme je l'ai dit en introduction de ce livre, les progrès de la certitude scientifique apportent un progrès de l'incertitude. Ainsi, nous connaissons de mieux en mieux la nature et la composition physique de l'univers, le mode de formation de ses étoiles et de ses atomes, notre situation dans cet univers, mais nous sommes de plus en plus incertains sur son origine, sa destination, notre destinée. Toute connaissance gagnée sur l'ignorance débouche sur un océan d'inconnaissance. Ainsi, l'aventure de la connaissance est amenée à progresser indéfiniment, bien que et parce que faisant progresser indéfiniment l'ignorance.

J'ai tenté de montrer ailleurs *(La Méthode)* que le développe ment de la connaissance scientifique apporte, non seulement de l'incertitude, mais aussi des régressions de connaissance.

D'une part, la sur-spécialisation disciplinaire disloque le monde en un puzzle de pièces issues de jeux différents ; du coup, le monde lui-même, la vie, l'existence, le sujet tombent dans les fentes qui séparent les disciplines ainsi que dans la grande faille qui sépare sciences naturelles et sciences humaines, et cela d'autant plus que le privilège absolu accordé à la réduction, la quantification, la formalisation opère comme un broyeur qui détruit les formes, rejette les sucs, et ne retient que la fibre. D'autre part, la connaissance émiettée produite par la science est de plus en plus destinée, non à être réfléchie, méditée et discutée par des esprits humains, mais à être utilisée par les instances anonymes des entreprises et États. La science accroît le pouvoir des techniques, porteuses de promesses fabuleuses, mais aussi de menaces d'anéantissement et asservissement, depuis l'énergie nucléaire jusqu'à la manipulation biochimique des cerveaux et des gènes. Et, pire, la science demeure aveugle sur elle-même. Elle ne comprend ni les causes ni les conséquences de son action. Il lui manque la connaissance de sa connaissance ; il lui manque le principe qui la rendrait apte à réfléchir sur elle-même, à se situer anthropologiquement, sociologiquement, historiquement, logiquement, moralement...

La science triomphe et, en même temps, elle est en crise. Ce n'est plus la Science-Vérité absolue, la Science-Solution, la Science-Phare, la Science-Guide de la fin du siècle dernier. C'est la Science-Problème [3].

Toutefois, dans cette crise même, se forme et se forge une connaissance qui se veut adéquate à la complexité du réel et dont le problème central est d'élaborer les paradigmes nécessaires pour penser la complexité.

En effet, les avancées de la physique, de même que celles des

(3) Dès lors on comprend que dans la faillite de la science pour donner réponse aux problèmes d'ensemble, dans son impuissance à faire communiquer connaissance et éthique, renaisse le besoin incessant de ressusciter le Dieu mort et le dieu Marx, le premier apportant sa solution au-delà de la science, le second offrant l'*hyperscience* qui recouvre nature et société, identifie science et éthique.

sciences sociales, réintroduisent l'observateur dans l'observation ; cybernétique, systémisme, structuralisme nous montrent qu'en physique, biologie, sociologie, l'organisation n'est pas réductible à l'ordre et doit trouver ses principes propres ; plus encore, on commence à comprendre que l'organisation vivante et l'organisation anthroposociale posent les problèmes fondamentaux d'une science de l'autonomie et d'une théorie de l'auto-organisation ; on commence à comprendre qu'il est nécessaire de concevoir les objets et les êtres dans leur relation indissoluble avec leur environnement ; partout, on a commencé à travailler avec hasards et incertitudes, à concevoir les causalités complexes, à reconnaître la relation sujet-objet.

Si la science physique et la science biologique appellent une pensée de plus en plus complexe, la science de la société humaine nécessite une complexité plus grande encore. Il est donc absurde de vouloir élaborer une science sociologique sur le modèle simplifiant et réducteur de l'ancienne physique, de ne voir que des causalités mécaniques et déterministes, et d'exclure, par principe, comme notions « métaphysiques » l'existence, l'individu, le sujet.

Or, la sociologie officielle, sans pouvoir accéder à la moindre précision et prédiction scientifique, c'est-à-dire sans pouvoir accéder à la qualité de science, conserve le modèle de scientificité devenu irréel de l'ancienne physique ; sans pouvoir être scientifique, elle recherche et subit tous les effets négatifs de la science (hyperspécialisation disciplinaire, réduction au quantitatif et au formalisable, perte du concret et du singulier), mais sans acquérir la généralité de la loi et l'universalité du discours. La science de la société n'existe pas encore : il y a la fausse science qui prétend l'être, et la pauvre sous-science qui n'arrive pas à l'être. Il n'y a, de ce côté-là, aucune lumière qui viendrait éclairer le problème du « savoir-voir », sinon le rappel du principe scientifique premier, qui est le souci de vérification.

Les illusions de la désillusion

Nous sommes apparemment en un moment propice à la réflexion et à la repensée : nous sommes effectivement en un moment de basses eaux mythologiques : les espoirs messianiques investis sur le prolétariat, le parti-du-prolétariat, sur l'URSS, la Chine, le Viêt-nam, Cuba, agonisent, mais aussi agonise le prudhommesque espoir techno-économique de voir la société industrielle résoudre les problèmes vitaux de l'humanité.

Nous sommes dans le nécessaire désenchantement. Nous devons vivre dans un monde désenchanté. Mais le monde désenchanté n'est pas le monde plat et prosaïque des intérêts égoïstes : c'est le monde délivré de la niaiserie des solutions finales, de l'avenir radieux, du progrès indéfini et infini : c'est le monde étrange, terrible, pathétique, hallucinant où nous sommes, où nous pouvons et devons investir nos forces d'amour, mais ailleurs que sur les faux messies.

Le désenchantement nécessaire apporte souvent le découragement, lequel entraîne le repli cynique sur soi ou remet en scène et en selle les anciens mythes abandonnés ; le désenchantement peut même n'être qu'une pause avant le réenchantement. Pour ma part, j'ai déjà connu une époque de grand désabusement et remise en question radicale, les années 1956-1958, marquées par le rapport K., l'« Octobre polonais », la « révolution hongroise », l'effondrement de la IVe République sous le putsch d'Alger. Deux ans plus tard, l'interrogation était submergée par le réenchantement, qui s'était reformé d'une autre manière délirante avec FLNisme, maoïsme, viêt-congisme et néo-dogmatisme althussérien. Aujourd'hui, on dit que le marxisme est mort, que les mythes sont morts. Je dis qu'un néo-marxisme va renaître, que d'anciens mythes vont se réveiller, que de nouveaux mythes incubent.

La démythification est nécessaire, mais elle doit aussi se réfléchir elle-même et découvrir ce problème énorme : le mythe fait partie de la réalité humaine et politique. J'ai dit, écrit, réécrirai ailleurs, que la notion même de réel a une composante imaginaire dans le sens où elle comporte une « réification ». J'ai dit que la réalité de l'homme était semi-imaginaire. Je sais que toute société humaine n'est pas seulement jeux d'interactions économiques/utilitaires *(gesellschaft)* mais aussi communauté *(gemeinschaft)* et que toute communauté humaine comporte du mythe. Je sais qu'il faut une croyance folle au salut historique pour que l'humanité fasse quelques pas en avant ou régresse de quelques millénaires. Nous avons vu pendant des millénaires des dieux commander aux empires et aux peuples, et nous voyons aujourd'hui, ne serait-ce que pour peu d'années, Dieu régner en Iran. J'ai dit et écrit que les dieux existent, non pas certes à la façon dont le croient les croyants, mais à la façon des êtres d'esprit, qui prennent substance à partir de la foi collective fervente de fidèles, et qui, existant ainsi, rétroagissent sur la communauté qui les fait vivre, s'imposent à elle, la « possèdent », reçoivent prières et offrandes, se font obéir. De même, mais non plus biomorphes comme les dieux antiques, non plus anthropomorphes comme les dieux de salut, les grandes idéologies *existent*, nous possèdent autant que nous les possédons, et cette existence mythique fait partie de l'existence sociale, ainsi que de nos existences individuelles...

Chacun de nous, quand il aime un autre être, aime réellement/mythiquement : chaque amour est tissé de chair et de rêve...

Alors, le problème n'est pas de vivre dans un pur réel débarrassé de mythes, car alors ce réel s'effondrerait. Le problème est de reconnaître et élucider la réalité de l'imaginaire et du mythe, de vivre avec une nouvelle génération de mythes, *les mythes reconnus comme mythes*, d'entretenir un nouveau commerce, non plus dément, non plus sanglant, avec nos mythes, de les posséder autant qu'ils nous possèdent.

C'est dire alors les limites du désenchantement et du désabusement. Ce sont des étapes nécessaires, sans lesquelles rien ne peut être entrepris. Mais, de même que la méfiance paranoïaque nous fait douter des faits les plus assurés (le « c'est faux parce que c'est dans le journal » qui répond à la naïveté du « c'est vrai parce que c'est dans le journal »), de même que la méfiance hypercritique nous fait douter de l'existence de Jules César ou d'Alexandre dont l'existence est impossible à prouver de façon directe, de même le désabusement risque de nous abuser, et ainsi, avec les mêmes effets pervers, l'hyperméfiance succède à l'hyperconfiance. Du reste l'hyperméfiance à l'égard des témoignages sur le goulag ou les camps nazis conduit à faire hyperconfiance en Hitler et en Staline.

En conclusion, les leçons du désenchantement sont ambiguës. D'une part, le désenchantement après le grand délire stalinien ou maoïste introduit une vision du réel beaucoup plus aiguë et perspicace que celle des mous et tièdes qui continuent à ne comprendre qu'à demi, c'est-à-dire ne rien comprendre. D'autre part, la désillusion non critique à l'égard d'elle-même conduit à une illusion nouvelle : l'illusion de la désillusion...

Les insuffisances de l'expérience

Comment ne pas croire en l'expérience, c'est-à-dire aux vérités acquises par soi-même, dans l'engagement et l'épreuve de sa propre vie ? Comment ne pas croire en l'expérience, en ce sens qu'elle confronte, fait interagir la vie avec l'idée qu'on s'en était faite avant toute expérience ?

Ainsi je crois en l'expérience de la déportation dans un camp de concentration, je crois en l'expérience de la Résistance, je crois en l'expérience au sein du mouvement terroriste, rouge ou noir, au sein de l'appareil stalinien, au sein du parti trotskiste, au sein de la hiérarchie religieuse.

Je crois que l'expérience qui nous vient des bas-fonds de la société, des poubelles de l'histoire, du monde du silence, de l'Église-Appareil (catholique) et de l'Appareil-Église (stalinien) est, pour tous, capitale. Je crois qu'il y a quelque chose d'irremplaçable, d'invisible et d'inconcevable de l'extérieur, qui ne peut venir que de celui qui a vécu l'intérieur, et je crois que son témoignage peut alors aider ceux de l'extérieur à comprendre.

Je crois donc non seulement en l'expérience, mais aussi en ses prolongements possibles auprès de ceux qui n'ont pas vécu l'expérience, mais qui, à travers la description des témoins, peuvent se la *représenter*, mieux, la vivre *vicariously* : par procuration.

Mais il faut dire que l'expérience a ses limites internes et que sa portée externe est très limitée (faible transmissibilité).

Il n'y a transmissibilité que lorsque se constituent les canaux de transmission. Ainsi, les récits des survivants des camps de concentration nazis ont été crus :

1° parce que leurs témoignages étaient confirmés par ceux de leurs libérateurs qui avaient découvert et filmé les camps devenus charniers ;

2° parce que les populations ayant subi avec haine l'Occupation étaient prêtes à accepter toutes monstruosités concernant le nazisme : le nazi était déjà un monstre (SS massacreur d'Oradour) au moment où l'on prit connaissance des monstruosités concentrationnaires.

Par contre, lorsque le système concentrationnaire se trouve dissimulé au sein d'une nation honorable et héroïque, lorsque la confiance va à la propagande officielle et la méfiance à ceux qu'elle condamne, alors, ce fut le cas longtemps des rescapés des camps staliniens, ceux-ci sont dépourvus de toute crédibilité, sinon dans l'extrême droite fasciste, l'extrême gauche trotskiste ou libertaire, les premiers discrédités *a priori* comme fascistes, donc confirmant *a contrario* l'incrédibilité, les seconds reconfirmant cette incrédibilité comme anticommunistes viscéraux et obsessionnels.

En ce qui concerne l'expérience au sein même de l'appareil communiste, russe, kominternien, français, allemand, etc., elle a été quasi intransmissible pendant plus de cinquante ans. Les générations désenchantées du stalinisme se sont succédé, chacune apportant sa gerbe de témoignages, mais, sauf cas individuels, jamais l'expérience d'une génération n'a averti, préservé, immunisé la suivante. Bien plus, cette expérience était dès le départ contestée, non seulement au sein du parti qui dénonçait le témoin comme apostat, mais autour, dans les familles progressistes, chez les compagnons de route honorables, dans la gauche modérée...

Dans mon livre, *Autocritique*, paru en 1959, je cherchais non tant à dénoncer le parti, mais à me comprendre moi-même, comprendre mes processus de pensée qui m'avaient stalinisé et ceux qui m'avaient déstalinisé de 1941 à 1951. Mais ce témoignage fut condamné d'avance, là même où il aurait dû avoir quelque valeur d'enseignement. Je me souviens de Jean Pouillon tenant absolument à stigmatiser comme « monument d'hypocrisie » ce qui était pour moi tentative d'élucidation. Pour bien des intellos non stals, même pas (surtout pas) militants, je devins un objet de méfiance. Comme me dirent les Moscos, quelqu'un qui quitte le parti et le critique « n'est pas quelqu'un de bien ». La ceinture de sécurité fonctionnait contre nous, nous rejetait parmi les Ganelon, dénonçait toute dénonciation de notre part comme « anticommuniste ». Il régnait, non seulement dans le parti, mais je dirais même plus encore autour, la vision tristement médiévale qu'un « exclu » du parti devenait, comme l'ange Lucifer exclu de la communion paradisiaque, *ipso facto* porteur d'une tare irrémédiable, qui en faisait un anticommuniste « viscéral », se vouant désormais à saboter le « combat pour la paix » et le bonheur des peuples, cherchant tous les moyens pour faire diversion, retarder l'union nécessaire des forces progressistes. Plus le témoignage révélait de l'hypocrisie, du mensonge, de la démence, de l'horreur au sein du système (et je pense aux témoignages sur Moscou en 1937, sur les rapports entre Staline et les siens, sur les extorsions d'aveux, sur les camps de concentration de Vorkhouta ou de la Kolyma, déjà publiés du vivant de Staline), plus il devenait incroyable.

Et c'est là où l'expérience devient quasi intransmissible : c'est quand elle se heurte à un système de rationalisation, c'est-à-dire à la cohérence logique d'une idéologie fondée sur des prémisses erronées, mais que l'on croit vraies ou « réelles ». Dès lors, l'expérience contredit une apparente rationalité que l'on a identifiée au réel. *L'expérience vécue du réel se heurte toujours à l'image abstraite du réel qui est le plus souvent plus forte qu'elle, c'est-à-dire ici encore que l'irréel (« l'idéologie, le mythe ») est plus fort que le réel et le brise.*

Je ne dis pas que tout témoin qui revient du paradis, de l'enfer ou du purgatoire doive être cru. J'ai déjà parlé de la déformation inhérente en toute mémoire, de l'auto-légendarisation de tout souvenir, qui, de récit en récit, devient mythe et fable comme chez ce prêtre déporté à Buchenwald qui relate dans ses souvenirs y avoir vu une chambre à gaz, alors qu'il n'y en avait pas dans ce camp. D'autre part, il est certain que toute expérience profonde totalement vécue devient obsessionnelle et empêche de voir le reste.

Il y a plus grave encore : l'expérience n'est pas *ipso facto* véritablement ou durablement élucidante. Ainsi, le déporté qui, sorti du camp, ne pense qu'à y faire rentrer ceux qui l'y ont mis, n'a pas tiré la leçon du camp de concentration. Pis, j'ai pu voir, pendant les deux ans où je fus rédacteur du journal de la Fédération des déportés, contrôlée par le PCF, que cette fédération dressait ses membres à nier les camps staliniens, à insulter ceux qui « insultaient nos libérateurs ». Beaucoup d'apparatchiks, bien qu'ils aient connu la clandestinité, la prison, la torture, la concentration, occultent totalement, en ce qui concerne les « ennemis », le sens humain de leur expérience ; ainsi, des ex-emprisonnés, torturés, déportés, ont pu instaurer massivement, dans l'intérêt de la révolution, prisons, tortures, camps de concentration. Dans certains cas, la qualité passée de martyr devient la couverture des nouveaux bourreaux. C'est Alleg, qui débarquant à Berlin-Est, salue la terre de la liberté, et qui, en Afghanistan, voit non pas des résistants, mais des rebelles, non pas un occupant, mais un libérateur.

Ainsi le voyage au bout de la nuit de la prison, de la torture, de la déportation, nécessaire comme témoignage, n'est pas suffisant comme leçon sur ces sous-sols qui sont aussi les fondements des sociétés, sur le tunnel profond du siècle, qui est aussi le cœur de ce siècle. L'expérience ne suffit pas pour élucider. Du voyage dans la nuit du stalinisme, il y a une multitude de fausses leçons, de leçons seulement closes (la haine, le ressentiment). Rares sont les expériences ouvertes comme celles de Kundera. La leçon de la déportation, est-ce le rejet du bourreau hors humanité ou l'infinie pitié pour l'humanité ? Et au-delà de la leçon purement personnelle, morale, que chacun peut en tirer, quelle est la leçon politique et sociale de l'expérience ? Là-dessus, là surtout, il n'y a pas de leçon évidente, claire, non équivoque.

L'expérience est nécessaire et insuffisante. Il n'y a rien qui subisse plus fortement l'entropie que l'expérience : elle se dégrade très facilement de l'intérieur sous l'effet du ressentiment, ou de l'oubli, ou de la déformation. Sa portée extérieure est très faible par rapport à l'énergie intérieure dépensée pour la transmettre.

Ainsi, ni l'étude livresque de l'extérieur ni le témoignage vécu de l'intérieur, en ce qui concerne la double nuit du siècle, le cœur mystérieux de ce siècle, porteur du nazisme et du stalinisme, ne sont l'un et l'autre suffisants. Nous avons encore besoin de comprendre stalinisme et nazisme, *parce qu'ils ne sont toujours pas élucidés*, et parce que la Nuit du Siècle continue, autre et la même, avec heureusement quelques éclairs entre tunnels. Nous avons toujours besoin d'ancienne et nouvelle expérience, et nous avons besoin du dialogue entre l'expérience interne et la connaissance externe, qui l'une et l'autre ont besoin d'une nouvelle réflexion qui les considère l'une et l'autre. C'est pour contribuer à cette nouvelle réflexion que j'écris ce livre.

Conclusion : La révision des 2000

Nous sommes au degré temporaire zéro des grandes mythologies, des grandes ardeurs, des grandes espérances Nous sommes en ces années zéro où le destin hésite à prendre forme, nous approchons du triple zéro de l'an 2000 qui nous frappe de sa magie décimale ambiguë, tantôt la triplicité du zéro annonçant trois fois rien, tantôt ces trois chiffres œufs semblant promettre un univers tout neuf.

Le zéro est le chiffre Sphinx : c'est soit l'état neutre, l'équilibre des contraires, soit le recommencement véritable – à zéro –, soit la réduction à zéro – l'anéantissement...

Nous sommes au point de désabusement et de désenchantement et leurs deux produits de décantation, l'indifférence et l'horreur, nous mettent à zéro. Si les guerres du Viêt-nam, du Cambodge, d'Irak-Iran, d'Afghanistan, de l'Éthiopie, de l'Angola ne sont plus transfigurées par l'épopée de la libération des peuples, mais constituent le passage d'un asservissement vieux à un asservissement nouveau, et si elles ne sont plus que des épisodes dans le bruit et la fureur de l'histoire universelle ; si les famines et massacres dans le monde ne sont pas l'ultime tribut du passage de la barbarie au socialisme, mais manifestent la perpétuation de l'ancienne barbarie et l'avènement de la nouvelle, alors voilà que simultanément, concurremment, l'horreur et l'indifférence fondent sur nous...

Car rien ne se transforme mieux en indifférence que l'horreur. Le spectacle télévisuel quotidien de la guerre au Viêt-nam, avec bombardements, lance-flammes, cadavres, mères gémissant sur leur enfant mort, se banalise, devient spectacle... L'excès d'horreur ne peut se supporter : on ne peut que le refouler, l'oublier. L'excès d'horreur se dégrade et se décompose. L'horreur milite pour l'indifférence et l'accroissement d'indifférence laisse champ libre à l'horreur dans un circuit fatal où s'entretiennent l'une l'autre

horreur ⟶ indifférence
(indifférence ⟶ horreur)

Plus encore : deux horreurs adverses, contraires, s'entre-annulent. Nous avons vu surgir le goulag et aussitôt après resurgir l'holocauste. C'était trop. Non seulement l'une voulait avoir priorité sur l'autre, non seulement chacune combattait l'autre, mais l'addition de l'une à l'autre, de même que la collision d'un électron positif et d'un électron négatif produit leur anéantissement mutuel, a donné l'effet zéro : *Holocauste + Goulag = Zéro*.

Au lieu que l'un et l'autre servent à éclairer la nuit du siècle, ses sous-sols grondants, son chaos des profondeurs, ils ont, sur le coup, créé une flambée d'horreur à quoi a succédé une durable indifférence...

Eh bien, c'est du fond de cette horreur et de cette indifférence qu'il nous faut émerger. C'est de la détresse informationnelle, de la déroute idéologique, de l'incertitude cognitive, des insuffisances du désabusement et de l'expérience qu'il nous faut repartir.

Comment voir ? Comment savoir voir ? Le propos de ce chapitre introductif était de montrer que la réponse à cette question ne pouvait être seulement dans l'accroissement de notre information mais nous renvoyait aux structures de notre connaissance ; elle ne pouvait être seulement dans l'amélioration de cette connaissance, mais dans une reconnaissance des problèmes de connaissance, c'est-à-dire dans la connaissance des mécanismes et fonctionnements de notre connaissance. Nous avons vu que rien ne suffit pour savoir voir : ni une expérience vécue approfondie, ni un désenchantement démythificateur, ni une science (encore embryonnaire) de la société, ni un supplément d'information, ni un supplément de réflexion. Mais la réponse à la question dépend aussi de chacun et tous ces composants à la fois : il faut une meilleure information, une vision scientifique de la société, une expérience vécue, un désenchantement, et, surtout, il faut un dialogue/circuit entre ces composants.

Rien ne suffit, tout est nécessaire. Il nous faut *une nouvelle volonté d'intelligence, beaucoup plus exigeante que l'ancienne*. Ce qui doit, non pas nous décourager, mais nous inciter à penser.

Mais alors, comment penser bien (c'est-à-dire ne pas être bien pensant) ? Comment penser ? Or penser n'est pas une faculté mystérieuse qui permet de voir, percevoir, concevoir. La pensée est interdépendante. Il s'agit bien de

voir ⇄ percevoir ⇄ concevoir ⇄ penser

Un ancien réel, que l'on croyait sûr, vérifiable, rationnel, agonise. En fait, il contenait du rêve, il était hallucinatoire et hystérique.

Il nous faut commencer par découvrir que l'idée est malade, que la pensée est malade, que le réel est malade. C'est non pas perdre l'idée et le réel, mais perdre l'illusion de la lucidité et de la santé. C'est déjà savoir qu'il nous faut élucider ce sur quoi nous sommes aveugles et qui nous aveugle. C'est comprendre que nos problèmes vitaux se jouent infra-conscience, dans l'invisible et l'inconçu. Dès lors, nous pouvons partir de cette première prise de conscience, et nous mettre en route sans craindre de tout reconsidérer à fond. Ce millénaire se meurt. Ce siècle est prématurément pourri, usé. *Il faut de toute urgence opérer la révision des deux mille.*

bekannte Fehler männl. Denker:
sie wollen besser denken;
dabei müssten sie v.a. das Fühlen
einbeziehen!

2.

L'immunologie idéologique

Les idées que nous produisons ne sont pas de même nature que des outils. Elles s'organisent en systèmes, lesquels possèdent une relative autonomie, ce qui leur permet de rétroagir sur nos esprits, qui en sont pourtant les géniteurs. Je veux montrer, ailleurs (*La Méthode,* III, « La Connaissance de la connaissance », à paraître), que les systèmes d'idées sont doués d'une certaine forme de vie. Ainsi les idées que nous possédons sont capables de nous posséder : elles nous poussent à œuvrer et, à la limite, à mourir pour elles. Ce qui est vrai pour les dieux l'est aussi pour les idéologies. Les dieux sont les produits de nos esprits. Toutefois, les dieux prennent vie, et vie dominatrice, dans les communautés de fidèles qui les implorent, les vénèrent et les servent. Dans ce sens, les dieux sont vivants. Les idéologies sont terriblement abstraites par rapport aux dieux, puisqu'elles n'ont pas de caractère biomorphe et anthropomorphe. Il est d'autant plus remarquable qu'elles s'imposent à nous dans la croyance, et qu'alors nous les servons autant que nous nous servons d'elles.

Les idéologies nous possèdent parce que nous les possédons : nous les identifions à nous, nos besoins, nos aspirations, nos espérances, nos expériences, nos vies. Les attaquer, les léser, c'est nous léser. Aussi, nous défendons nos idées. Mais réciproquement, nos idéologies se défendent par nos truchements. Il ne faut pas seulement voir comment nous nous battons avec nos idées. Il faut voir aussi comment les systèmes idéologiques, en tant que systèmes, s'autodéfendent, contre-

(1) Woher weißt du das denn so genau?
Und wenn, wieso nur „de nos esprits"?

attaquent, attaquent. Ils se défendent contre toutes perturbations, offenses que peuvent leur apporter les événements, les faits, le réel en somme, ainsi que contre les projectiles que leur adressent les autres idéologies.

La clôture et le froid

Tout système, y compris d'idées, tend, avec le temps, à se dégrader, se corrompre, se désintégrer. Contre cette entropie croissante, il peut lutter par le chaud, c'est-à-dire l'activité permanente d'autorévision et autoréorganisation, à travers échanges avec le monde extérieur et dialogues avec les autres systèmes d'idées. Bien entendu, cela comporte des risques lorsque les données extérieures se mettent à infirmer le système, et que les autres systèmes lui donnent à considérer des arguments de moins en moins réfutables. Dès lors, cette ouverture du système, au lieu de l'entretenir et de le régénérer, accélère et amplifie sa dégénérescence.

Il est un autre mode pour un système d'idées de se protéger contre la corruption. C'est de se fermer et de se pétrifier. Alors qu'on peut nommer théorie le système d'idées ouvert, on peut appeler doctrine le système d'idées fermé. Ce système est « froid » parce qu'il cesse de « travailler », de dégager de la chaleur par échanges/dialogues avec l'extérieur. Ses concepts se pétrifient, échappant ainsi provisoirement à la corruption qui frappe tout ce qui vit. Il n'y a plus d'échanges/dialogues, mais de la polémique (réfutation, rejet). Il y a désormais autosuffisance : le système se prouve logiquement de lui-même à partir de ses idées clés et de ses données de base qu'il pose comme évidences irréfutables. Ainsi fondée sur ses évidences devenues dogmes, la doctrine, désormais insensible aux données et arguments extérieurs, devient, pour employer le terme popperien, « non falsifiable » : elle ne dispose plus d'aucun moyen de se démontrer à elle-même sa fausseté, et, par là, elle interdit à quiconque de lui démontrer sa fausseté. La non-falsifiabilité signifie non-biodégradabilité : l'idéologie doctrinaire ne peut plus être atteinte par les corruptions mortelles. Ainsi l'évidence fondamentale du chrétien est non biodégradable en principe : sa foi se fonde sur l'événement irréfutable de la révélation, laquelle se fonde sur l'évidence irréfutable de l'existence divine : la preuve que Dieu existe est qu'il s'est révélé en Jésus, laquelle révélation trouve sa preuve dans l'existence de Dieu. Le Père prouve le Fils qui prouve le Père. Sur cette base, l'Église a établi des propositions qui sitôt formulées sont devenues dogmes, c'est-à-dire vérités prouvées à jamais.

Un même système d'idées, le marxisme par exemple, peut se constituer en théorie ou en doctrine. En tant que théorie, c'est un système ouvert qui mène recherches/débats/dialogues avec les données, les autres systèmes, qui peut intégrer en lui bien des nouveautés ou compléments, à condition de ne pas altérer son *noyau*. Il prend la chance d'enrichissement et court le risque de corruptibilité. Il exerce des activités de régénération, correction, et porte en lui des aptitudes à l'évolution. Il est à la fois « chaud », corruptible, corrigeable, « falsifiable » (contenant par *ses moyens propres* la possibilité de sa réfutation), biodégradable.

A l'autre opposé, le système devenu doctrine est autosuffisant, froid, non falsifiable, non biodégradable. Certes, il n'est pas « immortel » : tôt ou tard, il se dégradera ou éclatera. Il n'est pas non plus totalement pétrifié, c'est-à-dire totalement non vivant. En lui se poursuivent des activités de glose, commentaire, exégèse, des recherches sélectives qui puisent dans le réel ce qui confirme la doctrine. Une activité souterraine peut travailler le système, soit à l'ouvrir, soit à l'interpréter de façon nouvelle. Mais la variante interprétative risque d'être dénoncée et rejetée comme hérétique, et le système, l'ayant chassée, se referme sur un monolithisme accru. Ainsi, pour rester dans l'exemple si riche du marxisme, celui-ci a produit des variantes ouvertes et closes. Les variantes ouvertes ont souvent opéré des rencontres associatives avec d'autres théories (psychanalyse existentielle, freudisme, histoire des Annales, etc.) et n'ont guère pu éviter l'obsolescence de l'idée du messianisme prolétarien. Les variantes closes ont affirmé comme dogme les points doctrinaux qu'elles mettaient en leur noyau. Staline, en créant l'idée de marxisme-léninisme, n'a pas seulement ni principalement dogmatisé ensemble la pensée de Marx et celle de Lénine. Il a introduit, sous cette étiquette, dans le marxisme bolchevique, l'additif non biodégradable qui en a fait une parole d'or et une langue de bois. Le marxisme-léninisme contient en lui la nouvelle preuve circulaire qui concurrence la révélation chrétienne : le marxisme-léninisme prouve scientifiquement la mission révolutionnaire du parti communiste, lequel prouve pratiquement la vérité scientifique du marxisme-léninisme.

Après 1930, la découverte des manuscrits du jeune Marx a favorisé le développement d'un marxisme « ouvert » rétablissant la communication avec la philosophie hégélienne, concevant en toute chose, *ergo* en lui-même, la contradiction et le dépassement. Mais, au moment où le marxisme stalinien entre dans une de ses grandes crises (c'est-à-dire dans les années 1958-1959 liées à la déstalinisation, au rapport K., à l'écrasement de la révolution ouvrière et nationale hongroise), ce marxisme ouvert commence à faire eau. C'est alors qu'arrive sur le marché intellectuel, d'une part, la proclamation sartrienne d'indépassabilité du marxisme pour notre temps (c'est-à-dire le principe de sa non-biodégradabilité pour la seule durée que nous puissions concevoir), d'autre part, et surtout, le rétablissement de la clôture du marxisme sur lui-même, *via* la doctrine althussérienne, par « coupure épistémologique » avec toute philosophie, et par attribution au marxisme du monopole scientifique (les « sciences », au sens banal du mot, étant imprégnées d'idéologie bourgeoise).

La clôture donne certes une totale « irréalité » au système qui se croit le seul à exprimer le réel. Mais cela n'affecte nullement sa crédibilité quand les temps favorisent les idéologies de salut et les dogmes de protection. Un Althusser, en fonction de sa science, a pu analyser le stalinisme comme une déviation « humaniste » et « économiste » du marxisme, élucidation écoutée et saluée avec respect et ferveur par l'élite normalienne et universitaire la plus raffinée. (« L'idéologie française » a toujours su utiliser l'intelligence la plus raffinée pour justifier l'autocrétinisation.)

Les systèmes d'idées scientifiques sont dans leur principe des théories, c'est-à-dire des systèmes ouverts contraints d'accepter les règles du jeu : la possibilité d'être infirmés par les données empiriques ou invalidés par l'examen logique. Bien entendu, même au cœur de la pratique scientifique, toute théorie dominante tend naturellement à se refermer en doctrine, tend à dogmatiser ses évidences principales, tend à contester le plus possible ce qui la conteste. Mais, dans la science moderne, rien ne peut favoriser durablement une doctrine devenue autosuffisante, non falsifiable, non biodégradable.

C'est sur le terrain des idéologies sociales/politiques que la théorie tend irrésistiblement à devenir doctrine, c'est-à-dire à se clore et à pétrifier ses concepts et articulations. Toutefois, il serait insuffisant de voir, dans clôture et pétrification, les seuls moyens de protection et de lutte. L'idéologie doctrinaire demeure « vivante » non seulement en mobilisant tout son muscle, comme l'huître et la moule, dans sa fermeture, mais aussi en utilisant un formidable dispositif de rejet, que, par analogie avec celui d'un organisme défendant son intégrité et son identité, j'appelle *immunologique*.

Effectivement, le système immunologique de nos organismes détecte l'intrusion de tout élément étranger en son sein et défend son identité/intégrité en déclenchant la destruction des intrus ou envahisseurs. De même, une idéologie détient en elle l'aptitude à déclencher les arguments et preuves, qui annulent la pénétration de toute donnée ou toute idée, non seulement contestataire, mais même étrangère.

La sur-défense : protection contre contamination et récupération

L'idéologie se défend naturellement contre les idéologies rivales ou ennemies avec son artillerie de preuves décisives et d'arguments propres. De plus, les idéologies/doctrines refoulent, par peur de la contamination et peur de la « récupération », des données ou arguments apparemment neutres, non menaçants, mais qui sont admis ou transmis par des idéologies étrangères/ennemies.

La peur de la contamination mobilise le rejet immunologique contre des petits faits ou petites idées, inoffensifs en eux-mêmes, comme s'ils transportaient en contrebande les virus ennemis. La peur de la récupération, elle, considère ces données ou arguments comme porteurs d'une menace d'intégration dans le système ennemi. Ainsi, les deux peurs, celle de la contamination et celle de la récupération, s'associent pour faire un barrage efficace à tout fait, toute idée sur lesquels l'ennemi serait d'accord. La formule commune aux deux peurs est : *il ne faut pas faire le jeu de l'adversaire*. On craint d'être complice parce qu'on ne sait pas être complexe. Dès lors, nous voyons un phénomène extrêmement courant en politique : *celui de l'inaptitude à reconnaître les mêmes faits que l'adversaire*.

Mécanismes de rejet

La disqualification

La disqualification de l'idéologie adverse, et par conséquent, de ses arguments, de ses porte-parole, de ses appuis, est l'arme imparable de l'idéologie close : tout ce qui vient de l'adversaire, tout ce qui appuie une idée adverse ne mérite même pas d'être examiné.

L'adversaire est dans l'erreur, voire le mensonge. Tout ce qu'il énonce suscite donc automatiquement le rejet intellectuel et moral. Le rejet intellectuel prend la forme du dédain, du mépris : l'idée adverse est sotte, confusionnelle, insane ; on démontre aisément qu'elle repose sur des contradictions, des paralogismes, de l'ignorance et, bien sûr, de la « mauvaise foi ». Ici, le mépris moral se mêle intimement au mépris intellectuel. Étant donné que toute pensée honnête ne peut que confirmer notre propre idée, tout ce qui la conteste ne peut qu'être présumé malhonnête. Le saut est franchi dès que la moindre critique est perçue comme ignominie : « Vous êtes un menteur, et vous le savez », phrase de partout lancée et qui anéantit sur place le bazooka ennemi.

De 1920 à 1940, il était évident à la majorité des intellectuels bourgeois qu'un intellectuel ne pouvait être communiste que par bêtise ou bassesse. Après la Seconde Guerre mondiale, c'est l'anticommunisme qui, dans ces mêmes milieux, apparut stupide et ignoble. Dès lors, la moindre critique du stalinisme se disqualifia d'elle-même.

Le rejet de l'adversaire par disqualification fait rejaillir son indignité sur tous arguments, idées, faits qu'il pourrait avancer. Ce qui permet à l'idéologie de pulvériser toutes les positions de départ de ce qui pourrait l'atteindre.

La diversion

La diversion : détourner la vue, parler d'autre chose. Ainsi dès que les uns questionnent sur le goulag, les hôpitaux psychiatriques, l'Afghanistan, les autres répondent Pinochet, Bolivie, San Salvador. Si l'on remarque l'absence de libertés dans les pays socialistes, on vous renvoie à l'enfant du Tiers Monde qui meurt de faim par la faute de l'impérialisme. La diversion va de pair avec la disqualification dans une coopération défensive/offensive toujours efficace : car, si l'adversaire essaie de vous donner mauvaise conscience en vous évoquant goulag et Afghanistan, c'est lui qui se trouve frappé d'ignominie parce qu'il soutient, objectivement ou subjectivement, le capitalisme et l'impérialisme qui sont par essence exploiteurs, dominateurs et criminels. A l'inverse, toute dénonciation des dictatures latino-américaines, de l'impérialisme US, etc., sera immédiatement estompée, chez l'anticommuniste, par l'évocation violente du goulag et de l'Afghanistan.

La disqualification/diversion ne nous fait pas seulement voir les carences, injustices, crimes de l'adversaire aussitôt que celui-ci veut nous faire voir les monstruosités qu'il nous impute ; elle s'attaque aux principes mêmes de liberté, justice, humanité auxquels fait appel l'adversaire, tout en nous permettant de proclamer hautement ces principes comme nôtres et de les brandir pour le pourfendre. Ici entre en scène un principe de diversion/disqualification proprement idéologique : les principes moraux de l'adversaire ne sont que du camouflage et sont donc affectés du vice d'hypocrisie et de mensonge. Par contre, nos principes moraux sont tellement fondamentaux qu'ils anoblissent les actes qui, dans notre propre camp, sembleraient leur être contraires.

C'est lorsqu'il fait appel à nos propres idéaux que l'ennemi nous fait le plus horreur. Je me souviens de notre mépris sarcastique pour les « humanistes » et les « libéraux », dans notre petit groupe d'amis des années 1945-1947 (les Szekeres, Courtade, Hervé...). Ce n'est pas que nous haïssions le libéralisme et l'humanisme. En fait, nous étions spontanément portés à la tolérance, nous nous posions en champions de la liberté partout (sauf à l'Est), et nous avions la religion de l'homme (je me répétais souvent la phrase du testament de Joffre : « Notre infini, c'est l'espèce humaine. »). Mais, pour refouler en nous toute « sentimentalité » libérale et cette sensibilité à la souffrance, même d'un ennemi, qu'on nomme « humanité », nous nous persuadions que le libéralisme était le masque hypocrite de l'exploitation capitaliste et que l'humanisme « abstrait », en s'appliquant à tous les hommes, englobait les exploiteurs dans une sollicitude qui ne devait être réservée qu'aux exploités. Quelle haine horrible, à la réflexion, nazisme et stalinisme ont suscitée à l'égard du libéralisme ; ce n'était pas seulement la haine logique contre l'idéologie ennemie, c'était, chez beaucoup, le refoulement haineux de leur propre libéralisme, de leur propre humanité.

L'indignation

La disqualification de l'idée adverse prend d'autant plus de force et d'intensité qu'elle se transporte sur le terrain éthique. La malhonnêteté de l'adversaire est ce qui disqualifie l'argument, la malhonnêteté de l'argument est ce qui disqualifie l'adversaire. Ma saison dans l'univers militant stalinien, à un moment particulièrement froid de l'idéologie (seconde glaciation stalinienne), particulièrement clos de la doctrine (dogmatisée en science absolue), a vécu dans toute leur virulence et leur intensité les immunologies éthiques. « Ah ! Les salauds ! » entendais-je sans cesse autour de moi, quand on évoquait un acte du gouvernement, un discours socialiste, une critique de l'URSS. On citait les articles de la presse bourgeoise, les phrases des hommes politiques non communistes, toujours ponctués par un « C'est ignoble ! ». *Ah ! les salauds ! C'est ignoble !* Ces deux litanies nous accompagnaient comme les nuées protégeant les Hébreux dans la traversée du désert. Bien entendu, c'est au moment où Kravtchenko et David Rousset voulurent prouver l'existence de camps répressifs en URSS que se déchaînèrent les « Ah ! les salauds ! » et les « C'est ignoble ! »(4). En même temps jouait un élément clé de diversion. Ces canailles ne voulaient pas seulement calomnier l'Union soviétique. Ils voulaient justifier, et, par là, préparer la nouvelle guerre mondiale. C'étaient des assassins ! Aujourd'hui, à lire les textes de la presse soviétique sur les dissidents, comme Sakharov ou Soljenitsyne, on voit le même processus : affirmer l'ignominie de ceux qu'on persécute, emprisonne, expulse. Ce besoin immonde de considérer l'adversaire comme immonde n'a pas été, n'est pas le monopole du stalinisme, encore que celui-ci en a fait son arme immunologique privilégiée.

Le « c'est ignoble », le « ah ! les salauds ! » dénoncent, non seulement la « malhonnêteté », mais, plus profondément, le sacrilège. Ici, nous touchons au cœur de la défense immunologique doctrinaire, qui est la sacralisation de ses fondements. Dès lors, elle se trouve protégée par une ceinture taboue – *intouchable* – et répand autour d'elle l'intimidation. Toute parole la concernant ne peut être que respectueuse et admirative. Toute manifestation d'irrespect, de critique sera ressentie

(4) Laurent Casanova, à l'époque membre du bureau politique, responsable aux intellectuels, ne manquait pas, chaque fois qu'il nous citait une phrase d'un intellectuel qu'il qualifiait d'anticommuniste, comme Sartre ou Merleau-Ponty, de fermer les guillemets en s'exclamant, en proie à la plus vive indignation : « Canaille ! »

et dénoncée comme sacrilège et provoquera horreur et haine. Ainsi les idéologies nationalistes se fondent sur le caractère sacré de la Patrie et de l'État, et sécrètent sans cesse l'horreur du sacrilège : « C'est une insulte à la Patrie ! à la Nation ! »

Ainsi l'immunologie se transforme d'elle-même en force offensive. Il faut obliger l'immonde à se taire. Il faut détruire les « provocateurs » et les « criminels ».

Ma mémoire existentielle m'a porté à prendre mes principaux exemples dans le communisme stalinien. J'aurais pu en prendre, du même type, dans le nazisme, dans le catholicisme historique (jusqu'à la fin du XIXe siècle), dans les nationalismes, partout où l'idéologie se ferme en doctrine et dogmes et où elle monopolise en elle le principe de vérité et de vertu. Dès lors, elle n'a plus à répondre, réfuter, discuter. Il suffit de dénoncer. *Dénoncer se substitue à énoncer.*

L'autoprotection du noyau dur

Lakatos nous a fait remarquer que toute théorie, et ici j'élargis à toute doctrine, s'organise à partir et en fonction d'un noyau dur et dispose autour de ce noyau une ceinture de sécurité, laquelle permet d'empêcher ou retarder la mise en cause du « noyau dur ». Une théorie ouverte peut tolérer la contestation de la ceinture, mais devient de plus en plus résistante lorsque l'on approche du noyau. Une doctrine fermée donne à ses arguments de sécurité le caractère sacré et intangible du noyau, de façon à mieux protéger celui-ci. Mais, en créant une solidarité de fait entre ses fondements et des arguments défensifs annexes, elle risque que la contestation d'un des arguments de ceinture entraîne la désintégration en chaîne de tout le reste.

Considérons le noyau dur des théories, doctrines, idéologies.

Il est constitué par l'interdépendance intime :
a) des *évidences de fait* sur lesquelles s appuie empiriquement la doctrine ;

b) des principes de distinction/liaison/opposition opérant sur les concepts fondamentaux (paradigmes) ;
c) de la logique déductive qui, à partir des données et des principes, apporte dans toute la théorie le caractère d'évidence des prémisses.

Ainsi, par exemple, il y avait un noyau dur de la philosophie thomiste médiévale. Il liait l'évidence de la révélation, les paradigmes aristotéliciens et la logique qui en découlait pour toute chose. Il s'ensuivait que toute observation ou expérience non compatible avec la doctrine ne pouvait être qu'inconsistante et irrationnelle. *Le noyau dur des doctrines est évidence/cohérence.* Dans le cas des théories scientifiques, le rôle de l'évidence est assuré non par la révélation divine, non par l'intuition mystique, mais par les données empiriques observables et/ou expérimentables. Or, de nouvelles données peuvent surgir, à la suite de nouveaux moyens d'observation ou d'expérimentation, et remettre en question l'édifice théorique. Le noyau dur d'une théorie scientifique repose donc sur quelque chose de finalement fragile, et c'est dans ce sens que Whitehead disait que la science est plus changeante que la théologie. Par contre, une doctrine part d'une évidence, soit révélée, soit prétendue vérifiée une fois pour toutes. Le noyau d'évidences n'est pas mis en question. Les paradigmes organisateurs du discours théorique, eux, y sont invisibles, et, par là même, évidents.

Spiritualisme et matérialisme ont été, et demeurent, deux doctrines se fondant l'une et l'autre sur un noyau de cohérence/évidence. Ce qui les oppose est le paradigme qui, ici, donne réalité primordiale à l'Esprit, là donne réalité primordiale à la Matière. Comme dans tous les phénomènes observables, l'esprit d'un observateur est toujours présent, et comme tous les phénomènes spirituels comportent une organisation matérielle (le cerveau), elles se fondent l'une et l'autre sur les mêmes données dualistes, mais chacune les hiérarchise à l'inverse de l'autre. Chacune est doctrine parce que, au lieu d'accepter et subir le caractère équivoque et incertain des données empiriques, elle y introduit un principe de désambiguïsation, ici principe spirituel, là principe matériel.

Le noyau dur d'une doctrine, dans son évidence/cohérence, se présente comme rationalité absolue : les données sont fournies par l'expérience, et, à partir de ces données, les conclusions sont syllogistiques (les paradigmes, je le répète, sont invisibles et semblent faire partie ou découler des données d'expérience). Mais, en fait, cette rationalité est *rationalisation.* Cette notion de rationalisation veut dire que *toute construction logique à partir de prémisses arbitraires, incomplètes, erronées mais tenues pour évidentes, à partir conjointement de principes occultes dont l'évidence s'impose d'autant plus qu'ils sont invisibles, se croit vérifiée et cohérente, donc rationnelle.* Dès lors, tout ce qui conteste la rationalisation lui semble irrationalité, insanité, sottise, ou alors malhonnêteté, mauvaise foi, mensonge.

Le marxisme-léninisme serait rationnel si effectivement le prolétariat devait nécessairement réaliser la société sans classe, si le parti communiste guidait et accomplissait cette mission historique en forgeant le socialisme, si le socialisme apportait enfin la paix entre les nations ainsi délivrées du capitalisme... Mais s'il n'y avait pas de mission historique du prolétariat ? Si le parti communiste asservit au lieu de libérer la classe ouvrière ? Si le socialisme porte à son tour en son sein la guerre « comme la nuée porte l'orage » ? Alors reste l'ultime défense.

L'ultime défense

L'ultime défense d'une croyance se joue dans le sentiment d'abandon qui surgit dès que l'on envisage de l'abandonner. Les deux grands écrivains de l'expérience religieuse moderne, Pascal et Dostoïevski, ont l'un et l'autre vécu le problème. Pascal revient à Dieu précisément après examen des conséquences nihilistes et désespérantes de l'absence de Dieu, et réassume la croyance, non plus sous la forme dogmatique médiévale, mais sous forme de foi qui parie sur elle-même. Ainsi le noyau dur se défend par la peur du vide. L'argument dostoïevskien prolonge sur le plan éthique l'argument pascalien : « Si Dieu n'existe pas, alors tout est permis. » C'est le désastre moral résultant de l'abandon de Dieu qui fait revenir sur la croyance et la fait réassumer plus intensément qu'auparavant.

Le noyau des grandes idéologies politiques résiste de même quand il est soumis à des forces de rupture. Le problème est déporté, hors du noyau, sur les conséquences qu'entraînerait précisément la désintégration du noyau. Dès lors apparaît la crainte du vide, l'épouvante devant le néant (« S'il n'y avait pas le parti, disait Éluard, j'ouvrirais le robinet à gaz. »). En même temps, non moins insupportable, apparaît la justification du mal : alors, il faudrait admettre, reconnaître, tolérer ce qu'on a toujours combattu avec acharnement et qui était mensonge et imposture !

Le combat décisif du noyau central se joue donc sur le terrain extérieur des conséquences. Et, si le noyau en sort victorieux, alors c'est la grande victoire théologique : le Dieu sauveur est sauf ! Sauvé ! C'est du même coup une très grande défaite de l'idée de vérité. Car *si on juge une idée d'après ses conséquences condamnables, la première et inéluctable conséquence est que la vérité devient condamnable*.

Le problème des zones aveugles

Nous abordons ici un système de défense naturel qui ne relève pas d'un mécanisme de rejet. C'est l'incapacité, pour une idéologie (théorie, doctrine) d'accueillir une dimension (donc toutes données relevant de cette dimension) qu'elle est incapable de conceptualiser Ainsi, une théorie mathématique, de nature formalisatrice, est incapable d'accueillir l'idée d'être ou d'existence. Certes, le mathématicien, en tant qu'être humain, peut reconnaître en tant que non-mathématicien ces réalités, mais non en tant que mathématicien.

Une théorie permet au théoricien de reconnaître hors théorie la réalité qu'elle ne peut concevoir. Une doctrine empêche l'endoctriné de voir la réalité qu'elle aveugle. De toute façon, l'évidence d'un fait que l'on accepte, mais que l'on ne peut inscrire dans son idéologie, perd rapidement sa force. Son existence même finit par se dissoudre au bout d'un temps, faute d'ancrage idéologique. Ainsi, tout ce que l'idéologie ne peut concevoir ou rationaliser se flétrit, tombe en miettes, passe à la vidange... C'est pourquoi l'idéologie nous rend si insensibles, aveugles, sourds, oublieux, imbéciles...

La secondarisation du principal

Une idéologie propose une vision structurée de l'univers. La vision ptoléméenne mettait la Terre au centre, le Soleil à la périphérie du monde. La vision copernicienne met le Soleil au centre, la Terre à la périphérie. Les données restent les mêmes, la structuration a changé et ce qui était principal est devenu secondaire, ce qui était secondaire est devenu principal.

Politiquement et socialement, bien que nous sachions que la Terre n'a pas de centre, nous tendons inconsciemment à nous mettre au centre de la planète et à y mettre, du même coup, France et Europe, disposant le reste du monde à la périphérie. Ainsi, les événements mineurs dont l'Hexagone est le théâtre sont pour nous énormes, et les événements énormes du reste du monde sont pour nous mineurs. Il nous arrive, sous l'incitation de la télé ou des journaux, de penser au milliard de Chinois, à la faim dans le monde, à la menace atomique, mais ces idées s'estompent dans le lointain, et comme dit la chanson : « J'y pense et puis j'oublie... »

Une idéologie tend à renvoyer à la périphérie, c'est-à-dire à considérer comme secondaire toute donnée dont elle doit admettre l'existence, mais dont elle ne peut concevoir le sens, sinon en se mettant en cause elle-même. Ainsi, si à un moment, l'idéologie communiste doit reconnaître l'existence du goulag, celui-ci apparaîtra comme un phénomène non nécessaire, mais contingent (lié aux avatars historiques, à l'arriération de la Russie, à l'encerclement capitaliste), non principal (le principal étant globalement positif) mais secondaire ; dès lors, étant donné que l' « on ne fait pas d'omelettes sans casser des œufs », les ombres ne doivent pas masquer la lumière, l'arbre ne doit pas cacher la forêt, et il ne faut pas jeter le bébé avec l'eau du bain.

Le remarquable, alors, c'est que l'idéologie se bat sur deux terrains différents, avec deux poids et deux mesures. Les mêmes arrestations, les mêmes prohibitions, les mêmes interdictions qui sont des crimes chez les autres (les capitalistes, impérialistes) sont des « erreurs » ou des « maladresses » chez les siens. C'est une erreur d'arrêter les dissidents, c'est une erreur de mettre les opposants dans des camps, mais Pinochet, les fascistes, eux, commettent, avec les mêmes actes, des crimes.

Le parallélisme objectif entre les systèmes nazi et stalinien sont évidents : camps de concentration, parti unique, procès truqués, prohibition de l'art « décadent », censure généralisée (avec une accentuation beaucoup plus grande de la censure littéraire, artistique, philosophique en URSS). Mais voilà que les mêmes actes, chez les nazis, constituent le mal absolu, alors que chez les stals ce sont des maux relatifs. Les crimes nazis sont imprescriptibles, éternels. Les crimes staliniens sont oubliés, leurs auteurs vivent en paix, nul ne demande enquête, poursuite... Mieux encore : la « morale », d'un point de vue marxiste, est une mystification idéaliste si elle s'indigne des excès révolutionnaires. Mais le marxisme qui relativise la morale des autres se situe sur le plan de l'éthique absolue quand il dénonce les crimes capitalistes et impérialistes. Ainsi, l'idéologie se place sur un trône autocentrique, à la place de la Terre dans le système de Ptolémée, à la place du Soleil dans le système de Copernic. Elle devient le centre de référence absolu. Tout ce qui relève de sa souveraineté est justifié, même apparemment ignoble. Par contre, tout ce qui relève de l'idéologie adverse est condamné, même apparemment noble (l'apparente noblesse étant le comble de l'ignoble). Les règles du jeu ne sont pas les mêmes pour soi et pour autrui. Notre idéologie nous montre que, sous son inspiration et sa finalité, le crime devient simple erreur, triste nécessité ou accident de parcours. Mais elle nous montre que, chez l'adversaire, la triste nécessité devient tare ontologique, et que le crime révèle sa vraie nature. Ce qui est erreur chez moi est crime chez vous : *votre crime n'est que mon erreur*.

L'autorégénération idéologique

Un système d'idées a besoin de lutter contre toutes les forces qui le minent et le menacent. Il n'est pas seulement menacé de l'extérieur par les données et événements auxquels il ne peut donner accueil, qui le mettent en défaut ou le contredisent, par les arguments divers qui essaient d'ouvrir une brèche dans sa protection, voire de faire éclater son noyau ; il est aussi, corrélativement, menacé de l'intérieur par les contradictions qui, s'éveillant sous l'influence des événements nouveaux, risquent de créer fissures et scissions internes. A un certain moment même, sa logique peut se retourner contre lui. Ainsi, la logique du libéralisme politique l'amène à tolérer des idées ou mouvements qui ont pour finalité de le détruire. Dès lors, devant la menace, le libéralisme est condamné, soit à devenir autoritaire, c'est-à-dire se nier – provisoirement ou durablement – lui-même, soit à laisser la place à la force totalitaire portée au pouvoir par les élections légales (Allemagne, 1933).

D'une autre façon, le marxisme officiel « stal » ne peut extirper de son sein un ferment interne de contradiction. Effectivement, la logique interne du marxisme peut se retourner contre l'État dit « socialiste », à condition de reconnaître ce socialisme comme idéologie masquant la réalité. Dès lors, le marxisme devient plus apte que toute autre théorie à reconnaître dans cette réalité une société de classes fondée sur la domination et l'exploitation. *Le ferment marxien est l'ennemi intime du dogme marxiste*. Le marxisme originaire peut ainsi renaître sous le marxisme d'église, et devenir, contrairement à celui-ci, non plus l'instrument du système, mais son ennemi.

Pour lutter contre ces périls donc, chaque idéologie constitue un dispositif immunologique complexe qui, d'une part, détruit/pulvérise, d'autre part, refoule/occulte les données et arguments menaçants. Ajoutons en plus que l'idéologie, comme tout système vivant, a besoin de s'autorégénérer sans trêve. Cette action régénératrice, un système « ouvert » l'effectue à partir de l'assimilation/intégration d'éléments externes qui peuvent l'amener à évoluer et à se transformer. Un système doctrinaire clos, lui, s'autorégénère en faisant tout pour se perpétuer de façon strictement invariante. Il se nourrit certes d'informations extérieures, mais soigneusement choisies et triées. Il se réfère surtout sans cesse à l'autorité des Textes fondateurs, qui disposent de l'élixir véritablement régénérateur, et il se nourrit de citations, exégèses, commentaires. Sans discontinuer, il retourne à ses principes et axiomes pour redonner vitalité et efficacité à ses développements. Il consacre une grande part de son activité à éduquer, rééduquer, confirmer ses sectateurs et ses fidèles. L'idéologie du grand parti extra-lucide est ainsi cette formidable machine à répétition et à confirmation. Et, en même temps, la machine justificatrice désarticule tout événement, le triture et le torture pour qu'il devienne confirmateur et illustrateur. Tout, toujours, justifie la politique du parti [(5)], y compris la reconnaissance autocritique de ses erreurs, qui révèle la justesse d'une doctrine capable de s'autocritiquer. Ainsi, la conjonction d'une pensée justificatrice (de soi) et d'une pensée condamnatrice (du non-soi) maintient en vigueur, en harmonie, en vie, une idéologie qui porte en elle l'erreur et l'horreur.

Le problème posé par le marxisme, du point de vue autorégénérateur et immunologique, est particulièrement complexe. On l'a vu, il n'y a pas seulement plusieurs marxismes (chacun comportant son propre noyau dur), mais il y a surtout plu-

(5) On connaît l'argument du chaudron, cité par Sigmund Freud. Au cours d'un procès, l'homme accusé de n'avoir pas restitué le chaudron que lui a prêté son voisin rétorque :
1 – il ne m'a jamais prêté de chaudron ;
2 – le chaudron était en très mauvais état ;
3 – je le lui ai rendu.
De même, au procès du goulag, le parti nous dit :
1 – c'est faux (ignoble calomnie antisoviétique) ;
2 – c'est très exagéré ;
3 – c'est terminé.

sieurs types de marxisme, dont des types hybrides tenant à la fois du marxisme ouvert et du marxisme clos. Le marxisme ouvert se présente comme théorie sur le marché des idées, dont il accepte les règles et contraintes. Le marxisme clos, lui, se présente comme le détenteur de la seule et vraie Science. Le marxisme hyperclos et hyperdogmatique, forme moderne de théologie médiévale, est la doctrine officielle des partis communistes.

Au sein de l'intelligentsia règne une version dominante du marxisme. Celle-ci ne peut être totalement ouverte (elle perdrait sa vertu mythologique) mais peut l'être relativement. Ainsi le marxisme dialectique de Lefebvre, puis Sartre, était relativement ouvert. Mais il ne put ingurgiter les événements indigestes de la fin des années 1950 et, considérablement affaibli, dut faire place au marxisme althussérien, qui reconquit le site de la vérité scientifique irréfutable, et trouva dans sa rigidité sa force principale : ce marxisme devint une réalité historique précisément parce qu'il ne se laissa pas contaminer par les réalités historiques. Il se disloque aujourd'hui.

Les benêts et benoîts croient que c'en est fini de Marx. Je crois qu'un nouveau marxisme dominant peut se constituer, et que nous verrons apparaître de nouveaux modèles avec noyau réadapté, comme ces virus de la grippe qui nous reviennent après mutation génétique, remplaçant les virus précédents désormais victimes des réponses immunologiques de leurs hôtes. De toute façon, les besoins très profonds auxquels répondait et pourra éventuellement à nouveau répondre *« le »* marxisme demeurent : besoin d'une vision du monde, d'une pensée qui couvre aussi bien la connaissance et l'action, qui résolve le problème du « que-faire », besoin d'une connaissance supérieure à la connaissance fragmentée, puzzlée de la science, mais non spéculative-métaphysique (« dépassant » la philosophie), besoin, en somme, justifié d'une surthéorie et justificateur d'une Grande Doctrine.

Ainsi, après chaque brèche, chaque dislocation, le marxisme se reforme, se referme. Il produit sa nouvelle immunologie, redevient invulnérable pour un nouveau temps. Il change le dispositif de son noyau dur, modifie son organisation interne, mais se reconstitue en tant que *totalité*. Ce qui, après mutation, s'opère, c'est la reformation, et la re-fermeture de la totalité.

Conclusion

Un système d'idées, devenu doctrine et idéologie, se défend de façon logique (rationalisatrice), manichéenne (incarnant la vie et le bien contre les forces de mort et du mal) et magique (provoquant l'hystérie hallucinatoire où l'idéologie apparaît comme la vraie réalité par opposition à la réalité qui devient illusion et mensonge). L'idéologie est ainsi capable de résister à tous les affrontements, et, jusqu'au moment d'effondrement (celui du désabusement du croyant ou de sa conversion à une autre idéologie), elle est capable de triompher de tout et de tous. Merveille de l'idéologie : elle peut devenir totalement insensible à l'expérience, aux faits, au réel. Elle peut paraître non biodégradable, tout en possédant les pouvoirs vitaux d'autodéfense et d'immunologie. Dès lors, si le réel n'obéit pas à l'idéologie, l'idéologie peut répudier le réel. Bien sûr, c'est cette aptitude triomphale à surmonter et vaincre le réel qui cons itue sa faiblesse *réelle*.

Nous voyons donc que le problème du « savoir-penser » passe par l'examen critique de l'immunologie idéologique. Savoir penser présuppose ne pas clore, ne pas refroidir notre système théorique. Cela signifie maintenir les échanges, le dialogue avec les autres théories, les autres pensées. Cela veut dire sans cesse œuvrer à empêcher la théorie de se dégrader en doctrine, la doctrine de se congeler en dogme. Cela veut dire maintenir la vie, c'est-à-dire la biodégradabilité, de notre croyance.

3.

Savoir penser sa pensée

Savoir voir nécessite savoir penser ce que l'on voit. Savoir voir implique donc savoir penser, comme savoir penser implique savoir voir. Savoir penser n'est pas quelque chose qui s'obtient par technique, recette, méthode. Savoir penser ce n'est pas seulement appliquer la logique et la vérification aux données de l'expérience. Cela suppose aussi savoir organiser les données de l'expérience. Il nous faut donc comprendre quelles règles, quels principes commandent la pensée qui nous fait organiser le réel, c'est-à-dire sélectionner/privilégier certaines données, en éliminer/subalterniser d'autres. Il nous faut deviner à quelles pulsions obscures, à quels besoins de notre être, à quelle idiosyncrasie de notre esprit obéit ou répond ce que nous tenons pour vérité. En un mot, savoir penser signifie indissociablement savoir penser sa pensée. Nous avons besoin de nous penser pensant, de nous connaître connaissant. Voilà l'exigence réflexive fondamentale qui n'est pas seulement celle du philosophe professionnel, qui ne devrait pas seulement s'élargir à l'homme de science, mais qui doit être celle de chacun et de tous.

Entre Charybde et Scylla : entre mutilation et confusion

Quand nous pénétrons dans un pays inconnu, nous n'arrivons pas à distinguer les visages, les sons, les paroles. Nous avons besoin de distinguer, séparer, clarifier pour connaître. Dans ce sens, l'acte premier de connaissance est un acte de séparation, un arrachement à la confusion ou indistinction. C'est constituer une/des frontières, c'est séparer les objets les uns des autres, ainsi que de leur environnement.

Mais il faut également relier. Les objets ne peuvent être considérés comme des entités isolées. Leur existence même dépend d'interactions avec d'autres « objets » et avec leur environnement. Chaque être vivant, par exemple, a eu besoin de géniteurs pour naître, et son identité procède de cycles de reproduction et d'êtres vivants antérieurs à lui. De même, chaque être vivant constitue un « système ouvert » qui a besoin de l'environnement pour se nourrir, s'informer, éventuellement s'instruire, s'éduquer. On doit distinguer individu et espèce, individu et société, individu et milieu, mais on ne saurait ni disjoindre (isoler) ni confondre ces notions.

Connaître, c'est être capable de distinguer, puis de relier ce qui a été distingué.

Toute activité de pensée comporte distinction (notamment entre objets et environnement), objectivation (caractérisation de l'objet par des traits invariants ou stables), analyse (décomposition de l'objet en ses unités constitutives et possibilité d'isoler tel aspect ou telle partie de l'objet), sélection (des caractères jugés essentiels ou pertinents de l'objet considéré). La simplification commence lorsque la distinction élimine la relation entre l'objet et son environnement, lorsque l'objectivation élimine le problème de l'activité constructive du sujet dans la formation de l'objet, lorsque l'explication se limite et s'arrête à l'analyse. La simplification, en somme, commence là où la distinction devient *disjonction* séparant et isolant les entités sans les faire communiquer, lorsque l'objectivation devient *objectivisme* (illusion de croire que notre esprit reflète, et non traduit, la réalité extérieure), lorsque l'analyse devient *réduction* du complexe au simple, du molaire à l'élémentaire, lorsque la désambiguïsation du réel devient vision unilatérale, lorsque l'élimination de certains caractères ou aspects de l'objet ou du phénomène devient unidimensionnalisation, c'est-à-dire réduction à un seul caractère ou aspect. Une telle simplification conduit du reste à l'idéalisme, c'est-à-dire une vision où l'on croit que l'idée qu'on a de l'objet ou du phénomène correspond à sa réalité même, et où donc l'idée se prend pour le réel.

Nous voyons dès lors la difficulté de penser un phénomène. *Il nous faut savoir distinguer et relier, mais éviter de disjoindre et confondre*. Il nous faut éviter le Charybde de la disjonction/réduction et le Scylla de la confusion, c'est-à-dire qu'il nous faut à la fois distinguer, analyser, associer, synthétiser. Il nous faut essayer de reconnaître la multidimensionnalité des phénomènes, reconnaître la présence de l'observateur/concepteur dans l'observation/conception, c'est-à-dire la présence du sujet dans l'objet. La complexité est condamnée à naviguer entre simplification et confusion.

De l'homme mutilé/dissocié à la politique unidimensionnelle

Partons de l'homme. Il est conçu comme *homo sapiens* et *homo faber*. L'une et l'autre de ces définitions sont réductrices et unidimensionnelles. Dès lors, ce qui est *demens* – le rêve, la passion, le mythe – et ce qui est *ludens* – le jeu, le plaisir, la fête – sont exclus d'*homo*, ou tout au plus, considérés comme épiphénomènes. Le sentiment, l'amour, la plaisanterie, l'humour n'ont désormais plus de place, sinon secondaire ou contingente, dans toutes visions contrôlées par le paradigme d'*homo sapiens/faber*. La pensée réductrice/unidimensionnelle abolit, occulte, réduit à l'inessentiel tout ce qui ne relève pas du caractère qu'elle considère comme majeur ou seul réel.

Nous avons besoin de dépasser la notion d'homme technicien *(homo faber)* en lui associant indissolublement celle d'homme imaginaire (imaginant, rêvant, fantasmant, mythifiant). Nous avons besoin de dépasser la notion d'*homo sapiens* dans la notion d'*homo sapiens/demens* qui seule permet de considérer la capacité d'*homo sapiens* à produire de la poésie et de l'art, du rêve et du délire, de la folie et de l'horreur, qui seule nous rend capable de comprendre que la folie peut être productrice de vertus et de sagesse... Je dis « nous avons besoin », non par souci académique de proposer une définition moins mutilée de l'homme, mais parce que notre vision techno-économiste de la société se fonde sur la conception unidimensionnelle/réductrice de l'*homo faber/sapiens*, qui elle-même émane de notre civilisation techno-économiste. Nous sommes dans un cycle infernal où la réalité techno-économique de notre société et le paradigme d'*homo sapiens/faber* s'entre-déterminent et se sur-déterminent.

C'est effectivement une vision techno-économiste qui règne dans notre conception de la société moderne. Une sociologie qui ne voit dans une société que des processus de production et d'organisation est ainsi aveugle à la réalité des individus, et, bien sûr, à la conscience, la subjectivité, le sentiment, l'amour, le jeu, la plaisanterie, l'humour. Elle est aveugle à la réalité concrète qui est la communauté, l'ethnie, la nation, lesquelles, nous le verrons, comportent du mythe dans leur principe de réalité même. Elle ne voit dans la société qu'une entité abstraite définie par un seul terme techno-économique : société industrielle, société technicienne, société de consommation, société informatique, etc. Le marxisme est dans son principe plus riche dans le sens où sa définition économistique comporte toujours une connotation de pouvoir et de domination (société de classes), mais il demeure pauvre dans son incapacité à concevoir la réalité de l'individu et de la conscience, le rôle consubstantiel du mythe dans la réalité et l'action humaines, le caractère multidimensionnel de la société.

Nous devons comprendre la puissance et l'impuissance de la politique qui ne retient du phénomène social que l'aspect techno-économique. Certes, cet aspect est décisif, y compris et surtout pour les autres aspects de la vie, qui sont en interdépendance et qui, par là, vont souffrir d'être toujours occultés, subordonnés et sacrifiés à la vision techno-économique. Nous subissons l'invasion du politique par la pensée techno-économique, devenant technocratique et éconocratique, c'est-à-dire subordonnant l'attention et l'action politiques à l'aspect et à la solution techno-économiques des problèmes.

Certes, la pensée techno-économique saisit, comme cela est nécessaire, l'aspect quantitatif d'une formidable réalité technique, économique, démographique. Mais elle est aveugle à la diversité/multidimensionnalité de la réalité anthroposociale. Le techno-éconocrate voit le monde en fonction de taux de croissance et de PNB. Or, comme le fait remarquer si pertinemment Austruy, il y a, hors de cette quantification, et surtout, en ce qui concerne bien des pays du Tiers Monde, le prix/valeur du soleil, le problème du bonheur, les satisfactions par procuration, les solidarités/entraides, les services gratuits, les plaisirs familiaux, amicaux, les joies paisibles (semble-t-il ?...) du sexe, l'intégration de l'enfant, la sublimation de la vieillesse, la convivance avec la mort, les sérénités d'une sagesse, l'adhérence au cosmos.

La pensée techno-éconocrate est incapable de traiter les problèmes à la racine, lorsque la racine du mal est dans la technique elle-même : les solutions techniques entretiennent le mal qu'elles soignent...

La pensée techno-éconocrate est incapable de prévoir le nouveau. Comme le montre l'expert Robert Gibrat : « Les experts se sont régulièrement trompés depuis vingt ans .. Presque toutes les prévisions des congressistes de la Conférence de Genève de 1964 ne se sont pas réalisées. Des rapports faits au moment de la crise de Suez s'écartent d'un facteur mille de ce qui s'est accompli. Il est frappant que tous les documents des commissions successives du Plan n'aient pas fait allusion à la localisation géographique des puits de pétrole. » Et l'auteur multiplie les exemples. (« La prévision à long terme est-elle possible », *Le Jaune et le Rouge,* août 1980.)

Il faut intégrer la dimension technique et la dimension économique. Il faut cesser de se laisser guider par la pensée techno-éconocratique.

De la sociologie mutilée aux politiques mutilantes

Toute société constitue une unité, disposant des mêmes règles et lois, de la même culture, voire de la même langue, circonscrite dans un territoire propre. Toutefois, ce qui est frappant dans nos sociétés modernes, c'est non seulement qu'elles puissent intégrer une extraordinaire diversité culturelle et ethnique, de groupes et d'individus, mais aussi, qu'elles comportent en permanence rivalités, concurrences, conflits d'individus ou groupes poursuivant chacun leurs fins propres. Les théories sociologiques n'arrivent pas à concevoir l'unité des antagonismes ni l'antagonisme dans l'unité. Les unes ne voient que l'unité du système social, les autres ne voient que les antagonismes ; pour les premières les antagonismes sont secondaires, pour les secondes l'unité est façade ou masque. Or, ce qu'il nous faut, c'est une pensée capable de concevoir la société, non seulement comme *unitas multiplex* – unité/multiplicité –, mais aussi comme *union de l'unité et de la désunité* (cf. *La Méthode,* II, « La Vie de la vie », p. 371).

La notion de société est pensée sociologiquement en termes de *gesellschaft,* système constitué par les interactions matérielles, techniques et d'intérêts. Mais elle est pensée « patriotiquement » en termes de communauté ou *gemeinschaft.* Bien entendu, la *gemeinschaft* est évacuée des sociologies réductrices (techno-économistiques) incapables de concevoir la réalité du mythe. Or, c'est le mythe communautaire qui donne à la société sa cohésion de nation. Le mythe de la substance matricielle-paternelle (Mère-Patrie) où l'État assure la fonction paternelle et la nation l'enveloppement maternel, crée une fraternité mythique entre les « enfants de la Patrie ». Cette fraternité mythique est, dans la vie quotidienne, récessive, refoulée, dans l'affrontement des égocentrismes et des intérêts, mais devient réelle lorsque la nation est menacée par l'ennemi.

Pour concevoir la double nature de *gesellschaft/gemeinschaft* de la société, il faut échapper à la disjonction entre ces deux notions (qui sont complémentaires tout en s'opposant) et à la réduction de l'idée de société à l'une des deux. Dès lors, on pourra comprendre, non seulement la dimension mythique de la réalité sociale et la dimension réelle du mythe social, mais aussi l'union/désunion de la société/nation, de la *gesellschaft/gemeinschaft.*

L'idée de système social représente généralement une sorte d'architecture obéissant à des lois mécaniques simples, au mieux une sorte de machine déterministe triviale (dont on peut prédire tous les effets ou produits à partir d'une connaissance des causes externes). Dans cette vision mécanistique/déterministique, tout acteur, toute action sont inscrits en une place et un moment déterminés, et l'on est incapable de concevoir qu'il y ait dans la société des sources d'innovation et de transformation. Par opposition, la sociologie sensible aux dynamismes, aux changements et transformations, échappe à l'idée statique de système, mais, du coup, échappe à l'idée organisatrice de système et ne voit que flux, mouvements, actions, transformations. Or, il s'agit de concevoir ensemble la statique et la dynamique, la répétition et le changement, l'invariance et l'innovation, la reproduction et l'évolution. Il s'agit alors de concevoir comment le système de reproduction invariante se transforme, c'est-à-dire de concevoir ce qui fait varier l'invariance.

Simultanément, la sociologie n'arrive pas à concevoir l'organisation sociale comme *auto-organisation*. Tantôt, on voit l'organisation sociale résulter d'un principe d'ordre (dont le siège central est le pouvoir d'État) qui la vertèbre, la commande, la contrôle, tantôt on voit l'organisation sociale émerger à partir des interactions spontanées/créatrices entre individus et groupes. Or, il faut voir que l'organisation sociale est un circuit incessant entre interactions émanant du bas et contraintes dominatrices venant du haut (État). Mais, pour concevoir le caractère autoproducteur de ce circuit, il faut concevoir la notion clé de toute auto-organisation, je veux dire la notion de *boucle récursive*, par laquelle un processus génère les effets/produits nécessaires à son recommencement, sa régénération, sa reproduction (cf. *La Méthode,* I, p. 182-197).

Par ailleurs, la relation individu/société est toujours dissociée sous l'effet de la pensée disjonctive qui renvoie l'individu à la psychologie. Ou bien l'individu ne devient plus qu'une particule élémentaire au sein du système social, ou bien la société perd toute réalité et n'est plus qu'une sorte d'ectoplasme placentaire. Ou bien le seul être est la société, ou bien le seul être est l'individu. Ici encore, la notion de boucle récursive est indispensable : elle nous permet de comprendre la réalité et l'interdépendance, c'est-à-dire la *réalité réciproque* des notions de société et d'individu. De même que notre organisme est le produit permanent des interactions entre trente milliards de cellules individuelles, mais, émergeant de ces interactions avec ses organes propres et son appareil neurocérébral, il rétroagit sur ces interactions en les contrôlant et les commandant, de même, et de façon plus complexe encore, notre société est le produit permanent des interactions entre les millions d'individus qui la constituent, et n'a aucune existence hors de ces interactions. Mais, réémergeant sans cesse de ces interactions avec ses appareils et institutions propres, elle rétroagit sur elles, les contrôle, les commande et détermine ainsi les individus qui la déterminent. Ainsi *les individus font la société qui fait les individus*. Les individus dépendent de la société qui dépend d'eux. Individus et société se coproduisent dans un circuit récursif permanent ou chaque terme est à la fois producteur/produit, cause/effet, fin/moyen de l'autre.

C'est la sociologie la plus mutilée qui se croit véritablement achevée. C'est la sociologie balbutiante qui prétend à l'objectivité et l'universalité du discours scientifique. Le sociologue de droit divin (bourdivin) classe les sociétés du trône suprême, en révèle les lois, situe toute action et tout acteur dans sa détermination sociale, sa classe, son habitus, etc., sauf lui-même. Or tout Jekyll sociologue porte en lui un Hyde d'autant plus minable qu'il se cache sous la blouse blanche. Il faut au contraire montrer Hyde, poser ouvertement et obsessionnellement le problème : comment lier et distinguer notre conception de la société et de la culture de notre inscription/insertion dans notre culture et dans notre société ? Comment, sans pouvoir jamais nous arracher à sa gravitation, pouvons-nous nous en distancer ? Est-ce dans les sphères supérieures (officielles, académiques, respectées) ou dans les sphères marginales (déviantes, contestataires, persécutées) que l'on a le plus de chances de mieux se distancer de cette société dont on fait partie ? Le problème est ouvert, et nous ne le quitterons pas. Il est capital pour toute pensée qui cherche le vrai, pour toute connaissance moderne, pour toute science, singulièrement pour toute science sociale, et, *ergo* pour toute politique, d'introduire la présence du sujet observateur-concepteur dans toute définition, dans toute connaissance, et, en premier lieu, dans toute connaissance de la société.

Nous pouvons commencer à voir où se situe le vice du principe de pensée à quoi nous obéissons, et qui commande notre vision du monde. Ce principe de pensée est dissociatif/disjonctif, réducteur/unidimensionnel. Il est dissociatif/disjonctif dans le sens où il dissocie et disjoint ce qui, certes, doit être distingué et opposé, mais est aussi inséparable et complémentaire : l'ordre et le désordre, le déterminisme et la liberté, la répétition et l'innovation, le mythe et la réalité sociale, l'unité et le conflit, l'harmonie et la discorde, l'autonomie et la dépendance, l'objet et le sujet, la communauté et la société, la société et l'individu. Il est réducteur/unidimen sionnel dans le sens où il réduit la complexité multidimensionnelle de la réalité sociale, qui est économique et mythique, politique et non politique, individuelle et collective, à une seule dimension, une seule face. Or, *la pensée mutilée n'est pas inoffensive : elle débouche tôt ou tard sur des actions aveugles qui ignorent que ce qu'elles ignorent agit et rétroagit sur la réalité sociale, et elle conduit à des actions mutilantes qui charcutent, tranchent et retranchent dans le vif du tissu social et de la souffrance humaine.*

Ainsi, une vision aveugle à la radicalité des ruptures, antagonismes, conflits, qui ne perçoit que l'unité, la cohérence, la complémentarité au sein du corps social déterminera une politique « nationale » qui identifiera l'intérêt collectif à celui de l'État et de la classe/caste dirigeante. Une vision aveugle à ce qui fait l'unité d'une société, malgré et à travers tant d'antagonismes, déterminera une politique qui sous-estimera toujours la réalité de la nation par rapport aux antagonismes de classes ou d'ethnies.

De même vont s'opposer une vision pour laquelle seul l'ordre fonde l'organisation sociale et pour qui donc tout désordre est une menace pour la société, et une vision pour laquelle les libertés sont créatrices et organisatrices. Dès lors se dessinent à deux niveaux deux politiques opposées. A un premier niveau, c'est l'opposition entre, d'une part, la politique de direction/planification de l'économie par l'État en fonction des finalités de la collectivité et, d'autre part, le libéralisme économique classique hostile à toute intervention régulatrice ou ordonnatrice de l'État. A un second niveau, c'est l'opposition entre une politique autoritaire et une politique libertaire. Or, il y a, dans le principe même de la politique économique libérale, une indifférence à la cruauté des éliminations, destructions, liquidations qu'entraîne la concurrence économique, et une sous-estimation des possibilités régulatrices/prévisionnelles d'un contrôle central. Il y a dans le principe même de l'autoritarisme d'État une sous-estimation de la créativité des individus et groupes comme une méconnaissance du sens de la liberté pour les individus et du rôle des concurrences/antagonismes pour la société. Il y a dans le principe libertaire une méconnaissance de l'inéluctabilité de contraintes et une sous-estimation du rôle régulateur des grands appareils d'État.

De même, une politique qui fonde l'ordre social sur la conservation et la répétition devient aveugle aux vertus de l'innovation et de la transformation, où elle ne voit que péril et désordre ; une vision politique qui ne voit que l'évolution devient aveugle au fait que toute évolution s'inscrit dans un cycle répétitif qu'elle transforme, et que toute révolution, en s'enracinant, devient autoconservatrice et inscrit sa propre répétition dans la répétition sociale.

En fait, les pratiques politiques sont moins aveugles que les théories. Les théories sont unidimensionnelles, mais les pratiques en fait associent, de façon myope, ou bien alternée, les visions antagonistes. Celles-ci en fait coexistent, mais de façon subconsciente. Ainsi, les économies officiellement libérales ne peuvent aujourd'hui fonctionner que sous contrôle/régulation/intervention de l'État. Les économies les plus strictement planifiées ne peuvent, en fait, fonctionner que parce que, à la base, une anarchie organisatrice réagit contre l'emprise tentaculaire, et, tout en la combattant, remédie à l'inefficacité d'une programmation abstraite. Ainsi, une formidable réalité anarchique souterraine, inavouée, informulée, grouille à la base de la société hyperprogrammée. Combines, débrouillardises, bricolages, tricheries, bakchichs, larcins, complicités, *font vivre le système qui les nie et dont ils sont la négation*.

De façon générale, il se constitue, chez les mêmes hommes politiques, une schizophrénie entre deux pensées, deux identités, qui leur permet de mener une politique à deux dimensions tout en n'en concevant qu'une seule à chaque fois.

Ainsi, d'une part, l'homme politique vit la réalité mythique de la nation dans ses discours officiels et son action internationale ; d'autre part, il conçoit le fonctionnement et le développement de la société en techno-éconocrate. Les classes dirigeantes, elles, jouent admirablement le double jeu *gemeinschaft/gesellschaft* : tout en se mettant en état d'hystérie nationale, c'est-à-dire d'identification aux intérêts sublimes de la nation, elles agissent cyniquement en fonction de leurs intérêts particuliers.

Le problème de la société/nation s'est présenté de plus en plus dramatiquement au marxisme, notamment après que le déclenchement de la Première Guerre mondiale aient soudainement rallié en masse les classes ouvrières allemande et française dans leur « union nationale » respective, c'est-à-dire les aient dressées l'une contre l'autre. Tout d'abord, le marxisme d'empire (austro-hongrois, russe) a tenté une timide théorisation de la nation (de Bruno Bauer à Staline) permettant de lui donner une réalité, mais mineure, puisque la doctrine ne peut que réduire la consistance de la nation et de l'État par rapport à celle de la classe et de la réalité techno-économique. Par la suite, et surtout, le communisme stalinien, unissant de façon magistrale schizophrénie et cynisme, a réussi à combiner en lui socialisme et nationalisme, synergiser énergies révolutionnaires et énergies nationales, créant la seule variante stabilisée (après la victoire sur l'Allemagne hitlérienne) du national-socialisme. La Patrie et le Prolétariat sont présentés comme deux absolus, mais à *des niveaux différents et associés*. (Est-ce l'idée nationale qui s'est intégrée à l'idée socialiste ? N'est-ce pas plutôt l'idée socialiste qui s'est engloutie dans la réalité nationale ?)

Une même politique peut donc faire coexister de façon empirique nationalisme et techno-économisme, patriotisme et marxisme. Mais une telle politique ne fait pas que corriger les aveuglements, carences, mutilations d'une conception unidimensionnelle par l'autre. Elle peut aussi, ce qui se passe souvent, les *cumuler*.

Il est donc capital d'aspirer à *une action politique la moins mutilante possible*. Poser ce problème, c'est le poser non tant au niveau des proclamations et programmes, mais à celui de la structure de pensée sous-jacente qui commande à la fois la vision du monde, la vision de l'homme, la vision de la société, la vision de la politique. C'est la structure de pensée disjonctive/réductrice qui porte en elle la mutilation. Il nous faut donc poser la nécessité d'une révolution de pensée, qui ferait advenir une pensée complexe, capable d'associer ce qui est disjoint et de concevoir la multidimensionnalité de toute réalité anthroposociale. Alors, nous pourrons concevoir la complémentarité de ce qui semble seulement antagoniste, et l'antagonisme dans ce qui paraît seulement complémentaire. Alors, on pourra partir de l'idée que la société, tout en étant une émergence issue des interactions organisatrices entre individus et groupes, est une réalité contraignante qui rétroagit sur ceux-ci. Alors, on pourra concevoir le circuit récursif de l'autoproduction anthroposociale où les êtres humains font partie d'une société qui fait partie d'eux. Alors, on pourra comprendre que plus une société est complexe, plus elle comporte en elle des potentialités de désordres, antagonismes, conflits, plus elle comporte en même temps des potentialités d'innovations, de stratégies, de réponses aux forces de désagrégation, plus elle devrait comporter en elle, pour compenser sa fragilité organique, la communication fraternisante qui transforme le désordre en liberté.

La politique envahie et envahissante

La politique est envahie par la problématique techno-économique, en même temps qu'elle a envahi toutes sphères, y compris les sphères apparemment les plus éloignées de la politique traditionnelle, comme l'écologie, la biologie, la démographie, la médecine, le bien-être, le loisir...

C'est dans ces conditions que nous pouvons désormais percevoir et comprendre que la dimension politique est partout, et que rien, dans ce sens, n'échappe à la politique. Mais, du coup, il faut affronter la tendance à la fois réductrice et totalitaire pour laquelle la politique est *tout*.

Le réductionnisme/totalitarisme politique moderne va de pair avec une religion du politique. Cette religion est celle du salut révolutionnaire. Issue du messianisme marxien, qui attribuait au prolétariat la mission d'accomplir l'avènement de l'humanité (la fin de la préhistoire humaine), elle est devenue la religion du parti du prolétariat, et elle demande de tout subordonner au salut politique : le privé, l'amour, l'humour...

Ainsi, j'ai maintes fois entendu dire (et cela fut repris par un aimable baladin au cours d'un débat télévisé récent auquel je participais) que le carnaval de Rio et les matchs de foot étaient organisés pour aliéner le peuple brésilien et le détourner de la révolution. Ce même baladin (qui pourtant s'occupe professionnellement de faire des fêtes) nous déclara qu'intervenant après une émeute dans un quartier noir de New York, le « Bread and Puppet Theatre » avait dérivé en spectacle un processus de nature révolutionnaire. A la limite, on arrive à l'idée : faites la révolution, ne faites pas la fête. Faites la guerre (de classes), ne faites pas l'amour.

Pour moi, je ne puis rencontrer sans frémir cette idéologie réductrice mortelle selon laquelle la seule vraie vie est celle de la conscience politique : dès lors, affects, amitiés, amours, jeux, rêves, rires deviennent (sauf s'ils sont intégrés dans les fêtes du parti) des diversions, des détournements d'énergies perdues pour la lutte, pis, faisant le jeu de l'ennemi (qui produit diaboliquement des jeux, des spectacles, des films, des vacances, des clubs-méditerranée...). Le plus horrible n'est pas dans cette réduction, il est dans l'aberration : ils ne savent pas que la « conscience politique » à laquelle ils se réfèrent, qui les guide et les propulse, est le plus mensonger ramassis d'illusions : ils ne savent pas qu'en croyant œuvrer pour l'émancipation du genre humain, ils œuvrent en fait à son asservissement.

Ainsi la réduction au politique, sous cette forme moderne extrême, unit ce qu'il y a de plus simpliste logiquement (la rationalisation et l'unidimensionnalisation) et ce qu'il y a de plus mythique idéologiquement (la religion). C'est ce joug conjoint de la réduction, de l'unidimensionnalisation, de la mythification qu'il nous faut secouer.

La vie, notre vie d'individu, la vie de la société ne se réduisent pas à la politique, bien que rien n'échappe à la dimension politique. Mais rien non plus n'échappe aux dimensions subjective, affective, ludique. Rien n'échappe aux dimensions économique, technique, démographique... Toute vie, chaque vie, la vie de toute société, de chaque société ne peut être que multidimensionnelle. Non pas de façon harmonieuse, complémentaire et accomplie, mais dans le conflit, le déchirement, la contradiction.

Il nous faut plus particulièrement reconnaître et sauver ce qu'il y a de moins intelligible au réductionnisme politique : c'est bien le sens de ce livre-document extraordinaire, tonique, rassurant de Kundera : *Zerts (La Plaisanterie)*. Ce livre montre comment l'apparatchik-militant est totalement aveugle à une plaisanterie. Il ne peut qu'interpréter *littéralement* une blague, et lorsque cette blague concerne Trotski ou Staline, alors il ne peut voir que le sacrilège, le crime, le sabotage. Ici entrent en jeu non seulement le réductionnisme politique, mais aussi la rationalisation politique. Toute rationalisation récuse le jeu et le hasard : ainsi, pour Freud, il n'y a pas de hasard dans le calembour et la plaisanterie, à un niveau profond, n'est pas une plaisanterie, mais l'expression dissimulée de ce qu'il y a de plus sérieux. Certes, il y a de la non-plaisanterie dans la plaisanterie, mais la plaisanterie comme le jeu comporte sa double face. Je dirais même triple face.

Quand Bateson fait remarquer la différence entre « mordre » et « mordiller » chez les jeunes chiens, le premier étant d'agression/défense, le second de jeu/amitié, il indique que le « mordiller » comporte une richesse et une complexité qui n'est pas dans le « mordre » ; c'est une communication sur la communication, ou métacommunication, qui, en portant la communication du « mordre » (bataille) apporte la transformation du « mordiller » (jeu/amitié).

On peut dire psychanalytiquement que le « mordiller » n'annule pas le « mordre », c'est-à-dire qu'il exprime et libère de l'agressivité, mais c'est une erreur (que commettent allégrement les vulgates psychanalytiques) de réduire le « mordiller » au « mordre », c'est-à-dire de n'y voir que l'agressivité, et non le jeu, qui, tout en conservant l'agressivité, la limite et la transforme en expression de fraternité. *Ce que ne comprennent pas les simplificateurs/réducteurs/unidimensionnalisateurs, c'est bien tout ce qui a double ou triple niveau/tiroir/fond,* c'est-à-dire la complexité foncière de toute plaisanterie, de tout jeu, de tout humour.

Or, la plaisanterie, le jeu, l'humour ne sont pas que de la gratuité, du vent, de la superficialité : ce sont de la complexité et de la multidimensionnalité et c'est défendre la complexité que les défendre.

Mais, bien entendu, s'il est nécessaire et clair d'opposer la multidimensionnalité et la complexité du réel à la réduction, à la simplification, à l'unidimensionnalisation, il est très difficile de concevoir cette multidimensionnalité et cette complexité. J'y viendrai plus loin.

Contre les maîtres mots

La réduction, l'unidimensionnalisation, la simplification conduisent au règne de l'idée unique, maîtresse, symbolisée et exprimée par le maître mot. Le maître mot devient le concept premier et terminus, d'où part l'explication et où elle s'achève. Ainsi, la philosophie spiritualiste, la philosophie matérialiste, la philosophie énergétiste, la nouvelle philosophie informationniste ont chacune leur maître mot qui les assure, les rassure, les comble : Esprit, Matière, Énergie, Information. Le monothéisme est l'expression religieuse traditionnelle du besoin de mot maître, les idéologies à Vérité suprême sont les versions religieuses modernes de la grande Simplification.

L'idée d'un principe unique a hanté et fécondé la recherche scientifique. Cette obsession répond à un besoin où la rationalisation se confond avec la magie. Le *maître mot* relève du vocabulaire et de la pratique des chamans et sorciers. C'est par ce mot que ceux-ci domptent, contrôlent, dirigent les forces cosmiques, les esprits rebelles. Le maître mot peut être chargé d'une telle énergie que le mortel doit éviter de le prononcer. Même le prêtre doit en respecter l'indicibilité, comme dans la religion mosaïque, où le nom ultime et décisif de l'Éternel, *JHWH,* est imprononçable.

La volonté unidimensionnalisante de caractériser d'un mot décisif l'homme, la société, le temps que nous vivons, conduit, comme je l'ai indiqué plus haut, à une formule maîtresse : *homo sapiens,* société industrielle. A cela, la religion idéologique ajoute la mystique et le mythe du mot maître : à la place du Sauveur suprême s'instaure la Vérité suprême (« scientifique »). Celle-ci convient fort bien au parti maître, d'où tend naturellement à émerger le maître des maîtres, sous la forme du chef omniscient, parfait, omnipotent, le « Dieu, César, tribun » chassé par l'idéologie originaire.

Ils veulent UNE idée maîtresse. C'est justement ce que nous ne devons pas vouloir.

Le maître mot est d'autant plus pauvre qu'il se croit plus riche. Le concept qui explique tout perd, *ipso facto,* valeur explicative. Comme il est premier, sa source élucidante n'est pas éclairée par derrière ; comme il est terminal, il est incapable de s'ouvrir sur les au-delà. Le maître mot Dieu est aveugle à l'Alpha et aveugle à l'Oméga ; il n'est éclairant qu'à condition que l'on accepte cet aveuglement, il n'est expliquant qu'à condition de reconnaître qu'il est inexplicable. Le maître mot Esprit s'ouvre sur une ombre totale : d'où vient cet Esprit ? Qu'est-ce qui peut expliquer cet Esprit qui explique tout ? De fait, comme nous ne connaissons pas d'Esprit pur, en dehors d'activités physiques, biologiques, psychiques, il faut bien concevoir que le terme Esprit est inséparable d'interactions organisatrices de caractère à la fois physiques, biologiques, psychiques. Le maître mot Énergie, lui, renvoie à l'ensemble des phénomènes et activités physiques : nul n'a jamais vu de l'énergie ; nul ne peut dire que l'Énergie précède toute autre forme d'être-au-monde ; tout nous dit, au contraire, qu'elle est un aspect de ce-qui-est-au-monde. L'Information devient un terme insensé dès qu'il devient maître mot parce qu'il ne peut y avoir d'Information que dans une relation où la marque, la forme deviennent alors signe, engramme, programme.

Il nous faut donc comprendre que tout concept doit renvoyer à d'autres concepts, et ne peut devenir éclairé/éclairant que dans une intercommunication de concepts. Il nous faut donc concevoir un ensemble polynucléé de concepts principaux en interdépendance, pour concevoir tel ou tel ordre de phénomène.

J'ai essayé de dégager la notion de macroconcept dans cette intention (*La Méthode,* II, p. 371). Ainsi, la notion d'information est inséparable d'une activité de computation de l'information, laquelle dépend d'un appareil qui contrôle/commande des opérations physiques, biologiques, psychiques... Ainsi, bien qu'il s'agisse désormais d'un terme nécessaire pour concevoir l'organisation vivante et sociale, l'Information ne saurait plus être un maître mot.

La lutte des classes n'est pas ce qui explique tout, car elle doit, elle-même, être expliquée à partir de l'organisation complexe d'une société stratifiée/divisée en classes, qui elle-même doit être conçue/comprise dans l'évolution historique, laquelle, elle-même, est issue de développements évolutifs préhistoriques et préanthropologiques.

Certes, dira-t-on justement en considérant ces deux exemples : le régicide conceptuel qui abolit le maître mot ne va-t-il pas créer le chaos mental ? L'inséparabilité de concepts ne déviderait-elle pas, de concepts en concepts, un écheveau qui se perdra à l'infini ? Il est effectivement certain que tout, dans l'univers, est en un sens solidaire. Mais, s'il est des phénomènes relativement autonomes, alors les chaînes conceptuelles peuvent se boucler pour concevoir cette autonomie, tout en gardant fenêtre ouverte, c'est-à-dire sachant que l'autonomie du système considéré dépend de ses communications et de ses échanges extérieurs, et, à l'horizon, relève de l'inter-solidarité de l'univers.

Un grand et difficile problème commence donc, quand on rompt avec la simplification/réduction/unidimensionnalisation/rationalisation/magie du concept maître. C'est le grand et difficile problème de la pensée complexe. C'est parce qu'il est difficile qu'on l'évite, l'esquive, l'écarte. Mais les aveuglements et carences de la pensée simplifiante, accrues précisément parce qu'on n'a cessé de l'éviter, écarter, esquiver, le rendent de plus en plus vital et urgent.

Au-delà des disjonctions et confusions

Nous avons vu que le *véritable problème de la connaissance est de savoir distinguer et relier, d'éviter de disjoindre et confondre*. Or, notre vision politique quotidienne souffre d'un excès de disjonctions et de confusions.

Ainsi, « l'union de la gauche » a, du point de vue de ses partenaires, comme de ses adversaires, souffert d'un excès de confusion et de disjonction. On avait, d'une part, sous-estimé, occulté les différences, oppositions et antagonismes virtuels que recouvrait une telle union (les *pros* pour créer un climat d'euphorie, les *anti* pour faire des socialistes les jouets des communistes) ; d'autre part, les socialistes s'appliquaient à se situer disjonctivement, en opposition radicale et irrémédiable, par rapport aux formations de centre gauche ou modérées, alors que cette opposition recouvrait une adhésion à un fond démocratique/libéral commun.

Ainsi, nous pouvions correctement concevoir le PS à la fois en accord avec ses opposants (majoritaires) sur le fond libéral/démocratique, en opposition avec son allié (sur ce même fond libéral/démocratique), tout en étant en accord temporaire (sur un éventuel bout de chemin réformateur) et en accord mythologique (sur l'idéal socialiste) avec cet allié. C'est dire que nous pouvions de façon très compréhensible, sans sombrer dans la confusion ni la disjonction, comprendre qu'il y ait opposition dans/sous l'unité (PS/PC) et unité dans/sous l'opposition (PS/majorité).

Les pires ravages intellectuels sont opérés par les grands manichéismes de l'anticommunisme et de l'antifascisme qui combinent l'identification/confusion délirante et la disjonction/opposition absolue. Ainsi, l'anticommunisme de la droite française traditionnelle, des fascismes, des dictatures d'Amérique latine et d'ailleurs, identifie à « communiste » et confond dans la même vision tout ce qui est révolutionnaire, socialiste, critique, démocratique. Le libéral devient alors plus dangereux que le communiste lui-même parce qu'il camoufle sous un label apparemment honorable la subversion qu'il véhicule.

Symétriquement, le concept d'anticommuniste, dans tous les partis de moule stalinien, et, pendant longtemps, dans les plus larges couches de l'intelligentsia de gauche et de l'opinion libérale, s'appliqua indistinctement à toute critique, toute réserve à l'égard du communisme stalinien. Les communistes trotskistes étaient de toute évidence des anticommunistes, pas seulement pour le militant du parti, mais pour le petit-bourgeois progressiste ou libéral. En URSS, toute parole non conforme est dénoncée comme anticommuniste, identifiée à la trahison. La notion d'hitléro-trotskisme, celle de judéo-bolchevisme et de judéo-ploutocratie ont permis, la première, d'identifier sous le couvert immonde de l'hitlérisme tout ce qui était antistalinien, les secondes, d'identifier sous le couvert du judaïsme, à la fois le bolchevisme (stalinisme) et le capitalisme occidental.

Il nous faut opposer aux disjonctions et confusions la reconnaissance des distinctions et des liaisons. En fait, il y eut de 1941 à 1945 une alliance entre les ennemis si divers ou opposés d'Hitler. En fait, si ténue soit-elle, il y eut tentative de coalition en 1934, en URSS, entre « droitiers », « gauchistes », voire staliniens critiques (Kirov). En fait, des intérêts antagonistes, comme ceux des terroristes rouges et des terroristes noirs peuvent, dans certaines conditions et à certains moments, user de la même stratégie de déstabilisation. Nous avons donc toujours la difficile tâche, devant chaque situation, chaque cas, de savoir distinguer et relier, de nous méfier des disjonctions absolues, de lutter contre la confusion toujours renaissante, et de nous méfier de la vision manichéenne qui disjoint absolument deux univers, celui du bien et celui du mal, et confond indistinctement tout ce qu'elle rejette dans le second.

C'est là où commandent les paradigmes, donc à la racine des idéologies, que s'opèrent les distinctions/disjonctions/liaisons/confusions premières et fondamentales.

Ainsi, le paradigme maître de la pensée occidentale moderne a opéré la disjonction entre science et philosophie, fait et valeur, sujet et objet. Cette disjonction, nous l'avons vu, a conduit à la simplification et la mutilation. La distinction, elle, était et demeure absolument nécessaire : effectivement la science ne peut se déduire de la réflexion philosophique, la philosophie ne peut s'induire des données ou théories scientifiques, la morale ne peut se déduire de la connaissance scientifique, celle-ci ne saurait dépendre du commandement moral.

Et, à mon sens, la tentative marxienne de surmonter la disjonction science et philosophie (par « dépassement » de la philosophie dans une « vraie » science « dépassant » elle-même la science bourgeoise), de donner un tronc unique à cette science et à l'action politique, d'en déduire par là même une éthique révolutionnaire (ce qu'a fait Trotski dans *Leur morale et la nôtre*) n'a pas respecté l'insurmontable distinction.

Nous voici donc devant un problème de fond. Nous devons distinguer/opposer fait/valeur, science/morale, si nous voulons éviter la confusion obscurantiste, mais nous ne pouvons les disjoindre absolument : de toute façon, inconsciemment, nous les faisons communiquer : nous devons *savoir* les faire communiquer, c'est-à-dire reconnaître les conditions de leur communication. Or, ce problème de fond ne peut être tranché, réglé, par simple décret. Cela nous montre que nous avons besoin d'une nouvelle méthode de pensée, plus riche et complexe que les méthodes encore souveraines aujourd'hui qui ne savent que disjoindre et réduire.

Plus encore : la nécessité de penser de façon multidimensionnelle nous invite à associer des propositions apparemment contradictoires. Car, dès que nous touchons à un problème de fond, nous nous trouvons devant des thèses antagonistes que le principe de simplification pose en alternative, l'une ne pouvant qu'exclure l'autre.

Prenons, par exemple, les deux propositions :

1 – les hommes font l'histoire ;

2 – l'histoire fait les hommes.

La première proposition signifie que les actions, volontés, stratégies humaines sont à la source des processus de transformation historique, ce qui, sous cet angle n'est pas contestable.

La seconde proposition signifie que les processus historiques dominent la conscience des hommes, contrôlent leurs volontés, font dériver leurs actions et stratégies, et que, finalement, l'ensemble des processus historico-sociaux déterminent les conduites et comportements des hommes, ce qui sous cet angle n'est pas contestable.

Toutefois, considérée isolément, chacune des deux propositions est insuffisante ou mutilante : la première fait dépendre l'histoire de la volonté consciente des hommes, qui devient alors démiurgique ; la seconde transcendantalise l'histoire par rapport aux actions humaines, qui ne sont que de purs effets de ses déterminismes.

Or, le vrai problème est de voir les deux faces antagonistes d'une réalité historique pourtant une.

Nous dirions alors :

– les hommes font l'histoire qui les fait ;

– l'histoire fait les hommes qui la font ;

– les hommes font leur histoire sans la faire.

Une telle vision est apparemment paradoxale, car elle nous dit que les hommes sont à la fois marionnettes, pantins, objets, et acteurs, décideurs, sujets de l'histoire. Mais cette vision polyoculaire correspond à la complexité même de toute autonomie : l'autonomie n'est pas d'échapper à la dépendance, mais de savoir s'en nourrir.

En fait, cette double conception est à l'intérieur du marxisme. Celui-ci se manifeste, d'une part, comme déterminisme historique, qui se confie donc aux « lois de l'histoire », et, d'autre part, comme volontarisme politique, qui fait appel à l'éthique (lutte contre l'injustice, l'oppression, l'exploitation), c'est-à-dire à la conscience et l'action de chacun. En fait, ces deux conceptions sont disjointes, non reliées : quand l'une surgit, l'autre s'estompe et devient récessive ; elles sont en même temps confondues, à la source même du marxisme qui unit de façon indissoluble matérialisme historique et praxis révolutionnaire.

Prenons encore un exemple, celui de la nature historique du communisme stalinien. Ici, deux types d'interprétation sont concurrents. Le premier comprend le stalinisme en fonction du milieu intérieur où a surgi la révolution (la Sainte Russie arriérée, tsariste, bureaucratique, despotique) et de l'environnement extérieur qui l'a toujours menacée (l'encerclement capitaliste, la menace nazie). Ainsi tous les traits régressifs et négatifs du stalinisme seraient dus à ce qu'il a combattu et à ceux qui l'ont combattu ; dans ce sens, ils peuvent apparaître comme des tares temporaires, qui s'atténueront et s'effaceront avec le développement économique, l'éducation, la régression de la menace extérieure, la décomposition de l'impérialisme, la diffusion du socialisme. Il importe alors, dans cette logique, de promouvoir partout le communisme d'origine stalinienne pour que disparaissent les ultimes marques du stalinisme lui-même.

A cette interprétation de nature exogène ou « écologique », c'est-à-dire qui voit le déterminant principal du stalinisme dans des facteurs extrinsèques au marxisme et au léninisme, s'oppose une interprétation endogène ou « auto-logique », qui voit un développement logique, plus ou moins rigide, plus ou moins implacable, de Marx à Lénine, et de Lénine à Staline.

Or, toute interprétation de la genèse du stalinisme qui se

veut correcte ne peut être que complexe : il faut qu'elle soit dans son principe auto-éco-logique, c'est-à-dire conçoive que le développement du stalinisme obéit, non à une seule logique, soit celle des conditions/déterminations extérieures, soit celle du dynamisme de la détermination intérieure, mais à une *dialogique* qui nous conduit à envisager dans le concret à la fois leur liaison et leur distinction. Ainsi, la pensée de Marx cesse de nous apparaître, soit comme démiurge, soit comme étrangère par rapport au stalinisme, et nous pouvons voir qu'elle comportait des virtualités multiples, voire antagonistes, dont une virtualité autoritaire. Le parti social-démocrate, type originaire du parti marxiste, nous apparaît, lui-même, dans la multiplicité de ses virtualités, sans que la tendance « bureaucratique » que nourrit son développement conduise nécessairement au bolchevisme. Le bolchevisme, lui, ne peut être compris que dans les conditions socio-historiques arriérées et les conditions de clandestinité politique propres à la Russie tsariste : dès lors, il constitue une mutation capitale par rapport au marxisme originaire (dont il inhibe certains caractères, en hypertrophie d'autres) et par rapport au parti social-démocrate, qu'il transforme en organisation militarisée/conspirative. Mais il faudra encore bien des mutations internes profondes pour arriver : *a)* à la domination du parti unique ; *b)* à l'élimination du pluralisme au sein du parti ; *c)* à l'homogénéisation stalinienne (1935). On ne peut concevoir la transformation du parti révolutionnaire en parti de pouvoir unique que dans une conception auto-éco-logique, où s'entre-nourrissent le dynamisme de la guerre (étrangère, puis civile) et le dynamisme du bolchevisme dans une succession d'événements crisiques et critiques. On ne peut concevoir la totalitarisation et la stalinisation conjointes du parti que dans les conditions créées par l'échec de la révolution allemande, l'encerclement, le repliement, la réorganisation économique, où se développent alors de façon hypertrophique le rôle nucléaire du secrétariat du parti et le rôle tentaculaire du parti dans la société. Ainsi, nous pouvons tenter de procéder à une explication en boucle, qui ne néglige ni Marx, ni la social-démocratie, ni le bolchevisme, ni Lénine, ni la Sainte Russie, ni la guerre mondiale, ni l'encerclement capitaliste, ni Staline lui-même, mais où aucun de ces facteurs n'est absolument déterminant, bien que chaque étape comporte son facteur hégémonique.

On voit donc ce qui sépare dans leur principe les deux explications simplistes, l'auto-logique et l'éco-logique, de l'explication auto-éco-logique complexe. Les premières font appel à une logique linéaire, univoque, mécanique et disjoignent, réduisent, confondent. La seconde fait appel à une dialogique où des termes explicatifs peuvent être à la fois complémentaires, concurrents, antagonistes ; elle distingue/oppose tout en tentant de lier ce qu'elle distingue et oppose. Les premières se développent sans effort intellectuel particulier. Il suffit d'interpréter les événements en fonction de leur monologique. Par contre, la seconde demande à être chaque fois élaborée et réfléchie. Mais elle sera plus proche du réel : aucune formule, aucun principe, aucune logique simples ne rendront compte du communisme stalinien, non plus que de quelque phénomène historique que ce soit.

L'affrontement de l'ambiguïté

Les données que perçoivent les sens de l'animal dans la jungle sont souvent ambiguës : ce bruit vient-il du vent, d'une feuille tombant d'une branche, d'un ennemi qui dissimule son avance ? Tout événement insolite peut être pour lui signe de chance, danger, mais aussi du « bruit », qui ne le concerne pas.

Une des fonctions principales de la connaissance animale est donc de désambiguïser l'événement. Mais il reste des incertitudes qui ne peuvent être levées que trop tard. Aussi, le développement des stratégies animales développe-t-il les aptitudes à affronter l'ambiguïté, mieux, à travailler avec.

Nous, animaux politiques, devons utiliser nos stratégies cognitives non seulement pour désambiguïser l'ambigu, mais aussi, pour le reconnaître, travailler avec, l'affronter.

Effectivement, c'est dans le champ de la vie sociale, et surtout politique, que les actions se trouvent engrenées dans un jeu incertain d'inter-rétro-actions. Il y a dès lors ambiguïté de l'action, qui peut se développer selon des potentialités très diverses, voire contraires, hésiter, zigzaguer et ne révéler que trop tard un sens final qui peut être l'inverse du sens initial. Parfois même, le sens final reste encore incertain. Ainsi, la réaction aristocratique de 1788-1789 déclenche sans le vouloir un processus révolutionnaire, lequel, au-delà d'un certain seuil, déclenche un processus bonapartiste, lequel, au-delà d'un certain seuil, déclenche la restauration de la monarchie, qui, à son tour, déclenche, au-delà d'un certain seuil, un nouveau processus révolutionnaire... Aucun de ces processus ne s'achève conformément aux intentions qui l'ont déclenché, chacun comporte son ambiguïté propre, et la chaîne des processus n'est pas encore achevée, laissant en suspens le sens « vrai » de la Révolution française. En Espagne, en 1936, c'est un processus révolutionnaire qui déclencha la réaction franquiste, et la guerre civile demeura, non seulement incertaine quant à son issue, mais aussi ambiguë quant à son contenu, l'antifascisme républicain comportant en lui de terribles antagonismes, non seulement entre libéraux « bourgeois » et révolutionnaires, mais aussi entre anarchistes, poumistes et communistes staliniens. Or, ce sont ces terribles ambiguïtés qui sont masquées, au cours de la guerre et après la guerre, par le manichéisme politique. Une vulgate de gauche chante comme épopée de la liberté la lutte de la république contre Franco, occultant l'assassinat des soviets paysans d'Aragon et de Catalogne, la répression contre les anarchistes, la liquidation physique des militants du Poum, le noyautage stalinien de l'Espagne républicaine.

L'idéologie politique ne peut supporter l'ambiguïté réelle des événements et processus. La réduction, l'unidimensionnalisation, le manichéisme l'éliminent, substituent la certitude à l'incertitude, la signification claire et simple à la multiplicité potentielle des significations. Le fanatisme et l'imbécillité politiques ne peuvent même pas supporter la double face d'une plaisanterie.

Il faut savoir reconnaître, tolérer, coopérer avec l'ambiguïté. Ce qui n'exclut nullement la croyance et la foi. Toute grande politique est animée par un principe non ambigu, mais sait agir dans l'ambiguïté des situations et des décisions, qui comportent risques et chances.

Ainsi, en juin quarante où la victoire allemande semble irrémédiable, où la collaboration semble apporter la chance d'une survie vassalisée, l'appel de De Gaulle désambiguïse le principe de l'existence nationale de la France en même temps qu'il apporte l'incertitude sur l'apparente fatalité de la victoire allemande : il montre, en effet, que des forces énormes dans le monde doivent encore entrer en guerre, il renvoie au jeu planétaire incertain, et, dans ce jeu, il met la France du seul côté qui lui permettra de retrouver l'indépendance.

La vérité de De Gaulle, comme celle de Jeanne d'Arc, est fort « simple » : c'est une vérité « d'idiot » (au sens dostoïevskien du terme). Mais cette simplicité est le contraire des simplifications issues de la réduction et de l'unidimensionnalisation : c'est la vérité, portée par l'amour, d'une nation qui veut garder sa singularité historique, son identité culturelle et l'autonomie de son destin. Le grand jeu politique est donc dans l'union de la reconnaissance de l'ambiguïté (des situations) et de la proclamation désambiguïsante (du principe)

Jeanne d'Arc aurait pu échouer. La victoire de l'Allemagne sur les Alliés aurait anéanti tous les espoirs gaullistes. C'est dire que les désambiguïsations éthiques n'annulent pas l'incertitude et l'ambiguïté des situations. Elles situent la politique à un niveau plus haut que celui du « réalisme » qui ne songe qu'à s'adapter aux circonstances. Elles nous montrent que la politique ne peut être un pur et simple pragmatisme et nous posent les problèmes profonds de son éthique. La vraie et grande politique ne se fait pas avec la certitude de gagner mais avec la foi en ses principes.

Rationalité et rationalisation

Qu'est-ce que la raison ? Nous nous rendons compte aujourd'hui de la difficulté de caractériser la raison de façon claire. La raison peut évoluer, elle peut se transformer, elle peut, comme l'ont dit – et à mes yeux, montré – Adorno et Horkheimer, s'autodétruire. La raison n'est pas une qualité, une vertu dont serait doté par nature *homo sapiens*. La raison, ou plutôt la rationalité, est l'application de principes de cohérence aux données fournies par l'expérience. La rationalité peut évoluer selon les données, et selon les principes organisateurs du discours (ou paradigmes). Un discours commandé par le principe de disjonction/réduction peut être totalement rationnel quand, en biologie par exemple, il ne retient et conçoit que la molécule ou le gène, ignore l'individu, ou la vie. Mais, par ailleurs, ce discours est dément Un discours structural ou althussérien peut logiquement arriver à la conclusion que l'homme n'existe pas, qu'il s'agit d'un mythe, d'un fantasme, d'une illusion du sens commun ; ce discours, cohérent à partir de ses prémisses, est absurde dans le sens où, excluant les données et privé des concepts qui lui feraient concevoir l'homme, il conclut à son inexistence.

La rationalité n'est donc pas seulement dans la cohérence de l'édifice théorique cherché ou trouvé. Elle est dans la volonté ouverte de dialogue avec l'expérience, et, plus largement, le monde extérieur. Je dis *ouverte* car la vraie rationalité suppose toujours que notre savoir n'est pas achevé, et que du nouveau viendra le modifier. De fait, le développement des moyens et techniques d'observation et d'expérience n'ont fait qu'apporter, depuis le XVIIe siècle, ce nouveau : de la lunette galiléenne aux radiotélescopes, de la loupe aux microscopes électroniques, nous avons vu surgir galaxies, quasars, trous noirs, cellule, molécule, atome, particule... et chacune de ces apparitions a bouleversé notre vision du monde, transformant une ancienne rationalité en rationalisation bornée.

Car là gît la différence et l'opposition interne au cœur même de l'idée de raison. Il suffit qu'elle se ferme à l'expérience nouvelle et se referme en elle-même pour qu'une rationalité devienne rationalisation. La rationalisation est la cohérence logique qui se construit à partir de prémisses incomplètes ou erronées, et/ou à partir d'un principe discursif mutilant (le paradigme de disjonction/réduction). Ainsi, c'est au nom de la Raison aristotélicienne que les docteurs du Moyen Âge refusaient de donner crédit aux expériences qui contredisaient la théorie. La Raison devenue Rationalisation s'érige au-dessus des faits et leur devient supérieure. Par contre, la rationalité remet en cause ses constructions intellectuelles dès que l'expérience semble les infirmer. Bien entendu, le dialogue est difficile, car les deux partenaires sont coriaces. En effet, il suffit et il ne suffit pas d'un événement aberrant, d'une expérience non concluante pour que s'effondre une théorie fondée jusqu'alors sur d'innombrables observations et expériences toutes concordantes. En effet, il n'aurait pas suffi, au XIXe siècle, de quelques observations démentant apparemment la gravitation pour que s'effondre la théorie newtonienne. Mais il a suffi d'une expérience, celle de Michelson, pour que s'effondre la notion d'éther, nécessaire aux rationalisations de l'époque sur l'univers. Donc, la « raison » n'a pas raison sur l'expérience, mais l'observation ou l'expérience n'ont pas toujours, ni nécessairement, raison sur la « raison ». Aujourd'hui, un rationalisme borné est certain qu'il n'y a qu'hallucinations collectives et phénomènes naturels dans les Ovnis, mais une rationalité ouverte tolère l'hypothèse, bien que fort improbable, de visites extra-terrestres. Un rationalisme clos ne voit que supercheries dans les phénomènes dits *psy* (transmission de pensée, télékinésipraxie, voyance), une raison ouverte admet la possibilité de leur existence et dès lors d'une nouvelle explication rationnelle.

La rationalisation se caractérise à la fois par un excès de logique par rapport à l'empirique et par le refus de la complexité du réel. Elle veut que le réel obéisse aux structures simplifiantes de l'esprit. Aussi, la rationalisation tend toujours, devant des données difficilement conciliables entre elles, voire contradictoires à ses yeux, à rejeter comme fausses ou mensongères une partie des données, et rétablir au plus tôt la cohérence univoque de sa vision du monde. Alors que, dans les sciences, la rationalité ouverte dialogue avec le hasard et l'aléa, la rationalisation hait le hasard parce qu'il fait brèche en elle.

Or, le hasard ne fait pas seulement qu'enrichir la causalité, il l'empêche de devenir folle.

La rationalisation ne menace pas seulement théories et idéologies. Elle est en œuvre dans notre vie quotidienne où notre logique égocentrique sélectionne, dans nos perceptions, événements, rencontres, débats, etc., les données conformes à l'image que nous voulons avoir/donner de nous-mêmes. Plus fortement, et déjà de façon délirante, en toute situation de conflit, comme celle d'un couple en querelle, chaque partenaire ne retient que les injures et vilenies de l'autre, qui prouvent son ignominie, sans jamais situer ces propos et actes dans la boucle et l'escalade de la colère, des responsabilités et reproches mutuels.

C'est bien le terme de rationalisation que Freud a utilisé pour nommer les autojustifications et autres constructions névrotiques, et c'est bien le terme de « rationalisme morbide » que Minkowski et Gabel ont proposé pour qualifier les constructions logiques délirantes à partir de données qui ne sont pas nécessairement imaginaires ou hallucinatoires. On a longtemps cru que la folie était synonyme d'incohérence. Il y a une autre folie que l'incohérence, qui vient au contraire d'un excès de cohérence abstraite, par perte de contact avec le concret de la vie. La rationalisation nous montre que la raison devient folle lorsqu'elle se ferme sur elle-même.

La rationalisation est en œuvre, aussi bien au niveau des théories et idéologies, au niveau de la vie quotidienne égocentrique/autojustificative, au niveau du délire pathologique. Et, dans la sphère politique, la rationalisation opère à la fois de façon idéologique, autojustificative, quotidienne, pathologique.

La rationalisation politique tend naturellement à nier l'aléa, la coïncidence fortuite, au profit du prémédité et de la cause cachée. Le « ce n'est pas par hasard que... » est la formule rationalisatrice qui, en toutes circonstances, rétablit l'ordre idéologique. Ainsi, tout accident est louche. Un incendie, surtout en un lieu politisé, est naturellement attribué à l'attentat. Une panne d'avion, lorsqu'il s'agit du voyage d'un homme politique, est naturellement attribuée au sabotage. Plus encore : l'association de la rationalisation et du manichéisme politique produit ce que Poliakoff appelle la « causalité diabolique », qui a recours inlassablement et sempiternellement au complot des forces malignes pour expliquer toutes difficultés, tous échecs, tous maux subis dans notre univers. Effectivement, le diable a été autant un rationalisateur qu'un irrationalisateur : une fois admise son existence, on a pu logiquement lui attribuer les errements et malheurs qui frappaient l'humanité

La rationalisation manichéenne ne veut jamais voir dans l'événement contrariant l'effet du hasard, des circonstances, de causes naturelles, voire de ses propres erreurs. Elle y voit au contraire l'effet d'une entreprise logique, voulue, préméditée, réalisée par complot ennemi. Aussi la causalité diabolique a sans cesse recours au complot occulte pour comprendre le déroulement de processus qui peuvent s'expliquer pourtant selon les dynamismes et interactions socio-historiques. L'histoire est, certes, aussi tissée de conjurations, conspirations, machinations, mais elle ne saurait s'y réduire, et conjurations, conspirations, machinations ne guident pas le cours de l'histoire mais s'y introduisent. Par contre, la grande rationalisation politique démentielle (celle du complot juif, du complot anticommuniste, du complot communiste) voit le complot conduire l'histoire.

L'idée du complot juif pour dominer le monde, *via* le capital financier et le bolchevisme, est effectivement l'explication universelle qui permet à l'antisémite de comprendre logiquement à la fois : le dégoût que lui inspire le Juif, l'importance de la finance juive, l'importance de la participation juive aux mouvements révolutionnaires de la première partie du siècle, les crises, les convulsions, les guerres qui secouent notre monde (alors que la finance juive et le révolutionnarisme juif, les crises et les guerres ne peuvent être compris de façon rationnelle qu'en faisant appel à des explications historiques diverses et des facteurs politiques adverses). Le faux « protocole des sages de Sion », fabriqué au siècle dernier, où de pseudo-autorités religieuses juives programment leur plan de domination du monde, devient la preuve évidente du complot, la rationalisation antisémite empêchant de remarquer que ce document est historiquement faux et psychologiquement absurde.

Autrement, mais de même, la structure mentale stalinienne retrouvait partout la « grande conspiration contre l'URSS », fomentée par la tête comploteuse de l'impérialisme capitaliste, qui utilise comme instruments serviles, sociaux-démocrates, libéraux, fascistes, et emploie comme espions non seulement des agents professionnels, mais trotskistes, boukhariniens, titistes... Encore aujourd'hui, toute difficulté économique, toute revendication ouvrière à l'Est, toute carence du système, toute critique le concernant sont mis au compte de la conspiration anticommuniste permanente qui se renforce d'autant plus que l'ennemi s'affaiblit, mais ne s'affaiblirait nullement si l'ennemi se renforçait.

A l'inverse, l'anticommunisme sécrète l'idée polymorphe et omniprésente du complot communiste. Certes, le dispositif communiste d'origine stalinienne comporte une zone profonde de secret et de clandestinité, certes, il utilise des comités ou mouvements progressistes fantoches et manipule des personnalités libérales, lucides dans leur combat contre les dictatures classiques ou fascistes, mais aveugles sur la nature réelle de leurs alliés. Mais cela, justement, contribue au délire rationalisateur de l'anticommunisme qui ne voit plus, dans la critique et la résistance à la dictature, voire dans le libéralisme et le légalisme, que des masques et instruments du complot communiste.

L'erreur et la folie propres à la rationalisation politique font qu'elle ne peut reconnaître le rôle de l'erreur et de la folie dans les affaires et conduites humaines. Elle ne peut voir que l'erreur, la sottise, l'aveuglement, voire le délire, jouent un rôle beaucoup plus grand que celui de la lucidité et de la conscience, et elle ne saurait découvrir que c'est elle-même qui leur fait jouer ce rôle prépondérant. Le rationalisateur ignore le rôle de la connerie dans l'histoire, et, par là, y introduit sa propre connerie. Pourtant, que d'actes stupides, comme le déclenchement par Napoléon III de la guerre de 1870, jalonnent le cheminement de l'histoire. Toute guerre est une succession d'erreurs de calcul et de stratégie, et le vainqueur est souvent celui qui a commis moins d'erreurs que son ennemi.

La violence, reconnue comme absurde dans la vie privée, quand les époux se jettent la vaisselle à la tête, ou quand un égaré tue par jalousie, est toujours rationalisée en politique. L'assassinat d'un passant dans la rue ou le massacre d'une foule dans un supermarché sont considérés comme déments sauf si le tueur affiche une motivation politique. Ainsi, à chaque attentat aberrant, comme l'explosion d'une voiture de touristes hollandais boulevard Saint-Germain ou la destruction de la maison d'un anonyme retraité, la radio et la télévision nous disent gravement qu'il faut attendre pour savoir s'il s'agit de l'acte d'un déséquilibré ou d'un activiste politique. Dans ce dernier cas, l'acte cesse d'être fou parce qu'il se trouve *rationalisé*.

La violence politique est perçue comme stratégie qu'on légitime ou condamne, mais non pas comme débilité mentale. Les procès de Moscou sont condamnés comme moyens barbares de liquider l'opposition, comme moyens utiles pour terroriser les masses, mais non comme terrifiantes conneries. Le massacre de victimes apolitiques dans une kermesse, une synagogue, une gare, est dénoncé comme horrible cruauté, non comme horrible bêtise.

Pire encore, le délire rationalisateur ne peut supporter que la réalité sociale, dont il se croit porte-parole, n'obéisse pas à son commandement. Aussi il provoque, cravache le réel, pour que celui-ci se décide à lui obéir. Ainsi, le terrorisme rouge italien s'est mis à lancer des bombes pour que : 1° le capitalisme italien se « démasque » en devenant répressif, donc fasciste ; 2° le prolétariat se décide alors à accomplir sa mission révolutionnaire. Le terrorisme noir, lui, lance ses bombes : 1° pour créer un climat d'insécurité et mettre en crise le régime parlementaire ; 2° pour que, dans ces conditions, les militaires se décident à instaurer leur dictature.

Le grand délire rationalisateur ne fait pas que rouer de coups le réel pour qu'il obéisse à l'idée. Dès qu'il a le pouvoir, il le terrorise, le mutile et le torture : effectivement, comme on l'a vu à la belle époque en URSS, les coupables avouaient leurs crimes, les populations chantaient leur bonheur.

La rationalisation travaille la pensée politique, mais, nous l'avons vu, elle travaille en profondeur toute pensée. Elle se déploie dans la sphère politique, mais elle a sa source à la source même de notre rationalité.

C'est pourquoi la rationalité doit sans cesse combattre la rationalisation, non seulement comme l'ennemi extérieur qui prend le masque de la raison, mais aussi, surtout, comme l'ennemi intérieur qui se développe en cancer dans son sein, par hypertrophie de la cohérence logique au détriment de la vérification empirique.

Rappelons-le : *homo* est *sapiens/demens*. Sa folie n'est pas seulement de nature « hystérique », c'est-à-dire dans la propension à donner réalité absolue à ce qui n'est qu'une hallucination perceptive ou idéologique ; elle n'est pas seulement de nature idéaliste, c'est-à-dire dans l'aptitude à donner plus de réalité à l'idée qu'au réel ; elle est aussi de nature rationalisatrice, c'est-à-dire dans l'aptitude à préférer la cohérence à l'expérience. Il peut s'aveugler sur les données, il peut être inconscient des principes qui organisent sa propre pensée (paradigmes), mais son aveuglement et son inconscience sont les plus virulents lorsque la logique de son idée – son idéo-logique – le convainc de sa propre raison. Dans ce sens, l'homme, comme le dit Castoriadis, est un animal fou dont la folie a inventé la raison. Or, la pire folie serait de croire qu'on puisse supprimer la folie. La dernière folie est de ne pas reconnaître la folie. Celle-ci est en germe non seulement dans les désordres de l'esprit d'*homo*, qui le font extravaguer mais lui permettent imagination et invention ; elle est aussi en germe dans l'ordre de sa raison même. Toutefois, cette raison est en même temps ce qui permet de lutter contre cette folie.

Effectivement, la vraie rationalité comporte incitation permanente à :

– la vigilance sur les données, c'est-à-dire sur l'information, d'où la nécessité de la vérification de l'information ;
– la réflexion sur les principes organisateurs de la théorie, notamment quand ceux-ci sont incapables de concevoir l'existence et la place du désordre ;
– la réflexion sur la cohérence logique, qui doit être sans cesse conçue comme un instrument d'application sur l'univers, non comme preuve ontologique de vérité.

La rationalisation se fonde sur le principe que le réel est à tout prix et totalement rationalisable. Il nous faut reconnaître qu'une partie du réel est irrationalisable. Aucune preuve rationnelle ne démontre qu'il faut de l'être et de l'existence plutôt que du non-être et du néant. La logique, partout nécessaire, est partout insuffisante dès que nous arrivons à l'infiniment petit, à l'infiniment grand, à tout problème de fond, à tout problème de sens.

La rationalisation asservit le réel à son idée du rationnel. La rationalité est au service du commerce avec le réel. C'est dire que la lutte contre la rationalisation fait partie de l'effort rationnel qui cherche à traduire la complexité du réel. Le plein emploi de la rationalité s'effectue dans le dialogue avec un réel qui n'est pas totalement rationalisable.

L'aveuglement

Faut-il découper la réalité selon les catégories commodes de notre esprit ou faut-il adapter ces catégories à la complexité du réel ?

Il nous faut découvrir que penser le réel est l'aventure la plus difficile de toutes. C'est naviguer entre mutilation et confusion, entre sclérose et dérive, entre rationalisation et irrationalité, avec et contre raison/folie.

Il faut se souvenir que la pensée simplifiante/mutilante laisse tomber entre ses catégories, fait rejeter par ses catégories des lambeaux énormes du réel. La réduction politique renvoie pêle-mêle dans la poubelle les mille faces du même phénomène, l'ambiguïté et l'obscurité du cours des choses, l'existence, la subjectivité, les individus, les mille joies, ennuis, tristesses, qui tissent la vie quotidienne... Plus la pensée est pauvre, plus elle vidange le réel qui devient pour elle champ d'épandages, monceaux d'ordures. Et lorsque cette pensée dispose de l'omnipotence politique et policière, alors elle organise les gigantesques espaces de merde sociale que sont ses camps de concentration.

La pensée mutilante ravage aujourd'hui tous les secteurs de la connaissance et de l'action. Mais c'est en politique qu'elle devient désastre, parce qu'elle s'unit étroitement à la naïveté, à l'ignorance, à la magie, au mythe, à l'éthique manichéenne. Elle convie à la liquidation de ce qu'elle ignore, méprise ou ne comprend pas.

Hegel nous disait : « La pensée abstraite ne voit dans l'assassin que cette qualité abstraite et (détruit) en lui, à l'aide de cette seule qualité, tout le reste de son humanité. » Et c'est bien en produisant des « assassins », des « fachos », des « cocos », que la mutilation politique arrache leurs caractères humains aux humains du camp adverse, et, par cette liquidation morale, prépare les voies de la liquidation physique.

J'ai déjà dit plus haut : il faut accepter le fait que Hitler, Himmler, Eichmann, Staline, Vychinski étaient des êtres humains, capables d'affection, d'émotions, de joies, de tristesses : leur refuser ces caractères, c'est non seulement leur refuser l'humanité qu'ils ont acquise dans l'acte de leur naissance, c'est avoir peur de la réalité. La propagande éhontée qui, sans cesse, dénonce manœuvres, complots, ignominies, et *qui, surtout, est incapable de relater correctement un événement* (parce qu'il comporte trop d'ambiguïtés, incertitudes, polyvalences) exprime et anime cette peur de la réalité.

Et lorsque l'idéologie politique est à la fois unidimensionnelle, réductrice, mutilante, pétrifiante, disjonctive, confusionnelle, mythologique, manichéenne, *alors, une telle idéologie produit et le goulag, et l'ignorance du goulag*.

Les grandes dérives

Nous étions trois amis, au lycée, de la classe de seconde à la philo : A., M. et moi. M était chez les « faucons rouges », organisation de la jeunesse socialiste alors sous l'influence des idées trotskisantes/antibellicistes de Marceau Pivert. Sans être affilié à un parti, A. était libertaire, et, dès la déclaration de guerre, embarquait en passager clandestin sur un paquebot partant pour l'Amérique (il fut découvert, débarqué et emprisonné à Lisbonne, revint à Paris, repartit, avec la même intention, en Algérie). Moi, j'étais partagé entre des idées révolutionnaires et réformatrices, et avais trouvé un compromis entre mes tendances contraires en adhérant aux étudiants frontistes, où je me liais à D., qui me montra la nécessité d'étudier Marx.

L'invasion survient, l'Occupation, la France coupée en deux, puis l'Afrique du Nord séparée de la France. J'ai connu des socialistes, pacifistes, qui, par haine de la guerre, acceptèrent l'Occupation comme moindre mal, puis, par étapes insensibles, se sont convaincus que, *volens nolens*, Hitler allait réaliser une Europe socialiste : bien que barbare et insatisfaisant, le national-socialisme forgeait d'ores et déjà un certain socialisme, puis, pour l'avenir, un socialisme certain. Obéissant à cette logique, M. se retrouva dans le parti fasciste de Marcel Deat, fut arrêté à la Libération, puis relâché, devint correcteur d'imprimerie, se détourna de la politique active. D., resté à Paris comme M., se convainquit, lui aussi, que, de toute façon, Hitler était devenu l'instrument d'une ruse de l'histoire et construisait, sans le vouloir, le socialisme européen. Il y avait certes l'antisémitisme. Il m'écrivit dans une carte : « L'Europe aurait pu se faire sans cette lâcheté. » Il ne s'engagea pourtant dans aucune formation politique. Je ne sais exactement comment ni quand il évolua. Quand je le retrouvai, vers 1950, il était devenu procommuniste alors que moi, devenu communiste sous l'Occupation, je me trouvais séparé à jamais du parti.

A. n'était pas parti pour l'Amérique. Il était resté en Algérie, menant une vie d'expériences et d'aventures, puis, poussé par le besoin d'agir, alla vers les communistes qui lui semblaient incarner la volonté d'action la plus radicale. A la fin de la guerre, il resta en Algérie, accéda à des fonctions importantes dans le PCA où il devint permanent et responsable du grand journal. Pendant la guerre d'Algérie, il fut arrêté, torturé. De sa prison, il fit parvenir un livre inoubliable relatant son supplice et sa résistance à la torture. Après sa libération, il se rendit à Berlin-Est qu'il salua comme terre de la liberté. Il fut dernièrement en Afghanistan comme employé de *l'Humanité* et salua la libératrice intervention de l'armée russe, stigmatisant les bandits qui résistaient à tant de bienfaits. Il ne s'intéressa nullement aux problèmes de la torture dans l'URSS stalinienne, à Cuba, ni, bien sûr, en Afghanistan.

Moi, j'hésitais longtemps, en 1940-1941, entre la fuite, une acceptation morale de la collaboration, puis, après l'entrée des troupes allemandes en URSS, et surtout la résistance de Moscou, l'entrée dans le parti communiste. Je fus communiste et résistant au début de 1942, puis, lorsque commença la seconde glaciation stalinienne, il y eut une longue crise qui aboutit à mon exclusion. Depuis, réputé « anticommuniste », j'ai retrouvé Z., que j'avais connu trotskiste en 1941 ou 1942, devenu communiste ; P., communiste en 1940, était devenu trotskiste en 1941, puis devint libertaire après la Libération.

Tout cela ne montre pas seulement le zigzag des destins individuels, sous l'effet d'énormes événements et de facteurs aléatoires. M. et D. étaient restés à Paris, où ils subissaient une alternative plus pressante que s'ils étaient passés dans la zone sud-vichyste : A. serait-il devenu A. s'il avait réussi à émigrer en Amérique, ou s'il était simplement resté en France ? Tout cela illustre aussi ce sur quoi je voudrais revenir : la dérive des idées et la dérive des réalités, dérive, non pas coordonnée et concordante, mais souvent divergente et inverse...

La dérive... Il est frappant que c'est au nom du même mot de *socialisme* que les uns ont glissé vers l'hitlérisme, les autres vers le stalinisme, les uns et les autres croyant que le mot

« socialisme » exprimait effectivement la réalité profonde (en dépit des tares provisoires) de chacun des deux régimes. Ce qui est frappant est l'immobilisation, la tétanisation, la quasi-pétrification du mot (du maître mot), alors que la réalité recouverte par ce mot a dérivé et s'est transformée, entraînant alors la dérivation et la transformation de ceux qui sont fidèles au mot. Or, ceux qui dérivent considèrent de plus en plus comme secondaire ou minime ce qui auparavant était important pour eux (la dictature, l'absence de libertés, le racisme). Ils croient non seulement que l'essentiel est préservé, mais qu'ils sont devenus les préservateurs de l'essentiel.

Il y a donc double processus, interdépendant et interdéterminant. D'une part, le maître mot qui se pétrifie masque la transformation qui déporte l'idée loin de son origine, voire la liquide. D'autre part, un sens nouveau, clandestin, occulte, mais tout-puissant, s'empare du mot et parle selon le code de son ancienne identité. Les fidèles, restés fidèles au mot, croient rester fidèles à l'idée, fidèles au réel, fidèles à eux-mêmes ; ils sont en fait devenus les ennemis de leur propre croyance. Ainsi toute une intelligentsia groupée dans *l'Union rationaliste* a continué à considérer comme politique rationnelle et scientifique celle qui, menée sous l'étiquette du marxisme, était devenue exactement ce type de religion obscurantiste que combattait dans son principe même l'*Union rationaliste*. Et pourtant, les intellectuels guides de cette union (n'est-ce pas,Leduc, Schatzmann ?) devenaient les moines fanatiques de cette religion, participant au culte de l'infaillible pontife, récitant les litanies, pratiquant l'exégèse sacrée...

Nous avons assisté à ce phénomène fabuleux, mille fois plus extraordinaire que l'évolution de l'évangélisme originaire au catholicisme d'inquisition : la dérive d'une pensée révolutionnaire critique, se transformant finalement en théologie médiévale, tout en se croyant encore la seule authentique pensée révolutionnaire/critique !

Il nous faut comprendre comment l'histoire transforme, nous transforme, se transforme. Tout développement comporte son produit principal et ses sous-produits. Ainsi, il semblait en 1950 que l'industrialisation et le développement économique apportaient comme produit principal le mieux-être, le développement social et humain, et ne comportaient que des sous-produits négligeables qui se vidangeaient et se dispersaient d'eux-mêmes. Or, il est très possible que le produit principal s'amenuise, que les sous-produits, qui ne sont pas seulement les nuisances, les pollutions, mais aussi les contraintes et servitudes de la vie techno-bureaucratique, deviennent des produits principaux et que les mieux-êtres deviennent sous-produits ou produits secondaires. Dès lors, il y a inversion du sens même de l'idée de « progrès » industriel, économique ou social.

Par ailleurs, nous devons savoir que les grandes idées forces changent, voire inversent leur sens selon le contexte. Ainsi, le retour à la terre, dans la France vichyste de 1940, exprime le renoncement à la puissance industrielle d'un gouvernement vaincu et son souci corrélatif de s'appuyer sur les valeurs traditionnelles, cléricales et conservatrices du monde rural. Le retour à la terre écologiste des années 1970 a un sens, pourrait-on dire, inverse. C'est une réaction contre l'hypertechnicisation et l'hyperindustrialisation, la recherche néo-libertaire et néo-communautaire de nouveaux modes de vie.

Plus largement, on peut dire qu'une nouvelle critique « de gauche » du progrès, de la technique, de la science, rejoint apparemment le refus du progrès, de la technique, de la science, des idéologies réactionnaires du début du XIXe siècle. Mais le changement de contexte et le changement d'intention leur donne un tout autre sens.

Et nous retrouvons le tohu-bohu du gauche à droite, du droite à gauche. La gauche et la droite ne sont pas des essences inaltérables. Des radicalités de gauche sont atténuées, deviennent verbales, le rouge devient rose, il y a dérive vers le centre et la modération. Par contre, d'autres radicalités de gauche, elles, changent de sens radical : l'idée du communisme demeure, mais elle recouvre désormais le règne d'une nouvelle classe et l'asservissement des classes ouvrières. La volonté d'émancipation continue à être proclamée, mais c'est le masque des nouvelles dictatures totalitaires. Dès lors, quelque chose de profondément réactionnaire occupe le cœur de l'idée révolutionnaire, sans pourtant la réduire aux formes classiques et traditionnelles (du reste affaiblies) de réaction, mais en transformant corrélativement réaction et révolution, puisque la réaction traditionnelle devient « résistance » lorsque la révolution devient réactionnaire.

En même temps, bien des idées ont migré de gauche à droite. L'idée d'évolution, de changement, de progrès est désormais d'autant mieux acceptée à droite que le changement contrôlé permet la conservation des contrôles traditionnels tout en désamorçant le besoin de changement. La « nouvelle droite » annexe d'anciennes idées de gauche : la foi en la science (nous démontrant que la peur des manipulations génétiques est stupide), la confiance dans le futur (on presse l'humanité de quitter le berceau de sa planète), l'esprit d'Athènes et de la Renaissance. Pendant ce temps, en des sites de gauche, et souvent de gauche radicale, on met en garde contre les progrès incontrôlés de la science, en premier lieu les manipulations génétiques, on s'élève contre les centrales thermonucléaires, on essaie de se ressourcer au Sinaï, à Jérusalem ou à la Rome vaticane. Ce n'est pas dire que la gauche est passée à droite et que la droite est passée à gauche. Cela ne signifie pas que la gauche et la droite sont de purs masques qui recouvrent et cachent des variations idéologiques de circonstance. *Cela signifie que ces notions exigent aujourd'hui d'être conçues et pensées dans leur complexité et leur variabilité socio-historique, c'est-à-dire exigent d'être repensées.* Cela ne signifie pas que « réaction » et « révolution » soient devenus équivalents, cela signifie qu'il ne faut pas se laisser aveugler par un maître mot et savoir que la révolution peut cesser d'être un concept révolutionnaire tandis qu'un site réactionnaire, déserté par les réactionnaires, peut devenir un site réactionnel où l'on résiste à des développements devenus asservissants ou mortels...

Aujourd'hui, nous commençons à voir comment une idéologie peut comporter une double potentialité, émancipatrice et asservissante, et réaliser parfois successivement cette double potentialité, l'asservissement commençant parfois aussitôt après l'émancipation. Ainsi en est-il de l'idée mythe de nation, laquelle permet d'unifier les énergies d'un peuple asservi, de retourner contre le colonisateur les armes idéologiques qu'il a forgées, de pouvoir, en somme, l'affronter à armes idéologiques égales. C'est un parti de libération, une intelligentsia guide, qui mènent la lutte nationale et se vouent au service de tous. Mais, déjà, le parti, s'il est unique, occupe un poste de commande inexpugnable. Mais, déjà, l'intelligentsia libératrice se transforme en une nouvelle classe de chefs et guides. Et, à la conquête de l'indépendance, un état autoritaire substitue l'oppression intérieure à l'oppression extérieure, une nouvelle classe dominante substitue l'arrogance endogène à l'arrogance exogène. Est-ce dire que tout est équivalent ? Non pas. C'est dire que ce qui est émancipateur peut devenir oppresseur et que le progrès est non seulement complexe (comportant par quelque aspect régrès, lequel peut devenir le produit principal) mais incertain.

L'entropie et l'écologie des idées

Pour comprendre les transformations/dérives de la réalité et les transformations/dérives des idées, il nous faut concevoir que les systèmes d'idées, comme tous systèmes dans notre univers physique, sont soumis à deux principes fondamentaux : le principe d'entropie et le principe d'écologie.

Le principe d'entropie nous dit que le temps comporte en lui dégradation, corruption, désintégration, dispersion. Cela ne signifie pas qu'un système d'idées va, comme une machine, s'user et se déglinguer à force de fonctionner. Cela signifie qu'un système d'idées doit lutter contre la dégradation, en entretenant les échanges/communications qui le nourrissent, er défendant immunologiquement sa propre intégrité, et, éventuellement, en se figeant et se congelant pour maintenir sa cohérence. Cela signifie également que le temps disjoint et fait dériver l'un de l'autre, l'idée et le réel, qui originairement semblaient s'épouser étroitement. Il dissocie l'idée de son sens originel sans que celle-ci s'en aperçoive, il sépare puis oppose l'idée et l'action qui s'en réclame[6]. Il introduit du bruit, du fading dans le dialogue entre l'idée et le réel jusqu'à ce que le dialogue fasse place au monologue ventriloque.

De même, un principe d'entropie de l'action tend à dégrader le sens originaire de l'action, à le faire dériver, puis finalement, à le dissoudre et à dissoudre l'action elle-même dans le jeu des inter-rétroactions qu'elle a suscitées et qui vont la submerger...

Le principe d'écologie de l'action, je l'ai dégagé ailleurs (*La Méthode,* II, p. 81-87). Il peut être formulé ainsi : toute action entre de façon aléatoire dans un jeu multiple et complexe d'inter-rétroactions dont l'acteur n'a pas le contrôle et, souvent, pas le moindre soupçon. Ainsi, Szent Györgyi, « inventeur » de la vitamine C, dont il croyait les effets uniquement bienfaisants, découvrit, en 1945, que la vitamine C avait permis aux troupes allemandes privées d'agrumes de continuer la guerre sur le front russe, et aux sous-mariniers allemands d'aller très loin de leurs bases couler les navires alliés. Son hôte allemand lui déclara que sans la vitamine C, la guerre aurait probablement pris fin deux ans plus tôt. Et Szent Györgyi de s'exclamer à son ami Schneour lui vantant les vertus sans équivoque de la vitamine C : « Je suis un assassin, j'ai tué des millions de gens. » (In *L'Avenir de la vie,* Michel Salomon.)

Ce qui est vrai de l'action thérapeutique est vrai de l'action politique. Les grands acteurs politiques, chefs, partis ou États, agissent en fonction de finalités et utilisent des moyens appropriés à leurs fins. Mais les actions entrent dans un jeu d'inter rétroactions aléatoires ou adverses ; des innovations peuvent surgir dans ces processus inter-rétroactifs et les modifier ; un principe d'entropie intrinsèque tend naturellement à dégrader

(6) Bergson disait : « Le mot se retourne contre l'idée. La lettre tue l'esprit. Et notre plus ardent enthousiasme, quand il s'extériorise en action, se fige parfois si naturellement en froid calcul d'intérêt ou de vanité, l'un adopte si facilement la forme de l'autre, que nous pourrions les confondre ensemble, doutant de notre propre sincérité, niant la bonté et l'amour, si nous ne savions que le mort garde encore quelque temps les traces du vivant. » (H. Bergson, « L'évolution créatrice », in *Œuvres,* P.U.F., p. 603.)

l'énergie originelle et le sens initial. Alors, l'action échappe de plus en plus aux intentions de l'acteur, détourne son sens ou se dissout, subit les conditions historico-sociales dont elle fait désormais partie. Il y a des temps d'incertitude, où les anciennes finalités luttent encore, où les anciens moyens ne se sont pas encore imposés comme fins, où tout n'est pas congelé, corrompu, où l'on ne sait pas s'il faut continuer ou, au contraire, tout réviser, se retourner, frapper son propre camp, celui de ses espoirs, parce qu'il est devenu celui du désespoir. Est-ce bien cela le problème de notre temps, celui de l'ambiguïté et de l'incertitude du sens de nos actions à finalités émancipatrices : l'action pour la société meilleure n'est-elle pas aussi au service de la pire ? Je verrai cela dans le chapitre consacré au « Jeu de la Vérité et de l'Erreur ».

Nous sommes maintenant en mesure de concevoir l'écologie des idées. Mon propos n'est nullement de réduire une idée à son environnement. Au contraire : j'ai essayé de montrer, dans le chapitre précédent et ailleurs (*La Méthode,* II, p. 84), que les systèmes d'idées sont dotés d'une certaine autonomie vivante, bien qu'ils soient produits par nos esprits et par notre culture. Une fois que leur autonomie (relative) émerge, nos esprits et notre culture en deviennent les écosystèmes qui les nourrissent de substances cérébrales et culturelles. Cela signifie, tout d'abord, qu'une idée doit être examinée en elle-même et non être jugée principalement ni seulement par rapport au lieu où elle trouve expression ; ainsi, les idées de Jean Ellenstein ne se sont pas trouvées subitement pourries, quand, du *Nouvel Observateur* ou de *Révolution,* elles sont allées s'exprimer dans *le Figaro Magazine*.

Mais cela signifie aussi qu'un même système d'idées peut prendre significations différentes, voire adverses, selon l'écologie mentale ou culturelle qui le nourrit. L'aristotélisme, école de pensée rationnelle, s'est dégradé en rationalisation close dans l'écologie théologique du christianisme médiéval. Le marxisme nourri de sève libertaire s'oppose radicalement au marxisme dogmatique entretenu dans l'appareil léniniste et, bien sûr, stalinien. Comme je l'ai écrit ailleurs (*La Méthode,*

II, p. 85) : toute idée au départ élucidante devient abêtissante dès qu'elle se trouve dans une écologie mentale et culturelle qui cesse de la nourrir en complexité.

Dès lors que nous sommes conscients des dangers ininterrompus de corruptions internes et externes qui menacent nos idées, dès lors que nous comprenons que celles-ci, étant vivantes, courent tous les périls mortels, depuis celui de la fossilisation jusqu'à celui de la décomposition, dès lors que nous comprenons que la maladie idéaliste est dans la tendance solipsiste de l'idée à se refermer sur soi et à se prendre pour la réalité, dès lors que nous savons que la dérive des idées conduit à la transmutation voire l'inversion du sens, alors nous pouvons commencer à comprendre qu'il nous faut sans cesse réfléchir sur nos idées et sur nous-mêmes, que nous devons observer leurs dérives, nos dérives, et les transformations de l'histoire. Comme tout ce qui est vivant, les idées ont toujours besoin d'être régénérées, re-générées, pour conserver leur intégrité et leur vitalité.

La mémoire et la pensée historisée

Comme toutes choses de l'univers, la mémoire subit la dégradation et la désintégration, ce qui pour elle s'appelle oubli. Comme toute chose informationnelle, elle est soumise à la maladie qui s'attaque à l'information : le *bruit*, qui brouille, estompe, endort. La déperdition de mémoire est ininterrompue. La mémoire tend d'elle-même à devenir lacunaire, incorrecte, trompeuse. De plus, comme nous l'avons vu, elle subit puissamment des forces de refoulement, qui chassent le souvenir gênant, et des forces de transfiguration et mythologisation, qui légendarisent le souvenir.

La perte de mémoire nous rend imbéciles. L'imbécillité *contemporaine*, c'est-à-dire propre à ce temps fixé sur le présent, qui oublie le passé, et craint le futur, c'est notre oubli de ce qui a caractérisé notre siècle : deux guerres mondiales, le nazisme, le stalinisme. Non seulement nous n'avons pas su, nous ne savons toujours pas ce qui s'est passé vraiment, non seulement nous n'avons pas vraiment compris l'hécatombe, le camp de concentration, le totalitarisme, mais en plus, nous avons refoulé, chassé ce passé de notre mémoire. On croit que le passé est passé alors qu'il pourrit notre présent, justement parce que nous l'avons oublié...

Ou bien, ce qui persiste, ici et là, ce sont, dans le désert de la démémorisation, de grands pitons de mémoire granitique, figée. Ici, le souvenir d'Auschwitz refoule tout le reste, hante le présent, cache le présent. Là, le spectre du fascisme mort occulte le totalitarisme vivant. Et nous voilà immobilisés sur les spectres de l'ancien antisémitisme et de l'ancien totalitarisme, alors que les virulences nouvelles sont à l'œuvre, autrement, ailleurs...

Nous devons lutter contre la démémorisation et contre la mémoire figée. Oublier nazisme et stalinisme nous rend débiles et impotents. Mais être hantés par nazisme et stalinisme rend aussi débiles et impotents. La mémoire ne doit pas être la persistance hallucinatoire du passé. C'est ce qui nous permet de faire intervenir les données du passé, le souvenir du passé dans la perception du présent. C'est l'apport de la compréhension du passé nécessaire à la compréhension du présent. Or, il nous faut sans cesse régénérer la mémoire. La régénération de la mémoire part justement des besoins vivants du présent. La régénération de la mémoire n'est pas seulement dans la remémoration historique. Elle est dans le re-éclairage du passé dans et par l'expérience du présent, l'éclairage du présent dans et par l'expérience du passé. Elle est dans le circuit ininterrompu d'échanges passé/présent. L'exemple de la Révolution française illustre mon propos. La Révolution française est nationalement commémorée/remémorée dans la cérémonie du 14-Juillet, dans la référence permanente à la devise Liberté-Égalité-Fraternité. Mais aussi, l'histoire de la Révolution française a sans cesse été récrite par les générations successives en fonction de leur expérience propre, et cette expérience a pu à la fois occulter des traits évidents et révéler des traits occultes de la grande révolution. Ainsi, le parlementarisme (Aulard), le socialisme (Jaurès), le bolchevisme (Mathiez), le stalinisme (Soboul), l'anarchisme (Guérin), le poststalinisme (Furet), ont amené chaque fois à repenser la révolution, la renouveler, l'enrichir ou l'appauvrir. Nous nous rendons compte que si nous voulons poser sérieusement le problème de la révolution aujourd'hui et demain, nous ne pouvons faire l'économie d'une réflexion remémoratrice sur la Révolution française et la Révolution russe.

Disons plus largement : toute connaissance doit être historisée, toute pensée doit être historisante. Tout phénomène, y compris et surtout présent, doit être restitué dans le temps, c'est-à-dire re-situé en fonction de ses origines, de sa genèse, des transformations et déformations, des dégradations et régénérations, des dérives et nouveaux cours qui permettent de le re-interpréter. Une telle interprétation historique doit être ouverte. Car l'histoire du passé se transforme dans le devenir, et le futur non seulement extraira de nouvelles données pour la mémoire historique, non seulement deviendra oublieux de ce qu'il voudra oublier, mais apportera de nouvelles perspectives et de nouveaux angles de vue pour considérer le passé.

Enfin, la connaissance historisée complexe demande que le connaissant se situe lui-même et situe sa connaissance dans le temps. Une fois encore, celui qui veut connaître son temps doit savoir qu'il ne peut échapper à son temps, c'est à cette seule condition qu'il pourra, en relativisant sa connaissance se décentrer relativement par rapport à son temps.

L'aspiration à la complexité

Le besoin politique d'une pensée complexe

C'est la politique qui a le plus grand besoin de complexité. Elle produit des idées de plus en plus simplifiantes pour des sociétés de plus en plus complexes. Elle produit des visions de plus en plus unidimensionnelles pour des sociétés de plus en plus multidimensionnelles. Elle produit des idéologies de plus en plus rationalisatrices pour une réalité de plus en plus incertaine. Elle produit des mythes inconscients d'être mythes. Elle produit un réalisme inconscient de la fragilité et de la mobilité du réel, en même temps qu'un irréalisme qui brouille et obscurcit la réalité. Or, la pensée unidimensionnelle, simplifiante, illusoire, confusionnelle n'est pas seulement mutilée et obscurcissante, elle produit d'elle-même une action mutilante et obscurantiste.

Par malheur, ce ne sont pas seulement les politiciens professionnels, les activistes des partis qui tiennent pour dogme que la parole politique doit être propagande (= simplification et mythologisation), que l'action politique doit être manichéenne (simplification et mythologisation), ce sont aussi bien des esthètes délicats, des philosophes subtils, des savants scrupuleux qui croient que hors de leurs enceintes littéraires, philosophiques et scientifiques, c'est nécessairement le mot d'ordre, le slogan, le mot de passe, le mot drapeau, l'idée bornée qui doivent régner.

C'est cette pseudo-évidence qu'il faut renverser. Le besoin de complexité qui commence, avec quelles difficultés, à se faire ressentir dans les sciences avancées, doit mener sa bataille vitale sur le plan de la pensée sociologique et politique.

A priori, la complexité effraie, elle semble supprimer toute foi, ôter toute espérance, tout courage. Le nouveau réel qu'elle substitue à l'ancien est non plus certain, mais incertain, non plus substantiel, mais comportant en lui de l'imaginaire et du mythe. La pensée complexe semble perdre toute vitalité, toute combativité en perdant les défenses immunologiques propres à la pensée close. Mais, en fait, elle substitue à l'ancienne agressivité contre l'idée étrangère, à l'ancienne combativité manichéenne, une nouvelle immunologie, une nouvelle combativité : non plus contre les idées, mais contre la réduction, l'unidimensionnalisation, la clôture, la rationalisation, contre la manichéisation et contre la militarisation de la pensée politique. Ce n'est pas l'éclectisme mou, le libéralisme pleurnicheur : c'est la haine de la pensée close, de l'idée close, la haine de la mécanisation de l'esprit, la haine de la mort. Et surtout, s'il est vrai, comme je le crois, que la pensée mutilée, carencée, aveugle, nous conduit à la régression et au désastre, s'il est vrai que seule la pensée complexe est à la hauteur des problèmes fondamentaux de nos sociétés et de notre histoire, dont les problèmes de vie et de mort de l'humanité, alors elle ne peut que concentrer en elle l'énergie du désespoir et l'énergie de l'espoir.

Le besoin et l'existence d'une science de l'autonomie

La connaissance scientifique traditionnelle ne pouvait reconnaître que du déterminisme dans l'univers. Aussi, toute science sociale fondée sur ce modèle de connaissance ne peut que gommer toute idée de liberté ou d'autonomie aussi bien que toute idée de sujet ou d'acteur. Les idées de liberté, d'autonomie, d'acteur, de sujet ne nous viennent que de l'expérience subjective et intersubjective, qu'élimine justement la science.

Il y a donc une alternative irrémédiable entre, d'une part, une science qui abolit dans sa vision même les caractères fondamentaux de la réalité humaine et, d'autre part, la conscience et l'éthique de la liberté, qui ne peuvent trouver de fondement que métaphysique.

Or, une révolution scientifique majeure a commencé dans notre ultime demi-siècle, et partant du cœur même de la *physis*, procède à l'élaboration d'une science de l'autonomie. Je ne peux ici que résumer et cataloguer les principes de base de cette *scienza nuova* (je consacre à ces problèmes le plus gros de *La Méthode*, dont deux volumes ont paru).

1. La science de l'autonomie se fonde sur la nouvelle vision de l'univers physique. Celui-ci n'est plus uniquement soumis à l'ordre déterministe, mais obéit aux jeux de l'ordre, du désordre et de l'organisation. Depuis un siècle, dans tous les secteurs, la physique reconnaît le hasard et travaille avec le hasard. Nous voyons désormais l'univers en termes de probabilité et d'improbabilité, et nous avons découvert que c'est dans les zones d'improbabilité que surgissent les innovations, poissons pilotes du devenir. En fait, donc, notre univers phy-

sique, biologique, anthroposocial, celui de nos existences et de nos entendements, est un mélange/combinat d'ordre (lois, régularités, constances, structures, probabilités) et de désordres (hasards, agitations, rencontres aléatoires, collisions, dispersions). Cet univers apparemment incohérent est toutefois le seul où l'on puisse concevoir le devenir et l'innovation. On ne voit pas comment surgirait le nouveau, le changement dans un univers totalement déterministe ; on ne voit pas comment pourraient s'établir les organisations et les structures dans un univers totalement aléatoire.

2. La science de l'autonomie a émergé dans la sphère physique elle-même, *via* cybernétique et théorie des systèmes (qui en sont des ébauches partielles) comme science de l'organisation. L'organisation est l'agencement des relations entre composants ou individus qui produisent une unité complexe organisée, ou *système*, dotée d'une relative autonomie. L'organisation constitue, maintient, entretient des systèmes autonomes, c'est-à-dire *l'autonomie* de ces systèmes.

3. L'idée systémique d'*émergence* et l'idée cybernétique de *rétroaction* sont deux idées bases de la pensée complexe, qui permettent de concevoir l'autonomie systémique/organisationnelle. Les *émergences* sont les qualités/propriétés nouvelles (par rapport aux propriétés/qualités des parties constitutives prises isolément), dont les qualités/propriétés d'autonomie émanant de l'organisation. Les émergences rétroagissent sur les conditions et instruments de leur formation, et, par là, entretiennent la pérennité du système (*La Méthode,* I, p. 106-111). La *rétroaction* est le retour d'un effet sur les conditions qui l'ont produit.

Ainsi, atomes, molécules, soleils et, bien entendu, êtres vivants sont des organisations/systèmes disposant de qualités émergentes inexistantes au niveau des parties constitutives conçues isolément. Ainsi, l'unicellulaire dispose de qualités de « vie », inexistantes dans chacune de ses macromolécules de protéines et d'ADN, de même que dans le cytoplasme ou le noyau isolés l'un de l'autre.

4. L'univers physique nous présente des organisations actives, qui ont ce caractère remarquable de s'autoproduire et de s'auto-organiser, produisant et organisant ainsi sans discontinuer leur propre autonomie en même temps que leur propre existence. Le propre de l'auto-organisation est d'être *récursive*, c'est-à-dire de causer/produire les effets/produits nécessaires à sa régénération. L'organisation vivante est une auto-organisation qui se produit et se reproduit à partir d'un patrimoine informationnel inscrit dans les gènes.

5. L'autoproduction produit de *l'être* et de *l'existence* en même temps qu'elle produit les constituants nécessaires à cet être et cette existence. Autrement dit, la notion complexe d'auto-organisation nous permet de concevoir des *êtres* relativement autonomes en tant qu'êtres, tout en étant soumis aux nécessités et aléas de *l'existence*.

6. Les êtres auto-organisateurs, qui, sur notre planète, sont au premier chef les êtres vivants, sont des systèmes non seulement *fermés* (protégeant leur intégrité et leur identité) mais aussi *ouverts* sur leur environnement où ils puisent matière, énergie, informations et organisation. Les êtres auto-organisateurs sont donc des êtres *auto-éco-organisateurs*. D'où cette idée complexe capitale : *toute autonomie se construit dans et par la dépendance écologique*. En ce qui nous concerne, notre dépendance écologique est, non seulement naturelle, mais aussi sociale et culturelle.

7. Les êtres vivants sont des êtres-machines dont l'auto-éco-organisation s'opère par computation/communication de l'information. La computation comporte calcul et opérations logiques et elle permet la décision. Tout être cellulaire compute, à partir de son information génétique et à partir des informations qu'il extrait ou reçoit de son environnement,

pour sa vie, sa survie, sa reproduction. Il compute de façon autoréférente et égocentrique. C'est ce que j'appelle le *computo*, ou computation à la première personne, qui fonde à chaque instant l'autonomie d'un individu-sujet (la notion de sujet étant définie ici par l'autoréférence et l'occupation du site égocentrique par un *computo*). Nous pouvons donc fonder biologiquement la notion d'individu autonome, qui, dans son autonomie même dépend, non seulement de son environnement, mais aussi de son patrimoine génétique.

8. Les animaux supérieurs disposent d'un appareil neurocérébral de plus en plus complexe et performant qui élabore des stratégies (de connaissance, d'action) et qui, connaissant ou produisant des situations de choix, prend des décisions. C'est sur ce fondement que, chez l'homme, se sont développées les possibilités de liberté. Ces libertés ne viennent pas du ciel, mais émergent de l'auto-éco-organisation la plus complexe qui soit, l'auto-éco-organisation anthroposociale.

Ainsi, ce n'est pas le mélange de déterminisme et d'aléa qui produit de la liberté. Pour qu'il y ait possibilité de liberté, il faut qu'il y ait possibilité de décision et de choix. Il faut donc qu'il y ait un être auto-éco-organisateur capable de computer et cogiter les situations qu'il affronte, capable d'établir des scénarios ou projets de comportement, capable de décider entre ces scénarios et de commander l'action choisie. Cette liberté suppose donc une double détermination : la détermination organisationnelle intérieure et la détermination des événements extérieurs ; elle suppose aussi une relative indétermination intérieure (la possibilité de choix) et la présence d'aléas et hasards dans l'environnement extérieur (qui permettent l'insertion d'une action libre).

L'action libre s'appuie sur la connaissance et l'utilisation des déterminations (les constances, structures, lois). L'action libre, simultanément, s'appuie sur les possibilités aléatoires qui se présentent dans la situation où elle intervient (stratégie).

La liberté est une émergence : elle émerge dans des conditions intérieures et extérieures données, à partir d'une auto-éco-organisation. La liberté, dans ce sens, est serve de ses conditions d'émergence. Elle dépend totalement de l'auto-organisation, laquelle, elle-même, dépend des conditions écologiques extérieures (ne serait-ce que pour se nourrir, s'autoréorganiser, s'autoréparer). L'autonomie des individus s'acquiert à partir d'innombrables dépendances ; il faut être nourri et aimé par les parents, il faut apprendre à parler, à écrire, il faut aller à l'école, à l'université, engrammer une culture très diversifiée pour acquérir les possibilités d'autonomie toujours plus grande. L'autonomie doit donc toujours être conçue, non en opposition, mais en complémentarité avec l'idée de dépendance.

Mais une fois émergée, l'autonomie rétroagit sur ses conditions de formation, rétroagit sur l'organisation qui la produit, et développant justement l'autonomie de cette organisation, devient apte à opérer éventuellement des actes libres.

Ainsi, liberté et déterminisme cessent d'être des notions substantielles : elles deviennent des notions complexes, qui nécessitent, pour être pensées, un principe de complexité physique (la relation ordre/désordre/organisation), un principe de complexité organisationnelle (comportant émergence, rétroaction et récursion), un principe d'autonomie/dépendance.

Dès lors, nous avons les outils conceptuels pour penser ensemble, en association et en interaction, non plus en exclusion, déterminisme et liberté. Une action peut être à la fois déterminée et libre. Elle peut être plus ou moins libre. Nous sommes plus ou moins libres en fonction de nos aptitudes intérieures à organiser notre liberté, et aussi, en fonction des déterminations économiques, sociales, politiques, historiques qui nous enserrent, nous asservissent ou, au contraire, nous ouvrent des possibilités d'autonomie.

Dès lors, nous pouvons concevoir la réalité complexe de notre inscription dans la biologie, dans la société, dans l'histoire : nous possédons des gènes qui nous possèdent ; nous subissons notre vie comme destin, tout en la forgeant comme expérience ; nous faisons la société qui nous fait ; nous faisons l'histoire qui nous fait...

Nous cessons de voir la vie économique et sociale soit comme le pur produit de déterminismes (chaque idéologie privilégiant son déterminant décisif), soit comme un théâtre où s'affrontent les libres volontés. En fait, chacune des visions est impossible. Les philosophies du libre arbitre reconnaissent, par en dessous, la présence de déterminations objectives dans la réalité politico-sociale, et doivent sans cesse faire état des contraintes qui réduisent le champ des volontés. Toute idéologie déterministe, de son côté, reconnaît l'action volontaire, mais sans pouvoir la théoriser. Le marxisme est une idéologie à deux étages. Au premier étage, c'est une théorie déterministe qui prédit de façon nécessaire l'effondrement de la société bourgeoise et l'avènement de la société socialiste ; au second étage, c'est une éthique de révolte et d'émancipation. Toute l'éthique du parti se fonde sur la prise de conscience, l'action volontaire ; Lénine a accordé un rôle clé à la stratégie et à la décision qui peuvent, au moment propice, bouleverser le cours de l'histoire. Toutefois, les deux étages ne coïncident pas : la volonté n'a pas de place dans la théorie et n'y intervient que clandestinement.

Aujourd'hui, il est plus que jamais nécessaire, il est enfin possible, de formuler une conception scientifique qui permette de comprendre la relation complexe autonomie et dépendance, liberté et déterminisme, termes qui, tout en devenant complémentaires, demeurent concurrents et antagonistes. Nous disposons désormais des fondements paradigmatiques, théoriques et conceptuels qui nous permettent de fonder les notions d'autonomie, d'auto-organisation, d'individu, d'acteur, de sujet, de liberté, sans lesquelles les sciences anthroposociales seraient purement et simplement illusoires, et sans lesquelles la théorie politique devient, dans son principe même, manipulatrice et asservissante.

Du coup, la *scienza nuova* de l'autonomie permettrait non pas, certes, d'inspirer, mais de reconnaître, éclairer et aider les aspirations individuelles et collectives à l'autonomie et à la liberté, de contribuer au « dépassement du règne de la nécessité » qui constitue l'aspiration fondamentale de l'humanité.

L'auto-examen

Il est une révolution copernicienne, inhérente à la réforme des structures de pensée, et que chacun peut effectuer : c'est d'inclure dans toute observation l'auto-observation, dans tout examen l'auto-examen, d'introduire dans toute connaissance la volonté d'autoconnaissance du connaissant.

Le mode de penser propre à la science classique excluait *ipso facto* le sujet connaissant et ne disposait d'aucun principe de réflexivité. Le mode de pensée idéologique est un mode de penser où le sujet se met d'emblée sur le trône héliocentrique. Ni le scientifique, ni l'idéologue ne disent « moi je ». Ils disparaissent dans la vérité objective qui parle par leur bouche. Or, nous allons voir que deux phrases identiques, à la différence d'un « moi je », absent de l'une, présent dans l'autre, relèvent en fait de deux univers mentaux différents et incompatibles :

– « X. est un esprit faux. »

– « Moi, je trouve que X. est un esprit faux. »

La première camoufle une opinion subjective sous une affirmation objective : le locuteur se dissimule (à ses propres yeux tout d'abord) derrière la pseudo-objectivité de son jugement. La seconde fait intervenir un « moi je » qui n'est pas de vanité, mais de relativité, pas d'égocentrisme, mais de décentration. Le « moi » égocentrique est haïssable, mais le « je » d'autorelativisation est aimable. La première phrase est un verdict arbitraire. La seconde est une opinion qui se sait opinion, comporte la possibilité d'autoréflexion, donc d'autocorrection. La première phrase est du niveau immédiat « naïf », où nous nous projetons inconsciemment sur les choses. La seconde phrase comporte la coprésence de deux niveaux : le premier niveau est celui de l'observation elle-même, le second est celui de l'intégration de l'observateur dans son observation.

La ligne de rupture entre la pensée mutilée/mutilante et la

(1) Wohl aber sagen es die Autobiographen!

pensée complexe est là. Le « moi » est toujours à la fois chassé (de la réflexion) et arrogant (héliocentrique) dans la pensée mutilée/ mutilante. Il est sur le trône de l'universel tout en étant invisible à lui-même. Il ne peut, ne sait se regarder, se situer, se comprendre, se connaître.

Or, la connaissance complexe nous demande :

– de nous situer dans la situation ;
– de nous comprendre dans la compréhension ;
– de nous connaître connaissants.

Il est nécessaire de se voir soi pour mieux voir hors de soi. J'ai dit précédemment que l'expérience (des camps, de la prison) demeure insuffisante lorsqu'elle n'est pas réfléchie et repensée. Notre conscience sans cesse se dégrade, comme notre mémoire. Nos systèmes de pensée ou idéologies tendent à la sclérose. L'égo-ethno-centrisme tend toujours à dominer la connaissance. C'est contre à la fois l'égocentrisme et les dégradations de la conscience que nous avons besoin d'une pratique constante de l'auto-examen.

L'idée est vieille comme la philosophie. C'est le « connais-toi toi-même ». Mais, au départ socratique, l'idée a été amputée de son complétent récursif : « Connais-toi toi-même connaissant le monde. » Il n'empêche : toute pensée introspective, de Montaigne à Proust, va d'elle-même à la relativisation de l'auto-examinateur, et conduit à la perspicacité dans l'examen d'autrui. Contrairement à l'idée répandue, l'auto-examen dépasse le narcissisme dont il est originairement inséparable (la complexité encore) parce qu'il devient autocritique. L'autocritique certes ne saurait éliminer sa composante masochiste/narcissique (comme disait Nietzsche, « qui se méprise s'honore au moins comme contempteur »), mais s'en sert justement comme moteur.

L'auto-examen a été déconsidéré sous le nom d' « introspection » par la connaissance objectiviste (incapable de concevoir les vertus productrices de la réflexivité), et a été refoulé au profit de l'idée de connaissance objective, comme s'il en était l'antinomie, alors qu'il en est le complément et le ferment. C'est justement le besoin de nous situer dans notre société, de situer notre société parmi les autres sociétés, et de nous situer, êtres humains, dans le monde naturel, biologique et physique qui devrait nous pousser aujourd'hui à envisager une forme enrichie et complexifiée d'auto-examen : un auto-examen qui nous amène à tenter de reconnaître notre site socioculturel, notre site anthroposocial, bref, à nous décentrer sans cesse, je veux dire, à nous dissocier autant que possible du faux centre de l'univers que nous occupons naturellement (égo-centrisme, ethno-centrisme, idéologie-centrisme) et à *nous marginaliser*.

Ceux qui ont en principe le moins de difficulté à accéder à la conscience décentrée/marginale sont ceux qui se trouvent marginalisés dans la société, soit que leur pensée les conduise naturellement aux idées inorthodoxes, soit que telle ou telle déviance/particularité les rejette dans les marges (être orphelin, de père inconnu, métis, métèque, homosexuel, etc.). La marginalité est un point de départ utile (non suffisant) pour l'autonomie de pensée. Mais quiconque conquiert et entretient sa propre autonomie de pensée (notamment avec l'aide de l'auto-examen/autocritique) cesse de s'identifier avec le centre du monde et devient marginal.

Nous disposons d'outils modernes qui nous permettent de mieux nous situer individuellement, psychologiquement (psychanalyse), culturellement, sociologiquement, historiquement. *Mais nous les avons disjoints de tout auto-examen autonome propre*. La psychanalyse est un compromis où l'auto-examen est en fait guidé par le gourou analyste. Sans doute avons-nous besoin de gourous qui nous aident à nous connaître nous-mêmes, comme nous avons besoin de méthode qui nous aide surtout à nous passer de gourou, à nous gouroutiser nous-mêmes pour nous-mêmes (capacité à mieux nous connaître et mieux nous guider, voire à pouvoir quelque peu gouroutiser autrui dans le besoin). Comme nous allons le voir, tout auto-examen, toute auto-analyse, toute autocritique, tout ce qui est auto-quelque chose a toujours besoin d'autrui, mais a besoin d'autrui précisément pour développer ses propres vertus et forces réflexives autonomes. Alors qu'ils portent chacun en eux un principe et des connaissances qui nous aideraient à nous penser et à penser par nous-mêmes dans nos situations psychologiques, historiques, sociales, culturelles, la sociologie, la psychologie, le marxisme, le freudisme ont fonctionné comme instruments à nous détourner de la nécessaire réflexion sur nous-mêmes et sont devenus des machines à nous décharger du soin de penser par nous-mêmes. Nul ne doit désormais se décharger de ce soin, mais nul non plus ne saurait le faire seul.

L'auto-examen nous convie non pas à nous refermer narcissiquement et à nous délecter de nous-mêmes, mais à *dialoguer avec nous-mêmes*. Je dis « dialogue » car tout auto-examen reconnaît la dualité dans l'unité du « moi je ». En chaque « je », il y a un autre, en chaque « moi », il y a deux, plusieurs autres. Non seulement chacun est double, c'est-à-dire porte en lui deux personnalités souvent antithétiques, ce qu'exprime si bien le docteur Jekyll/mister Hyde (et moi, je sens en moi la succession, la lutte entre un fou maniaque/mesquin et un demi-sage), mais chacun comporte plusieurs personnalités potentielles, certaines dominant de façon durable, d'autres n'arrivant à s'actualiser que fugitivement, embryonnairement (cf. ma tentative d'analyse de la multipersonnalité dans *Le Vif du sujet,* p. 149-163). Ce n'est pas seulement notre « personnalité » dominante qui doit s'efforcer de dialoguer avec les sous-personnalités inhibées ou refoulées, avec la bouche d'ombre qui s'ouvre sous les ténèbres de notre inconscient, avec la part obscure de nous-mêmes où notre personne s'évanouit dans une impersonnalité profonde : il nous faut dialoguer avec cette personnalité dominante, ce personnage avantageux, prétentieux, pompeux, qui se joue la comédie à lui-même parfois plus qu'aux autres.

Il nous faut, par ailleurs, reconnaître les mots et les idées qui nous font jouir, et tenter de comprendre pourquoi et en quoi ils nous font jouir. Ainsi, moi, je sais que tout ce qui porte un message messianique, tout ce qui m'annonce communion, effusion, transfiguration (de la misère en bonheur, de la solitude en communication, de la mort en nouvelle naissance, de l'individu dans le groupe, mieux dans l'humanité) me met en état de transe, me porte vers l'extase, et je sais qu'il a fallu la très forte corrosion critique, désespérée, désespérante, apportée, à l'âge de neuf ans, par la mort de ma mère (encore que cette mort même ait surdéterminé, surexcité mon besoin messianique de m'arracher à mon destin orphelin et de retrouver, désormais en d'autres termes, y compris et surtout par le truchement de l'idéologie, la communion océanique), pour que, sans cesse, le doute, l'incertitude, la négation rongent une foi qui sans cesse veut renaître : et c'est de cette tension, de cette dialogique qu'est née enfin, chez moi, l'idée désormais maîtresse que la foi doit convivre avec le doute, que nous devons apprendre à travailler avec l'incertitude.

Il faut être capable d'accepter l'altérité, de travailler avec elle, c'est cela dialoguer, et le dialogue commence par soi-même. Pour discuter avec les autres, il faut être capable de discuter avec soi-même. Pour discuter avec soi-même, il faut être capable de discuter avec les autres.

C'est le dialogue qui manque le plus dans la vie politique. L'acteur politique se met en état d'hystérie et s'autostatufie immédiatement. L'arrogance règne. On éprouve même le besoin débile de considérer comme « malhonnête » quiconque contrarie sa croyance, et comme « honnête » quiconque la confirme. Ainsi le stalinisme décernait le brevet de « patriote honnête » à tout benêt gobant les mensonges du parti, et dénonçait comme « malhonnête » toute résistance à la duperie. Encore, autour de moi, je vois politiques et intellectuels sans cesse distribuer les étoiles jaunes de la malhonnêteté et les médailles en chocolat de l'honnêteté. Mais d'où détiennent-ils la connaissance de l'honnêteté d'autrui ? Le mot d'honnêteté est-il vraiment honnête ? Ne savons-nous pas que la réalité psychologique, surtout dans la foi et dans le débat, comporte un mélange étonnant de sincérité et de tromperie à soi-même, d'honnêteté/malhonnêteté ? Et, en matière d'idéologie, les menteurs qui mentent pour leur vérité ne sont pas totalement conscients de mentir et ne sont pas purement et simplement menteurs...

L'honnêteté, celui qui s'auto-examine sait qu'elle est d'abord dans la prudence, c'est-à-dire dans la crainte de se poser en allocateur d'honnêteté et de malhonnêteté : elle est dans la prudence à l'égard du mot « honnêteté » comme du mot « malhonnêteté », lesquels désignent des choses si rares à l'état pur[7].

Plus généralement, l'auto-examen, toujours virtuellement autocritique, brise avec l'arrogance intellectuelle. Le paradoxe du marxisme arrogant, c'est qu'il exempte celui qui parle au nom du marxisme de se soumettre aux contrôles de la pensée marxiste. En effet, l'arrogant marxiste parle du site scientifique suprême, purifié de toute idéologie. Par contre, toutes idées le contestant relèvent de l'idéalisme ou d'autres formes d'idéologie bourgeoise ; tout fait déplaisant devient « positiviste » (relevant du scientisme bourgeois qui cache son idéologie sous de soi-disant faits) ; toute critique à son égard s'autodétruit, car sa prétention critique trahit son origine et sa fonction de classe. Ainsi, le marxisme arrogant fonctionne comme machine à refouler l'auto-examen et l'autoréflexion. Et le dogmatisme a bien raison de haïr l'auto-examen : l'auto-examen de l'examinateur rompt absolument avec l'univers dogmatique et franchit le mur du son qui sépare la pensée simplifiante/mythologique de la pensée complexe.

La logique de l'auto-examen empêche l'auto-examen de se refermer sur lui-même : en effet, elle appelle l'examen de l'auto-examen, c'est-à-dire le recours au dialogue et à la discussion avec des examinateurs extérieurs. Une pensée qui essaie de se comprendre a besoin de se décentrer et se distancer par rapport à elle-même, et a donc besoin du regard d'au-

(7) Je vois ce numéro de revue consacré à l'imposture. Mais qui décide et dénonce (c'est le même acte dans ce cas) ? La dénonciation de l'imposture ne peut-elle camoufler l'imposture ? Ici encore, une frontière décisive apparaît entre, d'une part, ceux qui ont connaissance assurée de l'imposture et se donnent le droit de la dénoncer, et, d'autre part, ceux qui, devant traiter de l'imposture, se demandent quelles sont les conditions de reconnaissance de l'imposture et s'interrogent d'abord sur leur droit à se mettre en position de juge.

trui et de la pensée d'autrui. L'auto-examen est donc nécessairement auto-exo-examen. C'est dire que la logique de la pensée complexe nécessite un « milieu » de confrontation, opposition, voire discorde : elle ne saurait jamais concevoir une pensée autosuffisante. Ici encore, nous voyons réapparaître les idées d'ouverture et de fermeture. La pensée close du dogmatique refuse à la fois l'examen par autrui et l'auto-examen. La pensée complexe a besoin de l'un et de l'autre.

L'art de penser ou stratégie

Voir, percevoir, concevoir, penser sont interdépendants. Ce sont des termes inséparables. Il faut autant penser pour voir que voir pour penser Percevoir permet de concevoir, et concevoir permet de percevoir. Penser permet de concevoir, et concevoir permet de penser.

Chacun de ces termes a sa propre carence, son propre manque, sa propre limite. L'œil de la grenouille ne voit pas la forme de sa proie, la mouche, mais perçoit le mouvement de son vol. Et nous, que voyons-nous ? Qu'est-ce qui nous échappe ? Il nous semble que certains regards ne perçoivent que la forme, d'autres que le mouvement. Ne devrons-nous pas alors faire communiquer, dialoguer les regards ? D'autre part, nous devons savoir que tout angle de vue, toute échelle de grandeur, non seulement modifient les caractères de l'objet perçu, mais semblent en modifier la nature. Regardons la vie sous l'angle des individus et eux seuls sont réels. Considérons-la du point de vue du temps millénaire, seuls sont réels les cycles de générations et les espèces. De même, notre société change de nature, de forme, selon notre regard. Il nous faut multiplier les angles et les échelles pour arriver à une vue polyscopique. Là encore, nous avons besoin de communication et de dialogue avec d'autres regards que les nôtres. *De toute façon, nous avons besoin d'une vision polyoculaire.*

D'autre part, nous sommes tributaires de conditions bio-anthropologiques de la connaissance. L'organisation même de notre cerveau comporte des contraintes et règles qui, à la fois, assurent et limitent la connaissance. Celle-ci, nous l'avons déjà dit, n'est jamais reflet, mais *traduction*. De plus, toute culture, en développant des conditions propres au développement de la connaissance (par son langage, son capital de savoirs) lui impose des limites et contraintes singulières, tout en lui donnant des acuités particulières.

La connaissance simplifiante ignorait le problème de ses propres limites puisqu'elle pensait refléter la nature même des choses. La connaissance complexe, *vraie* dans ce sens, a besoin de reconnaître en permanence le problème des limites et trous noirs de la connaissance. Elle doit savoir que tout regard comporte son point aveugle, que tout principe d'explication repose sur quelque chose d'inexplicable dans son propre système d'explication, que toute culture nous aveugle, ne serait-ce que par ethnocentrisme et croyance naïve en la valeur universelle de ses moyens de connaissance.

La conscience des limites de la connaissance nous ouvre l'univers de la connaissance au lieu de le fermer. La vraie connaissance est celle qui reconnaît en son sein la présence de l'incertitude et de l'ignorance.

La pensée a provoqué une nouvelle occultation du réel, l'occultation du réel par la pensée. Une fois de plus, nous retrouvons le paradoxe : c'est ce qui permet de voir qui nous empêche de voir ; c'est ce qui nous guide qui nous égare. La pensée est capable de rendre invisible le visible. Les idées et les mots, nécessaires à toute conception, nous abusent et nous rendent aveugles. N'avons-nous pas vu d'éminents penseurs et savants conclure à l'inexistence de la vie, de la société, de l'homme, de la subjectivité, parce que leur découpage idéologique de l'univers fait tomber dans les trous de leur grille la vie, la société, l'homme, le sujet ? Ne doit-on pas savoir, enfin, que les théories contiennent leur propre poison, et, sans cesse, risquent de se fossiliser et se clore en doctrine ?

Et c'est pour cela que les innocents, les enfants, les « simples en esprit » ont souvent, sur les problèmes centraux de nos vies, la vision naïve et immédiate de ce qui échappe aux penseurs sophistiqués et aux abstracteurs de quintessence. Ce sont les intellectuels rationalistes, marxistes, progressistes qui ont nié le goulag pendant quarante années. Et bien plus lucide qu'eux, sur la sociologie même de ce système concentrationnaire, fut le mystique-croyant Soljenitsyne. J'étais très frappé, il y a maintenant cinq ou six années, je pense, de la réaction de B.T. au nom de Soljenitsyne. C'était au cours d'un repas, en Italie, où nous étions quelques-uns avec B.T. Celui-ci, responsable politico-syndical éclairé du PCI, esprit libéral et ouvert, rationnel et tolérant, s'enragea soudain quand le nom de Soljenitsyne arriva dans la conversation. Pour lui, Soljenitsyne était, comme Brejnev, un pur produit du stalinisme (comment ne se rendait-il pas compte qu'ils étaient deux purs produits de nature différente puisque de part et d'autre des barbelés, le premier au sommet de la nomenclature, le second dans l'enfer esclavagiste ?). Il ne pouvait supporter l'idée qu'un vieux mystique slave pouvait être plus lucide qu'un jeune rationaliste occidental. Or le mysticisme slave avait donné, non pas lucidité, mais courage à Soljenitsyne. Ce qui lui avait donné lucidité, c'est l'innocence d'une expérience désidéologisée du goulag. Ce qu'avait vu Soljenitsyne, ce n'était pas le socialisme, le stalinisme, la bureaucratie, le prolétariat, mais le phénomène innomé conceptuellement et camouflé à tous que lui, alors, a pu conceptualiser en prenant son nom littéral : *goulag*. Le mot « goulag » existait dans le vocabulaire administratif/pénitentiaire de l'URSS. La volonté désidéologisée de le penser a amené Soljenitsyne à transformer goulag-étiquette en goulag-concept. Aujourd'hui, la *Nomenclatura,* mot catalogue, devient mot concept. Ainsi, la pensée du phénomène stalinien commence enfin à forger ses concepts opérationnels en dehors du vocabulaire des idéologues et théoriciens professionnels, lesquels emploient des mots précédemment usités pour les phénomènes sans précédents, car *la pensée — et c'est là sa maladie infantile — commence toujours par vouloir réduire.*

L'esprit rationnel lui-même peut sombrer dans le délire, lorsqu'il veut soumettre le réel à des critères raisonnables. Dès lors, la raison devient aveugle au caractère monstrueux du réel. Les atrocités horribles du nazisme, du polpotisme, du stalinisme deviennent alors suspectes. On croit que ce sont les témoins, informateurs, journalistes, qui exagèrent, et on leur donne des motifs « rationnels » pour exagérer (discréditer un régime ennemi, détourner sur des prétendues horreurs l'attention des vrais problèmes) : on ne peut imaginer que ce soit le réel qui *extravague*. Le rationaliste oublie que les hommes, capables d'exagérer par l'esprit, peuvent aussi exagérer par les armes, les exécutions, les massacres.

L'esprit critique, lui aussi, peut conduire à l'illusion lorsqu'il ne se critique pas lui-même. En effet, l'esprit critique peut mettre en doute tout témoignage, et, ainsi, douter fortement, comme l'a fait l'intelligentsia critique des années 1948-1953, de l'existence du goulag. De même, comme le fait Faurisson, on peut, sur la mise en doute de l'existence d'une chambre à gaz à Auschwitz, douter de l'anéantissement massif des déportés juifs (les pseudo-disparus ayant réussi à émigrer clandestinement en Amérique). De même, on peut douter de la validité de l'œuvre historique de Philippe Robrieux sur Thorez, fondée sur des confidences et récits de bouche à oreille, et non sur les documents officiels de l'Institut Maurice Thorez ou les mémoires des dignitaires du PCF. Or, la méthode critique doit comporter sa propre réflexivité critique. Et, alors, il apparaît que c'est seulement en surface que l'intelligentsia rationnelle/progressiste/prostalinienne doutait du goulag par esprit critique. Cette critique était sélective : elle ne portait nullement sur le culte de la personnalité de Staline, sur les thèmes de la propagande d'URSS, mais uniquement sur ce qui contrariait le mythe – leur mythe – de l'Union soviétique.

C'est dire que l'art de penser est art difficile. Il nécessite la conscience permanente du problème des limites et taches aveugles inhérentes à toute pensée. Il comporte la lutte permanente contre les dégénérescences, fossilisations, délires, mythifications qui surgissent de l'exercice même de la pensée.

A nouveau apparaît l'exigence d'une conscience réflexive autocritique permanente. Ici, j'espère que le lecteur comprend qu'une juste observation nécessite, non seulement la vérification de la justesse de l'observation, mais aussi, l'observation et la vérification de l'observateur par lui-même. Toute explication doit tenter de repérer son point inexplicable et, du coup, tenter d'élaborer le système de référence plus ample qui lui permette de se dépasser pour s'expliquer à elle-même. Il ne suffit pas de vouloir comprendre pour comprendre. Il faut vouloir aussi comprendre la compréhension.

En conclusion, reprenons cette idée : c'est dans la pensée qu'est notre salut et notre perdition. Partout, toujours, le salut passe par le risque de la perdition. C'est dire qu'il n'existe nulle part une recette pour bien penser. Ce qui peut, doit exister, ce sont des méthodes qui aident chacun à penser par soi-même. C'est dire, du même coup, que la pensée est art et stratégie permanents : elle ne vit que dans et par la re-pensée permanente, la réflexion permanente. Ce problème n'est pas un problème spéculatif pour philosophes. C'est le problème vital de chacun et de tous.

4.

Comment savoir ?

Nous avons vécu l'époque des camps de concentration nazis et staliniens. En 1939, les uns et les autres sont quasi invisibles, bien qu'il y ait des témoignages sur les uns et les autres. En 1945, la réalité exterminatrice des premiers éclate aux yeux de tous, mais celle des seconds est plongée dans l'ombre. En 1981, la réalité massacrante des camps staliniens semble enfin établie, mais voici que certains contestent l'évidence de l'extermination hitlérienne. Comment savoir ? Pour savoir, il faut d'abord savoir comment on s'arrange pour ne pas savoir.

Je ne sais si c'est en 1937 ou 1938 que les antinazis réfugiés en France publièrent le *Braunbuch* (« livre brun ») comportant une accumulation de témoignages sur les camps de concentration qu'Hitler institue en 1933. Or, ces témoignages n'eurent guère plus vertu d'éclaircissement qu'à la même époque les quelques témoignages sur le goulag stalinien. Le problème du système concentrationnaire en URSS fut un des plus difficiles à reconnaître et à concevoir. Dès la révolution de 1917, la presse occidentale ne cessa de rapporter les « atrocités » des « bolcheviks », et pendant des années, les horreurs de la guerre civile, de la famine, de la terreur révolutionnaire. Mais cette image répugnante pour la bourgeoisie réactionnaire qui y voyait la dictature du prolétariat, le règne des ouvriers, la barbarie rouge, devenait de plus en plus une image grandiose pour ceux qui y retrouvaient les traits héroïques de la Révolution française luttant contre l'univers. Avec la stabilisation, la stalinisation, l'URSS devient un État de plus en plus ordonné, respectable, et les « excès » relèvent désormais du passé. Or, c'est effectivement avec la stabilisation du système, et contribuant à cette stabilisation, que se forme et se développe l'institution concentrationnaire. Mais elle est entourée d'une grande muraille de silence, d'un épais manteau de neige. Les quelques témoignages de rescapés des camps staliniens n'intéressent qu'une extrême droite et n'émeuvent qu'une petite extrême gauche. Sous l'Occupation, la propagande nazie se déchaîne contre le « bolchevisme » et ressasse la terreur concentrationnaire en URSS, mais l'effet boomerang attribue durablement au mensonge nazi la monstruosité stalinienne. Paradoxalement, c'est au moment où l'on nous abreuve des crimes staliniens que ceux-ci disparaissent de notre conscience et de notre réflexion, lesquelles vont se porter à la fin de la guerre sur le crime hitlérien. Ainsi, c'est le nazisme qui nous vaccine contre l' « anti-communisme » et l' « anti-soviétisme », et ce vont être les crimes hitlériens qui vont nous occulter les crimes staliniens.

Aussi, dès l'après-guerre, le mensonge triompha presque sur toute la ligne. Au cours des deux procès historiques des *Lettres françaises,* l'un contre Kravtchenko, l'autre contre David Rousset (voir le compte rendu d'époque de Jean Marcenac, qui s'appelle, bien sûr, *Un combat pour la vérité,* et montre que les soi-disant rescapés des camps russes sont de faux témoins et des agents stipendiés), l'ensemble de l'intelligentsia de gauche fut convaincue ou refoula ses doutes : au témoignage des héros soviétiques porte-parole d'un peuple qui avait payé par tant de morts et de souffrances sa contribution décisive à la liberté des peuples, s'ajoutaient les plus éminents témoins de moralité ayant visité l'URSS, qui, n'ayant jamais rencontré de goulag sur leur itinéraire balisé, en avaient conclu syllogistiquement que le goulag n'existe pas.

Malheureusement, ce n'est pas la percée de l'information véridique qui, chassant par elle-même la fausse monnaie, nous a fait reconnaître le goulag. Il a fallu d'abord que s'opère une démythification de l'URSS à partir de ses sommets mêmes (le rapport K.), pour que le message enfin parvienne à une grande partie de l'intelligentsia, à une partie de l'opinion non « anti-communiste », et le goulag, prenant enfin existence, a accéléré/amplifié en retour la démythification.

Voici donc qu'aujourd'hui, en France, pour le moment, la réalité du goulag semble reconnue. Évidemment, le chiffre des morts, depuis l'origine du système concentrationnaire, varie énormément selon les estimations ayant filtré de l'URSS et surtout par la bouche des dirigeants de l'époque khrouchtchevienne, entre un minimum de dix millions et un maximum de soixante millions. Nous ne sommes pas en mesure de voir sur quoi se fondent ces estimations, ni de déterminer la part de mort « naturelle », celle de mort par surexploitation, surépuisement, sous-alimentation (la part de la sous-alimentation de disette et de guerre dans la sous-alimentation concentrationnaire), la part de mort systématique par exécutions/liquidations. En URSS, un jour, les chercheurs l'élucideront. Mais l'important, aujourd'hui, est la reconnaissance d'un système concentrationnaire, consubstantiel au totalitarisme stalinien, et qui provoqua un énorme anéantissement de vies humaines.

Il peut paraître stupéfiant qu'une vérité historique majeure et géante ait pu attendre des décennies avant de commencer à recevoir droit de cité chez nous. Mais il faut comprendre combien cette vérité pouvait sembler triplement incroyable ; premièrement, parce qu'elle était portée par quelques *heimatlos* rescapés d'un enfer contre une vérité officielle unanimement confirmée par les citoyens de l'intérieur et par les éminents visiteurs extérieurs ; deuxièmement, parce qu'elle était en contradiction totale avec l'idéologie socialiste ; troisièmement, parce qu'il semble fou qu'un pouvoir puisse se livrer à une telle débauche répressive et meurtrière. Pour concevoir la possibilité, puis la plausibilité du goulag, il fallait une connaissance historique s'appuyant sur l'expérience vécue au sein du monde stalinien, il fallait savoir que le régime se fondait sur terreur et sacré, il fallait avoir démasqué et vérifié sa formidable capacité de mensonge, il fallait avoir compris que la langue atroce de haine contre les « ennemis du socialisme » portait en elle de la mort, il fallait avoir reconnu le délire persécuteur : il fallait en somme briser la légende, apprendre l'URSS, ce qui était très dur pour les révolutionnaires qui avaient mis toute leur foi dans le pays du socialisme et quasi impossible pour les ignorants de l'extérieur.

Les camps nazis, eux, surgirent dans leur évidence à la fin de la guerre. Les armées alliées avaient découvert d'énormes charniers, libéré des quasi-squelettes à l'Est et à l'Ouest. D'innombrables déportés, résistants, Juifs avaient disparu à jamais. Les survivants avaient à leur retour, apporté leurs témoignages vécus, comme l'admirable *Espèce humaine*, de Robert Antelme. Les rescapés Eugen Kogon et David Rousset avaient tenté de comprendre la « sociologie » des camps. On avait appris à Nuremberg, et au cours des nombreux procès de SS et Kapos, qu'il y avait eu tentative de liquidation physique de l'ensemble de la population juive d'Europe occupée, ce qui fut appelé politiquement génocide, et religieusement holocauste.

Le « révisionnisme »

Or, voici que Serge Thion, en collaboration avec le groupe de la « Vieille Taupe », à la suite des livres de Rassinier et des recherches de Faurisson, nous invite à une remise en question qui, renversant au départ tout ce que nous savons d'Auschwitz, désintègre en chaîne notre conception même du nazisme et de la Seconde Guerre mondiale. En fait, cette révision peut être considérée comme une révision à trois étages, ou niveaux.

Le premier niveau concerne l'existence des chambres à gaz, et notamment, de la plus célèbre de toutes, celle d'Auschwitz-Birkenau. Les pièces du dossier critique faurissonien font ressortir les contradictions, invraisemblances, insuffisances de ceux qui ont témoigné sur l'activité exterminatrice de ces chambres à gaz, les difficultés ou impossibilités techniques et matérielles concernant tant les locaux que l'emploi du Zyclon B, l'absence de toute directive officielle nazie réglementant la chambre à gaz, l'absence même d'un texte hitlérien explicite précisant que la « solution finale » de la question juive n'est autre que la solution exterminatrice.

Du premier niveau, on passe au second. La chambre à gaz est le mythe dragon qui, une fois abattu, fait crouler dans sa chute l'extermination des Juifs. A ce niveau, Rassinier ramène le chiffre de six millions de morts à celui d'un million, soutient qu'un nombre considérable de Juifs disparus ont en fait émigré clandestinement aux USA – et la mortalité ainsi fort diminuée est attribuée aux « causes naturelles » qui dans un pays en guerre frappent toute la population, détenus compris : malnutrition, épidémies, typhus.

Dès lors, l'abandon du génocide invite à revisiter et réviser notre vision même de la Seconde Guerre mondiale. La monstruosité du nazisme devient un mythe fabriqué par les vainqueurs pour bouc-émissariser sur le vaincu les horreurs de la guerre qui, elles, sont à partager entre tous les belligérants. C'est la thèse qu'affirme le manifeste *Notre royaume est une prison,* cosigné par la « Vieille Taupe » (éditeurs du livre de Thion) et approuvé par Thion. Ce texte déclare : « Ce n'est pas la volonté des dirigeants qui a rendu le fascisme meurtrier. Comme ses ennemis, il était pris dans la guerre, et, comme eux, il voulait la gagner par tous les moyens, y compris les plus atroces. S'il avait eu la bombe atomique, sans doute l'aurait-il utilisée. La déportation et la concentration de millions d'hommes ne se réduisent pas à une idée infernale des nazis, c'est avant tout le manque de main-d'œuvre nécessaire à l'industrie de guerre qui en a fait un besoin. Contrôlant de moins en moins la situation, la guerre se prolongeant et rassemblant contre lui des forces bien supérieures, le fascisme ne pouvait nourrir suffisamment les déportés et répartir convenablement la nourriture. L'individu réduit à un matricule, les camps de concentration avec leur déshumanisation, leur bureaucratie interne, leurs épidémies dévastatrices, la sous-nutrition, les rumeurs délirantes, ne sont que l'expression exacerbée du monde où nous vivons. Pas un enfer qui lui serait extérieur. »

Un troisième niveau apparaît chez Rassinier et recouvre tout · les chambres à gaz et, plus généralement, le génocide sont une invention sioniste destinée à légitimer Israël, puis à le faire financer par le peuple allemand culpabilisé. Faurisson ne prend pas position sur ce point. Mais il penche de ce côté à diverses reprises : il voit dans la chambre à gaz, non pas un mythe, mais une « supercherie » (la plus grande de ce siècle) ; il lui semble bien que cette supercherie ait pour origine des milieux sionistes américains ; il soutient que les Juifs ont « déclaré la guerre à l'Allemagne » et il interprète les mesures hitlériennes antijuives comme mesures de sécurité militaire consécutives à cet état de « guerre entre Hitler et les Juifs ».

On peut considérer que les trois niveaux du révisionnisme sont solidaires. Rassinier est parti du premier pour aboutir au troisième. On peut à l'inverse repérer l'antisémitisme du troisième à l'origine même de toute remise en doute de la chambre à gaz d'Auschwitz. La conclusion antisémite à laquelle aboutissent les poissons pilotes du révisionnisme (Rassinier, et, de façon plus hésitante, ou moins avouée, Faurisson) devient la *cause* initiale d'une révision, qui, dès lors, doit être abandonnée dans son principe même.

Je ne suivrai pas cette démarche et partirai du problème de la chambre à gaz. Il y a certes quelque chose d'horrible lorsque la contestation de la chambre à gaz est le point de départ d'une spirale qui, lavant le nazisme de ce crime jugé imaginaire, aboutit à l'idée typiquement nazie du complot juif, ajoutant à l'oubli qui efface les morts le mensonge qui les nie.

Mais la question une fois posée, il faut comprendre qu'il y ait interrogation dans les générations qui n'ont pas eu l'expérience des disparus et des rescapés, qui ont découvert que les vérités qui leur semblaient les plus évidentes sur la Chine, le Viêt-nam, l'URSS, étayées par les témoignages et les preuves les plus diverses, n'étaient que de lamentables mensonges. Une fois posé, il faut affronter le problème. L'issue n'est pas dans la polémique, le jugement d'autorité, bref, tout l'arsenal immunologique par lequel se défendent les idéologies closes. L'issue est dans le recours à l'examen véritablement historique comportant l'examen de l'histoire des camps, des structures du nazisme, de son idéologie propre, de la genèse et du développement de la Seconde Guerre mondiale.

L'historisation

Situer le problème dans l'histoire, c'est évidemment l'arracher, ne serait-ce que le temps de l'examen, à l'indignation, ou l'horreur. C'est, dira-t-on, se « mettre sur le terrain de l'adversaire ». Je connais cet argument immunologique, qui nous dispense de l'examen de toute donnée, idée ou argument parce qu'il vient de « l'adversaire » ou est censé lui servir. Non seulement l'éthique de la discussion nous enjoint d'entrer sur le « terrain de l'adversaire », c'est-à-dire d'affronter ses idées et arguments, mais ici, la nature du problème m'enjoint à me situer sur mon propre terrain, celui d'une méthode critique capable de nous guider pour savoir ce qui s'est passé dans le siècle.

La fonction exterminatrice des chambres à gaz d'Auschwitz semble bien établie par une accumulation et convergence impressionnantes de témoignages et preuves. Or, c'est précisément tous ces témoignages et preuves qui sont contestés par Faurisson. Bien entendu, le problème ne peut être ré-élucidé qu'après réexamen du dossier en fonction de la contestation. Je ne peux ni ne veux me livrer ici à ce travail. Mon propos est le problème de tous et de chacun qui, avec les informations du livre et des média, doit essayer de ne pas se tromper sur les problèmes clés de ce siècle. Je vais essayer de montrer que nous ne sommes pas totalement désarmés si nous savons bien guider notre raison.

Envisageons l'hypothèse que la chambre à gaz exterminatrice d'Auschwitz n'ait pas existé. Il faut tout de suite remarquer qu'Auschwitz est un camp où arrivent d'innombrables trains de déportés, et qu'à ces arrivées, après sélection, disparaissent malades, vieillards, enfants ; il ne faut pas oublier que des sélections suivies de disparitions sont opérées dans le camp. Il faut rappeler aussi que les concentrationnaires d'Auschwitz croient en la chambre à gaz (laquelle n'est pas une invention extérieure ou postérieure). S'il ne s'agit que d'une rumeur ou d'un mythe, quel sens ont-ils ? J'ai fait état dans ce livre de mythes de guerre très répandus et assurés, dont le mythe de l'échec du débarquement allemand en Angleterre en 1940,après que les Anglais auraient mis le feu à la Manche. Le mythe du débarquement allemand raté exprimait le *désir* profond de la défaite allemande et, de façon métaphorique, il nous disait que la non-invasion de l'Angleterre était un échec militaire pour l'Allemagne. La rumeur d'Auschwitz, à supposer qu'elle ne soit pas issue d'informations exactes, transmises de bouche à oreille à partir de la source des *sonderkommandos,* exprime non le désir, mais *l'épouvante,* et confirme le caractère massif des disparitions. Ce qui nous renvoie immédiatement au problème : que sont devenus les disparus d'Auschwitz ? Là-dessus, les recherches de Faurisson sont beaucoup moins précises, bien que sa réponse soit assurée : les disparus n'ont pas été massacrés, et ne sont pas tous morts. D'une part, les femmes, enfants, malades rejetés par la sélection, étaient envoyés dans des camps sanitaires (signe d'humanité nazie en somme) ; d'autre part, une forte mortalité provenait des conditions concentrationnaires mêmes et surtout, des privations et difficultés de guerre affectant toute la population.

Nous voici conduits au second étage : la négation de la politique d'extermination hitlérienne. Rassinier, lui, avait ramené le chiffre de six millions de morts juifs à un million, ventilant beaucoup de disparus comme émigrés clandestins aux États-Unis.

Or, ici, il faut faire appel non seulement à la statistique des disparus, dans un pays comme la France, mais aussi à l'expérience vécue par les familles juives où chacun a pu vérifier que ses disparus ne sont pas partis clandestinement aux USA. En ce qui me concerne, une des émotions les plus déchirantes de ma vie a été de vérifier à Salonique, ce qui avait été maintes fois relaté par des témoignages d'Auschwitz : l'anéantissement de la population juive de la ville, déportée massivement et envoyée directement de la gare à la mort. Ici, encore, le nombre des disparus relève de la statistique. Mais il y a un problème qui relève de l'examen historique, *c'est celui de la nature mortifère du nazisme dans la paix et dans la guerre, dans l'idéologie et dans la pratique*. C'est l'insertion historique, idéologique, sociologique du problème concentrationnaire et du problème antisémite qui manque chez Faurisson. Et, là où le révisionnisme introduit un contexte historique, il est d'une fausseté étonnante. Relisons le texte *Notre royaume est une prison :* « Ce n'était pas la volonté de ses dirigeants qui a rendu le fascisme meurtrier. Il était pris dans la guerre. »

1. Ce qui est oublié et ignoré par les révisionnistes, c'est le dynamisme propre au nazisme dans le déclenchement de la guerre. Alors que la Première Guerre mondiale éclate sous l'effet d'un affrontement entre États où chacun joue son rôle dans la spirale conduisant à août 1914, la Seconde Guerre mondiale est issue principalement du dynamisme de l'Allemagne national-socialiste qui, tandis que ses voisins sont paralysés et divisés, annexe l'Autriche, les Sudètes, la Tchécoslovaquie, attaque la Pologne, la Yougoslavie, la Grèce et, finalement, l'URSS. Il est évident que le nazisme n'a pas été « pris dans la guerre », il l'a provoquée.

Ce dynamisme conquérant est inséparable d'un dynamisme intérieur d'une violence extrême, comme en témoignent les violences, tortures, meurtres commis dès 1934 dans les camps de Buchenwald, Dachau, sur communistes, socialistes, libéraux, comme l'illustre l'assassinat, par Hitler lui-même, de son camarade de parti, Röhm, et ses compagnons de la SA.

2. Les camps de concentration n'ont pas été des camps de travail, mais des camps pénitentiaires/esclavagistes. Ici, autre erreur de fond du manifeste *Notre royaume est une prison :* « La

déportation et la concentration de millions d'hommes ne se réduisent pas à une idée infernale des nazis, c'est avant tout le manque de main-d'œuvre nécessaire à la guerre qui en a fait un besoin. » Ce texte fait confusion totale entre, d'une part, les camps de concentration destinés, dès 1933, à parquer la vermine sociale du système, et qui, durant la guerre, se remplissent de droits communs, résistants et Juifs raflés de toute l'Europe allemande, et, d'autre part, le travail obligatoire en Allemagne, appelé STO en France, qui comble les besoins de main-d'œuvre de l'économie allemande. Les concentrationnaires auraient été traités comme les prisonniers de guerre ou les déportés du travail s'ils avaient eu pour fonction principale de satisfaire les besoins de main-d'œuvre d'une économie de guerre.

3. Faurisson et Thion oublient totalement l'idéologie raciste/antisémite du fascisme allemand. Or comment méconnaître l'obsession de pureté de la race, qui, jointe à la certitude « scientifique » de la supériorité de la race aryenne, anime le nazisme ? C'est pour purifier la race que l'Allemagne hitlérienne procède à la liquidation physique des débiles mentaux et entreprend d'exterminer les Tsiganes. La volonté exterminatrice qui s'exerce sur débiles mentaux et Tsiganes est fondée, non sur une haine mythiquement justificatrice (ils ne peuvent être accusés de vouloir dominer le monde), mais sur une obsession meurtrière/démente de la pureté génétique. Or, il est clair que si les nazis veulent exterminer Tsiganes et débiles, ils sont fort capables de vouloir exterminer les Juifs, d'autant plus qu'il y a dans l'idéologie nazie ce point central : la haine, l'horreur, le mépris des Juifs. Ceux-ci sont corrupteurs et désintégrateurs, non seulement de la société allemande, mais du sang aryen. Le Juif, de plus et surtout, joue un rôle mythologique énorme dans le national-socialisme : c'est son bouc émissaire polyvalent, coupable de tous les maux qui ont frappé l'Allemagne, de toutes les menaces qu'elle doit combattre, et qui, sous ses deux visages complémentaires, le ploutocrate et le bolchevique, œuvre à asservir l'humanité tout

entière. Contrairement à ce qu'écrit Faurisson, il n'y avait pas de guerre entre Juifs et Hitler parce que c'est l'antisémitisme nazi qui, dès 1933, a déclaré la guerre aux Juifs. Or, il faut bien voir que la logique délirante de la haine/horreur du Juif, porte en elle la potentialité exterminatrice. Bien entendu, une telle potentialité ne devait pas nécessairement s'actualiser en massacres. Il faut encore une fois pratiquer l'auto-éco-causalité : si l'extermination des Juifs est virtuellement inscrite dans *Mein Kampf,* au noyau même de l'idéologie nazie, il faut aussi voir que la « solution finale » de la question des Juifs d'Europe occupée ne pouvait être conçue qu'après 1941. Il est très possible qu'une version « douce » de la solution finale ait été envisagée, sous forme d'une déportation massive à Madagascar. C'est effectivement la prolongation, l'exaspération d'une guerre devenant de plus en plus atroce qui surdéterminent le déclenchement de la politique exterminatrice. Et c'est effectivement, dans les dernières semaines de la guerre, la décomposition de l'Allemagne nazie qui, à son tour, surdétermine les ultimes hécatombes, et fait que les cadavres s'accumulent dans les camps ravagés par le typhus. Mais comment, dans ce complexe causal, oublier la cause-finalité motrice, le *racisme hitlérien ?*

4. Faurisson et Thion sont complètement aveugles au phénomène totalitaire. Certes, la déportation et la concentration précèdent et excèdent le nazisme ; elles ne sont pas le monopole des régimes totalitaires (j'en reparle un peu plus loin). Mais elles ont développé systématiquement leur logique d'enfermement et de destruction dans et par le totalitarisme stalinien et nazi, c'est-à-dire dans et par la concentration des pouvoirs entre les mains d'un parti fanatico-bureaucratique, animé par une idéologie illuminée, forcenée, hallucinée.

L'historisation généralisée

Nous devons historiser les camps de concentration. Et dès lors, en suivant leur histoire de 1933 à 1945, nous voyons qu'ils ne se réduisent nullement à des camps de travail créés par et pour une économie de guerre ; en même temps, nous voyons qu'ils ont évolué, ont connu une époque de rémission (1937 1940), une horreur ultime.

L'historisation brise la vision manichéenne qui s'est officialisée à Nuremberg. Effectivement, la coalition anti-allemande comportait le stalinisme et des nations qui, libérales dans leur territoire propre, étaient oppressives dans leurs colonies et protectorats.

Nous pouvons et devons rappeler, contre la vision manichéenne, les bombardements américains de terreur sur les villes allemandes, le raid massacreur en 1945 sur Dresde (ville dénuée de tout objectif militaire), les bombes atomiques sur Hiroshima et Nagazaki. Nous pouvons et devons rappeler que la grande démocratie américaine, la grande Angleterre libérale, la France des Droits de l'homme ont pratiqué, comme puissances coloniales et comme nations racistes, oppressions et exactions sur les peuples dominés. Nous pouvons même contresigner la phrase du manifeste *Notre royaume est une prison* disant : « L'individu réduit à un matricule, les camps de concentration ne sont que l'expression exacerbée du monde où nous vivons. » Mais *à condition de faire la différence entre les formes exacerbées et les formes non exacerbées.*

Nos sociétés pluralistes contiennent en elles les germes du camp de concentration mais elles ne peuvent institutionnaliser ni développer durablement un tel enfer dans leur propre territoire. *Les sociétés pluralistes contiennent et même (par libéralisme) tolèrent en elles tous les ferments du totalitarisme, mais ceux-ci ne peuvent y dominer précisément parce que ces sociétés sont pluralistes. Exploitation, domination, asservissements, sévissent dans les sociétés pluralistes, mais y rencontrent des contrepoids, des freins, des antagonismes, qui, dans les régimes totalitaires, sont inhibés, détruits, liquidés.*

Et que l'on comprenne : ce ne sont pas ces sociétés qu'il faut défendre, c'est le pluralisme qu'il faut défendre. Et l'ennemi du pluralisme, c'est le totalitarisme. D'où la nécessité, non seulement spéculative, mais vitale, de reconnaître et concevoir le totalitarisme.

Et c'est bien là la tache aveugle centrale de Faurisson et Thion. Il est fait état d'une guerre conduisant tous ses protagonistes aux moyens atroces dont la déportation et la concentration, mais sans que le totalitarisme nazi y joue un rôle singulier et moteur. Dans le manifeste *Notre royaume est une prison*, la problématique du totalitarisme est réduite à celle de l'étatisme, du capitalisme, du salariat. Les caractères fondamentaux de la Seconde Guerre mondiale sont réduits aux caractères fondamentaux de la première. La pensée réductrice de Thion et Guillaume devient alors mutilante : elle ne peut considérer nazisme et stalinisme comme réalités politique, économique, sociologique, idéologique propres.

D'une méthode critique non autocritique

En fait, le problème central du débat se joue au second et non pas au premier niveau de la chambre à gaz elle-même. Au premier niveau, ce qui apparaît, c'est une méthode critique, uniquement critique, appliquée aux témoignages et données et, qui, comme toute méthode critique, apporte avec elle le doute. Mais comme le premier niveau appelle la considération du second, c'est-à-dire de l'Allemagne nazie et de la Seconde Guerre mondiale, alors la méthode critique disparaît pour faire place à une thèse idéologique d'une pauvreté insigne, qui ramène au capitalisme, à l'étatisme et à la guerre, les caractères affreux d'une concentration dont on a éliminé, par l'hypercritique des textes, la visée et la pratique exterminatrices. Ce n'est pas seulement la thèse qui est pauvre, ce sont les moyens d'investigation concernant cette thèse qui sont nuls. Autant la recherche est méticuleuse, tatillonne sur les témoignages de chambres à gaz, autant elle ignore la différence entre déporté du travail et concentrationnaire, autant elle ignore totalement la réalité mythologique formidable du racisme et de l'antisémitisme nazi, autant elle ignore le problème du totalitarisme. Elle cherche à tout expliquer par le « que voulez-vous, c'est la guerre ».

Les révisionnistes croient que la chambre à gaz désintègre le mythe manichéen de la Seconde Guerre mondiale. Or, leur totale absence de critique historique les amène à un autre manichéisme, celui qui fait de la chambre à gaz la plus grande supercherie de l'histoire, et, pour certains, elle ramène le manichéisme du complot juif, rénové en complot sioniste (j'y viens un peu plus loin). De fait, nous avons vu que la réinsertion du problème de la chambre à gaz dans la Seconde Guerre mondiale met au contraire en relief la réalité totalitaire et concentrationnaire nazie, nous montre la logique exterminatrice du racisme hitlérien, ce qui confirme et que confirment les données empiriques des camps dits, à juste titre, d'extermination (même s'il ne s'agit pas de leur nom officiel). Certes, la logique exterminatrice ne comporte pas necessairement chambre à gaz : il n'y a pas eu de chambre à gaz en URSS où les hécatombes furent parfois aussi grandes pour une même durée de temps, il n'y en a pas eu au Cambodge. Il importe à mon avis de re-vérifier la chambre à gaz dans les camps nazis. Mais ce qui est établi sans conteste, c'est l'entreprise exterminatrice dont les chambres à gaz, comme dit justement Chautard, l'avocat de Faurisson, « si elles n'étaient pas le moyen, en seraient à tout le moins la métaphore ».

La re-historicisation du camp de concentration hitlérien nous amène certes à nous débarrasser de la vision manichéenne de la Seconde Guerre mondiale et de la vulgate « antifasciste » crétinisante (faite pour nous masquer le stalinisme), mais elle nous amène aussi à rejeter l'inconsistance d'un révisionnisme qui est incapable de reconnaître la réalité et le dynamisme spécifiques du totalitarisme nazi.

On voit donc les vices de méthode. Le premier vice est l'absence d'autocritique ; la critique faurissonienne ravage tout témoignage positif sur la chambre à gaz à partir soit d'une invraisemblance, soit d'une contradiction (et erreurs, contradictions, invraisemblances truffent autant les témoignages authentiques que les faux témoignages), sans s'interroger sur les limites de la critique hyper-critique, et sans être capable de considérer la thèse non critiquée, au contraire grossièrement idéologique, qui, finalement, sous-tend, donne sens et justifie toute l'opération critique.

Le second vice est donc dans la thèse sous-jacente elle-même. Celle-ci est mutilante parce qu'elle est à la fois réductrice et rationalisatrice. Elle réduit nazisme et stalinisme aux autres formes du capitalisme et de l'étatisme.

Elle devient, par réduction et rationalisation, aveugle à la cruauté et à la folie. Ainsi, la déportation concentrationnaire est réduite/rationalisée en fourniture de main-d'œuvre pour l'Allemagne en guerre. Il y eut, je me souviens, une autre réduction/rationalisation en termes d'intérêts économiques, du type « marxiste », où le but des massacres d'Auschwitz était de fournir aux trusts allemands la graisse, les savons, et autres produits de décomposition des cadavres. Les explications économistiques, *par l'intérêt économique* (ici économie de guerre, là économie capitaliste), sont complètement aveugles sur l'absurdité, la démence, le mépris, la haine, la fureur. Or, le pire est que la méconnaissance de la cruauté et de la folie rend cruel et fou. On en arrive à oublier tant d'indicibles souffrances pour ne chercher, dans le témoignage des rescapés, que les contradictions et invraisemblances, oubliant le malheur infini et le deuil inguérissable. On devient totalement aveugle à la réalité la plus cruelle et la plus folle de ce siècle, le totalitarisme.

Et, c'est le cas de Rassinier, j'espère que ce n'est pas le cas de Faurisson, je souhaite que ce ne soit pas celui de mon ami Thion, on verse dans la causalité diabolique même que l'on a voulu renverser, le diable juif se substituant au diable nazi, et, par là, redevenant le diable des nazis, justifiant le nazisme de son antisémitisme (dont on a voulu pourtant ignorer la trace) : la chambre à gaz devient une invention sioniste pour justifier et financer Israël (en faisant payer l'Allemagne). Ici encore, on voit en œuvre le délire rationalisateur : *cui prodest*. Il est certain que le sionisme bénéficie au second degré de la persécution antisémite. Mais, au premier degré, l'antisémitisme profite d'abord à l'antisémite qui chasse ou détruit l'ennemi méprisé et haï. Le produit principal de l'extermination nazie a été l'extermination, son sous-produit a été l'israélisation. Il est logique que l'antisémitisme profite ainsi au sionisme. Mais il serait dément de penser que le sionisme ait provoqué l'antisémitisme. Cette thèse bizarre a pourtant été proposée par ceux qui ont affirmé qu'Hitler était juif, ce qui était une façon intéressante de rendre un Juif responsable du massacre des juifs. Il serait non moins dément de penser que le sionisme ait inventé l'antisémitisme hitlérien. C'est bien Hitler qui l'a fondé. Alors, il reste à oublier et à ignorer cet antisémitisme, ce qui devient un aveuglement qui dépasse celui de la plus vieille des vieilles taupes.

Comment savoir ?

Le problème des chambres à gaz est apparemment périphérique, anachronique, historique, réglé, et, de toute façon, semble nous détourner de notre présent. En fait, il déclenche en chaîne tous nos problèmes fondamentaux. Il nous interpelle : savons-nous le concevoir ? Pour le concevoir, il faut une activité de la pensée reconsidérant ses problèmes de méthode et de principe, et reconsidérant les phénomènes historiques que sont le nazisme et la Seconde Guerre mondiale.

Or, le problème de méthode est de lier critique et autocritique. Une méthode critique qui critique tout, sauf ses propres présupposés, c'est-à-dire son propre système de confiance et de méfiance, cesse d'être une méthode critique. En fait, l'hyperméfiance à l'égard d'Auschwitz comme à l'égard du goulag conduit à l'hyperconfiance à l'égard d'Hitler et de Staline. Car, évidemment, il ne resterait rien du goulag après application de la méthode Faurisson. Certes, l'injure dont on les accable persuade de plus en plus les « révisionnistes » de leur lucidité critique. Ils en oublient d'autant, dans le cercle vicieux des indignations, de faire subir l'examen critique à leur critique, d'examiner les substrats et paradigmes de leur théorie. Or, répétons-le, toute vision simplifiante (réductrice, rationalisatrice, mutilante) de cette guerre, du nazisme, du stalinisme, de l'idéologie, du mythe, de la société conduit à l'erreur et l'aveuglement (et, comme toujours, on est aveugle à l'aveuglement idéologique de soi-même par soi-même).

L'issue est dans la méthode qui nous permet de concevoir les problèmes fondamentaux de ce siècle, à commencer par celui du totalitarisme. Il est sain de rouvrir tout problème qui nous amène à repenser, c'est-à-dire à penser nazisme et communisme. Certes, le nazisme et le communisme stalinien relèvent du passé. Mais c'est notre aveuglement à l'égard de notre passé qui nous précipite en aveugles dans notre futur. La reconnaissance de la nature une, diverse, passée et actuelle du totalitarisme est nécessaire pour sortir du XXe siècle.

Deuxième partie

LE JEU

DE LA VÉRITÉ
R
R V
ET DE L'ERREUR
U R
R I
T
É

1.

Le jeu de l'erreur et de la vérité

Il faut découvrir l'erreur, et non la vérité.

Carlo Suares

Pour être prêt à espérer en ce qui ne trompe pas, il faut d'abord désespérer de ce qui trompe.

Georges Bernanos

L'ennemi que l'on combat avec le plus d'acharnement est un mort.

Émile Faguet

L'erreur d'ignorer l'erreur

La parole politique se donne pour mission de proclamer la vérité, débusquer l'erreur, démasquer le mensonge. Elle met en garde contre les dangers mortels auxquels conduit l'erreur. *La Pravda* – « la Vérité » – tel est le titre du journal fondé par Lénine et devenu porteur de la parole officielle de l'URSS. Pourtant, que ce soit dans le marxisme ou toute autre doctrine sociopolitique, ni la vérité ni l'erreur n'ont de statut historique. Ce sont les déterminismes multiformes, le jeu des forces et des intérêts qui commandent l'histoire.

Or, le problème de l'erreur se pose, non seulement en politique, non seulement dans toute pensée et action humaines, mais aussi dans toute organisation et action vivantes. Nous savons aujourd'hui que la plus modeste bactérie est en même temps une machine s'auto-organisant par computation, c'est-à-dire traitement de l'information. Elle dispose d'une information héréditaire, engrammée dans ses gènes, elle extrait de l'information de son environnement, elle organise toutes ses activités internes par transmission d'informations de l'ADN ou ARN aux protéines.

Or, toute opération de computation, transmission, reproduction d'information comporte un risque d'erreur. C'est dire que l'organisation vivante est dans chacune de ses opérations soumise au risque d'erreur, qui est risque de dégradation, désorganisation, et, à la limite, mort. D'où la nécessité intrinsèque et fondamentale, pour toute organisation vivante, de combattre l'erreur. C'est pourquoi les unicellulaires les plus archaïques, comme les bactéries, comportent déjà en eux des dispositifs très raffinés de résistance, tolérance, détection, correction de l'erreur.

Ce qui est vrai en ce qui concerne toute organisation vivante l'est encore plus au niveau de l'animal doué d'un appareil neurocérébral, vivant en situation permanente de manque et de péril au sein d'un environnement comportant risques et chances. Cet animal doit computer sans cesse sa situation, évaluer le sens des événements ou données qu'il perçoit. Une erreur d'appréciation peut lui être fatale s'il n'a pas détecté la venue de son prédateur ou s'il s'est trahi à sa proie. Dans la relation chasseur/chassé, chacun use de stratégie, c'est-à-dire de ruses, leurres, feintes destinés à induire en *erreur* l'adversaire. La stratégie comporte essentiellement l'art d'éviter ses erreurs, les corriger, et lorsqu'il y a ennemi, l'induire en erreur et utiliser ses erreurs. *Le jeu de l'erreur est le jeu vital.*

« Errare humanum est »

L'erreur est animale avant que d'être humaine. Mais aux erreurs de perception, représentation, computation que nous pouvons faire, comme tous animaux, s'ajoutent des sources d'erreur proprement humaines, qui tiennent au fait que nous ne saurions nous passer d'idées pour nous traduire la réalité : nous avons besoin, pour atteindre le concret, de passer par l'abstraction de l'idée. Mais l'idée, qui nous fait communiquer avec la réalité, est en même temps ce qui nous empêche de communiquer avec elle. J'ai précédemment montré comment le mot, l'idée, l'idéologie, la théorie pouvaient être sources d'erreur, pire de délire. Je voudrais faire partager ma conviction que nous sommes encore dans une nuit profonde quant à la connaissance des relations entre notre cerveau/esprit, les idées, le monde extérieur. Nous sommes encore dans la préhistoire de l'esprit. Celui-ci commence à peine à concevoir son autoconnaissance. On n'a pas encore exploré le continent noologique des « choses de l'esprit », où les systèmes d'idées ont des règles d'existence et d'organisation qui nous sont encore inconnues. Ce problème est devenu pour moi central (et je lui consacre le tome III de *La Méthode* : « La Connaissance de la connaissance »). On comprend pourquoi : c'est la connaissance consciente de cette sphère où la connaissance se fait inconsciemment qui nous permettra de détecter les sources, les causes, les processus mêmes de l'erreur qui accable notre préhistoire spirituelle : *l'erreur idéologique*.

En même temps, le langage humain a permis que les ruses, feintes, tromperies puissent se développer de façon inouïe, dans la parole et dans l'écrit, sous la forme de *mensonge*, ce qui accroît, multiplie, aggrave, renouvelle le problème omniprésent de l'erreur.

Enfin est apparu avec *homo sapiens/demens* un nouvel ordre de réalité, qui peut participer à la fois à l'erreur et à la vérité, tout en étant en deçà et au-delà de la vérité et de l'erreur : *le mythe*.

Qu'est-ce que le mythe ? Le mythe est une formation noologique, soit principalement imaginaire/symbolique, soit principalement idéologico-abstraite, qui, bien que pouvant être une construction de l'esprit, prend valeur de réalité et/ou de vérité.

C'est dire que la définition du mythe comporte plusieurs composantes et que le mythe peut prendre diverses formes, du récit fabuleux à l'idée-force. Plus encore : le mythe ne peut purement et simplement entrer dans l'alternative vrai/faux. Bien qu'imaginaire ou idéel, il ne peut être réduit à l'illusion, l'erreur, le mensonge. Il peut même être à la fois vrai, erroné, illusoire, menteur. Ainsi, le mythe religieux du Salut est vrai (par les aspirations humaines qu'il exprime) et illusoire (par promesse d'immortalité).

La biodégradabilité de la vérité

La science a abattu les vérités révélées, les vérités d'autorité. Du point de vue scientifique, ces vérités sont des illusions. Il a semblé que la science remplaçait ces fausses vérités par des vérités « vraies ». Effectivement, elle fonde ses théories sur des données vérifiées, revérifiées, toujours revérifiables. Toutefois, l'histoire des sciences nous montre que les théories scientifiques sont changeantes, c'est-à-dire que leur vérité est temporaire. La prise en considération de données négligées, l'irruption de nouvelles données grâce aux progrès dans les techniques d'observation/expérimentation (qui font découvrir l'atome, puis la particule, les galaxies, puis les quasars, pulsars, etc.) tuent les théories devenues inadéquates et en appellent de nouvelles.

C'est ici que Karl Popper a apporté un éclairage révolutionnaire. Les théories scientifiques, montre-t-il, ne sont pas « vraies ». Elles seraient vraies, non seulement si les données étaient établies une fois pour toutes, mais aussi si elles pouvaient être induites logiquement des données. Mais, en fait, il n'y a pas de logique inductive où les « faits » produisent une théorie. Les théories ne « viennent » pas des données. Ce sont des systèmes logiques d'idées (idéo-logiques) que l'esprit applique sur les données pour en rendre compte de façon rationnelle. Dès lors, une théorie est scientifique, non seulement parce qu'elle semble rendre compte des données ou phénomènes auxquels elle s'applique, mais aussi parce qu'elle offre les moyens de sa propre réfutation. Autrement dit, une théorie est scientifique, non parce qu'elle est vraie, mais parce qu'elle permet de laisser démontrer son erreur. Ici, nous retrouvons la différence entre la doctrine close, qui refuse le commerce avec le monde extérieur si celui-ci la lèse ou la dégrade, et la théorie ouverte, qui court le risque de sa transformation ou de sa mort. La théorie scientifique est *biodégradable*.

Que reste-t-il de la vérité, dans cette ruine de la vérité théorique ? Il reste tout d'abord des vérités de fait, qui subsistent sous la variation des théories. Ainsi, les mesures faites dans le cadre de la théorie ptoléméenne sur les levers et couchers du Soleil demeurent valables dans le cadre de la théorie copernicienne. Ces vérités seront valables encore très longtemps ; mais, compte tenu des perturbations pouvant survenir dans le mouvement de rotation de la Terre, compte tenu du savoir que nous avons aujourd'hui que Terre et Soleil sont mortels, nos vérités de fait, tout en demeurant objectives, ne sont pas immarcescibles. Elles portent en elles un principe de corruption qui les conduit à la mort. Une vérité de fait peut demeurer vraie absolument, comme l'assassinat de Jules César ou la bombe d'Hiroshima, mais elle mourra quand auront disparu les hommes et leurs souvenirs.

Voyons maintenant le problème non moins crucial de la vérité des idées, c'est-à-dire des théories et croyances. La vérité théorique disparaît, avons-nous vu, là où elle semblait le plus assurée : dans les sciences. Mais c'est là même où elle réapparaît aussitôt sous la forme négative (dans le sens critique/énergétique de ce terme) du *combat contre l'erreur*.

La science est un mouvement/combat vers la vérité qui s'effectue à travers la vigilance incessante sur le risque d'erreur ou *vérification*. Il en ressort cette « vérité » : nous ne pouvons avoir aucune preuve absolue de la vérité, mais nous devons chercher à déceler et prouver l'erreur. Nous pouvons alors connaître des « vérités » sur l'erreur. De même, nous pouvons reconnaître les « vrais » mensonges. *C'est dire que la problématique de la vérité est inéliminable, mais se transforme radicalement*.

La problématique de la vérité est inéliminable. Quand Chatelet écrit imprudemment qu'il n'y a pas de vérité, il formule sa vérité, celle de l'absence de vérité, c'est-à-dire une vérité du second degré, une métavérité plus vraie que les (apparentes) vérités. La notion de vérité, aussitôt chassée, resurgit de façon nouvelle, avec un statut nouveau.

Ce nouveau statut, ce n'est pas seulement celui que nous avons déjà examiné, de la *relationnalité de la vérité*, où la vérité n'est plus une évidence issue du réel s'imposant absolument, mais est le fruit d'une construction complexe de l'esprit à partir d'une relation dialoguante avec le réel, mettant en œuvre perception, mémoire, logique, réflexion critique.

Ce n'est pas seulement celui de la *relativité de la vérité,* qui, du coup, nous permet d'accéder à la métavérité de la relativité.

C'est surtout celui de la *biodégradabilité* de la vérité. Toute vérité existe dans des conditions et limites d'existence données. Elle peut être absolument vraie dans ces conditions et limites, mais meurt hors de ces conditions et limites. Les vérités non biodégradables sont illusoires et mensongères dans leur prétention à transcender les conditions mortelles d'existence.

Enfin, les conditions/limites de la vérité comportent en elles la condition/limite anthropologique d'un sujet-qui-croit-en-la-vérité. L'erreur précède l'homme, mais la vérité surgit avec l'homme. Il ne peut y avoir de vérité que pour un sujet humain.

La vérité a donc une double entrée : la première entrée concerne le fait, les données, l'événement, le phénomène « vrais » (c'est-à-dire non pas imaginaires, mal perçus, reçus erronément) ; l'autre entrée concerne l'idée, la théorie, la croyance « vraie » (qui est une construction/traduction de l'esprit et non pas le reflet des choses).

A chaque entrée, la vérité comporte son incertitude et sa certitude. Du côté des données, même des faits historiques apparemment établis peuvent être soumis au doute ; et le doute critique lui-même doit être, comme nous l'avons vu, soumis au doute et à la critique. Il n'en reste pas moins, qu'il est des vérités de fait qui, bien que bafouées, niées, réfutées, refoulées par d'énormes pouvoirs et autorités, bien que dissimulées par d'énormes mensonges, sont sauvegardées par d'héroïques témoins. Ces vérités, sur le moment, ne peuvent se prouver et, même, lorsqu'elles se seront imposées, il restera des « sceptiques » qui refuseront de les reconnaître. Ainsi, après qu'il a été prouvé que le capitaine Dreyfus n'était pas un espion, une minorité apparemment critique, mais en réalité accrochée à l'ancienne vérité dogmatique qui trouvait sa force dans le fait que Dreyfus était juif, non seulement a continué à croire à la culpabilité de Dreyfus, mais a vu dans sa réhabilitation une preuve supplémentaire du complot juif et de sa puissance mystificatrice.

Du côté de l'idée, la vérité comporte également certitude et incertitude. C'est pourquoi la théorie doit sans cesse s'ouvrir sur le monde extérieur, sur la critique, la discussion, c'est-à-dire subir l'épreuve vitale/mortelle de l'erreur. Mais peut-on concevoir une théorie, une croyance, qui, tout en se pensant vraie, est capable de porter en permanence l'incertitude dans son sein ? (C'est ce que nous verrons dans le chapitre « Que croire ? Que faire ? ».)

De toute façon, la conception complexe de la vérité est à la fois relative et absolue. Cette vérité est vivante, mais, du coup, elle est soumise aux forces de mort, et c'est son affrontement aux forces de mort qui lui donne vie. Les vérités seulement absolues, non biodégradables, sont les pseudo-vérités. La conception dogmatique pose la vérité en termes d'appropriation : « La vérité m'appartient. » Mais il ne suffit pas de dire : « J'appartiens à la vérité. » Le don de soi à la vérité tend à se transformer en appropriation de la vérité, il conduit à dire : « La vérité parle par ma bouche », c'est-à-dire, d'une autre façon : « La vérité m'appartient. » La pensée complexe, elle, reconnaît pleinement la valeur et l'infirmité du caractère subjectif de la vérité. Sa formule est : « Je fais vivre la vérité qui me fait vivre. »

Enfin, et surtout, le combat pour la vérité se définit désormais comme combat contre l'erreur et le mensonge. Nous ne pouvons être sûrs de rien *positivement* ; mais nous pouvons acquérir des assurances *négatives*. Nous devons douter des vérités auxquelles pourtant nous croyons. Mais il y a des erreurs et des mensonges qui sont désormais certains.

Erreurs et vérités politiques

Le problème de l'erreur, de l'illusion, du mensonge, de la vérité, du mythe se pose de la façon la plus intense, dramatique, multiple, vitale, en politique. La vision « poujadiste »[1] d'une sphère politicienne de « menteurs » est une façon naïve d'exprimer la fruste et profonde conscience populaire que la politique est une sphère privilégiée pour la tromperie et la ruse.

L'action politique est un jeu aléatoire sans cesse affronté au problème de l'erreur de perception, l'erreur de diagnostic, l'erreur de prévision, l'erreur du comportement. La politique comporte de façon consubstantielle des mythes si profonds et si puissants que ceux-ci provoquent non seulement l'illusion croyante que les temps d'exaucement sont proches, non seulement l'illusion de l'adversaire qui ne comprend jamais la vraie nature des mythes qu'il combat, mais un nuage d'illusions sur le sens effectif de l'action. L'action politique enfin est stratégie, et, comme toute stratégie, elle nécessite un certain secret et une certaine ruse ; mais plus que toutes autres stratégies, elle emploie la tromperie et le mensonge.

La nouvelle histoire, en gommant dédaigneusement l'histoire des règnes, successions, complots, batailles, au profit de l'histoire longue des processus économiques, des transformations sociales, des modifications techniques, a trop hâtivement oublié le caractère crucial de l'erreur et de la ruse. Il faut réintégrer la « vieille » histoire dans la nouvelle. On comprend aujourd'hui qu'il était non tant insuffisant, mais sot, d'expliquer la « révolution culturelle », le culte à Mao et la démaoïsation par la « lutte des classes », ou le conflit entre « deux lignes », l'une droitière, l'autre gauchiste. Il fallait aussi introduire la stratégie, c'est-à-dire la ruse et les erreurs dans le combat entre les deux lignes. Il fallait aussi y réintroduire le jeu des ambitions, passions, humeurs humaines, les intrigues, sapes, contre-sapes, manœuvres, au sein d'une cour impériale.

Ruses et contre-ruses, manœuvres et contre-manœuvres ne cessent de s'élaborer et se détruire dans les coulisses du pouvoir des démocraties libérales. Mais c'est surtout dans le secret des Kremlin et des Palais impériaux qu'elles constituent le mode principal de constitution et d'affrontement des clans et des idées. On peut penser que le jeu des complots réciproques s'annule, comme, à longue échéance sans doute, s'entre-annulent les avantages que procurent les services d'espionnage aux différentes parties. Mais cette vision statistique ne tient pas compte du déroulement singulier des événements où, à un moment critique, le résultat du jeu de ruses et contre-ruses est décisif. Ainsi l'avertissement donné par Sorge à Staline de l'imminence de l'attaque allemande fut non seulement inutile mais néfaste, le rusé Géorgien ayant cru détecter dans l'information ce type de ruse nommé intoxication, par lequel l'adversaire laisse échapper un faux secret pour nous duper. Or cette erreur de Staline eut des conséquences qui faillirent être fatales : l'URSS s'abstint de tous préparatifs de défense et d'alerte, et la Wehrmacht envahit l'URSS par surprise, anéantissant au sol sa flotte aérienne et encerclant ses meilleures armées.

Lorsque deux adversaires, militaires ou politiques, sont en lutte, le vainqueur n'est pas nécessairement le plus fort matériellement (sauf s'il y a énorme disproportion des forces), c'est celui qui a commis le moins d'erreurs, qui a le mieux exploité les erreurs de son adversaire, qui a le mieux corrigé ses propres erreurs. L'erreur politique est fatale, quand le jeu est à tout ou rien, quand la défaite entraîne la prison ou la mort. La stratégie n'est pas seulement le fait des partis, des leaders. Dans la mesure où le jeu des leaders et des partis coïncide avec les actions des États, ce sont les États et nations qui sont soumis au jeu de la vérité et de l'erreur. Ainsi, des États sont objectivement suicidaires, inconscients que la guerre qu'ils déclenchent va provoquer leur perte, parce qu'inconscients du vrai rapport des forces et de l'inconsistance de leur propre stratégie militaire ; ce fut le cas de la France déclarant la guerre à la Prusse, provoquant par là, non seulement la ruine du Second Empire français, mais l'instauration triomphale du Second Empire (Reich) allemand.

Il est des situations historiques où le destin hésite, où les forces semblent s'équilibrer, où une nation, voire le monde, peuvent bifurquer dans un sens ou dans un autre, et où l'appréciation de la situation, par un des acteurs, déclenche une décision qui fait basculer le destin. Ainsi la décision de Lénine de déclencher l'insurrection en octobre 1917 fut d'une audace stratégique extrêmement lucide. Mais rien n'advint de ce qu'il en attendait, à commencer par le déclenchement de la révolution allemande, et, peut-être, l'humanité subira-t-elle à jamais les conséquences d'une décision aussi lucide et aveugle.

L'erreur joue aussi dans la « lutte des classes ». Les classes sociales ne sont ni des acteurs extra-lucides, toujours conscients de leurs vrais intérêts, ni des catégories anonymes. Dans la mesure où elles sont entraînées/guidées par des mouvements d'opinion, des syndicats, des partis, des hommes politiques, elles sont soumises, elles aussi, au jeu mortel de l'erreur. Ainsi, il y a des classes objectivement suicidaires, qui n'ont pas élaboré la stratégie de leurs véritables intérêts, et qui ont suscité leur propre mort. C'est en voulant récupérer des mains débiles de Louis XVI une partie du pouvoir perdu au profit de la monarchie, que l'aristocratie déclencha la convocation des États Généraux, qui, substituant au vote par ordre le vote par tête, transformèrent la réaction aristocratique en mouvement révolutionnaire du Tiers État. L'attitude ultime des Français d'Algérie, sous la conduite de l'OAS, fut sociologiquement suicidaire. Il est très fréquent qu'une couche sociale, un groupe, un individu, déclenche le mouvement qui l'emportera dans la tombe. Les initiateurs des révolutions sont ainsi emportés dans la seconde charrette. Enfin, véritables Lemmings historiques, les intellectuels et les ouvriers, en 1947, ont assis de leurs mains, en Tchécoslovaquie, le pouvoir qui allait les écraser.

On voit donc que l'erreur et l'illusion jouent un rôle clé en politique. C'est dire que poser les problèmes d'erreur et de vérité, pas seulement dans telle ou telle phase tactique secondaire, mais en ce qui concerne la stratégie et le sens de l'action, est non pas une diversion d'intellectuel, un divertissement académique, mais un problème vital. Et c'est bien pourquoi, avec une ruse géniale, les pseudo-porte-parole des peuples et des classes ouvrières demandent aux intellectuels de se détourner de ces problèmes « idéalistes » pour se mettre résolument au service du peuple, c'est-à-dire aveuglément à leur service.

Cessons de nous abuser si nous voulons qu'on cesse de nous abuser. *Ne nous trompons pas ! Ne nous trompons plus !* C'est bien la formule par laquelle aujourd'hui chacun se doit de faire face au problème politique de la vérité. Ici encore, c'est dans le combat contre l'erreur, l'illusion, le mensonge que se mène le combat pour la vérité.

Dans ce combat, l'affrontement des mythes nous pose un problème extrêmement complexe. Il ne faut pas simplifier et croire que les mythes sont menteurs. Ils créent de l'illusion et permettent le mensonge parce qu'ils sont « vrais » : vrais dans le sens où un grand mythe porte, concentre et transmute en lui des aspirations profondes qui sont, non seulement d'une époque et d'une société, mais aussi, de caractère anthropologique. Ainsi en est-il des mythes démocratiques de liberté, égalité, fraternité, des mythes socialistes, communistes, libertaires. C'est par rapport à ces aspirations que le mythe peut devenir illusion lorsqu'il devient mythe de salut, assurant que sa venue est proche et qu'il apportera solution à la misère (pas seulement matérielle) du monde. C'est par rapport à ces aspirations qu'il devient menteur lorsqu'il est utilisé par une stratégie politique qui conduit à une nouvelle domination et exploitation.

Dès lors, il ne s'agit pas seulement de démystifier (révéler le mensonge dans l'utilisation du mythe), il ne s'agit pas tant de démythifier (car, non seulement ces mythes portent nos « vérités », c'est-à-dire nos aspirations, mais encore, comme nous le verrons, nous ne pouvons pas vivre sans mythes), il s'agit de traiter les mythes dans leur complexité et de travailler avec/contre eux. Ainsi, on peut concevoir l'insuffisance d'une vision qui ne peut prendre au sérieux la nature des mythes (et ignore le caractère mytho-idéologique réducteur de sa propre vision de la société). Toute pensée réductrice/simplifiante ne peut qu'appauvrir, dénaturer, mutiler le problème de la vérité et de l'erreur.

Le combat contre l'erreur, l'illusion, le mensonge se mène aussi au nom de la vérité des mythes, en sachant que ceux-ci peuvent très aisément sécréter de l'illusion et être utilisés mensongèrement. Dans ces conditions, la vérité politique demeure incertaine, fragile, mais le combat pour la vérité, c'est aussi le combat pour protéger la trop fragile vérité qui, sans cesse, risque d'être retournée et devenir agent double.

Les conditions de la lutte contre l'erreur : la discorde, la déviance, la règle du jeu

Comme de façon différente l'ont fait remarquer Popper et Feyerabend, la condition du progrès scientifique que constitue la correction/élimination des erreurs tient non seulement au fait que le jeu du débat scientifique comporte la règle impérative de la vérification par observations et/ou expérimentations, mais aussi au fait que le milieu scientifique constitue une sphère de discordes où s'affrontent théories et opinions, derrière lesquelles s'affrontent principes, croyances, philosophies et visions du monde.

On peut généraliser cette idée à la problématique politique. Les conditions de la lutte contre les erreurs, *ergo* de leur éventuelle élimination, nécessitent une sphère de discordes où s'affrontent théories et opinions, et comportent la règle du jeu qui est le recours aux données et faits (ce qui nécessite une pluralité/diversité des sources d'informations pour avoir accès critique aux faits). Je viens d'énoncer les conditions fondamentales de *pluralisme* (d'idées, d'opinions, d'informations, d'expressions) qui sont les conditions sine qua non de toute démocratie politique.

Certes, notre démocratie est très imparfaite ; elle comporte des interdits frappant les idées monstrueuses (racisme, nazisme), et la maxime apparemment ultra-démocratique « pas de liberté pour les ennemis de la liberté » signifie la réduction de la pluralité, donc de la démocratie ; le pluralisme d'information et d'opinion y subit des forces internes de corruption : des oligopoles se constituent dans la presse ; la concurrence des chaînes de radio et de télévision est sous surveillance. Certes, également, au sein de chaque média, comme dans leur ensemble, des idéologies dominantes inhibent l'expression de déviances trop poussées par rapport à la ligne ou la norme. Dans tout système pluraliste, que ce soit le marché économique ou le marché des idées, le jeu concurrentiel tend à se gripper, se rouiller, sous l'effet du développement d'une dominance ; même dans la sphère scientifique, une idée dominante peut prendre forme de dogme et l'idée neuve, d'abord accablée de sarcasmes par l'Académie, se fraie durement un chemin pour être enfin discutée. Toujours l'indiscutable tend à se reformer au détriment du discutable, ce qui se comprend parce qu'on ne saurait remettre en question n'importe quoi à tout propos. Mais il est vrai également que tout progrès se joue à la frontière de l'indiscutable et du discutable et s'effectue par la mise en discussion de l'indiscutable.

La prise de conscience d'une telle situation nous conduit alors à l'extrême vigilance contre les intimidations officielles qui frappent l'idée neuve parce que déviante. C'est dire qu'il faut veiller à la libre expression de la déviance, que l'on tend toujours à rejeter comme criminelle ou folle, c'est-à-dire veiller à la libre expression des idées que nous croyons folles et criminelles. Nous avons besoin des pensées, non seulement auxquelles nous sommes accordés, non seulement avec lesquelles nous sommes en désaccord, mais aussi de celles avec lesquelles nous sommes en totale discorde.

Il se dégage de ce qui précède deux idées clés :

1° La rupture de la concurrence des idées est un cataclysme intellectuel. La suppression de la concurrence des idées est un crime politique.

2° Nous avons besoin de déviants, de marginaux, d'exclus. Ils nous sont beaucoup plus nécessaires que les inclus et intégrés.

Ici, donc, nous voyons apparaître les conditions du jeu politique de la vérité et de l'erreur : pluralité des forces et formes politiques (donc pluripartisme) ; liberté d'expression et conflits d'opinions ; pluralité des sources d'information.

Dès lors, nous pouvons considérer l'évidence : le monopole de la vérité, de l'information, le monopole du pouvoir politique par un parti *constituent le dispositif même de blocage/paralysie/destruction du jeu de la vérité et de l'erreur*. Ils opèrent la répression féroce de toute contestation et de toute critique, de tout moyen de montrer ou arguer le vrai ; ils permettent une production continue d'illusion et de mensonge. On voit donc que le problème démocratie/dictature/pluralisme/monopolisme politique, qui court le long de toute l'histoire occidentale, à travers des structures sociales différentes et des régimes économiques divers, est capital parce qu'il commande corrélativement le problème des libertés et des oppressions, et celui du jeu de la vérité et de l'erreur.

La censure et la monopolisation de l'information ne sont pas les conséquences du totalitarisme. Elles constituent l'essence de ces régimes. La domination et l'asservissement comportent nécessairement la suppression et la répression des conditions pluralistes/contradictoires de la vérification, de la critique, de la discussion. L'idéologie totalitaire fait tout pour que nous ne prenions pas conscience de ces problèmes ; elle assure que la vérité du parti est de nature scientifique, donc ne doit pas être soumise à discussion (c'est pourtant le propre des « vérités » scientifiques de pouvoir être remises en question) ; elle assure que l'unanimité populaire est telle qu'il n'est pas besoin de présenter des concurrents aux candidats du parti ; elle assure que la liberté bourgeoise de la presse ne servirait qu'à saboter le socialisme, et effectivement elle saboterait *ce* socialisme. La tragédie est que ces arguments ont *été crus* par des intellectuels et savants éminents dans leurs arts ou leurs disciplines, mais souffrant du mal terrifiant dont a souffert l'intelligentsia : la religiosité/infantilité politique... Aujourd'hui, ces illusions se dissipent, mais reste l'illusion clé que les problèmes de liberté d'expression, de pluralité politique sont tout à fait secondaires par rapport aux problèmes démographiques, alimentaires et économiques. Or, nous pouvons être assurés maintenant que la Chine et l'URSS n'ont pas réglé leurs problèmes alimentaires vitaux en supprimant le pluripartisme et en monopolisant les média : ils ont empêché d'en parler et nous ont empêché d'en prendre connaissance. Ainsi, la Chine de Mao a connu plusieurs famines après 1958, c'est-à-dire après qu'elle eut définitivement supprimé les famines.

L'appropriation et le contrôle de la vérité, de la dénonciation de l'erreur, du droit à l'erreur, et même de la gloire de reconnaître ses erreurs (les autocritiques du parti, qui, en reconnaissant ses erreurs, prouve infailliblement sa supériorité) est la pierre angulaire de l'asservissement et de la dictature proprement totalitaires. A l'inverse, la démocratie pluraliste, elle, *n'a pas de vérité* : ou plutôt, sa vérité est qu'elle constitue les conditions qui permettent de reconnaître l'erreur, dénoncer le mensonge et chercher la vérité.

Du risque des libertés

J'ai écrit ci-dessus : « Ils assurent que la liberté bourgeoise ne servirait qu'à saboter le socialisme... » On pourrait croire du coup, à me lire, que l'argument des dangers que comporte la liberté, surtout pour une révolution naissante, serait totalement faux. Ici, je ne voudrais pas inverser la simplification. Examinons le problème.

Il est des régimes politiques qui non seulement tolèrent des libertés, mais en vivent. Certes, les modes pluralistes de l'organisation politique peuvent conduire à des paralysies, des blocages, ils peuvent entraîner de grandes déperditions d'énergies, mais ils comportent finalement des vertus supérieures à leurs défauts.

Toutefois, une révolution-enfant, soudain attaquée de tous côtés par ses ennemis intérieurs et extérieurs, calomniée et discréditée par l'ensemble d'une presse hostile, ne doit-elle pas se défendre, notamment par les restrictions aux libertés qu'exige l'état de guerre ? Ici, il ne faut pas sous-estimer l'idée que le libre exercice des oppositions politiques et idéologiques peut concourir de façon importante à la ruine d'une révolution. Mais, du coup, nous nous trouvons devant un *double blind*. D'un côté, la révolution-enfant surgit comme émancipation, c'est-à-dire aspiration aux libertés et expression de liberté. Elle porte en elle l'aspiration à une société meilleure, donc plus libre. Mais, d'un autre côté, les restrictions aux libertés, les contraintes de guerre portent en elles la dénaturation de la révolution et préparent déjà le triomphe de la réaction, au sein de la révolution et après la révolution. En fait, nous l'avons vu, les bavures de la révolution deviennent structures de la révolution, l'état de siège se transforme en siège de l'État. Mais alors, ne faudrait-il plus faire de révolutions ? Les révolutions vont continuer à se faire sans nous. Le problème, et j'y viendrais, est qu'il ne faut plus se faire d'illusions sur les révolutions qui deviennent structurellement autoritaires ; ce qu'elles apportent en asservissement excède dès lors ce qu'elles peuvent apporter en émancipation.

Il reste de toute façon un problème réel et tragique : la liberté comporte des risques, y compris les risques de la désintégration du système nouveau, encore mal assuré, en proie à des forces contraires et à des ennemis puissants. Ce problème réel peut conduire beaucoup à désespérer (ils préfèrent alors l'occulter). Il nous conduit, quant à nous, à chercher quelles sont les conditions à remplir pour que nous puissions secouer la malédiction historique qui condamne les révolutions modernes soit à la désintégration, soit à la dénaturation.

Nous devons donc opposer deux positions de principe.

La première fut longtemps celle de l'intelligentsia de gauche :

– le peuple n'a pas besoin de libertés (formelles) mais de se libérer de l'exploitation ;

– les libertés permettent d'attaquer la révolution ;

– pas de libertés pour les ennemis de la liberté ;

– donc, justification de toutes censures, restrictions et finalement, du monopole de l'information, de l'expression, de l'action politiques par le seul vrai porte-parole des intérêts généraux du peuple, c'est-à-dire le parti ainsi justifié comme parti unique.

Proposons ici une autre position de principe :
– le peuple a besoin de libertés, y compris pour se libérer de l'exploitation ;
– les libertés ne sont libertés que si n'en sont pas exclus, par voie de décision autoritaire, des groupes, individus ou idéologies désignés comme « ennemis de la liberté » ;
– les libertés peuvent être désintégratrices, surtout pour une révolution attaquée et menacée.

C'est le premier point de la seconde position de principe qui aujourd'hui peut être démontré. Il nous faut pour cela concevoir la relation très profonde entre organisation de l'information et organisation de la société. Pour le concevoir, il nous faut à nouveau lier ce que le terme information signifie en langage de presse, et ce qu'il signifie dans la cybernétique des machines. L'information, dans une machine, est le « programme » qui commande l'énergie. Dans un organisme, c'est le « code génétique » qui permet à la computation cellulaire de commander la survie, le développement, la reproduction. Dans les sociétés humaines, l'information ainsi entendue couvre les règles, les normes, les interdits, les savoir-faire, les savoirs, c'est-à-dire tout ce qui permet ou aide le contrôle et la commande.

Dans ce sens, contrôler l'information, c'est contrôler ce qui contrôle, commander ce qui commande, formuler ce qui donne forme. L'appropriation du contrôle par une élite dirigeante réduit la majorité des citoyens à l'exécution de tâches purement énergétiques. La subordination physique de l'énergie à l'information se reproduit dans la subordination sociologique de l'exécutant au décideur.

Toute domination particulière se drape dans un principe universel. La monarchie de droit divin faisait parler Dieu par sa bouche. Il est clair que cela supposait le silence de Dieu. Dostoïevski nous a montré, dans l'épisode du grand Inquisiteur, que si Jésus revenait, il se ferait arrêter et supplicier par ses prêtres. C'est ce qui arrive aujourd'hui au prolétariat des pays de l'Est. C'est la parole ouvrière qui est intolérable. L'appareil de droit prétendu marxien fait parler le prolétariat par sa bouche, mais il a besoin de faire taire le prolétariat pour cette opération ventriloque.

Le contrôle de l'information, invoqué pour construire un socialisme « réel », est justement, ce qui permet de produire un pseudo-socialisme et, en même temps, de masquer ce masque. La domination élitaire et l'exploitation qui se sont reconstituées en URSS ont besoin de l'appropriation des moyens d'information par le parti. Et c'est cette appropriation même qui permet de présenter le visage d'une société progressiste, là où il n'y a pas droit de grève, pas de liberté d'expression, pas de choix politique, là où il y a passeport intérieur, contrôle policier hypertrophié, système concentrationnaire. Dès lors, à la lumière de ce « communisme », la conclusion est radicale, implacable, désolante, rassurante : *Il n'y a pas de progression des libertés dites réelles dans la perte des libertés dites formelles. Toute répression dans l'information et l'opinion se traduit par une oppression dans la société.* J'ai même le sentiment qu'il y a corrélation politique entre la capacité de mentir et la capacité d'opprimer.

La grande découverte des intellectuels polonais et hongrois en 1957-1958, tchécoslovaques en 1968, fut que les libertés d'expression auxquelles ils aspiraient correspondaient à l'appel et au besoin des ouvriers et paysans. L'idée qu'il faut payer par une privation de liberté l'acquisition d'un peu d'égalité est un mythe débile. Nous devons réapprendre que la liberté empêche, non le prolétaire de manger, mais le tyran de dormir.

Sous le « masque de la liberté »

Ici, on va seulement s'efforcer de mettre en lumière le *sens de la liberté pour la vérité et le sens de l'illusion pour l'oppression.*

On connaît la critique marxienne des libertés « bourgeoises » ou « formelles ». Rappelons que pour Marx, ces libertés étaient, non pas excessives, mais insuffisantes. Il ne songeait nullement à les abolir, pour leur substituer de fantasmatiques libertés « réelles » ; il pensait que le socialisme comportait le développement des libertés. Or, la vulgate répandue par le stalinisme a promulgué le dogme intéressé que les libertés « formelles » sont de pseudo-libertés, destinées à masquer l'exploitation ou à favoriser les ennemis du peuple, et qu'il faut les supprimer pour instaurer les libertés « réelles ».

Il est certain que les libertés politiques d'un pays comme les États-Unis ne doivent pas nous occulter les réalités sous-jacentes du racisme, du capitalisme, de l'impérialisme. Mais, il ne faut pas oublier que ces libertés permettent de combattre, donc de limiter avec plus ou moins de succès, l'exploitation capitaliste, la domination et l'arrogance racistes, la politique impérialiste.

Par ailleurs, la diffusion de plus en plus large des idées marxistes hors de leur sphère originelle a répandu l'idée que le capitalisme n'est pas seulement libre concurrence et stimulant économique, mais aussi exploitation à l'intérieur et impérialisme à l'extérieur. En même temps, nous voyons et savons qu'un pays de libertés, les USA, peut en dominer d'autres et soutenir des dictatures vassales comme en Amérique latine. Toutefois, il n'est point de paysans, d'ouvriers, d'intellectuels, de philosophes, d'hommes politiques pour considérer la dictature de Somoza ou Pinochet comme l'expression la plus avancée de la démocratie, et admirer que leur suppression des libertés formelles ait enfin permis d'y instaurer les libertés réelles.

En même temps que capitalisme, impérialisme, racisme, les possibilités critiques, les instruments critiques, les ferments critiques existent et jouent dans la société américaine précisément parce que cette société comporte du pluralisme politique, de la concurrence informationnelle, de la tolérance aux idéologies déviantes. Y jouent-ils comme alibis ? N'ont-ils pas atténué, endormi, la nécessaire radicalisation des mouvements de classe et de race ? Mais alors, on retombe dans la logique démente qui préfère le fascisme à la « démocratie bourgeoise » parce qu'il « clarifie » la situation en faisant cesser l'hypocrisie d'un régime libéral. Cette logique est démente parce qu'elle est incapable de voir la différence clé entre pluralisme politique et totalitarisme fasciste : le premier ne peut être pour elle qu'un masque superficiel, non une réalité sociopolitique ; elle ne peut supporter la complexité d'une réalité à double logique qui comporte à la fois ses sources d'oppression et ses antidotes à l'oppression, qui comporte un combat interne permanent et incertain... Les deux logiques de cette réalité sont en interactions complexes : elles se combinent et s'opposent, elles se servent l'une l'autre tout en se combattant. Mais, de toute façon, le capitalisme est visible, non occulté, dans la société américaine. A l'opposé, la notion de socialisme occulte totalement la nature du régime propre à l'URSS.

Le sphinx

Quel mot employer pour désigner ce système ? Je suis dans l'embarras et l'équivoque. Dire « communisme », c'est trahir le sens des mots, c'est accepter la vision erronée, illusoire et menteuse. Je dis alors « communisme d'appareil », expression qui a l'avantage de mettre en relief le terme « d'appareil » (cf. plus loin), mais qui a l'inconvénient de porter en elle un concept mystérieux, étrange, inexpliqué (et c'est bien ce qu'il s'agit d'expliquer) : l'appareil. Je dis parfois, de moins en moins, « stalinien », terme qui a l'avantage et l'inconvénient de confondre le régime du vivant de Staline à celui qui lui a succédé, depuis trente ans. Il est évident que le système n'est plus stalinien, dans le sens déterminé par la personne physique effective de Staline, puisque Staline n'est plus, mais il est non moins évident qu'il garde en lui tous les traits principaux qui se sont fixés dans l'ère stalinienne et qui le différencient du bolchevisme antérieur. Je dis alors *stalinistique*, terme forgé à l'image du mot « hellénistique », qui désigne les sociétés antiques marquées par l'influence grecque après le passage d'Alexandre. L'URSS est stalinistique, dans le sens où ses structures actuelles sont celles qui ont été formées par/sous Staline ; je dirais même que les socialismes nationaux à parti unique, même quand ce parti n'est pas issu directement du moule, sont dans l'orbite stalinistique, désormais planétaire.

Ainsi donc, j'utilise les deux expressions « communisme d'appareil » et « communisme stalinistique ». Le mot « d'appareil » met l'accent sur le noyau central mais obscur : l'appareil. Le second met l'accent sur le nom dont le système n'a encore pu se détacher.

La nature du système est bien cachée. Qu'est-ce que le communisme ? Pour les bourgeois anticommunistes comme pour les ouvriers communistes, le communisme c'est le pouvoir des ouvriers. La bourgeoisie anticommuniste a horreur du communisme par crainte de perdre pouvoir et jouissance. Cette peur est incontestablement fondée, mais ce qui n'est pas fondé, c'est la croyance que le pouvoir ouvrier s'est substitué à celui de la bourgeoisie. Aujourd'hui, parviennent enfin à cette bourgeoisie les données qui lui font comprendre qu'une nouvelle société de classes s'est instaurée à l'Est et que les ouvriers y sont plus démunis qu'à l'Ouest. Cette bourgeoisie du coup se régale de ces informations qui lui permettent de démoraliser l'espérance révolutionnaire. Mais elle comprend de moins en moins... Pour les communistes et les progressistes, le pouvoir en URSS est détenu par le « peuple », la « classe ouvrière », la « nation ». Certes, le rôle dirigeant du parti est affirmé et proclamé ; mais le parti se définit comme la quintessence du peuple (il est constitué par les *meilleurs* fils du peuple) et comme la conscience lucide de la classe ouvrière. Le parti renvoie sans cesse au peuple et à la classe ouvrière, qu'il ne guide que parce qu'il est leur instrument et leur conscience. Il les sert filialement (puisqu'il est composé de leurs meilleurs *fils*). En France, le parti aime à dire de lui-même, « les communistes » comme s'il n'était que l'expression de militants unanimes et non une entité propre. Par contre, aux militants, le parti dit « le parti te demande », et il se pose alors en volonté transcendante, sur-moi impérieux. Le parti s'occulte toujours. Il ne dit jamais « dictature du parti » mais « dictature du prolétariat », « démocratie populaire ». D'où la nécessité de toujours décoder : dictature du prolétariat = dictature du parti.

Le marxisme officiel occulte l'appropriation du pouvoir d'État par l'appareil du parti. En effet, il n'y a aucune place autonome, dans la théorie, ni pour l'État ni pour le parti : l'État est toujours le serviteur de la classe dominante et le parti serviteur du prolétariat. Lorsqu'il occupe le pouvoir, le parti, serviteur de l'État, est serviteur du serviteur.

Et pourtant, le rôle historique du parti est démiurgique dans l'histoire de l'URSS. C'est une décision du parti bolchevique qui a déclenché la révolution d'Octobre. C'est ce parti qui a mené la guerre civile jusqu'à son terme victorieux. C'est lui qui a instauré le communisme de guerre, puis la NEP, puis qui a décidé de construire le socialisme dans un seul pays. C'est le parti qui a conçu, élaboré, imposé, appliqué les plans quinquennaux. C'est lui qui a transformé la Russie en énorme puissance industrielle. C'est lui qui a dékoulakisé les campagnes et fait subir la collectivisation à la paysannerie résistante. C'est lui qui a ravagé le pays et s'est ravagé lui-même par des purges inouïes. C'est lui qui a implanté et développé la structure concentrationnaire du goulag. Le parti est effectivement un véritale démiurge historique. Ce n'est pas l'expression du prolétariat. Il a, au contraire, manipulé, asservi le prolétariat, et même créé un gigantesque sous-prolétariat concentrationnaire. Ce démiurge historique s'est certes adapté aux conditions géoculturelles de l'ancienne Russie mais pour mieux s'y implanter et s'y développer. La structure du parti s'est imposée à la société et l'a modelée. Le parti est au centre solaire de la société. C'est lui qui ordonne, organise, manipule, mythifie. En lui se concentrent tous les pouvoirs, le pouvoir théologique (la possession monopoliste de la science de la société et de la vérité de l'histoire), le pouvoir politique, le pouvoir policier, le pouvoir juridique, le pouvoir militaire. C'est cette énorme puissance organisatrice de l'appareil qui constitue le sphinx de l'histoire contemporaine. C'est en lui, et non dans Platon, Hegel, Fichte, Marx, qu'est le secret du communisme stalinistique, communisme totalitaire que j'ai précisément appelé « d'appareil ».

Ce qu'il faut comprendre, c'est la réalité même de ce pouvoir. Il est dans la symbiose Parti/État, c'est-à-dire entre une organisation théologico-militaro-bureaucratique propriétaire de toute vérité politique – le parti – et l'État techno-bureaucratique moderne. Le parti contrôle/commande l'État qui contrôle/commande la société, et, en même temps, le parti commande/contrôle la société non seulement par le truchement de l'État, mais par un réseau nerveux extrêmement serré qui couvre tous les corps, toutes les couches, toutes les strates, sans qu'il y ait la moindre institution autonome.

Qu'est-ce donc cet appareil qui commande/contrôle/organise/manipule ? Ce n'est pas une entité anonyme. Il est constitué d'apparatchiks, dirigeants/dignitaires du parti, il est organisé hiérarchiquement, il constitue une *élite du pouvoir*. Autour de cette élite, sont constellés divers privilégiés, hauts dignitaires de l'État, de l'armée, des corps constitués, hauts savants, académiciens, directeurs d'entreprises, qui effectivement jouissent d'avantages matériels et de priorités.

Comment nommer donc cette élite de pouvoir et ses satellites privilégiés/honorés ? Est-ce une caste ? Est-ce cela, la nouvelle classe dominante ? Ces mots sont encore insuffisants et maladroits pour ce phénomène nouveau. Ici encore, le terme littéral qui catégorise et catalogue les privilégiés de ce système, la *Nomenclatura*, est le plus adéquat parce que le plus spécifique, encore qu'il enveloppe la distinction entre l'élite apparatchikie propriétaire du pouvoir et les privilégiés d'avantages et de priorités.

C'est ce phénomène d'appropriation qui déroute. A la différence de l'appropriation capitaliste qui s'effectue sur l'économique, cette appropriation s'effectue sur le pouvoir politique en vertu du marxisme-léninisme, science dont le parti est propriétaire exclusif, et qui lui donne procuration illimitée au nom du Prolétariat. Dès lors, la science marxiste-léniniste est le nouveau mythe de vérité substitué à la révélation théologique. Effectivement, ce mythe emprunte à la théologie ses caractères fondamentaux : sa vérité est absolument certifiée, et les chefs mages du parti en sont les interprètes exclusifs. Le politique et le théologique se co-fondent, se confondent et se confusionnent. Parfois, la régression va jusqu'à la déification du chef guide par lequel le parti, en son symbole suprême, s'auto-vénère et s'auto-adore, en contraignant les populations à feindre la même adoration en des cultes grotesques.

L'appropriation monopoliste de la vérité, l'appropriation monopoliste du pouvoir, le contrôle totalitaire de tous les secteurs et compartiments de la société, tout cela tisse ensemble le visage de la nouvelle domination par l'appareil/élite : c'est une domination qui s'opère par appropriation monopoliste omniprésente et omnipotente du capital informationnel de la société. Ici, le terme d'appareil est métaphoriquement justifié : l'appareil du parti est comme un ordinateur qui commande et contrôle la machine sociale. Cet appareil n'est pas produit de l'extérieur, comme le sont nos ordinateurs qui sont produits par des ingénieurs humains. Il s'est autoproduit dans et par les auto-éco-développements et métamorphoses du bolchevisme pour arriver enfin à son modèle structurel stalinien, lequel perdure et, sauf accident, peut s'autoreproduire désormais indéfiniment. Cet appareil démiurgique n'est pas pour autant totalement maître de la société. Cette société, il la modèle et il la coproduit. Mais cette société existe aussi parce qu'elle lutte pour vivre et survivre, avec, malgré, contre l'appareil. Sous l'économie autoritairement planifiée, apparemment rationalisée, en fait tellement bureaucratisée qu'il suffirait que tous les ordres soient exécutés, que tous les règlements soient obéis pour qu'elle se paralyse et s'écroule, donc sous cette chape bureaucratique abstraite grouille l'économie et la vie réelles, faites de débrouillardises, trocs, ingéniosités, combines, tricheries, bakchiches...

Et ici apparaît la merveille d'un tel pouvoir qui réussit à si bien s'exhiber et s'occulter à la fois. Il s'exhibe dans l'auto-occultation même, en se nommant guide et porte-parole des travailleurs, de la classe ouvrière, des peuples, et en désignant son système comme la plus riche démocratie connue et seul socialisme *réel*. Il est le seul qui réussit si bien à se camoufler alors que les autres pouvoirs plus anciens, soumis depuis longtemps aux virulences critiques de l'intérieur et de l'extérieur, sont reconnus pour ce qu'ils étaient ou sont : colonialisme, impérialisme, dictatures. Ce pouvoir peut avoir colonies en son sein, des pays baltes aux pays musulmans, il peut manifester son impérialisme en Hongrie, Tchécoslovaquie, Afghanistan, mais il ne se verra que faiblement et minoritairement taxé de colonialisme et d'impérialisme.

Ce pouvoir ne fait pas seulement que s'auto-occulter. C'est aussi nos instruments d'analyse qui le rendent invisible. Nous manquons de concepts pour exprimer sa nature réelle et complexe, et les concepts que nous projetons sur lui sont insuffisants. Il est nécessaire mais insuffisant de chercher dans le passé (le « despotisme oriental », les structures religieuses[8]) ou dans une composante simple (l'étatisme, le bonapartisme). Il est tout à fait insuffisant de qualifier seulement de bureaucratique le nouveau pouvoir *apparatchick* (lequel du reste est à la fois bureaucratique et antibureaucratique). Il est nécessaire, mais insuffisant d'y voir du socialisme national ou du national-socialisme parce que c'est le fruit de cette osmose spécifique entre le mythe réel « nation » et le mythe irréel/réel « socialisme » qui est à comprendre. Il est nécessaire donc, à partir de matériaux conceptuels très divers, et dont certains sont à créer, de forger les principes d'une intelligibilité *ad hoc*. Et tant que nous n'aurons pas commencé à comprendre, nos esprits seront désarmés, nous ne ferons que des erreurs de vision et prévision, comme ne cessent de le faire nos sommités politiciennes, qui croient connaître les régimes parce qu'ils trinquent, chassent, conversent en aparté avec leurs dirigeants.

Nous sommes ici encore renvoyés nous-mêmes au jeu de la vérité et de l'erreur, où nous devons apprendre à voir, savoir, penser ce qu'ils appellent, ce que vous appelez, ce que, qu'on m'excuse encore une fois, je n'appelle pas : le communisme.

(8) L'appareil reconstitue un univers religieux/rituel. Culte du fondateur (avec embaumement), références exégétiques perpétuelles au Texte pour prouver la vérité des décisions, sacralisation hiérarchique des dirigeants du parti et autosacralisation du parti. Inquisition, élimination des hérésies, cooptation des dirigeants après épreuves probatoires, rites d'initiation, explications universelles dissipant tous mystères.

Apprendre d'eux

Ce qui devait arriver a pu avant même que cela arrive, être prophétisé ou prévu, notamment par Michels ou Rosa Luxemburg. Bien des désabusements ont jalonné l'histoire du communisme, de Lénine à Staline et après Staline, de Mao à la « bande des quatre ». Mais nous ne sommes qu'au tout début des temps historiques où l'on peut commencer à penser et méditer l'expérience (et comme toujours, de façon éclatée, à partir d'angles de vue non seulement divers, mais opposés, comme, pour l'URSS, ceux de Zinoviev et Soljenitsyne ; opposition ne veut pas dire qu'il faut choisir l'une des visions, et chasser l'autre, cela nous incite plutôt à essayer de voir si les idées opposées ne sont pas, aussi, complémentaires). Nous pouvons peut-être, en quelques points cruciaux, tirer les premières leçons de l'aventure.

La première leçon déborde largement le cadre du communisme stalinien et vaut, bien que de façon diverse, mais presque plus illustrative encore, pour l'aventure trotskiste et, surtout, celle des groupes révolutionnaires armés/clandestins qui pratiquent l'attentat sanglant. Ce qu'il y a de commun à l'énorme parti-État et aux groupes terroristes infimes, c'est la prétention ventriloque de chacun d'être l'interprète exclusif du prolétariat, du peuple, de l'intérêt général. Les petites bandes illégales, s'automythifiant en armée rouge ou « vrai » mouvement communiste, nous démontrent par leur comportement, à leurs yeux nécessaire et évident, que *la conviction délirante d'occuper le site ontologique de la classe-Messie, du peuple souverain, du sens de l'histoire, c'est-à-dire d'occuper le centre et le sommet du monde socio-historique conduit aux actes les plus furieux, les plus grotesques (comme de s'ériger à quelques-uns en tribunal du peuple pour juger tous et chacun, y compris les camarades jugés traîtres et dès lors, exécutés), les plus horribles (le massacre indéterminé)*.

C'est là le point central de la fureur et du délire politiques modernes : l'occupation du site de la vérité-messie. Certes, d'autres tueries, d'autres boucheries ont été perpétrées (et continuent d'être perpétrées) dans l'histoire, par une nation sur une autre, une ethnie sur une autre, un parti sur les autres. Certes, déjà les grandes religions du salut, dans leur élan conquérant, s'étaient reconnues tous droits pour massacrer au nom du Dieu sauveur. Ce sont, du reste, les très hautes énergies mystico-religieuses, c'est-à-dire fanatiques, qui, sous le couvert de la certitude « scientifique », animent ceux qui ont entendu la Voix et ont reconnu la Voie. Mais c'est désormais au nom de l'humanité et pour l'humanité que, à la différence des nazis, leurs neveux baaderistes se sont donné droit de vie et de mort sur quelque humain que ce soit. Par un étonnant phénomène d'hallucination et de possession super-vaudoue, le malheureux porteur de bombe se voit, se sait porteur d'une mission confiée par le prolétariat, *ergo* l'humanité tout entière. Le silence du prolétariat qui dort, lui confirme qu'il est, lui, son veilleur et éveilleur.

Voilà donc la première leçon : toute prétention à occuper de façon exclusive le site ontologique de la classe-messie, du peuple souverain, du devenir de l'humanité, du sens de l'histoire, porte en elle, non pas la promesse d'émancipation, mais la terreur, le sacré et la mort ; elle conduit aux pires violences et asservissements contre la classe ouvrière réelle, contre le peuple réel, contre l'histoire, contre l'humanité.

L'appropriation de la nation par un État despotique, l'appropriation du peuple par un parti dont tous les actes sont autojustifiés par leur finalité émancipatrice grandiose, ressuscitent sous des formes modernes, la barbarie du monachisme fanatique et du monarchisme théologique où moines, inquisiteurs, prêtres, rois étaient dépositaires de la parole de Dieu.

Un parti ne peut, ne doit être qu'un parti. C'est une partie d'un tout, non l'incarnation, la quintessence ou la conscience du tout. C'est bien ce qu'avait écrit Marx dans le *Manifeste communiste :* « Les communistes ne sont d'aucun parti [...] » ; mais la suite de la phrase portait en elle l'ambiguïté : « [...] ils représentent l'intérêt général du mouvement. »

La mauvaise nouvelle : la révolution réactionnaire

Notre temps est un temps de révolutions, c'est-à-dire de craquements, ruptures, transformations, métamorphoses sociales. Depuis la fin du XVIIIe siècle, a commencé l'ère des révolutions, révolutions jaillissantes, réprimées, triomphantes, détournées, desséchées, recommençantes. Après la Seconde Guerre mondiale, l'accession à l'autonomie nationale d'ethnies jusqu'alors colonisées constitue un phénomène révolutionnaire, comportant constitution d'État, formation d'une nouvelle classe dirigeante, métamorphose de populations agraires traditionnelles en masses urbaines déracinées... Nous sommes, bien sûr, dans le siècle du triomphe de la révolution russe, qui, s'enracinant dans un sixième du globe, étend maintenant sa lumière et son ombre sur tout le globe. Nous sommes dans le siècle du triomphe de la révolution chinoise et de ses gigantesques bonds en avant, en arrière, de côté.

Mais est-ce dire que nous sommes au siècle de LA Révolution, c'est-à-dire de la révolution décisive, qui, dans l'histoire de l'humanité, instaure la société sans domination/exploitation de classe, capable de dépasser sa particularité nationale dans l'internationale fraternelle des peuples émancipés ? Partout où s'est implanté le socialisme réel, c'est-à-dire le système du communisme d'appareil stalinien ou stalinistique, il y a bien eu radicale liquidation du capitalisme traditionnel, des anciennes classes dirigeantes, mais ce n'est pas le socialisme, dans le sens de sa définition originaire et fondamentale, qui s'est substitué au capitalisme, c'est, comme disait Bruno Rizzi, un socialisme mongolien. C'est peut-être la plus grande régression et inversion politique de l'histoire par rapport à ses finalités initiales.

Du coup, le sens même du mot révolution s'est inversé. Ce ne sont pas seulement des idées réactionnaires qui se sont infiltrées dans la révolution, c'est une réalité réactionnaire qui a parasité puis absorbé la révolution.

Le rapt de la révolution par les forces réactionnaires, la transformation de l'idée de révolution en une idée réactionnaire, sont les deux faces d'un même phénomène, à mes yeux le plus grave du siècle.

Ce n'est pas seulement que le mot de révolution couvre et justifie toutes les horreurs, c'est que les erreurs de la pensée révolutionnaire ont conduit aux horreurs de la révolution réactionnaire. L'ignominie de ce qui a pu être accompli au nom de la révolution est telle que bien des anciens révolutionnaires sont revenus aux idées traditionnelles, abandonnant l'horreur pour les anciennes erreurs...

Peut-on rompre le cycle où le désabusement renvoie en arrière, aux idées que l'on croyait dépassées et que l'on combattait ? Nous ne savons qu'une seule chose : si cela est possible, cela n'est possible qu'à condition de comprendre la nature des communismes d'appareil et de comprendre le mythe de la révolution.

C'est un très grand mythe de ce siècle qui, comme tout grand mythe, comporte sa vérité profonde, c'est-à-dire l'aspiration des opprimés et asservis à l'émancipation, l'aspiration des sociétés modernes à un stade de complexité supérieure, et, dans l'idée internationaliste, l'aspiration de l'humanité à s'accomplir en humanité (cf. partie III « Où va le monde ? »).

Or, c'est sur ce mythe « vrai » que les espoirs qui se sont exaltés ont pris sans le savoir forme religieuse. Nous le voyons maintenant en relisant Rosa Luxemburg, Trotski et Lénine. L'énorme et démente boucherie que fut la Première Guerre mondiale a fait investir sur la révolution, non seulement l'ardente volonté de supprimer à la racine la cause capitaliste des guerres (ignorant qu'il y a des causes pré-capitalistes et post-capitalistes), mais le mythe apocalyptique de la purification sanglante et destructrice, annonçant le nouvel âge, enfin heureux, de l'humanité. Et c'est sur la révolution que s'est porté et déversé le mythe insensé et fabuleux du Salut, devenu terrestre.

Le discours de la révolution est devenu inconsciemment le discours eschatologique annonçant/préparant/forgeant la fin des temps, la fin de l'histoire, la cité heureuse, la société harmonieuse. Et c'est là où gît l'erreur de pensée : c'est l'erreur d'avoir cru qu'il pourrait y avoir un *achèvement* politique, une solution finale, un avenir radieux.

L'erreur est d'avoir confondu : 1° la nécessaire utopie qui est de créer des idées qui dépassent le réel, se retournent sur lui, le font travailler et travaillent avec lui ; 2° l'illusoire utopie qui confond son vœu avec la volonté de l'histoire et, par là, se constitue naïvement en vérité scientifique ; 3° l'horrible utopie, celle de la société fonctionnelle (fonctionnaire) où tout n'est qu'ordre, consensus, intégration.

L'erreur est de n'avoir pas détecté l'infiltration, puis la mainmise de la pensée religieuse, sous le camouflage inouï du mot « marxisme scientifique » dans le mythe révolutionnaire. Et, corrélativement, le communisme d'appareil est devenu une formidable machine à transformer l'aspiration en illusion, l'illusion en fanatisme et frénétisme. C'est cela l'illusion centrale de notre fin de siècle, non pas le nazisme, Hitler, Mussolini, Franco, les colonels grecs, Pinochet, les dictateurs d'Amérique latine, tous ces systèmes horribles mais dont nul n'est dupe, dans ce sens que nul ne croit qu'ils œuvrent pour émanciper les travailleurs et instaurer une nouvelle ère pour l'humanité.

Et la tragédie de ce siècle continue. Partout la misère – pas seulement matérielle – appelle une grande révolution. Partout on veut secouer jougs et chaînes. Partout naissent des énergies nouvelles. Partout surgissent les vraies aspirations révolutionnaires. Et partout elles sont dérivées, captées, finalement confisquées au nom de l'idéologie qui les exprime justement, mais qui sert à les manœuvrer et inverser leur sens. Partout des forces énormes de libération travaillent pour leur propre esclavage et l'esclavage d'autrui. Cela peut sembler insensé du point de vue d'un déterminisme historique mécanique qui ignore le rôle de l'erreur dans l'histoire ; et c'est pourquoi ce déterminisme historique contribue puissamment à maintenir et à entretenir l'erreur. Aussi, tant que les volontés les plus révolutionnaires continueront à travailler pour la pire réaction de ce siècle, il n'y aura pas d'espoir concevable pour l'humanité. Autrement dit : le chemin de l'espoir passe nécessairement par la destruction de cette illusion.

L'un, l'autre, le tiers

Si la société socialiste n'est pas socialiste, la société libérale n'est pas que libérale. La juste et nécessaire conscience des tares, carences, exploitations, dominations, asservissements, dans nos sociétés occidentales ne peut se payer par l'aveuglement sur les sociétés dites socialistes. Ce serait alors prendre l'autre mal comme remède.

Il est donc nécessaire de n'idéaliser ni l'Est ni l'Ouest. Nous devons être lucides sur l'Est sans nous aveugler sur l'Ouest et réciproquement. Mais suffit-il de les opposer symétriquement et de distribuer *fifty-fifty* le blâme et la louange ?

Nous avons malheureusement appris, très durement et lentement, mais irrévocablement, que la domination de classe et l'exploitation du travail dans le socialisme « réel » est pire que dans la démocratie « formelle ». Nous avons appris en fin de compte que les USA capitalistes, racistes, cyniques, arrogants, stupides, mass-médiatiques, sont plus progressistes que l'État officiellement soviétique, socialiste, fédéraliste, internationaliste. La vertu du système américain, c'est d'étaler sa pourriture ; la pourriture du système russe, c'est d'étaler des vertus.

En somme, les maux horribles, provoqués par le capitalisme, sont aujourd'hui dépassés par les maux encore plus horribles que produit le communisme stalinistique. Le capitalisme moderne, dès lors qu'il se trouve subir les freins et antagonismes de la société pluraliste, est moins pernicieux pour la classe ouvrière, l'économie, la paix, que le communisme d'appareil. Dès lors, le mal occidental devient le moindre mal. Si la carence des sociaux-démocrates est de n'avoir pu transformer la société capitaliste en société de *nomenclatura* et goulag, alors, cette carence est la vertu dont nous devons leur être reconnaissants.

On ne peut plus garder la vision symétrique de deux maux différents, opposés, mais égaux. Mais est-ce par là nous rallier à un camp ? Certes, dans le cas ultime où il faut choisir physiquement, le moindre mal devient position de repli, de refuge. Mais la pensée complexe nous dit d'éviter, et l'alternative, et la symétrie. Le problème n'est pas de choisir entre deux camps, d'abord parce que le monde n'est pas seulement constitué en deux camps : il comporte des parties, intermédiaires, neutres et tierces – encore que le Tiers Monde ne porte pas, comme on aurait pu, voulu l'espérer, de tierce solution. Ce n'est pas entre les deux types de société que nous devons choisir, ce sont quelques principes que nous sommes en mesure désormais d'élire.

Ainsi, nous avons appris qu'il faut sauvegarder les pluralismes fondamentaux comme la prunelle de nos yeux. Nous avons appris que la liberté n'est pas la monnaie d'échange de l'égalité, et que l'ordre acquis au prix de la liberté est un ordre d'asservissement. Nous avons appris que l'idée « d'élections-piège » porte un piège encore plus grand que celui qu'elle dénonce, et que mieux vaut un mauvais contrôle des contrôlés sur leurs contrôleurs que pas de contrôle du tout... Le suffrage universel et les élections pluripartidaires sont le mode certes insuffisant, élémentaire, carencé, faillible, mais encore le seul mode pour contrôler les États-nations qui nous contrôlent...

Ici, il ne s'agit pas de prise de parti. Il s'agit de réflexion. Nous ne sommes pas arrivés au point de résignation, mais au point d'interrogation. Nous devons nous reposer le problème clé de la politique de l'homme : comment œuvrer pour l'espèce humaine ?

Cette question ne peut comporter de réponse assurée. C'est une question qui doit continuer à se reposer à chaque moment nouveau quelle que soit la réponse qu'on ait donnée, car nous sommes dans une histoire aléatoire et incertaine où les actions inversent leur sens, où les effets secondaires deviennent effets principaux, et *vice versa*, où des ferments nouveaux surgissent et peuvent changer la conjoncture. De toute façon, le communisme d'appareil n'est pas la fin du monde. Même à supposer qu'il triomphe sur la surface de la terre, il se disloquera, et conservera, probablement en hibernation, une partie du trésor culturel de l'humanité moderne, comme le Moyen Âge sut conserver le trésor culturel de la Grèce antique. Des ouvertures apparaîtront, que nous ne voyons ni ne devinons encore. Non, ce n'est pas la fin du monde, mais il faudra le payer par beaucoup de cruautés et de bêtise[9].

L'échec de la révolution du XXe siècle

Aussi faut-il proclamer, faire reconnaître la *mauvaise nouvelle* : l'échec de la révolution du XXe siècle. Échec atroce, car cette révolution échoue sous le masque de sa réussite, dans son triomphe temporel. De même, le triomphe de l'Église, devenue religion d'empire en 313, signifia et masqua que la promesse du prompt retour du Christ pour accomplir la fin des temps ne *serait pas tenue*.

L'échec était probable, mais non certain. Nous avons trop tendance à considérer comme impossible ce qui n'est pas arrivé. Nous oublions que souvent l'improbable arrive.

La révolution du XXe siècle a échoué, mais l'histoire humaine continue. C'est dire que l'idée de révolution ne doit pas être éliminée. Elle doit être entièrement repensée. Elle doit être enfin posée comme problème et non comme solution eschatologique. Il nous faut non plus évoquer en tarte à la

(9) La vision historique complexe nous montre qu'il y a une contradiction radicale entre le message socialiste originaire et le « socialisme réel ». Or, à long terme, et, certes, à travers d'horribles répressions, se dégèlera, jouera, travaillera la contradiction entre le message et la réalité parlant au nom du message. On voit aujourd'hui combien, de façons diverses, multiples, n'a cessé de jouer et fermenter pendant plus d'un millénaire la contradiction entre le message évangélique et l'Église. De même, le ferment marxiste, l'idée socialiste, vont travailler à la longue contre la doctrine marxiste, l'État dit socialiste (la pensée de Marx redeviendra vivante et révolutionnaire, tout en continuant à produire du marxisme mort et réactionnaire). Mais ce sera un des courants de pensée, de recherche, de révolution. Il faudra qu'il s'asseye à la table, parmi les autres, ce marxisme, comme le font aujourd'hui les bons curés tolérants héritiers de quinze siècles d'intolérance...

crème la révolution pour ne pas réfléchir, mais enfin réfléchir sur le problème de la révolution.

Aujourd'hui, comme au IVe siècle, comme en l'an mil, la fin des temps, dans le sens de l'accomplissement de l'histoire, n'est pas proche, bien que, aujourd'hui, pour la première fois depuis cinquante mille ans, la fin du temps de l'humanité soit immédiatement possible.

Ce n'est pas dire seulement que nous sommes relancés à la fois dans le devenir ancien avec ses progrès, régrès, éclosions, étiolements de civilisation, et dans un devenir nouveau porteur d'une menace de mort généralisée. Cela veut dire aussi qu'il y avait, qu'il y a encore gestation révolutionnaire au XXe siècle, travaillant à tous les niveaux le corps multiple et éclaté de l'humanité, préparant une incertaine et nouvelle naissance.

2.

La mission de l'intellectuel

Intellectuels de l'Est et de l'Ouest, nous manquons tous à notre devoir : nous n'avons pas réussi à élucider vraiment, ni le capitalisme d'État, ni le socialisme d'État, ni l'essence de l'intelligentsia.

Giorgy Konrad

Le terme pompeux et vieillot de « mission des intellectuels », je l'emploie à dessein. Je n'ai pas peur des mots rétros si je peux en justifier le sens. Ce que je vais tenter de faire.

La définition difficile

La définition du mot « intellectuel » est très difficile, bien que le mot soit tout à fait évident.

L'intellectuel ne se définit pas par le travail de l'esprit ou de l'intelligence. L'artisan manuel doit sans cesse exercer son intelligence ; le chasseur, le pêcheur doivent avoir l'esprit sans cesse en éveil.

Si l'on peut définir l'intellectuel par son mode de production propre, nous dirons que l'intellectuel est celui qui travaille *sur* des idées, et particulièrement sur les idées d'importance humaine, sociale, morale. Cette définition semble très restrictive puisqu'elle semble exclure d'un côté les artistes (qui travaillent sur forme et matière) et les techniciens (qui travaillent des idées, avec des idées, mais pour, par, sur des machines). En fait, cela semblerait aussi exclure les écrivains qui, selon la distinction de Roland Barthes, écrivent pour faire de l'art avec de l'écriture, à la différence des *écrivants* lesquels écrivent pour exprimer une idée. Toutefois, nous voyons que depuis Montaigne, les moralistes du XVIIe siècle, et surtout les « philosophes » du Siècle des Lumières, très nombreux sont les écrivains/écrivants, les écrivants/écrivains, et ce sont surtout eux qui symbolisent ou guident les intellectuels. Ce sont eux qui s'aventurent le plus souvent dans le domaine des idées générales, soit dans leurs livres, soit même, au-delà de leurs livres, dans l'arène de la vie publique. De même, quand des philosophes descendent de leur « tour d'ivoire » ou que des techniciens dépassent leur champ d'application spécialisé pour défendre, illustrer, promulguer des idées ayant valeur civique, sociale ou politique, ils deviennent intellectuels.

En somme, la qualité d'intellectuel n'est pas strictement liée à la profession, elle vient d'un usage de la profession, ou du dépassement du cadre de la profession par et pour les idées.

L'intellectuel se définit donc par son travail sur les idées, par les idées, pour les idées : il travaille les idées. Ici, nous voyons qu'il est le descendant d'une très antique tradition : celle des prêtres-mages, énonciateurs de la vérité sacrée, producteurs/gardiens des mythes. Mais c'est dans la rupture de cette tradition que s'est constitué l'intellectuel moderne, à commencer par le philosophe du Siècle des Lumières. Celui-ci soumet toute vérité sacrée, tout mythe à l'épreuve de la critique rationnelle. Mais, nous l'avons vu, le Siècle des Lumières a produit, à partir de cette critique, le mythe nouveau de la raison. Et, par contre-coup, c'est dans le milieu même de l'intelligentsia de la fin du XVIIIe siècle que surgit l'autre nouveau mythe, celui de la nature.

Depuis, la sphère des intellectuels se définit par une double et contradictoire activité :

1 – la production de mythes et d'idéologies à fonction culturelle, sociale et politique ;

2 – la critique des mythes et idéologies.

Les intellectuels ne voient d'eux-mêmes que la fonction critique. Ils voient moins qu'ils sont les principaux producteurs ou formulateurs des idéologies, voire des mythes, que, par ailleurs, ils se donnent mission de critiquer. Ils voient encore plus difficilement l'idéologie camouflée sous la critique.

La sociologie difficile

Si le mode de production définit une classe sociale, alors, on peut dire que les intellectuels constituent une classe sociale.

Mais cette classe est fort peu nombreuse dans la société, et de plus, elle se définit, non pas seulement par rapport à son mode de production (travail d'idées sur les idées), mais aussi par son origine et son audience sociales.

En ce qui concerne l'origine des intellectuels, elle est variable, selon les pays et les époques ; en France, les intellectuels continuent principalement d'être issus des classes aisées ou supérieures, à l'égard desquelles ils se situent plus ou moins en déviance. Une partie des intellectuels sont des marginaux venus des classes ou milieux périphériques de la société. De toute façon, la vocation conduisant aux carrières intellectuelles (littéraires, artistiques, philosophiques) comporte souvent une déviance ou une marginalité originaire, qui vont favoriser la fuite, le refuge, le salut dans les idées.

L'audience des messages intellectuels est constituée par « l'élite » cultivée de la société, qui, à l'origine, se trouve surtout localisée dans les couches privilégiées. Cette audience peut comporter des sensibilités potentiellement déviantes et particulièrement ouvertes aux messages de la déviance intellectuelle. Ainsi, ce sont les aristocrates libéraux déviants à l'égard de leur classe qui autant, voire plus, que les bourgeois éclairés de la fin du XVIIIe siècle, se montrèrent sensibles au message des philosophes ; ce sont les femmes cultivées, qui, porteuses d'une sensibilité et d'une vérité affective refoulées par les valeurs dominantes de la civilisation masculine, ont ouvert leurs « salons » aux « philosophes » et aux écrivains.

Dès lors, nous pouvons voir se dessiner deux schémas potentiels d'orientation intellectuelle. L'un se fonde sur la surdétermination de la conformité, l'autre sur la surdétermination de la déviance. Dans le premier circuit, une boucle de renforcement réciproque se constitue entre la conformité à la classe originaire et la conformité à la classe destinataire, qui est la même, ou lorsque l'élévation sociale de l'artiste reconnu le hausse parmi les privilégiés des castes supérieures et le fait accéder à leur mode de vie et leur familiarité. La boucle de renforcement de la conformité est renforcée également par un pouvoir souverain, à la fois mécénal et censeur, comme celui de Louis XIV, bien que celui-ci favorise en même temps des talents « originaux », c'est-à-dire des déviances potentielles. Dans ces cas, les esprits déviants doivent prendre soin de jouer un jeu subtil et rusé avec les idées dominantes, comme en témoigne l'exemple bouleversant de Molière, qui a pu et su allier, de façon tragique sous le comique, la révolte et la conformité, dans une association antagoniste où ni l'une ni l'autre ne l'a emporté.

Toutefois, et cela de plus en plus à partir de la fin du XVIIIe siècle, il se crée une *boucle de renforcement de la déviance* par opposition à la boucle de renforcement de la conformité. Ainsi, les philosophes du XVIIIe siècle trouvent dans l'accueil des aristocrates déviants un renforcement à leur courage, et fournissent à ces aristocrates les idées qui non plus seulement nourrissent, mais développent leur déviance sur un champ nouveau, celui des idées politiques et sociales. Le double développement de la déviance dans les couches dominantes et supérieures et de la déviance dans l'intelligentsia vont surdéterminer le développement de la critique rationnelle des idéologies et celui de l'idéologie de la Raison, qui devient mythe.

Le mythe de la raison émancipe l'intellectuel. Celui-ci est désormais le porte-parole de la qualité fondamentale et supérieure d'*homo sapiens*. Il est l'énonciateur et l'annonciateur des idées universelles. Il parle au nom de tous les hommes et s'adresse, en principe, à tous. Ainsi, le philosophe du XVIIIe siècle se met sur le trône du prêtre-mage déchu, et il pense assurer le magistère rationnel pour toutes sociétés et pour tous les hommes.

Les idées des philosophes deviennent des idées-forces, qui travaillent la société, préparent la révolution, y deviennent idées maîtresses : le second comité de Salut public déifie les deux mythes produits par les Lumières : la Raison et la Nature.

En même temps, la Révolution française accomplit une révolution idéologique/mythologique capitale, en substituant à la légitimité du prince-monarque celle du *peuple souverain*.

Et, au XIXe siècle, entre Restauration et nouvelles révolutions, les Hugo et Lamartine abandonnent simultanément le souverain-monarque et la conformité aux classes dominantes, pour servir le peuple souverain et défendre les idées universelles.

Dès lors, il se constitue une nouvelle bipolarisation dans le champ intellectuel. D'une part, l'intellectuel tend à s'ériger en souverain des idées, détenteur de l'universel, et à s'autotranscender au-dessus des pouvoirs et des classes sociales, devenant le « clerc » au sens de Benda. D'autre part, l'intellectuel tend à se mettre au service du nouveau souverain, le peuple, en entrant dans le combat politique et en se donnant la mission d'aller lui apporter/enseigner la culture. C'est dans ce sens, et sous ses formes les plus actives et profondes, en Russie tsariste, que se développe le populisme, courant de plus en plus large au sein de l'intelligentsia, qui, au XXe siècle, conduit au marxisme, et continue de courir souterrainement, sous le marxisme.

A la bipolarisation entre la cléricature et le populisme s'en superpose une autre, qui commence avec Rousseau, entre l'abstrait et le concret. C'est au sein même des Lumières que Rousseau découvre la faiblesse de la raison abstraite et prône la vertu de sensibilité. Dès lors, cette bipolarisation se reproduit sans cesse, sous des formes diverses, opposant l'idée abstraite et le réel concret, avec aussi la recherche de leur réconciliation et association. L'intellectuel populiste, puis révolutionnaire, va vivre d'une autre façon cette bipolarité. D'une part, il se « penche » sur le peuple pour lui apporter en bon tuteur les grandes vérités. D'autre part, c'est lui, intellectuel, qui va demander au peuple les vérités profondes dont il est privé. Le peuple est ainsi tantôt enfant débile, tantôt génie extra-lucide.

Dès lors, commence la ventriloquie proprement idéologique, où le serviteur du peuple se mue en porte-parole du peuple, et intime silence au peuple pour mieux l'exprimer. Ce double jeu atteindra un paroxysme de naïveté et d'inconscience au moment où le plus grand intellectuel français, tout en étant persuadé de l'extra-lucidité politique de la classe ouvrière, s'inquiète surtout de ne pas « désespérer Billancourt », c'est-à-dire la considère comme un grand enfant à qui l'on ne peut prématurément annoncer l'inexistence du Père Noël.

Une nouvelle étape survient au moment où le mot « intellectuel » lui-même émerge et devient le mot étiquette : l'affaire Dreyfus. Cette époque voit se cristalliser et s'opposer deux variantes d'intellectuel : l'intellectuel de droite et l'intellectuel de gauche.

D'une part, la droite intellectuelle se donne pour mission de re-légitimer et restaurer les valeurs de tradition, d'ordre, de nation. D'autre part, la gauche intellectuelle prend activement en charge l'universalisme humaniste, les valeurs de démocratie, liberté, justice, droits de l'homme, et ses avant-gardes arrivent à l'idée socialiste et révolutionnaire.

Ainsi, nous voyons que c'est non pas un principe ou une définition simples, mais un principe d'explication et une définition complexes qui nous permettent de cerner la notion « d'intellectuel » non seulement intrinsèquement (en fonction du travail sur idées, par idées, pour idées), mais aussi, historiquement, sociologiquement, psychologiquement, à partir de caractères un et divers, et de polarisations complémentaires ou antagonistes :

– la conformité/la déviance sociale ;
– la fonction critique/la fonction idéologique et mytho-poétique (pour prendre l'expression de Robert Pagès) ;
– l'idée souveraine/l'idée servante ;
– l'intellectualité de gauche (peuple souverain, idées universelles)/l'intellectualité de droite (nation souveraine, idées enracinées dans sol et sang) ;
– l'intellectualité/l'anti-intellectualité.

L'après-guerre des intellectuels

La fin de la Seconde Guerre mondiale voit l'effondrement de l'idéologie – donc de l'intellectuel – de droite. Une grande partie des maurassiens ou traditionalistes ont été compromis dans le vichysme ou la collaboration, et de plus, après la guerre, les classes dominantes ont besoin d'une idéologie moderniste et évolutive pour répondre aux défis du temps.

C'est alors que s'ouvre l'ère des intellectuels de gauche, c'est-à-dire de l'hégémonie des idées de gauche chez les intellectuels. Toutefois, la configuration même de l'idée de gauche a changé. Les idées hégémoniques abandonnent l'idée d'une hégémonie des idées sur la réalité sociale : le souvenir de la montée du nazisme, l'épreuve de la guerre mondiale ont montré que les idées de vérité, justice, liberté, droit sont totalement impuissantes contre le déferlement des forces sociales. Il faut donc que ces idées soient ancrées dans une force sociale elle-même irrésistible. Alors s'opère la conversion du plus gros de l'intelligentsia de gauche à la vulgate marxiste : le combat de la raison et des Lumières prend support désormais, non plus même sur le peuple en général, mais sur ce noyau concentré d'énergies, de volonté, de conscience populaires, porteur, selon la science marxiste, d'une mission salvatrice pour l'humanité tout entière : la classe ouvrière. Alors peut s'opérer l'ultime transfert, l'ultime identification : reconnaître dans le parti communiste, en dépit de ses « défauts », de son « sectarisme » (à moins que ce sectarisme soit considéré comme l'expression de sa rigueur et de sa vertu), le vrai porte-parole, la vraie conscience de la classe ouvrière. L'intellectuel converti entre dans le parti pour se vouer au corps trinitaire mystico-théologique, dont chaque terme porte en lui la vertu des deux autres : peuple/prolétariat/parti, et où le parti énonce en clair la volonté du prolétariat et œuvre pour la cause du peuple – des peuples. Dès lors, nous voyons le double – duplice phénomène déjà signalé plus haut – se reproduire chez l'intellectuel du parti. Côté parti, il obéit avec humilité à la voix du prolétariat. Côté bourgeois, c'est la voix du prolétariat qui parle avec superbe par sa bouche. Et nous avons pu assister à ce que Duvignaud a si bien appelé le « vaudou des intellectuels » : les intellectuels les plus incroyablement bourgeois de vie et de mœurs possédés dans leur parole par le prolétariat, et, bien entendu, s'enchantant au nom du prolétariat de la répression sur les ouvriers en Pologne, Hongrie, Tchécoslovaquie... Une fois de plus, la maladie idéaliste même, qui est de prendre l'idée pour la réalité, fait percevoir dans le parti qui asservit les ouvriers, l'essence même de la classe ouvrière, et dans les ouvriers révoltés, des aliénés, des saboteurs, des traîtres.

Au cours de cette époque, le marxisme, référence-phare des intellectuels de gauche (et ceux qui n'ont pas lu Marx lui vouent un respect d'autant plus grand) ne cesse de se dégrader. Il perd de plus en plus sa fonction critique pour devenir justification idéologique et illusion mythologique.

Certes, sous différentes variantes, le marxisme continuait et continue de développer, mais de façon secondaire, ses virtualités critiques et révolutionnaires ; pour le principal, il devenait l'idéologie la plus crétinisante et réactionnaire du siècle. Crétinisante : il rend aveugle aux nouveaux pouvoirs, il rend aveugle à la réalité du communisme d'appareil ; il rend aveugle sur l'État ; il rend aveugle sur la nation ; il rend aveugle sur l'homme. *Il rend aveugle en somme sur ce qui requiert aujourd'hui la plus grande vigilance et la plus grande conscience.* Il permet enfin de servir la nouvelle exploitation, la nouvelle domination, le nouvel impérialisme, en croyant servir l'émancipation et la fraternité des peuples.

Avons-nous assez médité sur la haine qui enragea l'intellectuel marxiste lorsqu'il fut avéré que Soljenitsyne était, non pas le bon intellectuel du khrouchtchevisme, mais l'implacable dénonciateur du goulag ? Nous l'avons vu, cet intellectuel, toujours persuadé de détenir la pensée critique, rationnelle, scientifique, vraie de la société, persuadé de posséder les lumières, et par cela même, totalement aveugle sur le goulag et sa place centrale dans le communisme stalinien, condamner une seconde fois, après le tribunal de Staline, le vieux-croyant, apparemment slavophile, tout rempli donc de préjugés religieux et d'idées irrationnelles, et qui, *bien que et parce que* non marxiste, a vu plus clair sociologiquement et historiquement, c'est-à-dire dans le domaine marxiste par excellence, sur la société se réclamant de Marx, que tous les marxistes réunis du passé et du présent[10]. Et ce qui s'opposait de façon horrible, avec l'apparition du spectre de Soljenitsyne, c'était, d'une part, l'intellectuel marxiste d'idées, socialiste d'esprit, bourgeois de vie, avec ses mesquineries, ses habitudes, son confort, son conformisme, son attachement à l'argent et la réputation ; et, d'autre part, comme l'a admirablement montré Claude Lefort, le *Zek,* l'homme matricule concentrationnaire, le vrai prolétaire de l'univers stalinien, rejeté dans les enfers par cet intellectuel bourgeois d'Occident, regrettant *in petto* qu'il n'ait pas crevé au goulag comme les autres !

Mais, en même temps, au milieu de la décennie soixante-dix, au moment où refluent de tous les horizons du monde les illusions en débris, l'effet même de la dynamite portée par le message du goulag opère une grande fissure, et ici et là des ruptures, dans l'idéologie engourdie et arrogante de l'intelligentsia de gauche.

La faillite

Nous sommes arrivés au moment où la faillite de tant d'erreurs et d'illusions apparaît aux hérauts mêmes des pires erreurs et illusions. Chacun doit se souvenir que « grands savants », « grands philosophes », « grands écrivains » n'ont pas été protégés ou immunisés contre ces erreurs ; certains s'en sont fait les plus ardents propagateurs. Souvenons-nous toujours que les labos constituent un vase clos, et qu'en dehors, dans la société, les scientifiques disposant des mêmes idées générales pauvres et creuses que les autres citoyens, peuvent se trouver d'une ignorance et naïveté encore plus grandes. Souvenons-nous à jamais que l'abstraction philosophique constitue le plus raffiné des vases clos, qui, au lieu d'aider à mieux percevoir le réel, empêche de le concevoir, et que, par

(10) Déjà, le mystique réactionnaire épileptique Dostoïevski avait vu plus clair sur l'esprit fanatique du bolchevisme, avant qu'il soit né, que tous les grands penseurs laïques...

là, de grands philosophes peuvent être politiquement de grands ânes. Prix Nobel, Collège de France, Sorbonne, prix Goncourt ne préservent pas de la débilité politique...

Et voilà que – provisoirement ? durablement ? – la vulgate marxiste se décompose au niveau de la haute intelligentsia. Cela est sans doute dû à l'ouverture de brèches de plus en plus grandes et nombreuses dans l'idéologie, opérées par le surgissement d'événements torpilles, chacun chargé de nitroglycérine : l'effondrement du rêve du communisme libéral à l'Est après l'invasion de la Tchécoslovaquie ; l'effondrement du mythe sino-maoïste avec l'affaire Lin Piao, puis celle de la « bande des quatre » ; l'effondrement du mythe vietnamien avec la fuite en mer, la fuite en masse de Saigon, puis l'invasion du Cambodge, où venait de s'effondrer un autre mythe ; le demi-effondrement du mythe cubain, qui, de mini-paradis tropical, devient enfer de poche ; la faible consistance mythologique des « révolutions » angolaise ou éthiopienne soutenues par le corset de fer extérieur ; l'effondrement interne, enfin, implosif, de l'action guérilleresque ou « terroriste » en Occident... On découvre soudain l'absence de classe ouvrière dans la plupart des pays révolutionnaires où règne le parti de la classe ouvrière, l'absence de pouvoir ouvrier là où il y a classe ouvrière, l'absence de démocratie et le silence des peuples dans toutes les démocraties populaires... Dès lors, les intellectuels d'ici commencent à écouter les voix dissidentes et à considérer les abîmes...

Une fois encore, comme disait Marx, la France est le pays classique qui met en scène de la façon la plus claire la tragédie des idées modernes. Sartre et Althusser ont cumulé à eux deux toutes les erreurs de l'intellectuel. Le premier à travers une errance insatiable, la recherche toujours recommencée de l'arche d'alliance révolutionnaire, qui le conduisit successivement derrière le stalinisme moribond, derrière le FLN algérien, derrière Mai 68, derrière les trotskistes, derrière les maos. Althusser, lui, fut le maître ès erreurs incontesté de la sphère la plus haute de l'intelligentsia française : l'élite universitaire ; il re-identifia le marxisme à la science, s'identifia à cette science, fut stalinien intégral ; après le rapport Khrouchtchev, il démontra scientifiquement que l'erreur de Staline fut d'être économiste et humaniste, puis, désolé du « révisionnisme » du PCF, affligé de l'abandon du concept de « dictature du prolétariat », alla du côté maoïste au moment du pire sectarisme et de la pire intolérance de celui-ci.

Sartre, peu avant sa mort, arriva au désenchantement, mais non à l'autocritique. Althusser, peu avant la tragédie, avait au fond de lui cessé de croire à tout ce qu'il avait enseigné, mais n'osait professer publiquement son doute. Leur désabusement fut à demi clandestin (il ne faut pas désespérer Saint-Germain-des-Prés, il ne faut pas désespérer la rue d'Ulm).

Or, ce qu'il y a d'extraordinaire, c'est que les funérailles physiques de Sartre, les funérailles spirituelles d'Althusser, loin de provoquer dans l'intelligentsia désabusée un choc réflexif autocritique, suscitèrent, au contraire, par horreur justement du gouffre qui s'ouvrait devant et surtout derrière elle, un fabuleux déploiement d'autojustification et d'autoglorification, par le truchement des deux penseurs géniaux. Du moment que ces penseurs géniaux s'étaient trompés, ceux qui s'étaient trompés avec eux, par eux, à cause d'eux, se voyaient par là même, bénéficiaires de la génialité du mort toujours vivant et du vivant déjà mort.

Ce qui est tragique, c'est que la nécrologie justificatrice ne s'est jamais inquiétée ni interrogée sur ce qui est et devrait être central pour l'intellectuel : *le problème de l'erreur et de la vérité*. Ou si l'erreur est reconnue, elle est reconnue comme vertu (je m'honore de m'être si bien trompé), non comme échec.

Lantenac

Vais-je rejoindre ici le chœur de plus en plus nombreux des blasés, sceptiques, cyniques, réactionnaires, paléoconformistes, dans la condamnation des intellectuels de gauche ?

Nullement. Le marquis de Lantenac, dans *Quatre-vingt-treize* de Victor Hugo, assure le commandement d'un vaisseau qui, venant d'Angleterre, achemine une troupe royaliste pour aider les Chouans révoltés. Au cours d'une tempête, un canon rompt ses amarres et va de part et d'autre de son réduit, causant des brèches qui menacent de provoquer une avarie irrémédiable. La marin responsable de ce canon entreprend alors un combat terrifiant contre la machine, laquelle manque à plusieurs reprises de l'écraser, avant qu'il ne réussisse à l'immobiliser et la réarrimer. Le marquis de Lantenac réunit l'équipage et la troupe sur le pont. Il décerne au marin la distinction suprême pour avoir maîtrisé le canon. Puis il le condamne à être pendu pour négligence. Ici, je ferai l'inverse. Après avoir « condamné » l'intellectuel pour négligence, ou plutôt, défaillance totale dans sa fondamentale fonction critique, je le louerai pour avoir sauvegardé ce qu'il y a de plus précieux en notre ère où se répand et règne de plus en plus le savoir/pouvoir techno-bureaucratique.

En effet, il ne faut pas perdre de vue que le savoir « humaniste », celui des « humanités » (littérature, poésie, philosophie, et, encore en partie, psychologie et sociologie) est partout en régression au profit de la connaissance scientifique et de la connaissance technique. La première est de plus en plus parcellarisée, formalisée, opérationalisée. La seconde est toute adonnée aux fonctionnements et à la fonctionnalité. L'une et l'autre sont de plus en plus destinées aux cercles clos de spécialistes, à la computation anonyme, aux intérêts des puissances économiques et étatiques, et de moins en moins destinées à être réfléchies, méditées, discutées par les esprits humains. La culture scientifique et la culture technicienne éliminent d'elles-mêmes les grands problèmes humains, humanistes, moraux, philosophiques, qu'elles sont incapables de poser et penser, et elles les renvoient avec mépris à la vie privée de chacun. Les idées générales sont de plus en plus écartées de ces savoirs, et c'est justement pour cela que les idées générales les plus creuses en fait règnent dans l'esprit des scientifiques et des techniciens hors de leurs laboratoires ou de leurs officines.

Or, la vertu des intellectuels, et particulièrement des intellectuels de gauche, est d'avoir sauvé, entretenu, les grands problèmes, d'avoir divulgué, vulgarisé, les problèmes fondamentaux dits philosophiques (d'où le grand dédain des philosophes académiques professionnels pour les amateurs comme Albert Camus). Face à la crétinisation et l'abrutissement proprement scientifiques, technocratiques, éconocratiques, bureaucratiques, ils ont sauvé le problème de la vérité, au prix, hélas, des pires erreurs, dont la plus importante est la sous-estimation du problème de l'erreur et de la difficulté de la recherche de la vérité.

Les « intellos », en somme, ont pris en charge les idées générales, génériques, généreuses, laissées en friche ou purement et simplement passées au broyeur. Ce sont surtout les écrivains/écrivants, qui, au lieu de rester purs et simples artistes, esthètes (écrivains) se sont voulus en même temps écrivants pour la vérité, et ont pris en charge l'énorme fardeau. Or, l'idée générale dégénère aussitôt en idée abstraite. Or, l'idée générique, celle qui travaille au niveau profond d'une culture, comporte un caractère mythique, où il est très difficile de discerner, distinguer, séparer la vérité, l'erreur, l'illusion (cf. chapitre précédent). Or, l'idée généreuse peut se retourner en sens contraire de ses intentions, et produire plus de maux que l'idée cynique. Les écrivains/écrivants ont été présomptueux, légers, arrogants, naïfs, mais ils ont rempli cette tâche vitale : c'est par eux, grâce à eux, quasiment seuls, qu'existe une arène où les notions de vérité, justice, droit, humanité, bonne société, *essaient d'avoir un sens*. Ce sont les seuls qui ont levé l'étendard et se sont engagés, même pitoyablement et ridiculement, dans une militance des idées. Malheureusement, c'est alors qu'ils se sont voulus réalistes, qu'ils ont sombré dans l'illusion ; c'est alors qu'ils se sont crus matérialistes, qu'ils ont été idéalistes ; c'est alors qu'ils se sont crus doués de la vraie conscience qu'ils ont été inconscients... Ainsi ont-ils dénaturé les idées qu'ils ont sauvegardées, sauvegardé les idées qu'ils ont dénaturées, et méritent-ils d'être à la fois condamnés, absous et loués.

Le désabusement intellectuel a commencé. Il faut qu'il devienne radical, c'est-à-dire qu'il modifie la relation même de l'intellectuel à la politique. Il ne suffit pas de reconnaître et récuser les erreurs. Il faut reconnaître la profondeur de l'erreur mutilante/religieuse/manichéenne, toujours inconsciente, mais toujours présente à la racine même de leur conception de la politique.

Il ne suffit pas de découvrir que « tout n'est pas si simple ». Il faut se demander comment penser ce qui n'est pas simple.

Il ne suffit pas que le croyant change de croyance. Il faut qu'il découvre qu'il était intégralement mystique, religieux et irrationnel là où il se croyait scientifique et rationnel, et qu'il se sache croyant là où il est croyant.

Il ne suffit pas de voir que tout n'est pas rose, blanc, noir. Il faut comprendre que l'action politique est, par nature, antimanichéenne (aléatoire, incertaine, risquant d'inverser son effet) et comprendre donc que c'est l'angoisse hagarde de l'incertitude qui a fait balayer par nos grands intellectuels, de Malraux à Sartre, tout effort pour faire de la politique autre chose qu'un combat manichéen.

Or voici l'annonce que je souhaiterais qu'un ange fasse dans les turnes de la rue d'Ulm et autres pépinières de la haute intellectualité : *on ne peut plus — je veux dire, on ne doit plus — réserver la part la plus conne (je veux dire la plus obscure, infantile, incontrôlée) de soi-même à la politique.*

Il nous faut pour cela penser enfin la complexité politique et apporter la complexité à la politique.

De la possession de vérité au combat contre l'erreur

L'intellectuel a toujours pensé comme évidence qu'il luttait pour la vérité. Aussi bien dans son activité critique que dans l'affirmation idéologique, il pensait qu'il dénonçait l'erreur et énonçait le vrai. C'est toutefois le rapport à la vérité qui était vicieux. Il était de double appartenance : j'appartiens à la vérité, *ergo* la vérité m'appartient. Il faut rompre avec cette double possession, où l'on est possédé par l'idée que l'on possède. Il y a certes, sur le plan des faits, des vérités dont on est dépositaire, et qui nous obligent à témoigner pour elles. Mais, sur le plan de la croyance, il n'y a pas de vérité « objective ». Il ne peut y avoir que l'infinie recherche subjective de la vérité. Il nous faut donc redéfinir la problématique de la vérité, de l'erreur, de l'illusion, comme il faut nous redéfinir devant ces nouvelles définitions.

L'amour de la vérité devient désormais une flamme terrible qui brûle toute idée de vérité éternelle, absolue, et prend alors la forme du combat contre l'erreur. Le combat contre l'erreur ne saurait être la reprise des « démystifications » naïves du Siècle des Lumières qui découvrait dans les religions et les mythes un tissu de sottises, superstitions et illusions. Marx avait très justement perçu la *vérité* de la religion, dans l'aspiration humaine qu'elle exprime. Nous devons entrer dans l'univers des mythes avec respect, attention, complexité.

L'autoréflexion de l'intellectuel

J'ai dit précédemment la nécessité de s'inclure soi-même observant, considérant, concevant, dans son observation, sa conception, sa considération. C'est cela qui doit devenir pour l'intellectuel la règle consubstantiellement inséparable de sa règle impérative qui est la recherche de la vérité.

L'intellectuel doit non seulement se savoir intellectuel, non seulement essayer de savoir ce qu'est l'intellectuel (historiquement, sociologiquement, culturellement), mais aussi s'inclure dans sa vision des intellectuels. Jusqu'alors, l'intellectuel qui écrit sur les intellectuels se pose automatiquement en sur-intellectuel. Il décrit, juge, condamne, comme s'il était affranchi de tous les déterminismes qu'il voit peser sur ses pairs. Tel nous explique pourquoi les intellectuels sont des petits-bourgeois aliénés, mais ne nous démontre jamais comment il a pu, lui, fils de bourgeois, échapper miraculeusement au déterminisme de classe. Tel universitaire typique nous montre comment les universitaires sont adonnés à la reproduction culturelle, mais sans pouvoir nous faire comprendre quelle bourde divine l'a affranchi de cette fatalité. Tel tonne contre les média du sein des média, tel dénonce la parisianité du clocher de Saint-Germain-des-Prés.

Or, c'est là que l'intellectuel doit opérer une rupture capitale. Il doit quitter le site central (hélio-égo-centrique) de la Vérité-soleil pour entrer dans le mouvement de recherche de vérité qui n'a aucun site fixe ni privilégié. Par là, il pourra enfin effectuer la rupture avec le statut de pontife hérité de son ancêtre le prêtre-mage. Certes, nul ne peut échapper totalement ni à jamais à l'hystérie hélio-égo-centrique, mais chacun peut en être conscient, et là commence la rupture.

L'intellectuel doit quitter le trône du juge, pis, celui du procureur. N'est-ce pas pourtant ce que je recommence, ici, en faisant le procureur anti-procureur ?... C'est effectivement ce que je risque de faire, si je me pose en propriétaire de la vérité, mais je lutte contre ce risque si ma vérité est celle du combat contre l'erreur, celle de la recherche de la pensée complexe...

Exil et praxis

Adorno écrivait dans *La Dialectique négative* : « L'individu n'est capable de la pensée dont la praxis révolutionnaire a besoin, que s'il est exilé de la pratique générale. » Phrase qui vaut pour les grands penseurs révolutionnaires : c'étaient des marginaux, d'autant plus hors « du coup » – coup de main, coup de pied – qu'ils étaient en avance. L'œuvre théorique de Marx est une œuvre d'exil.

Ce que veut dire tout d'abord Adorno, c'est que toute pensée, y compris et surtout révolutionnaire, a besoin de distanciation, d'une part, par rapport à la société qu'elle considère, d'autre part, par rapport à l'action elle-même. C'est du même coup indiquer que « l'engagement » militant dans un parti disciplinaire, comporte des risques indéniables de dégradation intellectuelle. La militance est une forme de standardisation de l'action, sur le modèle monachique-disciplinaire, qui, aujourd'hui, réussit à dégrader le meilleur du meilleur, ce qui avait précisément déclenché l'engagement militant : le dépassement de la mesquinerie égoïste dans et pour une cause collective. En fait, pour l'intellectuel, « l'engagement » militant est la forme moderne de l'abêtissez-vous pascalien. Il a pour fonction d'endormir, mater les doutes, refouler la tendance naturelle de l'esprit qui veut comprendre. On ne peut, ne doit, s'engager que de façon autonome, synergique, loyale, voire loyaliste, mais non loyolesque, dans une association, ligue ou parti...

Il nous faut interpréter dans un second sens la phrase d'Adorno, et subordonner la pensée, non plus étroitement aux besoins de la « pratique révolutionnaire », mais au problème des besoins fondamentaux de l'humanité. Si cette pensee ne peut se former dans le cadre des disciplines scientifiques qui mettent en miettes le savoir ; si elle ne peut se former à partir du moment où science et philosophie sont considérées comme deux champs sans commune mesure, pis, sans communication ; si une telle pensée doit lutter, dans son principe même, contre les habitudes mentales et les paradigmes dominants, alors, il est clair qu'une telle pensée, si elle peut trouver ses racines en de multiples lieux, y compris dans l'officialité académique, ne peut trouver son bouillon de culture véritable que chez les marginaux, marginalisés, hérétiques, déviants, exilés, dissidents.

Rappelons-le : il y a chez l'intellectuel, une potentialité de déviance comme d'officialité, qui permet l'apparition de déviances dans l'officialité, et d'officialité dans la déviance. Ainsi, une déviance devenant tendance reconnue cesse d'être déviance, et la tendance devenue dominante parmi les intellectuels y devient une sorte d'officialité de l'intérieur, bien qu'elle s'oppose au pouvoir dominant et se persuade par là de son non-conformisme. Ainsi, l'idéologie vulgatique de gauche fut hégémonique dans l'intelligentsia, et, bien que fossilisée et morcelée, y demeure dominante. Or, pour cette vulgate de gauche, la voix des dissidents de l'Est, voix des déportés, des exclus, des ouvriers, du peuple, de la liberté d'expression, de lutte contre le despotisme, semblait toujours venir de

« droite » parce qu'elle troublait « l'union de la gauche » et « faisait le jeu » de la droite. L'erreur tragique, pour cette arrogante et débile intelligentsia de gauche française, fut de vouer aux poubelles de l'histoire les trouble-communisme, les trouble-union de la gauche, les trouble-somnambulisme. Il faut en finir avec cette erreur sur la nature de la déviance. Nous avons toujours besoin, *intérieurement,* de la voix des dissidents et des déviants de *partout*.

Le renversement de la vapeur

Jusqu'à présent, les intellectuels du siècle ne croyaient pouvoir entrer en politique que par un renoncement, un deuil de la complexité au profit du manichéisme et de la simplification. Pour eux, la complexité était luxe (bourgeois) et sophistication, qui devaient être allégrement sacrifiés sur l'autel de l'action.

Il faut aujourd'hui comprendre que la complexité n'est pas que dentelle à la frange du réel, à la frange de la politique réelle : elle est au cœur du réel, elle est au cœur du problème de l'action politique.

Or, c'est l'intellectuel, qui, par profession et par devoir, devrait être celui qui rappelle la complexité aux partis et aux hommes politiques, au lieu d'être le signataire de leurs manifestes litaniques, voire leur aboyeur ès lettres. Mais, pour cela, il faut qu'il s'incorpore les principes mêmes de la complexité. Celle-ci n'est nullement synonyme de préciosité, hyperraffinement littéraire, recherche d'un jargon rare et subtil, et autres trissotinades : l'hypercomplication n'est pas la complexité.

Trissotin dénature la complexité. Diafoirus et Homais sont incapables de la comprendre. Diafoirus, le scientifique prétentieux, ne croit qu'à la disjonction (entre les disciplines) et à la simplification (réduction et unidimensionnalisation) : la recherche d'une pensée complexe lui semble insane dans son principe. Homais, lui, ignore l'épaisseur obscure du réel, ignore que les mythes ne sont pas que des erreurs ou illusions, ignore que sa raison est un mythe, ignore que les idées claires et distinctes nous aveuglent autant qu'elles nous permettent de voir. Difficile donc est le problème d'une pensée qui rompt avec toutes les évidences régnantes. En effet, elle brise les alternatives qui semblent claires, traverse les frontières respectées, circule dans les *no man's lands* interdits, associe des idées antagonistes, crée fossé/rupture là où il y avait unité, apporte incertitude, donc, semble confusionniste, stupide, absurde.

Et, hélas, une pensée effectivement confusionniste, stupide, absurde, subirait, à juste titre, le même jugement. Car l'esprit moyen d'un temps, les opinions moyennes, les esprits moyens rejettent de la même façon l'or et la merde. Une idée nouvelle ne sait pas si elle est merde ou or. C'est dans cette incertitude qu'elle peut puiser la certitude qu'elle n'est pas de la merde, sans pourtant jamais gagner la certitude d'être de l'or.

La recherche des idées génériques

Les intellectuels sont au cœur d'une crise culturelle. Celle-ci atteint la culture des « humanités », qui était fondée, non seulement ou tant sur le grec, le latin, la littérature et la philosophique, que sur le stock de connaissances et d'idées concernant l'homme, la société, le monde, qui se trouvaient accumulées dans cette culture et interprétées par les grands écrivains du passé. Ces humanités portaient en elles les vertus et valeurs de *réflexion*. Elles nous faisaient réfléchir sur les œuvres réflexives, et nous incitaient à savoir réfléchir. Or, il est clair qu'aujourd'hui les connaissances sur l'homme et le monde ne sont plus stockées dans les œuvres littéraires et philosophiques, mais sont produites dans les sciences et accumulées dans des officines spécialisées ou anonymes. Il est clair que l'ensemble des connaissances dépasse l'appréhension par un esprit humain. Il est clair que le savoir inclus dans les humanités classiques est aujourd'hui insuffisant. Les sciences humaines n'ont pas constitué de nouvelles humanités modernes. Ou bien elles obéissent au modèle spécialisé, quantitatif, formalisé, réducteur, des sciences physiques traditionnelles, et par là même, éliminent le sujet, l'homme ; ou bien elles relèvent encore de l'essayisme philosophico-littéraire, et s'inscrivent, en la développant mais sans la renouveler, dans la tradition des humanités classiques.

Le domaine des humanités subit le double laminage, d'une part, de la culture techno-scientifique, fondée sur le savoir spécialisé du chercheur et la compétence particulière de l'expert, et qui ignore dans son principe le sujet réflexif ; de l'autre, de la culture industrialisée des média (la « culture de masse »), qui impose ses normes de divertissement au détriment de la réflexion.

La culture est disloquée. D'un côté, des « humanités » appauvries qui ne savent se brancher sur les sources vérificatrices (les sciences) ni sur les sources quotidiennes de la connaissance (les média), et qui réfléchissent à vide. D'un autre côté, une culture scientifique qui, par principe, méthode et structure, est incapable de concevoir les problèmes d'ensemble et de réfléchir sur elle-même. D'un troisième côté, une culture des média, effectivement en prise sur le monde au jour le jour, l'événement, le nouveau, mais ne disposant pas des moyens d'intégration et réflexion (se bornant à faire appel à des « personnalités » hâtivement interviewées).

Partout, donc, dans les sciences, les techniques, les humanités, les média, il y a besoin d'idées génériques. Partout règnent les idées générales creuses, ici sonores et retentissantes (les humanités), là cachées mais omniprésentes (les sciences), ailleurs triées selon leur valeur consommatrice ou marchande (les média). Partout, se pose le problème de la réflexion, et partout (y compris et surtout dans les carrières intellectuelles, recherche, enseignement, journalisme, édition), une formidable poussée civilisationnelle, c'est-à-dire le mode de vie urbain sous tous ses aspects, les pressions chronométriques, les surcharges, les besoins immédiats, la hâte, la presse, tendent à annihiler toute possibilité de revoir, repenser : *réfléchir*.

Ici, je le répète, ce fut le mérite des intellectuels, notamment des « essayistes », catégorie hybride entre philosophie, littérature, journalisme, parfois science, race bâtarde d'écrivains/écrivants, d'avoir, en dépit de la partialité de leur information, la superficialité de leur méditation, leur assurance et arrogance d'intellectuel français, sauvegardé une réserve pour la communication et la réflexion, un bouillon de culture pour les idées générales, généreuses et génériques.

Dès lors, nous pouvons voir se dessiner une mission propre aux intellectuels, c'est-à-dire tous ceux qui, dans les humanités, les sciences, les média, essaient de ne pas se laisser enfermer dans les cloisonnements, les ghettos, la spécialisation, la superficialisation, la pratique au jour le jour aveugle. Elle est de revenir à la base de ces problèmes et de les considérer comme problèmes de base.

Le rétablissement de la communication entre les cultures signifie non seulement échanges d'informations ou d'idées, mais surtout formation et branchement d'une réflexion sur les données et problèmes des unes et des autres. Il s'agit de restaurer partout le droit, la nécessité, le rôle de la réflexion. Réfléchir, cela veut dire à la fois : *a)* soupeser, repeser, laisser reposer, se représenter sous diverses faces l'événement, le problème, l'idée ; *b)* regarder son propre regard regardant, se réfléchir soi-même dans la réflexion. Il faut alimenter la connaissance en réflexion, il faut alimenter la réflexion en connaissances...

Plus fondamentalement, la réflexion doit porter sur notre propre culture, à commencer sur le fait qu'elle détruit dans son principe même toute possibilité de réflexion. Elle doit porter sur sa crise, et sa crise, elle, nous porte inévitablement aux problèmes de fond. Déjà, la crise du marxisme et de l'idée de révolution ont amené l'intelligentsia à une première plongée réflexive sur les fondements mêmes de notre culture. Mais cette recherche du fondement s'est effectuée de façon disjonctive, réductrice, abstraite, superficielle. Au lieu de saisir dans sa complexité le fondement gréco-judéo-latin, on a opposé le fondement judaïque au fondement grec, Jérusalem et Athènes, et le débat, devenu match mass-médiatisé, s'est rapidement saturé, laissant béant le problème réel.

Le problème réel est aujourd'hui de nous situer, de situer nos humanités, et, plus profondément, notre idée de la raison, de la vérité, du bien, du mal. Car la crise actuelle est bien plus grave que la crise du marxisme, lequel fut du reste une réponse de crise à une crise préexistante.

La réflexion nous impose en même temps d'ouvrir notre culture, qui s'était fermée dans son orgueilleuse conviction de détenir l'universalité de la raison et de la vérité. Cette ouverture a elle aussi commencé, mais aux marges de l'intelligentsia, aux frontières de l'industrie culturelle et de l'autodidactisme, où arrivent sous des formes simplifiées, digestibles, « occidentalisées », c'est-à-dire faites pour esprits paresseux et pressés, hindouisme, yogisme, bouddhisme, zen.

Ici encore, il ne s'agit pas de cultiver des idées générales, toujours abstraites et homogénéisantes, et, finalement, appauvrissantes. Il faut tenter d'élaborer les nouvelles idées génériques : celles qui donnent naissance, font vivre, entretiennent une culture riche et nouvelle. Il ne s'agit pas seulement de retrouver les vertus incluses dans notre culture, mais aussi, surtout, de coproduire une culture qui concerne toute l'humanité. Cela est la tâche à venir, s'il y a avenir.

Le recommencement

Nous ne sommes pas en une « nouvelle étape » où l'intellectuel doit simplement apporter plus de mesure dans ses jugements, plus de complexité dans ses idées. Nous sommes en un moment de recommencement où il doit mettre en cause sa façon de penser et poser de façon radicale les problèmes de conception et d'action. Il ne doit pas seulement corriger ses erreurs, il doit se poser en d'autres termes, enfin complexes, le problème de la vérité, de l'erreur, du mythe, et, dès lors, reconnaître que le combat pour la vérité est d'abord le combat contre l'erreur. C'est à la fois le retour et le renouvellement du combat originaire des « philosophes » de *l'Auflklarung,* avec ses vrais et faux reculs, ses errances et ses égarements, mais cette fois non plus avec la prétention de détenir le flambeau des « lumières ».

Tout cela nécessite une reconversion : passer de la croyance naïve d'être à l'étape de l'ultime révolution, de la lutte finale, à l'idée que nous sommes au cœur des ténèbres, et qu'il nous faut cheminer dans la nuit. Il faut passer de la conquête si dure de certitudes à la convivence encore plus dure avec l'incertitude. De l'élimination des contradictions, au corps à corps avec les contradictions. Il faudra passer par de petits désespoirs, c'est-à-dire désespérer Saint-Germain-des-Prés, désespérer la rue d'Ulm, pour cesser de s'illusionner sur Billancourt.

L'intellectuel a fini par croire que le rôle de la pensée en tant que pensée est nul dans l'histoire. Effectivement, Aristote n'a guère influencé la politique d'Alexandre, et la philosophie n'a ni voulu ni pu intervenir dans les affaires du monde, sinon pour justifier *a posteriori* le fait accompli.

Toutefois, si l'on considère que tout ce qui est représentation, idéation, stratégie, comporte exercice de pensée, la pensée est, dans ce sens, toujours présente dans toutes les affaires humaines, sociales et politiques. Comme par ailleurs, ce sont des intellectuels qui ont élaboré les idéologies, mythes et visions du monde de notre temps, alors, on peut être certain qu'ils ont joué, pour le pire comme pour le meilleur, leur rôle dans les affaires du monde et le destin politique des sociétés. Enfin, dans la mesure où le jeu de l'histoire comporte en son sein, comme partie intervenante, le jeu de la vérité et de l'erreur, c'est bien le problème de la justesse et de l'erreur de la pensée qui se trouve intimement mêlé au devenir historique.

Certes, la pensée ne domine pas l'histoire, ne la contrôle pas, et, assurons-le, elle ne la dominera ni ne la contrôlera jamais, mais la pensée pourrait intervenir de plus en plus justement, de mieux en mieux infléchir, corriger. Aspirer à un nouveau rôle de la pensée dans l'histoire n'est pas un rêve idéaliste dans le sens où, comme je viens de le souligner, la pensée joue toujours un rôle dans l'histoire.

La mission des intellectuels, continuatrice de leur mission permanente critique/idéologique, mais mission nouvelle dans la conception de l'erreur, de la vérité, de la complexité, serait bien, dès lors, de faire jouer à une pensée nouvelle un nouveau rôle dans l'histoire humaine.

La « mission »

L'existence même de l'intellectuel est tissée de complexités et de contradictions. L'intelligentsia est et n'est pas une classe sociale. Le site de l'intellectuel oscille entre les cimes de la société et ses marges, voire ses bas-fonds. L'intellectuel lui-même oscille entre le rôle du mage et celui du divertisseur/baladin. L'intellectuel a antinomiquement fonction critique et fonction mythologique. Il est polarisé entre l'abstrait et le concret, les idées universelles et les idées communautaires, les idées souveraines et les idées serves, les idées-tout et les idées-rien. L'intellectuel est capable intellectuellement du pire et du meilleur : ainsi, c'est chez les intellectuels que la liberté d'expression a trouvé ses plus fervents défenseurs et ses plus diaboliques ennemis.

Tout cela est la problématique permanente de l'intellectuel, qu'il ne saurait dépasser, mais qu'il peut et doit reconnaître et contrôler. C'est à cette condition qu'il pourra lutter contre les tendances très profondes, inéliminables, qui le poussent à devenir sous-intellectuel ou sur-intellectuel. Le sous-intellectuel, nous l'avons vu, est soit l'engagé militant qui transforme les idées en poudre à canon, soit la vedette médiatique qui vend les idées de haute consommation. Le sur-intellectuel redevient spontanément mage ; il tranche toutes affaires du monde de son trône de vérité, mais est incapable de se regarder lui-même.

L'intellectuel doit d'abord vouloir survivre et vivre comme intellectuel, précisément parce qu'il subit des forces de dégradation interne énormes et qu'une formidable pression politique, idéologique, technocratique, scientifico-disciplinaire, médiatique, tend à le laminer et le détruire. Nous devons le répéter : *l'idéologue est incapable de penser, non seulement le réel, mais l'idéologie et sa propre idéologie ; le technicien est incapable de penser, non seulement la société, mais la technique ; le scientifique est incapable de penser non seulement l'humanité, mais la science.* Or l'annulation des grands problèmes ne produit que de la nullité intellectuelle. Il nous faut donc résister à l'annulation et à l'annihilation du grand débat en sauvegardant la sphère des idées fondamentales que l'on réfléchit et discute, c'est-à-dire la sphère de l'intellectuel.

Être intellectuel, nous l'avons vu, n'est ni métier, ni carrière. L'intellectuel peut être littéraire, philosophe, journaliste, technicien, universitaire, scientifique. Mais il devient intellectuel dès qu'il veut échapper à la clôture de l'esthète, de l'abstracteur, du médiocrate, du technocrate, de l'idéologue, de l'universitaire, du disciplinaire. Il devient intellectuel lorsqu'il prend au sérieux l'éthique des idées. L'éthique des idées s'oppose à l'esthétique des idées (on sélectionne une idée parce qu'elle est originale, on cultive les idées de plus en plus piquantes et paradoxales, dont on se soucie comme d'une guigne qu'elles soient vraies ou fausses) et à la mystique des idées, où les idées nous envoûtent par leur pouvoir de fascination. (Ainsi, l'intellectuel français oscille entre esthétique et mystique des idées, entre Trissotin et Torquemada, et réussit même à cumuler, comme tant de Torquetins et Trissomadas que j'ai connus.) L'éthique des idées nous renvoie aux problèmes fondamentaux des contraintes, servitudes, difficultés, vérifications du problème de l'erreur et de la vérité.

Et c'est ici qu'apparaît la nécessité, non plus d'un sous-intellectuel qui les subordonne, non plus d'un sur-intellectuel qui les sous-estime, mais d'un méta-intellectuel qui reconnaisse les conditions complexes de la pensée, de la théorie, de l'action.

Le méta-intellectuel essaierait sans cesse de lutter contre le prêtre-mage qui tend toujours à revenir en lui. Il devrait sans cesse se souvenir que, professant une des carrières les plus égocentriques de toutes, celles d'un auteur qui engage sa personnalité dans ce qu'il écrit, et qui cherche sans frein la reconnaissance, la consécration, la « gloire », il ne saurait échapper aux mesquineries, vanités, sottises de l'égocentrisme ; dès lors, cette conscience l'inviterait à lutter sans cesse contre cet égocentrisme, dans et par l'auto-analyse permanente. Le méta-intellectuel devrait pouvoir lutter contre sa tendance au mépris, à la dénonciation, à l'excommunication. Il devrait se méfier de l'auto-intoxication idéologique (car la maladie propre de l'intellectuel, c'est évidemment de prendre l'idée pour la réalité). Il devrait non plus vouloir l'exorciser avec rage, mais tenter de vivre avec l'incertitude. Il devrait enfin lutter contre simplification et arrogance. Ainsi, nous voyons que *le combat contre l'erreur coïncide avec le combat contre soi-même lequel coïncide avec le combat pour soi-même.*

Le méta-intellectuel essaierait de se voir lui-même dans sa vision des êtres et du monde, de se réfléchir dans sa réflexion. Il quitterait le centre de l'univers et le trône de vérité pour se mettre en orbite, et il ferait effort pour se percevoir dans sa situation et condition périphérique et précaire. Par là même, il pourrait concevoir que sa culture n'est pas le centre rayonnant de toutes valeurs, mais un moment dans l'histoire et une province dans la géographie humaine. Ainsi, nous devons nous considérer, nous orgueilleux intellectuels d'Occident, et surtout, nous vaniteux Français qui nous croyons le nombril de la culture universelle, dans notre situation péninsulaire et particulière, au sein d'une culture mondiale polycentrique, et dont les centres vitaux sont de plus en plus hors d'Europe. Dès lors, nous pourrions mieux résister à notre tendance naturelle à juger de toutes cultures, de toutes sociétés (à commencer par la nôtre) et du sens de l'histoire. Du même coup, nous pourrions enfin accéder à une nouvelle universalité, considérant l'intérêt commun des sociétés et de l'humanité.

Le méta-intellectuel renoncerait à toute suprématie de mage et à tout monopole de critique. Il essaierait, au-delà de l'alternative entre l'engagement et la tour d'ivoire, d'être présent au jeu de la vérité et de l'erreur, qui est aussi le jeu du monde.

3.

Que croire ? Que faire ?

Que croire ? Qui croire ? Faut-il croire ?

Penser de façon autonome, cela signifie réfléchir sa croyance et son incroyance, sa confiance et sa méfiance. La culture, qui devrait nous permettre de penser par nous-mêmes, nous fait trop souvent penser « culturellement » de façon conventionnelle et stéréotypée, et ainsi, sans le savoir, nous sommes soumis aux croyances et incroyances établies, aux confiances et méfiances qui sont de règle.

La méfiance ⟶ confiance (⟵)

Il nous faut donc nous méfier de nos confiances, sans pour autant nous confier à nos méfiances. Nous devons aussi nous méfier de la méfiance, lorsque celle-ci devient soupçon généralisé contestant les assurances les plus fiables. Du reste, la méfiance absolue devient confiance absolue en la méfiance, et retombe dans l'excès de confiance, tout en demeurant excès de méfiance. Le vrai problème est celui du jeu à instaurer, de la communication à maintenir entre confiance et méfiance.

La méfiance/confiance, cela signifie ni se soumettre automatiquement ni récuser automatiquement les arrêts et jugements des autorités (politiques, intellectuelles, scientifiques, techniques...). Certes, dans bien des cas, nous ne pouvons vérifier, et nous sommes livrés à nos confiances et nos méfiances. Ce que nous pouvons faire, c'est être conscients de notre dispositif de méfiances/confiances, tenter de bien le connaître, le mettre à chaque occasion à l'épreuve, et comprendre que, dans l'embarras, nous devons être prudents à l'égard de l'une et de l'autre.

Prenons un premier exemple : le problème de la biographie politique de Maurice Thorez. Nous disposons, pour la connaître, de l'autobiographie *Fils du peuple,* des documents de l'Institut Maurice Thorez, dépendant du PCF et du livre de l'historien ex-communiste Philippe Robrieux. Ici, je pense qu'il est de bonne méthode de se méfier de l'autobiographie (dont, on le sait maintenant, la rédaction fut confiée à Jean Févrille qui la confia secrètement à un « nègre ») et de se méfier de toute institution dépendant du PCF. Je fais confiance à Philippe Robrieux, et dans ma lecture, je confirme cette confiance, estimant que chez lui la volonté d'élucidation prime l'esprit de dénigrement. Mais, il est impossible de vérifier l'information de son ouvrage, dans ce qu'elle a de plus significatif. Historien en plongée dans le monde du silence de l'Appareil, Robrieux n'a pour seul recours sérieux que les confidences glissées sous garantie d'incognito. Certes, son travail doit comporter bien des lacunes et erreurs, mais il permet d'explorer, au-delà du brouillage propagandiste et du mur de la légende, la part la plus cachée et secrète de l'appareil : sa sphère supérieure. Bien sûr, c'est en fonction de mon expérience dans la machine stalinienne, de ce que je crois savoir et crois avoir appris que je fais confiance à Robrieux, c'est-à-dire à la valeur de son expérience et à son besoin de vérité. Mais ce que je viens de dire, je n'ai aucun moyen de le prouver au lecteur, qui décidera s'il me fait confiance pour faire confiance à Robrieux... (Mon réseau de confiance, fait de transfuges et dissidents, est un typique réseau de méfiance pour le *stal.*)

De toute façon, ma confiance n'est pas naïve. La confiance naïve va aux documents officiels du parti, aux versions officielles des États. Cette confiance naïve produit, elle, une méfiance soupçonneuse pour les témoignages allant contre les versions officielles, c'est-à-dire révélant ce qui est obstinément et frénétiquement caché par l'instance officielle.

C'est dire qu'il faut apprendre la méfiance à l'égard de la confiance/méfiance naïve, pour que cette méfiance critique suscite alors de nouveaux critères de confiance...

Prenons maintenant un très bel exemple désormais historique : la Chine de Mao. De 1960 à 1970, il y eut unanimité des articles et livres de voyageurs pour constater l'unanimité du peuple chinois, sa ferveur pour le président Mao, l'unité du parti communiste, la suppression des famines, des fantastiques progrès économiques, etc. La concordance des témoignages, de l'observateur de gauche à l'observateur de droite, du militant ouvrier au grand bourgeois, de K.S. Karol à Peyrefitte en passant par Mitterrand et Mendès France, tout cela semblait établir et confirmer *le* réseau de confiance pour comprendre la Chine.

Toutefois, cette unanimité même était ce qui précisément pouvait dès 1960 inciter à la méfiance, ou du moins, la prudence : il suffisait de se souvenir, d'une part, du caractère illusoire des voyages accomplis antérieurement dans des conditions similaires en URSS et dans les démocraties populaires, d'autre part, de l'examen critique d'épisodes récents de l'histoire chinoise, qui avaient été mis en lumière au moment des « Cent Fleurs ».

C'est ainsi qu'un auteur totalement incompétent, n'ayant fait aucun voyage en Chine, n'ayant reçu aucune confidence des hautes personnalités chinoises, pouvait écrire en 1961 l'article suivant intitulé « Du mythe chinois », où il tentait d'examiner les conditions de crédibilité, c'est-à-dire de confiance et de méfiance, concernant les vertus proclamées et reconnues de la Chine maoïste :

La plus grande mythologie de ce début de la deuxième moitié du XXe siècle se concentre sur la Chine... Au moment où le mythe du stalinisme s'effondre, où la momie embaumée quitte son mausolée, où il apparaît aux plus aveugles que la « construction du socialisme » s'est effectuée dans la terreur, où il apparaît aux moins aveugles que cette terreur n'était peut-être pas « nécessité historique », mais déviation du pouvoir, au moment où l'URSS perd son essence mythique pour apparaître dans sa gigantesque puissance réelle, calculable en mégatonnes, il peut sans doute sembler extraordinaire que la Chine puisse jouer le rôle d'un mythe de remplacement total. Et pourtant, comme du temps des voyages en URSS, ce sont les voyageurs qui rapportent les visions émerveillées : ce n'est pas seulement le développement économique qui se poursuit dans un enthousiasme indescriptible, qu'illustrent les défilés joyeux d'un million d'hommes dans Pékin, ce n'est pas seulement le socialisme qui se construit dans l'adhésion de tous, c'est l'homme qui se trouve transformé : libre comme il n'a jamais été, non pas certes d'une liberté formelle ou abstraite, libre de la liberté concrète de se forger son destin. Simone de Beauvoir dit que c'est en Chine que l'aliénation de la femme a disparu. La vie privée a cessé de faire problème. L'aliénation du travail a cessé de faire problème. L'amour a cessé de faire problème. Il n'y a pas de divergences, pas de conflits, sinon le conflit entre l'ancien et le nouveau, tempétueusement surmonté par le nouveau triomphant, pas d'opposition, pas d'hypocrisie. L'ordre est liberté. Le devenir est harmonie.

On peut certes comprendre qu'après le dépérissement du mythe stalinien, le mythe chinois ait investi les plus grandes espérances révolutionnaires ; on peut comprendre que l'inexpérience du voyageur lointain, ignorant tout de la langue, se fie à l'apparence, aux voyages organisés, aux grands défilés, aux discours de circonstances, à la traduction de l'interprète ; on peut comprendre que le bourgeois libéral d'Europe puisse répéter avec assurance, après un entretien avec Mao Tsé-toung ou Chou En-lai, qu'il n'y a aucune fissure dans l'entente inébranlable entre l'URSS et la Chine. On peut comprendre qu'on se fie aux statistiques de Pékin qui démontrent l'irrésistible et prodigieux progrès.

Mais cette extraordinaire candeur politique, qui fait la force du mythe et qui est en même temps un effet de la force du mythe, est inconcevable si on se place sur le terrain rationnel, à plus forte raison sur le terrain marxiste. S'il est un principe fondamental de Marx, c'est qu'il ne faut pas identifier l'être à la parole, ce qui est dit et ce qui est vécu. La Chine communiste est-elle vraiment ce qu'elle dit être ?

Il est bien difficile de s'informer, et les voyages progressistes guidés n'ont guère plus de valeur que ceux des voyageurs de la Russie de Staline, de la Hongrie de Rakosi, qui rapportèrent visions émerveillées et chiffres éloquents. Cette difficulté devrait être le premier anti-mythe, c'est-à-dire, non pas un prétexte pour tout nier ce que dit être la Chine communiste, mais un motif de prudence.

Il y a d'autres leçons de prudence.

1. Une campagne prodigieusement convaincante fut menée pendant la guerre de Corée, qui démontrait que les États-Unis utilisaient l'arme bactériologique ; cette campagne fut totalement abandonnée dès 1955, et nous savons désormais que ce fut un des plus étonnants bourrages de crâne de l'histoire.

2. Au cours de l'année 1957, le gouvernement suscita la critique (les « Cent Fleurs ») et pendant quelques semaines, il fut révélé qu'une critique existait, du même type que celle qui se révéla dans les démocraties populaires,

aussi bien dans le parti que chez les intellectuels, contestant l'arbitraire, la brutalité, la sottise et l'hypocrisie bureaucratiques.

3. En 1959, le gouvernement reconnut que les statistiques ayant annoncé l'accroissement de 103 % de la production de céréales et de 65 % de la production agricole globale devaient être ramenées à 35 % et 25 %.

4. La « langue de bois » utilisée par le parti traduit, comme toute langue rituelle, un refus ou une impuissance à formuler la réalité des faits.

Malgré ces prudences, on pourrait avancer (jusqu'à nouvel ordre) que le tribut de la collectivisation et de l'industrialisation est moins lourd en vies humaines et en séquelles concentrationnaires dans la Chine de Mao qu'il l'a été dans la Russie de Staline : les purges de Mao n'ont pas été aussi dévastatrices que les purges de Staline. Le développement chinois semble moins barbare que ne l'a été celui de l'URSS.

Cela dit, les problèmes de fond restent entiers, tant sur le plan du communisme que sur celui de développement.

1. La tentative révolutionnaire chinoise est la plus profonde de toute l'histoire humaine parce qu'elle est celle qui est allée le plus loin dans l'élimination de la propriété privée, celle qui s'est écartée le plus du monde bourgeois.

Mais cette révolution radicale antibourgeoise est-elle pour autant radicalement émancipatrice ? Ne ressuscite-t-elle pas des formes d'oppression prébourgeoises, ne crée-t-elle pas des aliénations post-bourgeoises ? Peut-on penser que la vie des travailleurs chinois de la ville et de la campagne est délivrée de l'aliénation, que la vie individuelle a résolu les problèmes privés, que les problèmes politiques sont supprimés ?

On peut répondre : la militarisation de toute la société, le caractère disciplinaire du travail, le rôle omnipotent du parti, créent nécessairement des problèmes, qui nécessairement se poseront tôt ou tard comme en témoigne l'évolution de la Russie actuellement. Mais cette réponse vient buter sur le deuxième grand problème.

2. Aujourd'hui dans le Tiers Monde, tout ne doit-il pas être subordonné au développement accéléré, et, dans ce cas, la voie chinoise n'est-elle pas l'unique voie possible, c'est-à-dire efficace ?

Ce dernier problème ne peut être tranché à la légère, mais il ne doit pas être posé de façon monolithique : il faut tout d'abord noter qu'il y a des degrés possibles dans la voie chinoise, une fois admises les grandes lignes. Par exemple, la productivité maxima, la croissance maxima, à supposer qu'elles peuvent être obtenues par la prise en main totale de la vie sociale par l'État-parti, n'impliquent pas nécessairement les journées de travail de dix ou douze heures, les contraintes les plus disciplinaires, la consommation minima des travailleurs ; il y a plusieurs lignes possibles sur la même voie, et du reste, il y a eu (il y a encore) des tendances au sein du PC chinois exprimant cette diversité de possibilités.

Ce qu'on appelle la ligne n'est pas, comme le croient le bourgeois progres-

siste ou le militant extatique, la résultance naturelle de ce qui est nécessaire ; elle exprime la prépondérance du point de vue d'une fraction sur d'autres fractions. Si les grandes maximes de Mao ont une valeur générale : mobilisation de la main-d'œuvre, utilisation de tout ce qui peut remplacer les machines encore absentes — les bras humains, les forges des villages —, progression sur « deux jambes » de l'industrie et de l'agriculture, elles n'ont qu'une valeur générale : c'est-à-dire que tout dépend du comment, *des conditions dans lesquelles elles sont appliquées.*

Or, ce comment nous renvoie à un problème très classique et à un problème très neuf. Le problème très classique est celui de l'autorité et de la contrainte. Peut-on payer ce développement par la plus grande contrainte et la dictature illimitée du parti ? Et si l'on répond « oui », cette contrainte est-elle totalement payante ? C'est-à-dire n'entraîne-t-elle pas, dans le présent, un grand gaspillage et, dans le futur, ne pose-t-elle pas un problème qu'il sera très difficile de résoudre ? Ce problème très difficile à résoudre si l'on se place dans l'optique du communisme, c'est celui du développement hypertrophique et parasitaire du parti-État, de la nouvelle inégalité entre dirigeants et dirigés. C'est aussi *le fait que la* contrainte révolutionnaire, *au lieu de créer une réalité humaine révolutionnaire, créera une humanité qui, ayant perdu toute foi dans le communisme, sera la même que l'humanité du monde bourgeois. (E. Morin, « Du mythe chinois »,* Arguments, *troisième trimestre 1961.)*

La révolution culturelle, surgissant en 1966, ne pouvait que renforcer la méfiance de ceux qui retrouvaient là, sous une forme inédite, certes, et posant d'innombrables points d'interrogation, l'euphorie mythologique des hautes époques staliniennes. De toute façon, elle révélait qu'il y avait faille et rupture dans cette merveilleuse unité du PC chinois que K.S. Karol venait de démontrer dans un livre mémorable. Mais ce que retint le thuriféraire et ce qui sembla évident pour tous ceux qui en reçurent les innombrables témoignages journalistiques et télévisuels, c'était l'indescriptible enthousiasme de six cents millions de Chinois brandissant le *petit livre rouge* du président Mao. Une fois encore, c'était cette unanimité qui aurait dû susciter la méfiance. Il reste que la réalité même de la révolution culturelle demeurait difficile à comprendre. C'est alors que parut le premier livre de Simon Leys, *Les Habits neufs du président Mao,* qui fut totalement ignoré parce que discordant, mais qui suscita la confiance de la petite cohorte de méfiants dont j'étais. Certes, je pensais que Leys privilégiait excessivement les intrigues de palais et les manœuvres de cour autour de l'empereur vieillissant, et je tempérais ma confiance. C'est que, en fait, j'avais tendance encore à sous-estimer le rôle des rivalités personnelles et des luttes de clans sous le grand affrontement idéologique entre les « deux lignes ». Il a fallu, pour que je puisse les percevoir enfin, la formidable démythification des faits, l'affaire Lin Piao, la manifestation de la place Tien An Men, l'arrestation de la « bande des quatre ». C'est alors que la mythologie s'écroula. Voilà donc un cas où un minimum d'hygiène intellectuelle, c'est-à-dire le décrassage du circuit abusif de confiance et le dégourdissement d'une méfiance anesthésiée, aurait évité à l'élite intellectuelle et politique de France un des moments de haute crétinisation de son histoire.

Nous avons trop fait confiance. Mais la méfiance seule conduit à l'hypercritique, laquelle correspond à de l'hyperconfiance ; répétons-le : l'hypercritique des témoignages issus des camps staliniens, que nul d'entre nous ne peut vérifier de visu, comme celle à l'égard des camps hitlériens aboutit à la confiance en Staline et Hitler. La méfiance seule est paranoïaque. C'est le « ils nous mentent », rétorqué pour tout et rien, et qui construit un nouveau credo à quoi le méfiant fait confiance, le complot du mensonge universel pour duper les bonnes gens.

Qui croire donc ? Non pas certes, le pontife arrogant. Mais non pas, nécessairement, le témoin qui s'est fait égorger. Alleg, torturé à El Biar, en Algérie, en 1957, déclare en 1962 à Berlin-Est : « La liberté triomphera, comme elle a triomphé ici, en République démocratique allemande. »

Nous ne devons pas confier de chèques en blanc. Nous ne pouvons non plus faire opposition de principe. Nous ne pouvons nous passer de réseaux de confiance/méfiance, mais au lieu de les appliquer *a priori* sur tous événements, nous devrions, au contraire, en fonction précisément de ces événements, leur faire subir des tests vérificateurs.

J'ai donné des exemples concernant la connaissance d'événements et phénomènes historiques. En fait, il faut étendre le problème de la confiance/méfiance à toute idée, tout être, à tout ce qui concerne nos vies. Nous naissons dans des réseaux de confiance/méfiance – les familles – et notre développement d'enfant nous apprendra à relativiser la confiance absolue que nous portions aux parents. Nous nous créons de nouveaux réseaux de confiance/méfiance à l'école, dans le travail, avec les amis. Nous faisons confiance aux uns, nous nous méfions des autres, et, là aussi, sans doute sommes-nous très naïfs, pas seulement dans notre confiance, mais dans notre méfiance. (Je pense à mon cher G. tellement confiant, et pour cela si souvent « roulé », et qui, se découvrant roulé, devenait méfiant de façon intempérante tout en étant encore prêt à faire innocemment confiance aux très rusés dont justement il aurait dû se méfier.) Nous élisons un journal, auquel nous faisons confiance. Nous sommes convaincus par le grand penseur à qui nous faisons confiance. Et le maître, lui, nous désigne ceux dont nous nous méfierons irrévocablement, même lorsque nous aurons perdu confiance en lui. Nous avons ontologiquement confiance en l'être aimé, mais voici que si nous sommes jaloux, nous sommes rongés par la méfiance ontologique.

Il n'est nul lieu, nulle situation, nul problème où nous puissions échapper au problème de la méfiance/confiance ; c'est toute notre existence qui tisse autour de nous, pour percevoir, concevoir, agir, des réseaux de confiance/méfiance. On ne peut vivre, ni dans la confiance généralisée, qui nous fait dupes de tout, ni dans la méfiance généralisée qui nous fait croire au complot de tous pour nous duper.

Dès lors, il nous faut reconnaître qu'il y a toujours un pari, un risque, une incertitude dans tout ce que nous pensons et croyons. Il nous faut connaître et reconnaître notre propre système et réseau de méfiance/confiance, savoir l'examiner, c'est-à-dire du même coup nous examiner. Il nous faut cesser d'opposer absolument confiance et méfiance, ce qui nous conduit à introduire de la méfiance potentielle dans la confiance, de la méfiance potentielle dans la méfiance, c'est-à-dire dans l'une et l'autre, de l'incertitude, sans pourtant que l'incertitude désintègre l'une et l'autre. On ne peut se passer de méfiance – de doute. On ne peut se passer de confiance – de croyance.

Le nouveau commerce foi ⇄ doute

Le mot « croire » a deux sens opposés : dans le contexte d'une pensée religieuse, il signifie non seulement foi, mais certitude, et peut, par là, signifier fanatisme et dogmatisme. Dans le contexte de la pensée laïque, il signifie hypothèse, possibilité, espoir. Mais même dans ce contexte, il peut, doit signifier *foi*, mais alors une foi qui puisse commercer avec le doute.

J'ai souvent insisté sur le fait que dans l'espèce *homo* dit *sapiens,* mythe et religion sont aussi originels que doute et raison. Mais il ne faut pas oublier que doute et raison sont eux aussi originels. C'est dire que, par opposition à la vision naïve d'une humanité primitive quasi infantile, soumise avant tout au mythe et à la religion, il nous fait rappeler la coprésence du doute et de la raison. Le propre de l'homme est dans la concurrence/alliance, complémentarité/antinomie/antagonisme, entre la foi et le doute. Dès le Néanderthal, comme je crois l'avoir montré dans *L'Homme et la Mort,* c'est le surgissement de la conscience de la mort qui appelle les mythes de survie et renaissance, et ceux-ci recouvrent et refoulent la conscience du caractère irrémédiable de la mort sans l'annuler. Cette conscience remonte des profondeurs avec le développement des civilisations antiques. Mais elle est à nouveau refoulée, dans l'univers méditerranéen, voici deux mille ans, par les religions de salut. Toutefois, en dépit de la promesse éclatante de son Dieu ressuscité, le croyant le plus assuré refoule à une très grande profondeur, mais sans la détruire, l'incertitude quant à sa propre immortalité.

Toute foi comporte son doute (refoulé, secret, inconnu d'elle-même). Tout doute comporte sa foi (refoulée, secrète, inconnue). Chacun des deux termes contient l'autre à l'état récessif. Toute certitude religieuse recouvre un doute souterrain, comme tout doute recouvre un sous-sol de croyances qu'il croit éliminées.

Chaque civilisation établit un certain rapport, stable ou instable, entre foi et doute. Le propre de la civilisation occidentale, depuis la Renaissance, est d'avoir libéré le doute, qui s'est alors attaqué à toute croyance et, dès lors, a commencé le dialogue conflictuel entre foi et doute.

Du coup, la foi religieuse s'est transformée. La foi moderne n'est pas la foi qui ignore le doute : c'est la foi d'après le doute, qui le combat et le refoule à nouveau.

Pascal demeure l'un des plus grands penseurs modernes parce que, découvrant et subissant les conséquences inéluctables de la logique du doute – le nihilisme –, il a inventé les procédures modernes du refoulement du doute, conjointement par le recours au *credo quia absurdum,* où la révélation divine prouve sa vérité transcendante en échappant à toutes preuves rationnelles, et par le recours, contre le désespoir, au pari existentiel sur la chance incertaine de l'immortalité. Il a retourné de façon géniale, *par le pari*, les armes de l'incertitude contre le doute.

Depuis, l'histoire de l'intelligentsia française est marquée par l'alternative foi/doute et par les alternances d'un cycle foi/doute jusqu'au début du XXe siècle, où les jeunes esprits formés au rationalisme sceptique comme Péguy, Psichari, Claudel, se reconvertissent à Dieu. Ce cycle semble suspendu dans les années trente, après qu'un Gide et un Cocteau, tentés l'un et l'autre par la conversion, n'ont pas franchi le Rubicon. C'est que le cycle se déplace alors en faveur de la religion de salut terrestre, celle de Moscou longtemps, puis celle de Pékin, jusqu'à la rupture de la décennie 1970, où Dieu rentre en scène.

Nous voyons donc :

1. Une mauvaise alternative foi/doute : la foi seule conduit au fanatisme, le doute seul conduit au nihilisme. Que de maux sont issus de l'excès de croyance et de l'insuffisance de croyance !

2. Un cercle vicieux foi ⟶ doute dans lequel la perte de
⟵

foi conduit au doute, lequel est si désespérant qu'il renvoie à la foi, laquelle est si fragile qu'elle renvoie au doute, et ainsi de suite. Le cercle est vicieux parce que la corrosion du doute devient nihiliste, et que, pour échapper au doute, la foi devient soit torquemadesque (persécutant quiconque la conteste pour échapper à la contestation intérieure) ou abêtissante (l' « abêtissez-vous » de Pascal).

Pour échapper à l'alternative, il nous faut reconnaître que toute foi comporte/refoule un doute, que tout doute comporte/refoule une foi. Pour échapper au cercle vicieux, il faut tenter d'établir une communication, un dialogue, mieux, *un commerce* entre foi et doute.

La croyance en la science et la foi en la raison

On a cru que la science et la raison chassaient la foi. Effectivement, elles ont introduit la désintégration du doute et de la critique dans la foi religieuse. On a cru que la science et la raison remplaçaient la foi. C'est qu'effectivement, on avait vu dans la science acquisition de certitudes et dans la raison fondement de certitudes. Or, nous le savons désormais, la connaissance scientifique, tout en vérifiant des données devenant quasi certaines, produit des théories qui sont scientifiques précisément parce qu'elles ne sont pas certaines : les théories scientifiques sont des systèmes d'idées qui portent la possibilité de leur réfutation et constituent ainsi des croyances d'un degré supérieur : des croyances portant le doute dans leur principe même.

A la fin du siècle dernier, un Renan pouvait annoncer que la science résoudrait les problèmes fondamentaux de l'humanité. Nous savons maintenant que la science ne développe pas seulement, ni automatiquement ni nécessairement, des bienfaits pour l'humanité. Nous savons maintenant qu'elle est soumise à des forces aveugles et qu'elle est aveugle sur elle-même. On ne peut espérer en la science que si certaines conditions intrinsèques et extrinsèques (sociales, politiques) se trouvent réunies. L'espoir en la science est devenu incertain. La foi en la science est effectivement un problème de foi. Nous retrouvons, comme pour la foi religieuse, mais en termes différents, la problématique fondamentale : la recherche de la communication entre croyance/foi ⇄ doute.

La raison nous pose un problème de fond. Il nous faut distinguer rationalité, rationalisation, rationalisme. La raison est à l'origine une méthode fondée sur le calcul (*ratio* = calcul) et la logique. C'est cette méthode de connaissance qui se développe en rationalité, c'est-à-dire commerce entre les exigences logiques de l'esprit et les données empiriques issues du monde des phénomènes. L'histoire de la pensée occidentale n'est pas seulement l'histoire des développements de la rationalité ; c'est aussi celle des maladies de la raison que sont la rationalisation, la déification de la raison et l'instrumentalisation de la raison.

1. La rationalité produit des systèmes cohérents d'idées ou théories. Or, nous avons vu que les théories tendent à se durcir en doctrines qui, dès lors, se referment et deviennent rationalisatrices. La rationalisation abandonne la méthode rationnelle (dialogue avec le réel) au profit de la logique du système doctrinaire qu'elle croit prouvé à jamais. La rationalisation devient alors aveugle à l'expérience. Ainsi, c'est au nom du système d'Aristote, identifié à la raison, que le Moyen Âge scolastique refusait non seulement tout intérêt à l'expérience, mais surtout, tout crédit à l'expérience qui démentait Aristote. Tous les progrès intellectuels se sont effectués par des brisures de rationalisation, reconstitution rationnelle de nouveaux systèmes théoriques, et, par là, reconstitution de nouvelles rationalisations...

2. La réification de la raison apparaît lorsque celle-ci se conçoit comme substance et essence supérieure. Dès lors, la porte est ouverte pour la déification de la raison. La déesse Raison gouverne le monde, arrache *homo* à l'animalité, l'éclaire de sa Lumière...

3. La raison-idole produit le rationalisme, c'est-à-dire : *a)* vision du monde postulant l'accord total entre le réel et le rationnel ; *b)* éthique anthroposociale affirmant que tous les actes humains peuvent et doivent être rationnels dans leur principe, leur conduite et leur finalité.

4. A l'inverse, la raison-méthode peut être instrumentalisée, c'est-à-dire mise aux services d'entreprises d'asservissement et de destruction. Ainsi, la guerre est devenue rationnelle lorsqu'elle est devenue totale, utilisant, intégrant, mobilisant, frappant et bombardant les populations civiles. Le camp de concentration est devenu de plus en plus rationnel lorsque les méthodes industrielles ont été appliquées à la mort : la rationalité instrumentale culmine à Auschwitz.

Le terrifiant est lorsque la raison est à la fois infirme (incapable de concevoir des pans énormes du réel, comme le désordre, le singulier, l'individu, le sujet, l'être, l'existence), rationalisatrice (close dans un système doctrinaire), déifiée (porteuse de la vérité et du salut) et instrumentale (toute vouée au service de cette vérité et de ce salut mythiques). C'est bien cette aveugle omnisciente que l' « Union rationaliste » a exaltée et vénéra au cours de sa haute époque stalinienne...

Or, nous l'avons vu, la raison doit devenir ouverte, ou plutôt, la vraie rationalité n'est autre que la raison ouverte.

La raison ouverte ne fait pas que combattre l'irrationnel, elle dialogue avec lui et reconnaît l'irrationalisable. A la différence de la vision démente d'un monde totalement rationnel et d'un homme seulement rationnel, elle voit dans le monde jeu d'ordre/désordres/organisation, et conçoit *homo* non seulement *sapiens,* mais *sapiens/demens*. La raison ouverte reconnaît l'a-rationnel, c'est-à-dire ce qui n'est ni rationnel ni irrationnel, comme l'être et l'existence, qui, sans raison d'être, *sont*.

La raison ouverte reconnaît le sur-rationnel et essaie de le concevoir (ainsi toute création comporte quelque chose de sur-rationnel que la rationalité peut éventuellement comprendre après coup).

La raison ouverte reconnaît qu'il y a des réalités à la fois rationnelles, irrationnelles, a-rationnelles, sur-rationnelles comme les mythes, alors que la raison close n'y voit qu'erreurs, sottises, superstitions.

La raison ouverte est ainsi le seul mode de commerce entre le rationnel, l'irrationnel, l'a-rationnel, le sur-rationnel, et par là elle nous est absolument nécessaire pour dialoguer avec le réel. Elle est du même coup absolument nécessaire pour combattre ses ennemis intérieurs : *la lutte contre rationalisation, réification, déification, instrumentalisation de la raison est la tâche même de la rationalité ouverte*.

Ainsi, nous retrouvons au cœur même du problème de la raison, non pas la certitude, non pas le doute seul, mais le dialogue/circuit croyance ⇄ doute. La raison est foi dans la connaissance, elle est doute quant aux prétentions absolues de la connaissance.... La raison ne peut échapper au circuit croyance ⇄ doute, mais elle y introduit le souci de clairvoyance et d'élucidation. C'est parce qu'elle porte de façon intercommunicante en elle la foi en la connaissance et le doute sur la connaissance que j'ai foi en la raison.

Pour un nouveau commerce avec les mythes

Nous ne pouvons échapper aux mythes. Le problème, pour nous, est de reconnaître dans les mythes *leur* réalité, non *la* réalité. Il est de reconnaître leur vérité, et non d'y reconnaître *la* vérité. Il est de ne pas y mettre l'absolu. Il est de voir la puissance d'illusion qu'ils sécrètent sans cesse et qui peut recouvrir *leur* vérité. Il nous faut démythifier les mythes, mais ne pas faire de la démythification un mythe. Nous ne pouvons échapper aux mythes, mais nous pouvons reconnaître leur nature de mythe, et commercer avec eux, à la fois de l'intérieur et de l'extérieur. Nous ne devons pas croire que nous puissions nous situer au-dessus des mythes. Ce qui entraîne des conséquences. La première conséquence pour moi est que nous devons le respect aux croyances qui nous sont étrangères, y compris à celles qui nous semblent absurdes, ce qui, en retour, nous entraîne à découvrir l'absurdité que comportent nos propres croyances. J'ai raconté ailleurs la « révélation » que j'eus au sommet du Machu-Pichu. Imaginant, là-haut, la vie de ces prêtres, tout entière vouée au culte du Soleil, cette vie m'a semblé soudain aussi évidente et étrange, aussi anormale/normale que celle d'un député du centre-gauche ou d'un professeur d'université.

Une autre conséquence en découle à mes yeux. C'est d'en

finir avec l'ancien athéisme... Je suis et demeure sans Dieu, mais je sais qu'il n'existe pas un point de vue pur de tout mythe ou croyance, d'où l'on puisse considérer avec dédain le mythe et la croyance. L'athée doit découvrir sa croyance – notamment sa croyance en la raison –, son fondement irrationalisable, et commercer avec elle. Et, du coup, nous, néo-athées, nous pouvons demander aux croyants de devenir néo-croyants, c'est-à-dire d'établir un nouveau commerce avec leur(s) Dieu(x) [11].

Le renoncement au salut

C'est sans doute pour répondre à des angoisses et des doutes de plus en plus rongeurs que les grandes religions de salut, annonçant la résurrection après la mort, se sont propagées, il y a deux mille ans, dans le monde méditerranéen et demeurent après des siècles toujours vivantes, bien qu'ici et là, Dieu soit en retrait ou à la retraite.

Que croire de cette croyance ? Pour ma part, je respecte la croyance qui se sait croyance, c'est-à-dire hypothèse et pari, y compris donc quand elle conduit à se donner/jouer tout entier dans le pari de la foi (Pascal). Je reconnais l'existence des Dieux, mais seulement dans, et par, les communautés de fidèles ; en dehors de cette foi, les preuves de l'existence de ces Dieux uniques et omnipotents sont terriblement fragiles. Je crois que tout ce que nous savons du monde physique et du monde vivant y rend impossible tout salut céleste. Je dis donc qu'il nous faut renoncer à Dieu et à son salut.

Certes, je ne peux le dire avec certitude étant donné que l'existence ou l'inexistence d'un au-delà de notre monde physique et d'un au-delà de nos vies sont invérifiables. Mais ce que je peux dire en revanche avec certitude, c'est qu'il faut renoncer au salut terrestre, qui, lui, est promis pour notre monde physique et nos vies vérifiables.

Une nouvelle promesse de salut est née, il y a près de deux

(11) Pour la définition d'un néo-athéisme, voir *Dieu aujourd'hui, Recherches et Débats*. Desclée de Brouwer 1965, p. 21-25.

siècles, à l'aube de notre grande révolution. Elle est devenue une formidable religion de salut terrestre, annoncée et promise par la vraie science – le marxisme-léninisme –, se réalisant dans et par l'histoire.

La nouvelle religion a suscité Héros, Saints, Martyrs, ardeurs, dévouements, sacrifices. Mais, s'incarnant et se dénaturant, elle est devenue implacablement le nouveau moyen d'oppression et d'asservissement qui déferle sur le monde. Cette religion est quasi morte pour les populations intérieures à l'empire. Mais elle est encore ardente, virulente, dans les contrées et continents où n'est pas parvenue encore l'horrible nouvelle : la Révolution est devenue réactionnaire, le socialisme n'est pas le socialisme...

Mais peut-on, doit-on dire : le marxisme-léninisme, c'est-à-dire le marxisme stalinien, n'est que le fourvoiement et le dévoiement de l'authentique besoin et espoir révolutionnaires. Certes : mais le fourvoiement et le dévoiement n'ont été possibles que sous le couvert du Salut. Le problème, précisément, est de ne plus dériver le besoin et l'espoir révolutionnaires dans une nouvelle religion du salut. Il faut renoncer au mythe du salut historique, c'est-à-dire à l'idée d'une société réconciliée, harmonieuse, sans conflits, où règnent simultanément totale communauté et totale liberté, qui puisse enfin résoudre les problèmes humains fondamentaux, et, par là, apporter le *bonheur*. C'est ce mythe de salut, le mythe de l'avenir radieux du communisme, qui a pu excuser toute erreur et autoriser toute horreur. Il nous faut rompre à jamais avec l'idée de lutte finale, de solution finale, d'avenir radieux : « Pas de solution finale de la question sociale, pas de réconciliation définitive de l'homme avec la nature et avec lui-même, pas d'avenir radieux qui mettrait un terme à tous nos maux d'existence. Il y aura toujours possibilité de régression, échec, ruine, désintégration, il y aura toujours renaissance des ferments de l'inégalité, de l'assujettissement, de l'exploitation, qui nous obligeront sans relâche à lutter contre les nouvelles inégalités, les nouveaux assujettissements, les nouvelles exploitations. » (*La Méthode,* II, p. 451.)

Renoncer au salut historique n'est pas renoncer aux aspirations qui animaient le grand mythe d'émancipation, de liberté et de communauté. Ce n'est pas renoncer à l'espoir d'une transformation fondamentale de nos sociétés. Celles-ci sont encore si profondément barbares dans leur organisation même, elles sont riches de tant de possibilités que le mythe libertaire de la société sans contrainte et le mythe socialiste de la société sans domination de classe nous sont nécessaires comme utopies directives et motrices, mais à condition de ne pas se dégrader en mythes de salut, sources de fanatismes et de mort. Plus encore : je suis persuadé que nos sociétés sont de monstrueuses ébauches et que nos temps historiques sont une époque d'essais et erreurs, préludant à une nouvelle forme d'organisation sociale, analogue en cela à la période prébiotique où pendant un milliard d'années se sont essayées des combinaisons temporaires, toutes non viables, jusqu'à ce que se constitue la merveille d'organisation cellulaire. Ainsi, il peut, il doit y avoir des progrès, des réformes, des mutations, des révolutions. Mieux, il peut y avoir, s'il y a chance, un grand progrès, une nouvelle forme de société, un épanouissement d'humanité. Mais voilà la mauvaise nouvelle qu'il faut entendre à la veille du troisième millénaire : « Il n'y a pas de paradis passé à retrouver, pas de paradis futur à édifier, sur la terre comme au ciel, pas de fin de l'histoire, pas de terre promise, pas de Messie présent ou à venir. » (*La Méthode*, II, p. 451.)

Nous voici arrivés au moment où peuvent et doivent crever les mythes de salut qui se sont levés dans notre monde méditerranéen, il y a un peu plus de deux millénaires, et se sont d'abord fixés dans l'au-delà céleste. On a cru que le Salut était mort là où a reflué la religion céleste. En fait, il s'est introduit dans les idées laïques de l'homme, de l'histoire et de la politique. Il s'y est réfugié, camouflé. Il y a fait fermenter d'infinies espérances. Il y a suscité des élans sublimes. Il y a animé des croisades insensées. Mais il y a introduit le pire fanatisme, formé de nouveaux bourreaux, supplicié de nouveaux martyrs. Il a détourné les ardeurs émancipatrices pour les faire œuvrer aux grands asservissements. Il est devenu massacrant : *l'idée de Salut nous perdait.* Il nous faut donc la perdre pour nous sauver... Il nous faut donc enseigner et propager la mauvaise nouvelle : *il n'y a pas de salut en ce monde.*

Incertitudes, certitudes et croyances

Sachons-le : rien n'est promis d'avance, rien n'est garanti, ni par Dieu ni par l'Histoire.

La pensée est incertaine. La connaissance de la société est très incertaine. L'action est incertaine (aléas, dérives, inversions de sens, réactions). Tout changement, toute rupture dans le tissu social comporte risques et chances au départ inconnus.

C'est dire qu'il nous faut, dans la pensée, la croyance et l'action, vivre dans l'incertitude : vivre avec n'est pas seulement tolérer, mais dialoguer avec, travailler avec l'incertitude.

Il nous faut savoir que toute pensée et toute action comportent du risque. Je suis ahuri lorsqu'on dénonce des pensées « dangereuses » : on ne peut penser que dangereusement (pour soi, pour autrui, pour le pouvoir, pour la société). Je suis ahuri quand on ignore que l'action est dangereuse : on ne peut agir que dangereusement, et l'aveuglement sur le danger est le pire danger.

Toutefois, dans l'océan d'incertitudes, nous pouvons acquérir des certitudes :
– des certitudes empiriques et historiques ;
– des certitudes de la complexité (c'est-à-dire comportant en leur sein de l'incertitude) : ainsi, en ce qui concerne l'homme et la société, la seule chose certaine est que toute vision unidimensionnelle ou réductrice est erreur ;
– des certitudes mortelles ou vérités biodégradables (dont on sait qu'elles n'existent que pour des sujets humains dans des conditions et des limites d'existence, et qui, mortelles, sont par là même vivantes) ;
– la certitude incertaine du combat pour la vérité : celui-ci, inséparable du combat contre l'erreur, renaît sans cesse, parce que l'erreur renaît sans cesse et que la vérité est mortelle. L'inscription dans le mouvement millénaire de la recherche du

vrai, qui s'effectue à travers régressions, erreurs, détours, incertitudes, me tonifie plus que me désolent les régressions, erreurs, détours, incertitudes qui le jalonnent.

Ainsi, il se dresse des îlots de certitudes dans l'océan d'incertitudes, mais ces certitudes sont soit isolées, soit combinées à de l'incertitude. *Il n'y a pas de continent de certitude*. Le problème est de naviguer, et on ne peut naviguer que par confiance/méfiance, croyance/doute.

On ne peut s'empêcher de croire.

On ne peut s'empêcher de douter.

Mais nous ne devons croire désormais qu'en des croyances comportant le doute dans leur principe même.

Le défi

L'humanité a toujours connu l'interrogation et le doute, mais elle a toujours vécu avec des certitudes et avec une idée non biodégradable de la vérité. Elle a toujours eu besoin de construire des pyramides d'absolu sur les gouffres de la mort. Les idéologies de certitude, en nous protégeant du désespoir, n'ont-elles pas valeur de survie plus fondamentale que les effets mortels de leurs fanatismes ? Le temple, la pyramide, la promesse, ne sont-ils pas des remèdes vitaux, des antithanatiques nécessaires contre l'angoisse insupportable de l'incertitude et la béance insensée du néant ? Cette folie-là n'est-elle pas indispensable pour supporter la vie ? Notre ancêtre *sapiens/demens* n'avait-il pas fort raisonnablement compris qu'il ne pourrait vivre qu'enveloppé et protégé par des mythes déments ?

Ou bien l'humanité pourrait-elle, à partir précisément de sa propension au doute et de son besoin de croyance, sécréter, entretenir, développer une autre pensée, capable d'associer doute/croyance, incertitude/certitude, et pourrait-elle vivre, convivre, se nourrir de cette pensée ? Je crois en cette possibilité : voilà mon credo.

Cette autre pensée, que j'appelle complexe, nous dit que rien n'est définitivement acquis, que toujours reviennent les forces de désagrégation, de dispersion et de mort ; elle nous dit que, pour seulement subsister, tout ce qui est vivant, humain, culturel, social, doit sans cesse s'autorégénérer, s'autoproduire, s'autoreproduire. Elle nous dit que tout ce qui est complexe, c'est-à-dire meilleur, est fragile. C'est dire qu'il n'y a et n'y aura aucune formule politique ou sociale qui garantisse à jamais la liberté, l'égalité, la fraternité. Une société libre serait une société qui recrée sans cesse la liberté, et qui courrait donc les risques de la perte de liberté. Une société d'égaux serait une société qui sans cesse devrait recommencer le combat contre l'inégalité renaissante, et qui courrait donc les risques de l'inégalité. Une société fraternelle serait une société qui sans cesse ferait renaître la fraternité de sa propre désagrégation, et qui courrait donc le risque de la mort de la fraternité. De plus, de telles sociétés ne sauraient jamais liquider totalement contraintes, hiérarchies, compétitions, conflits, concurrences, désordres, donc ne seraient jamais totalement libres, égales, fraternelles. Cela, il faut le savoir, c'est-à-dire savoir qu'il n'est pas de société harmonieuse, fonctionnelle, où l'individu et le social, l'un et l'autre, l'autre et l'un, s'ajusteraient parfaitement, et dont le produit naturel serait le bonheur. Il faut savoir, pire encore, que le mal est tapi dans l'idée de salut social.

Il est certain que l'abîme s'ouvre. A partir du moment où l'absolu est perdu pour la vérité, à partir du moment où la vérité chasse le salut, alors, le seul absolu devient le néant.

L'anéantissement avait surgi à l'horizon de nos consciences, il y a cinquante mille ans, et nous le refoulâmes par nos mythes de survie et renaissance. Le néant est entré dans notre science, voici quelques dizaines d'années, quand nous avons appris qu'étoiles, soleils, terre étaient mortels. Le néant s'est trouvé suspendu sur l'humanité quand est apparue l'arme nucléaire. Nous savons que l'anéantissement de soi, des siens, de sa nation, de l'humanité, de la vie, est, à terme, certain, et, immédiatement, possible. Nous savons désormais que le monde lui aussi est mortel. Il nous faut vivre et penser aux frontières du néant. Voici un défi terrible : nos pensées doivent affronter le néant, mais non s'y anéantir : comment veiller devant le néant sans vaciller dans le néant ?

Comment ne pas désespérer ? Comment ne pas désespérer, quand la mort de l'ami, de l'aimée, du père, de la mère, deviennent notre propre mort, et de façon hiroshimienne, la mort qui anéantit tout ? Comment ne pas désespérer, quand on sait que, selon la formule de Kundera, tout sera oublié et rien ne sera réparé ? Comment ne pas désespérer sans salut ?

Mais alors, je dirais que l'amour est non seulement ce qui résiste face au néant, mais aussi ce qui lui répond sans cesse. C'est dans le désespoir que vraiment l'amour prend son sens [12] (et non dans l'espérance de la récompense divine). De fait, nous vouons naturellement l'amour à ce qui est précaire et fugitif : ce qui naît, ce qui fleurit, ce qui meurt ; c'est à juste titre que nous aimons les beaux visages éphémères, promis à l'immédiat flétrissement. Et les plus belles qualités, les plus riches vertus, les plus beaux sentiments, dont l'amour lui-même, sont ce qu'il y a de plus fragile et périssable dans l'univers. C'est parce que nous ne pouvons supporter la mort de ceux que nous aimons que nous les voulons éternels. C'est pour les sauver et les ressusciter que nous avons, par détournement et égarement, voué l'amour au non-biodégradable et à l'éternel. Or, il nous faut ramener l'amour du ciel sur terre. Il nous faut dégeler l'amour pétrifié en religions et abstractions. Il nous faut le vouer, non plus à l'immortel, mais au mortel. Seul le face-à-face avec le néant pourra faire redescendre l'amour sur terre et sur chair.

Et avec l'amour, la tendresse, reviennent la joie et l'exaltation, et, avec l'attente et la recherche de l'amour, de l'aimé(e), revient l'espoir. L'espoir renaît où il meurt, mais demeure

(12) « L'individu vivant vit et meurt dans un univers physique qui ignore la subjectivité qu'il a pondue et qu'il abrite. L'individu vivant vit et meurt dans cet univers où il n'est jamais reconnu comme sujet, à l'exception de quelques congénères voisins et sympathiques, de quelques alter-ego symbiotiques. C'est bien d'abord avec nos bien-aimées et aimés, dans la fraternité et dans l'amour, que nous pouvons puiser et reconnaître le sens de nos vies. » (*La Méthode*, II, p. 280-281).

mortel. En fait, la plénitude de vivre comporte projection sur le lendemain et le surlendemain, sur la nouvelle rencontre, le nouveau baiser, l'enfant. Le futur, de lui-même, ressuscite et resécrète l'espoir. Et nous savons aussi que « sans l'espérance, on ne trouvera pas l'inespéré » (Héraclite). Ainsi se bouclent l'un dans l'autre espoir ——→ désespoir. Nous sommes ren-
└←——————┘
voyés à cet étonnant circuit où ces deux termes antagonistes sont en même temps alternatifs et complémentaires.

Freud l'avait bien vu au terme de son étude géniale *(Malaise dans la civilisation)* : le moment est venu pour qu'Eros trouve de nouvelles forces dans sa lutte contre son non moins éternel ennemi. Le moment est venu pour que l'amour rende à nouveau vivantes et humaines ses formidables énergies détournées ou pétrifiées. C'est effectivement une renaissance d'amour, un épanouissement d'amour qui, en même temps qu'un renouveau de curiosité devant la réouverture du mystère du monde et un renouveau d'intelligence pour considérer l'aventure humaine, nous permettront d'affronter l'angoisse sans en être submergés. Mais, opposera-t-on aussitôt, c'est dès l'origine humaine que la lutte contre l'angoisse et le désespoir s'est effectuée par une formidable évacuation de la mort, un formidable remplissage du néant, une formidable consolidation mythique de notre univers ! Peut-on révolutionner notre relation à l'angoisse ? Je pourrais d'abord dire : peut-on encore, aujourd'hui, véritablement exorciser l'angoisse par le salut ? Faut-il aujourd'hui, exorciser l'angoisse avec du salut ? Et si je dis « non », je veux dire aussi que nous pouvons, non plus vouloir chasser et évacuer l'angoisse, mais l'affronter. Nous le pourrons si nous vivons plus fortement la vie, si nous savons mieux aimer, jouir, penser. Alors l'angoisse cessera de nous dégrader, de nous aveugler, de nous égarer, et nous cesserons de nous droguer à overdose contre elle. Nous ne l'éliminerons jamais : nous devons apprendre à convivre et *travailler* avec elle.

Voilà le défi de l'homme moderne. Qu'au lieu d'en mourir, il puisse se nourrir d'incertitude, de risque, d'angoisse. L'oxygène, poison mortel pour la forme primitive anaérobie de vie, est devenu le détoxifiant vital pour l'aérobie : l'air, asphyxiant des branchies, est devenu le régénérant des poumons ; l'incertitude est le poison qui doit devenir notre détoxifiant et régénérateur.

Par peur du néant, la raison, la joie, l'amour, la pitié s'étaient réfugiées dans l'éternel pour y trouver patrie, substance, nourriture. Or, c'est ici-bas, dans le mortel, c'est dans le face-à-face au néant qu'elles peuvent nous irriguer et nous nourrir. Et voilà : je crois en la possibilité d'un nouveau voyage, d'une nouvelle traversée. Je crois que l'aptitude à la rationalité, à la joie, à l'amour, à la pitié, dispose de ressources psychiques aussi formidables que les ressources énergétiques du soleil.

Ce monde où nous accédons à l'existence est fabuleux. S'il a été possible que, à partir d'une formidable déflagration thermique, un univers se soit créé et organisé dans un incroyable antagonisme/coopération d'ordre et de désordre ; s'il a été possible que dans un coin perdu de cet univers, ait pu surgir, d'un conglomérat tourbillonnant de macromolécules, un premier être cellulaire apte à métaboliser et s'autoreproduire ; s'il a été possible que de ce premier être cellulaire soient issues les innombrables et étonnantes espèces du règne végétal et du règne animal ; s'il a été possible que dans un rameau primatique se soit développé un petit bipède à grosse tête et ventre mou ; s'il est possible que ce soit cet infirme qui ait établi sa royauté sur la Terre ; s'il a été possible donc, que, à partir de la déflagration thermique, dans un coin perdu de l'univers, soient advenus le prince Siddharta Gautama, la musique de Mozart, *Mein Kampf*, les procès de Moscou, alors, rien ne peut sembler impossible, et l'incroyable peut – va – arriver.

Mais, ce qui est impossible, c'est un salut qui nous fasse échapper à l'irréchappable dégradation du monde physique, puisse nous libérer de notre monde vivant qui comporte l'erreur et la mort, *c'est-à-dire puisse nous « délivrer du mal »*. Ce qui est impossible, c'est de croire que la tragédie de notre monde et la tragédie de notre vie sont pures illusions, et que derrière cette apparence – cette *Maya* – il y ait l'unité, l'harmonie, l'indestructibilité, l'éternité. Éternel, adieu !

Il nous faut réexplorer ce monde sans salut. Nous sommes, rappelons-le, dans une petite toupie qui tourne autour d'une boule de feu. Il nous faut enfin admettre que tous les existants, dont nous-mêmes, sommes perdus. Toute création est perdue. Toute beauté est perdue. Toute existence est perdue à jamais. Mais toute mauvaise nouvelle porte en son verso une nouvelle bonne nouvelle. La perte, donc la reconnaissance, de nos illusions et de nos erreurs, nous ouvre la possibilité d'une nouvelle conscience, d'une nouvelle intelligence, d'un nouveau développement, d'une solidarité radicale. Plus encore : de la mauvaise nouvelle naît irrésistiblement le nouvel évangile, qui porte en lui, sans religion, la sève du vieil évangile. Mais le nouvel évangile d'amour ne se voue plus à l'éternel : il s'y oppose. Il se voue à la vérité périssable. Il se voue aux valeurs fragiles de liberté et de communauté. Il se voue aux êtres éphémères. L'idée d'amour elle-même est une idée ultime, périssable, fragile, mortelle... Et c'est pourquoi le nouvel évangile apporte, appelle, l'infinie pitié, commisération et miséricorde que l'homme devrait éprouver pour le condamné à mort qu'est l'homme.

L'Évangile anti-évangile

Voilà donc la bonne-mauvaise nouvelle (bonne parce qu'elle dissipe erreur et illusion dans le « croire »), la mauvaise-bonne nouvelle (mauvaise parce qu'elle anéantit toute idée de salut). Voici l'Évangile anti-évangélique :

Ne plus croire :

– aux vérités absolues et transcendantes ;
– à Dieu ;
– à la science-vérité ;
– à la raison déifiée ;
– au salut hors terre et au salut sur terre.

Mais croire :

– à l'au-delà et au mystère ;
– aux certitudes inscrites dans le temps et l'espace ;

– à la science qui cherche la vérité et lutte contre l'erreur ;
– à la raison ouverte sur l'irrationnel et luttant contre son pire ennemi : la rationalisation ;
– aux vérités mortelles, périssables, fragiles : vivantes ;
– à la conquête de vérités complexes comportant incertitude ;
– à l'amour et la tendresse ;
– aux moments de joie fulgurants, individuels et collectifs (toujours liés à amour ou fraternité).

Et (nous le verrons dans le chapitre suivant) :
– croire sans croire en l'humanité.

Que faire ?

Un objet sans sujet, un sujet sans objet

L'idée de responsabilité se fonde sur l'expérience subjective. Mais notre connaissance scientifique ne conçoit que des actions déterminées, et ne conçoit ni autonomie, ni sujet, ni conscience, ni responsabilité. La notion de responsabilité, à ce niveau, est non-sens et non-science. Elle est renvoyée à l'éthique et à la métaphysique, dont le propre est de manquer de fondements objectifs. Lorsque la vision scientifique « classique », dont je parle, s'est portée sur les sciences humaines, elle s'est propagée en balayant le sujet, et en ne concevant que des déterminations, lois et structures. Du coup, chez certains théoriciens, l'idée même de sujet est devenue insanité et mystification. Dès lors, que faire de la question « Que faire ? » si tout est déterminé, hors de portée des volontés et décisions, qui, elles-mêmes, sont des objets déterminés, et par là même, des non-volontés et des non-décisions, et si les notions de responsabilité, conscience, sujet sont de pures illusions ?

En fait, cette liquidation apparente du sujet aboutit à une dissociation mentale extrême. En même temps qu'il est soumis à l'hyperobjectivité de la théorie, le théoricien est livré à l'hypersubjectivité, je veux dire la subjectivité incontrôlée et inconsciente d'elle-même. Le marxisme est un exemple classique de cette dissociation; nous l'avons vu précédemment.

D'un côté, il liquide toute morale comme subjective, idéaliste et trompeuse (et plus la morale condamne l'action qu'il légitime, plus cette morale trahit son essence mystificatrice) ; d'un autre côté, il se livre à une débauche éthique, dénonçant toute déviation, contestation, opposition, comme tromperie, vilenie, mensonge, lâcheté, trahison, dénonçant, comme je viens de le dire, la morale elle-même de la façon la plus moralisante. En fait, le sujet est toujours présent sous le théoricien scientifique, sous le théoricien marxiste, sous le révolutionnaire du parti. Il se tient dans l'ombre, mais c'est bien lui qui se pose la question cruciale et inévitable, non seulement quant à la tactique ou à la stratégie (qui, elles aussi, supposent un acteur-stratège, *ergo* un sujet), mais quant au fond : *Que faire ?*

Or, ce serait un très grand progrès de ne plus poser la question du « que-faire » en ignorant la question du sujet. Tout ce qui nie le sujet mutile irrémédiablement notre vision de la réalité humaine et *anéantit dans l'œuf toute possibilité de conscience responsable*.

Mais comment fonder la notion de sujet, autrement que de façon tautologique, c'est-à-dire ailleurs que dans l'expérience subjective ? Ici, je renvoie à l'idée qu'à la différence de la science « classique », une *scienza nuova* permet de concevoir l'autonomie organisatrice ou auto-organisation (*La Méthode*, I, p. 155-268). Elle permet de concevoir l'autonomie vivante dans et par ses dépendances et interdépendances (génétiques, écologiques, sociologiques). Elle permet de fonder biologiquement la notion d'individu-sujet (*La Méthode*, II, p. 142-200) à partir de l'idée d'autoréférence et d'auto-égocentrisme. Elle fournit donc les fondements à une conception du sujet proprement humain. De même, la *scienza nuova* reconnaît, en toute connaissance, y compris physique, la place, toujours occultée par la science classique, du sujet observateur/concepteur. Dès lors, le sujet cesse de venir du ciel, ou de marcher dans le vide.

Bien entendu, il n'est pas possible de déduire une morale d'une science, y compris du sujet. Mais il est désormais possible de reconnaître les individus sujets, et il est possible de faire communiquer science et éthique, c'est-à-dire éclairer l'éthique sans la déterminer. Ainsi, pour éclairer le problème éthique du « que-faire », nous pouvons examiner l'*éthos*, c'est-à-dire les principes du « devoir-faire », auxquels nous obéissons dans nos comportements.

*Les complexités de l'*éthos

Nous sommes diversement possédés par un triple principe d'action, un triple devoir-faire, ou *éthos* :
– un *éthos égocentrique*, où chacun est pour lui-même centre de préférence et agit pour soi ;
– un *éthos génocentrique*, où ce sont les nôtres, géniteurs et progéniture, famille, clan, qui constituent le centre de référence et de préférence ;
– un *éthos ethno/sociocentrique*, où notre société s'impose comme centre de référence et de préférence.

Ce triple éthos correspond à notre triple nature égo-géno-socio-organisatrice. Chacun d'entre nous est en effet à la fois pour lui-même le centre du monde, un maillon dans une chaîne héréditaire *(genos)*, un membre de sa famille, un micro-moment et élément de sa société.

A ce triple éthos s'ajoute une éthique fragile et tardive qui émerge d'abord sous forme religieuse dans les messages bouddhique, biblique, évangélique, puis s'affirme dans les idées humanistes du XVIIIe siècle et les idées internationalistes du XIXe siècle ; c'est une anthropo-éthique qui, au-delà des égocentrismes, génocentrismes et sociocentrismes, au-delà des patries, nations, races, reconnaît en tout humain un *ego-alter* (un sujet comme soi-même) et fraternise potentiellement avec lui comme *alter-ego* (autre soi-même).

Ainsi, nous poursuivons concurremment ou alternativement trois, voire quatre types de finalités. Elles sont diversement virulentes selon les individus et les moments. Nous sommes, pour la plupart, constamment égocentriques et génocentriques, fort peu sociocentriques, sauf au moment où notre société, menacée dans son intégrité ou existence, devient alors « patrie », et seulement par éclairs anthropocentriques.

Il y a donc pluralité de « devoirs ». Ceux-ci peuvent être complémentaires (ainsi, il est nécessaire de se préserver égocentriquement soi-même pour être capable d'agir moralement pour autrui), mais ils peuvent devenir antagonistes. Il peut y avoir d'innombrables sources de conflits entre égocentrisme, génocentrisme, ethno/sociocentrisme, anthropocentrisme, sans qu'il y ait un principe indubitable de résolution du conflit. En effet, l'éthique du rang le plus large n'a pas nécessairement priorité sur l'éthique de rang restreint. Il n'y a pas de hiérarchie simple et évidente de l'éthique humanitaire sur l'éthique nationale, de celle-ci sur l'éthique familiale, de celle-ci sur l'éthique individuelle.

Ainsi, dans le conflit entre la loi de la famille et la vocation personnelle d'un jeune artiste, l'éthos égocentrique créateur n'est pas de moindre valeur que l'éthos génocentrique conformiste. Une bonne action concrète en faveur des siens (frères, sœurs, amis) a plus de sens moral que l'action que l'on croit au service de l'humanité, qui n'atteint pas son but, et qui aura empêché d'aider les siens dans la peine et le manque. Disons autrement : l'individu, la société, l'humanité sont des termes qui ont chacun autant de valeur dans ce sens que la valeur de l'un ne saurait s'affirmer par la subordination ou l'annihilation de l'autre.

Au problème posé par la pluralité complexe de l'éthique (dont les injonctions peuvent être hiérarchisées ou complémentaires, mais peuvent être aussi concurrentes et antagonistes) s'ajoute le problème de l'écologie de l'action à quoi moins que tout autre échappe l'action morale. L'écologie de l'action nous a montré, dans un précédent chapitre, que toute action, échappant à l'intention, entre dans un jeu d'inter-rétroactions où elle peut changer, voire inverser, de sens. Le problème de la béance entre l'intention et le résultat de l'action n'a aucune solution *a priori*.

Ainsi, l'éthique n'est pas toujours évidente, c'est-à-dire simple. Elle n'échappe pas à la complexité anthroposociale. Elle comporte des injonctions multiples, de rang différent, qui peuvent être complémentaires, concurrentes ou antagonistes.

Elle contient des contradictions, des incertitudes, des passages à vide.

L'éthique, dans ces cas, doit être problématisée et réfléchie, à la différence de l'éthique kantienne où l'impératif catégorique impose d'évidence sa norme universelle. Comme nous le verrons de mieux en mieux, l'universel ne saurait s'imposer abstraitement sur du singulier concret, de même, qu'inversement, le singulier concret ne saurait s'imposer logiquement sur l'universel, même abstrait... Plus encore : l'éthique ne saurait être lucide toute seule, c'est-à-dire ignorer les aléas et renversements qu'impose l'écologie de l'action : il ne suffit pas de vouloir bien agir pour le faire bien. C'est dire que l'éthique ne peut surmonter la complexité : elle ne peut que travailler avec la complexité, c'est-à-dire la pluralité, la contradiction, l'incertitude.

Les désarrois de l'éthique politique

La politique aggrave et exaspère tous les problèmes de complexité éthique. C'est l'écologie de l'action politique qui est la plus incertaine ; c'est dans les processus historiques que, sans cesse, les moyens se transforment en fins, et les fins en moyens ; c'est dans la décision politique que se multiplient les affrontements d'injonctions contraires (d'où justement la tentation proprement politique d'échapper à cette complexité dans le recours au manichéisme et à la simplification).

Aussi, c'est dans et par le politique que nous rencontrons surtout :

– la perversion de l'intérêt général ;
– l'illusion de finalité ;
– le laminage entre « deux fronts » et « l'écrasement par la roue de l'histoire ».

La perversion de l'intérêt général : l'intention d'agir pour le bien de l'humanité ne suffit pas pour que l'action entreprise y contribue effectivement. Mais le pire est lorsque l'amour de l'humanité « en général » détermine un inintérêt croissant pour les hommes « en particulier », conduit à l'indifférence glacée pour les proches, autorise à manipuler autrui pour l'intérêt supposé supérieur ; l'amour de l'humanité devient tout à fait dévorant lorsqu'il procède à l'élimination physique de tous ceux qui lui font obstacle. Comme de plus, l'amour de l'humanité peut s'égarer et se mettre au service d'une politique opprimant l'humanité au nom même de l'humanité, alors nous voyons que l'amour de l'humanité, plus encore que la haine, peut conduire à la plus extrême inhumanité. A l'inverse, des actions strictement égocentriques, mues par l'intérêt personnel le plus sordide, peuvent, en s'insérant dans le jeu des inter-rétroactions sociales, contribuer bien plus utilement au bien général que la bonne volonté fourvoyée.

L'illusion de finalité : l'exemple précédent illustre déjà l'illusion de finalité. Nous voulons œuvrer pour le bien général. Nous reconnaissons nos finalités dans l'idée communiste. Nous entrons dans le parti qui s'emploie à réaliser cette idée. Mais qu'en est-il si cette idée, par dérive et permutation de moyen en fin, fin en moyen, est devenue, en fait, non plus la finalité réelle du parti, mais le moyen d'une nouvelle fin, qui est le pouvoir du parti sur la société ?

Le laminage entre deux fronts : il est de très grande difficulté, non seulement stratégique, mais éthique, de lutter contre deux ennemis, qui, de plus, sont en guerre l'un contre l'autre. Ainsi, ceux qui étaient à la fois antinazis et antistaliniens, se trouvèrent, durant la guerre d'Espagne, menacés d'un *double bind* paralysant. Le refus du franquisme poussait à coopérer avec le communisme stalinien ; mais, de leur côté, les staliniens combattaient physiquement, non seulement le franquisme, mais, à l'intérieur du camp républicain, les libertaires, les trotskistes, les gauchistes, et ils finirent par contrôler le camp républicain. Comment donc s'opposer à la fois au franquisme, au stalinisme, et, finalement, à ce qui restait de la république espagnole elle-même ?

En fait, la lutte simultanée sur tous les fronts risque de faire abandonner la lutte. Elle conduit soit à l'impuissance, soit à la paralysie (l'impossibilité de choisir entre deux injonctions contraires), soit au choix mutilant qui dégrade l'intention initiale. L'horreur du stalinisme a pu faire accepter le nazisme comme « moindre mal », puis, éventuellement, la « croisade antibolchevique ». L'horreur du nazisme a conduit à l'acceptation, puis à la justification du communisme stalinien.

Il y a des moments tragiques où l'on est réduit à l'impuissance objective et à la paralysie subjective, où, comme me disait L., « la roue de l'histoire » nous passe sur le ventre : nous sommes écrasés, ou, du moins, devons écraser.

On ne peut échapper au *double bind* que si l'on réussit à trouver une tierce position et s'y maintenir. Mais la tierce position est difficile ; elle est soumise sans discontinuer au risque de dérive ou de paralysie. Toutefois, dans le jeu des empires énormes et des forces mastodontes, c'est bien le problème d'une tierce position (non pas mythique troisième voie) qui demeure notre problème politique permanent, ce qui nous introduit au problème clé du « que-faire » : la relation entre le principe et la stratégie.

Le principe et la stratégie

L'éthique, et singulièrement, l'éthique politique, se trouve toujours affrontée à une complexité de base qui peut prendre la forme d'une contradiction :
– elle doit sans cesse réassumer ses principes et revenir à ses principes ;
– elle doit sans cesse réélaborer sa stratégie.

Dans le premier sens, elle tend à être manichéenne, puisque le principe sans cesse redéfinit le bien par rapport au mal ; dans le second, elle tend à être antimanichéenne dans le sens où la stratégie compose avec une situation *hic et nunc* et peut utiliser des moyens peu compatibles avec les principes.

D'où le très fameux, très scolastique, mais très réel problème de la fin et des moyens.

Ce problème est éliminé dans toute éthique du type jésuitique (AMDG) où les moyens les plus immondes sont anoblis par la finalité du service divin. C'est exactement l'éthique, non seulement stalinienne, mais trotskiste (où tout ce qui sert la révolution est bien, tout ce qui la combat est mal). Ainsi, l'éthique est engloutie dans la stratégie (les moyens), mais la stratégie est toujours justifiée par l'éthique (les fins révolutionnaires).

En fait, l'action politique rencontre toujours le problème de la dissociation, voire de l'antagonisme principes (fins)/stratégie (moyens). L'écologie de l'action, les dérives, le jeu des réactions et rétroactions tendent à faire dériver les moyens et fossiliser les fins : les principes s'oublient, sont ronronnés, alors que la stratégie en fait travaille dans un autre sens, et, dès lors, dans l'éclipse des fins initiales, les moyens peuvent devenir les nouvelles fins, ou produire de nouvelles fins.

Ainsi, les fins du communisme sont devenus mythologiques. Le Prolétariat-Fin est devenu moyen, et son Parti-Serviteur est devenu son asservisseur. La structure militarisée/policière, moyen d'autodéfense de la révolution en période de guerre civile et étrangère, puis d'encerclement capitaliste, est devenue la finalité totalitaire du communisme d'appareil, tout en devenant son moyen de domination sur la société. Dans une autre dérive, la social-démocratie a plus ou moins oublié sa finalité internationale pour se mouler dans les finalités nationales, et les réformes, conçues comme moyens d'instaurer la société socialiste, sont devenues les fins social-démocrates.

Toutes ces dérives, ces renversements, ces permutations de finalité, ces promotions de moyens en fins, viennent en un sens d'une déficiente subordination des moyens aux fins. Mais il serait insuffisant d'en rester là et de ne pas considérer le paradoxe premier et fondamental auquel ne peut échapper la morale politique : la contradiction potentielle entre le principe (manichéen) et la stratégie (non manichéenne). On ne peut fuir cette contradiction, ni dans l'angélisme des « mains propres », ni dans le cynisme jésuitique. Les intellectuels, déçus par l'angélisme, ont versé pendant les dernières décennies dans le cynisme jésuitique, qu'ils ont pris pour la « vraie morale » révolutionnaire, jusqu'à ce que survienne le désabusement d'une morale qui casse tellement d'œufs sans jamais faire d'omelette. Ici, encore, il faut essayer de sortir de l'alternance et de l'alternative, et une fois encore, on ne peut tenter d'en sortir qu'en affrontant *la contradiction de base*.

Cette contradiction est inéliminable. Le problème de la fin et des moyens doit se poser sans arrêt. Cela signifie qu'il faut réexaminer sans cesse la stratégie, de façon à détecter les dérives et inversions de sens, afin de corriger les dérives et d'annuler les inversions. Cela signifie, du coup, que l'éthique a un besoin vital de penser la situation, de diagnostiquer le vrai et le faux ; en bref, l'éthique ne peut se passer du travail intellectuel dont nous avons dit la nécessité dans les chapitres précédents de ce livre.

On pourrait croire ici, que, faute de pouvoir définir l'impératif moral de façon intangible, irrévocable, indépendante de toutes circonstances, nous ayons besoin seulement de morales provisoires, adaptées aux circonstances ou, comme on le dit, d'une « morale adaptée à notre temps ». Il faut certainement, et c'est là un problème clé de stratégie, adapter notre morale à notre temps ; mais, et c'est là le problème des principes, il faut tenter d'adapter notre temps à la morale, et, si ce n'est pas possible, maintenir nos principes. Certes, ces principes risquent de demeurer rhétoriques, verbaux, verbeux, impuissants, s'ils n'arrivent pas à générer la moindre action, ni même la moindre protestation quand protester devient dangereux et prohibé. Il reste un ultime recours, comme l'a dit Soljenitsyne : *ne pas participer au mensonge*.

Ainsi, la morale, si elle ne peut être dissociée d'une stratégie, ne peut être subordonnée à la réussite, voire à l'espoir de réussir un jour. Subordonner la morale à la réussite, c'est abandonner dès le départ l'exigence morale. Le propre de l'exigence morale, c'est de pouvoir animer l'action sans espoir de victoire. Il faut se préparer à cette éventualité.

Pas de « morale provisoire », pas de « morale adaptée ». Une morale définitive, dans ses principes, mais qui comporte ses contradictions :
– notamment la contradiction potentielle stratégie/principes (fins/moyens) ;
– la contradiction entre plusieurs impératifs éthiques d'échelles différentes (inséparable des antagonismes potentiels

entre égo/géno/socio/anthropocentrismes), qui comporte ses problèmes et incertitudes :

- problèmes de l'erreur, dans l'examen de la situation et dans le développement de la stratégie ;
- problèmes des dérives, rétroactions, inversions du sens de l'action ;
- incertitudes et aléas liés à l'action.

La conscience morale est plus que nécessaire, mais elle est plus qu'insuffisante. La bonne conscience est source d'inconscience et la mauvaise conscience source de pestilences. Il faut pourtant osciller de l'une à l'autre, en évitant de sombrer en l'une et l'autre.

Quels risques ?

Nous ne pouvons qu'osciller entre mauvaise et bonne conscience. Nous devons essayer de dominer l'une et l'autre dans une conscience de responsabilité. La fuite de la responsabilité personnelle, elle est dans le permanent besoin de détecter/localiser/dénoncer *les* responsables. L'irresponsabilité, ce n'est pas seulement de se masquer sa responsabilité personnelle, c'est d'en « bouc-émissariser » autrui. La responsabilité politique est d'abord un problème que chacun doit se poser à soi-même.

Ce problème, je le formulerai ainsi :

– Quels risques assumons-nous pour autrui ?

– Quel type de risques pour la société ? Pour quelles chances ?

Toute réponse à ces problèmes comporte évidemment de l'incertitude, et l'acceptation consciente de l'incertitude fait partie de la responsabilité.

Mais la question ne saurait être posée et liquidée une fois pour toutes. Elle doit se trouver reposée à tous moments cruciaux de l'existence.

Ainsi, j'ai assumé, en toute conscience et inconscience, pendant la Résistance, le risque pour autrui. Ce n'est pas seulement que je me sois trouvé en situation de « responsable » où je confiais des missions périlleuses à ceux qui travaillaient avec moi. Je pense surtout, et je pense souvent, à mon ami de lycée, R. J'avais retrouvé R. par hasard à Nice en 1943, et l'avais recruté pour notre mouvement. Peu de temps après, à Lyon, je devais aller à un rendez-vous dans le jardin du musée, avec notre grand responsable, André, qui devait me mettre en contact avec Henriot, chargé de la liaison BCRA pour la zone Sud. Nous étions au bistrot, peu avant le rendez-vous, André, R. et moi. Au dernier moment, André décide que R. l'accompagnera au rendez-vous, et que je verrai Henriot plus tard. Il y avait souricière au musée : la boîte à lettres d'Henriot avait été piégée. André et R. furent arrêtés, puis déportés à Mauthausen. Ils participèrent à la résistance du camp. A la Libération, R. mourut. Ma responsabilité/irresponsabilité à l'égard de R. n'a cessé de me troubler. Non seulement il avait été arrêté peu de temps après que je le recrute, mais il était allé à ma place au jardin du musée, et il avait été, en somme, arrêté, déporté, mort à ma place. Sans le vouloir, sans le savoir, je lui avais été doublement fatal, et lui, sans le vouloir, sans le savoir, il me faisait échapper à la mort. J'étais totalement irresponsable et totalement responsable de son destin. J'étais totalement irresponsable de la décision de l'emmener au jardin du musée, mais j'étais responsable de l'avoir recruté. Je n'ai jamais eu le moindre remords de l'avoir recruté, ce qui faisait partie de ma responsabilité de résistant. Mais toujours quelque chose se noue en moi (où entrent de l'angoisse, de la culpabilité, du soulagement) quand je pense que nos destins ont permuté en un instant dans un bistrot de Lyon.

Au printemps 1944, convaincu qu'il y avait dans le mouvement deux agents « retournés » par la Gestapo, devenus mouchards, je voulus persuader nos dirigeants de les supprimer. Je n'avais aucune certitude, ou plutôt, ma seule certitude était que, ne serait-ce que par imprudence, ils étaient cause de l'arrestation d'un grand nombre de camarades et représentaient une menace permanente pour nous. Lorsque la décision de les supprimer fut prise, l'insurrection de Paris survint. Ils avaient été alertés, l'un s'engagea dans la Ire armée et disparut, l'autre fut arrêté par nous, enfermé dans un hôtel transformé en prison. Il ne reconnut nullement être un mouchard et je pensai alors qu'il ne l'était pas, lui. Dès ce moment, je fus d'avis de le libérer et de laisser tomber la poursuite de celui qui s'était engagé. A tort ou à raison, j'avais incité à les « liquider » en fonction du mortel danger qu'ils faisaient courir, à mon avis, à nos vies et à notre action. Désormais, ce danger n'existait plus. Ils auraient pu être liquidés au printemps 1944 à mon instigation, et peut-être aurait-ce été une erreur. Cela, j'en aurais assumé, accepté, la responsabilité, mais mon sens de la responsabilité me faisait au contraire abandonner, à la Libération, toute action contre ces deux hommes. Ils relevaient, non d'une morale punitive, qui n'a jamais été la mienne, mais d'une morale de protection.

Or, c'est avec cette même morale que j'ai pu accepter la liquidation de contre-révolutionnaires, puis non-révolutionnaires, puis révolutionnaires déviants, puis révolutionnaires staliniens désignés comme traîtres, en fonction de l'idée que la révolution doit se protéger ; non seulement contre ses ennemis subjectifs et « objectifs », mais aussi contre tout risque de division, et que, pour sauvegarder « comme la prunelle de nos yeux » le bien le plus précieux du parti, son unité monolithique, il fallait sacrifier tout déviant même potentiel. Avais-je, au printemps 1944, franchi le seuil qui sépare une vraie morale de la responsabilité/protection, qui veut effectivement qu'on liquide le « mouchard » dans un mouvement de résistance, mais à condition d'être assuré de son mouchardage, d'une morale « stalinienne » qui condamne sur présomption et probabilité, et qui tend à voir du « traître » partout ? Est-ce que je n'avais pas – inconsciemment – voulu me mettre intégralement dans le rôle, la peau de ce personnage pour moi à la fois totalement mythologique et totalement historique, le commissaire politique bolchevique que j'avais vu dans le film qui ébranla mes seize ans (et j'avais vingt-trois ans en 1944), *Eux, les marins de Cronstadt*, et qui, lui, sait assumer ses responsabilités ? M'étais-je intoxiqué en me persuadant que ma mission était de faire exécuter deux « traîtres », ou, au contraire, étais-je le détoxifiant de mes camarades inconscients qui, faute de discipline « bolchevique », se seraient laissé détruire ? Aujourd'hui que tout cela s'embrume, je ne saurais le dire et ne veux le chercher. Ce que je veux dégager ici, c'est l'idée qu'il est des moments cruciaux où la responsabilité peut se trouver devant une alternative dont l'un et l'autre des choix est mortel ; mais il faut dire aussi que ces moments sont extrêmes et rares, et que le problème est alors de ne pas être victime (et bourreau) d'un fantasme du péril mortel pour liquider l'opposant ou le suspect.

Le problème des risques, au niveau de la société tout entière, se trouve posé aujourd'hui par l'idée de révolution. Si l'idée de risques (d'échec, de régression) est compensée par l'idée de chances (d'une société meilleure) alors j'étais, je suis prêt à prendre le pari. Or, maintenant, je ne vois plus de chances, mais des certitudes de régression dans une révolution conduite par un parti du type bolchevique ou stalinien. Aujourd'hui, rétrospectivement, et avec mon savoir acquis, je m'opposerais en octobre 1917 au déclenchement décidé par Lénine (ce que probablement Lénine aurait fait s'il avait eu en 1917 l'expérience acquise dans les deux années qui ont précédé sa mort). Sans doute, il y eut un temps où j'aurais été très incertain pour répondre à cette question, espérant encore à l'auto-dépassement du communisme d'appareil par lui-même (au temps du rapport K., avant l'intervention de l'armée russe en Hongrie en 1956) ; et des événements nouveaux, surprenants, inattendus, peuvent encore, qui sait, me faire changer d'avis... C'est que le sens de la Révolution russe, comme celui de la Révolution française, ne cessera de se modifier, se dévoiler, se réobscurcir, se transformer, en fonction des événements futurs dont l'une et l'autre révolution continuent d'être le germe, la matrice... Et, de toute façon, l'incertitude sur les possibilités avortées, lors des bifurcations décisives de l'histoire, marque d'incertitude notre jugement, ce qui amène le problème de notre responsabilité sur un terrain où il y a toujours du découvert. *La responsabilité ne peut évacuer le pari, le risque, le danger d'irresponsabilité*.

Et, de toute façon, quand je considère non plus la responsabilité politique du politique, mais la responsabilité politique de l'intellectuel, qui se joue au niveau théorique, comment ne pas être saisi devant le gouffre d'irresponsabilité/responsabilité ? En dressant son diagnostic historique d'économisme et d'humanisme sur Staline, Althusser était persuadé alors qu'il effectuait une appréciation scientifique, sans savoir que ses critères de la scientificité étaient débiles. Althusser est ainsi à la fois terriblement responsable et terriblement irresponsable d'un fourvoiement intellectuel et politique lamentable et planétaire. Mais il est certain qu'au nœud gordien de tout cela, il y a eu l'erreur fondamentale sur le problème de la vérité et de l'erreur, il y a eu le règne dévorant, idéaliste – sous le couvert du matérialisme – de l'abstraction se prenant pour le réel, il y a en somme toute les carences de la pensée simplifiante, disjonctive (la coupure épistémologique), réductrice, tous les mécanismes de l'idéologie close. Ce qui nous pose toujours, inlassablement, au cœur du problème de *la responsabilité morale* de chacun, *le problème de savoir voir et savoir penser sa pensée*.

Le jeu sacré

Lorsqu'une idée politique se croit scientifique, et non pas projection de l'esprit sur le réel ; lorsqu'elle croit posséder la vérité logique de la mathématique, la vérité opératoire de la raison, la vérité ontologique du réel, alors tout obstacle, toute contradiction devient erreur ou mensonge à *éliminer*. Alors, la vérité ne saurait accepter une règle du jeu qui ferait sa place à l'opposition, à la contradiction, et qui rendrait incertaine et aléatoire la victoire de sa cause. D'où l'horreur portée à la « démocratie bourgeoise », c'est-à-dire à la règle du jeu pluripartidaire.

Ici, au contraire, s'impose à nous une éthique politique qui nous dicte de jouer le jeu de la vérité et de l'erreur, *non de le contrôler*, c'est-à-dire de l'empêcher de jouer. *Ce qui est le plus sacré, ce n'est pas la vérité, c'est le jeu de la vérité*. C'est l'existence de ce jeu qui est sacré, même si le jeu se joue toujours mal, avec beaucoup de tricheries, de bluff, de ruses, de fausses informations, même si l'exercice de ce jeu détermine la victoire de l'erreur. Ce jeu est ce qui ne doit pas être transgressé. Avec une seule exception, inconnue : car pour sauver la loi qui ne doit pas être transgressée, il y a un moment, une seule fois peut-être, où il faut justement la transgresser. *Toute règle doit à un moment être violée pour être respectée. Mais quand ?* A quel moment l'événement sera-t-il assez é-norme pour que la norme sorte de ses gonds ?

Responsabilité politique et irresponsabilité intellectuelle

J'ai distingué le politique et l'intellectuel sur le plan de la responsabilité. Je veux dire aussi que l'intellectuel, non seulement n'a pas la même responsabilité, mais aussi, qu'il a droit à l'irresponsabilité des idées.

En effet, il est courant, depuis Paul Bourget, et cela est revenu aujourd'hui à propos des intellectuels justifiant le ter rorisme, que l'on condamne l'intellectuel pour avoir propagé des idées qui, entre les mains des disciples et des militants, deviennent meurtrières, y compris pour les disciples et militants. Or, il est certain que, quand il y a connexion directe et visible entre un écrit incitant et un acte meurtrier, l'auteur du meurtre est plus la main à plume que la main à couteau.

En dehors de ces cas limites, il y a un clair-obscur, il y a une zone d'interférences entre l'imaginaire, le fantasme, l'idée, le réel. Il y a le jeu des idées. Certes, toute idée, dès qu'elle devient porteuse de foi, est douée d'une force terrible : force explosive et/ou force soporifique. Mais le libre jeu des idées est bloqué dès lors que l'on envisage les conséquences éventuellement négatives de telle ou telle idée... Il faut donc laisser les intellectuels jouer avec les allumettes. Mais c'est aux intellectuels, eux, de comprendre que les idées sont aussi des allumettes, que le jeu des idées n'est pas innocent, qu'il doit être toujours finalisé par le problème de la vérité et de l'erreur, ce qui nous ramène encore au problème fondamental : savoir voir, penser notre pensée. Ce problème est fondamental non parce qu'il est décisif ; ce qui est décisif relève de la rencontre de facteurs et d'acteurs de toute sorte ; il est fondamental parce que c'est le seul sur quoi chacun peut avoir personnellement prise, encore que ce soit jusqu'à présent ce sur quoi chacun ait eu le moins prise : *sa propre pensée*.

Les quatre sources de la morale

La morale universelle, anthropocentrique, s'affirmait par exclusion du sujet égocentrique. Or le sujet égocentrique est celui-là même qui conçoit la morale universelle. Il ne peut s'exclure : il ne peut que se subordonner ou s'identifier à la morale universelle, et le « saint » est celui qui de façon constante et continue poursuit cette subordination ou identification. Mais l'éthique universelle ne peut être pour tous continue et constante, et l'éthique ne peut que demeurer tétraéthique, qui comprend, et non élimine, l'égocentrisme vital, et qui, de même, comprend et reconnaît les liens éthiques privilégiés pour les siens et pour les proches.

Le pour-soi : pour tous

Réciproquement, l'éthique égocentrique pour soi est en même temps potentiellement, une éthique pour autrui et pour tous, sans cesser d'être « égoïste ». C'est ce que nous montre le spectacle de la vie : chacun œuvre égocentriquement pour soi, mais tout son être égocentrique est en même temps voué à des fins de reproduction génocentrique, tout son comportement égoïste est en même temps voué à la propagation de sa semence et la protection des rejetons : de plus, les actions égo-géno-centriques contribuent, par le jeu des inter-rétroactions, à la constitution et au maintien des écosystèmes.

Par ailleurs, il est chez l'être humain, une éthique pour soi qui est en même temps une éthique pour autrui et une éthique pour tous. C'est l'éthique qui nous enjoint :
– d'entretenir notre autonomie d'esprit ;
– d'essayer d'être juste et vrai ;
– de sauvegarder notre intégrité ;
– de corriger nos dérives ;

– de ne pas être possédés par ce que nous possédons ;
– de tenter de transformer nos événements en expérience, notre expérience en sagesse ;
– de tenter de nous bonifier en vieillissant, c'est-à-dire d' « être meilleurs ».

Pour les proches

Notre passé a été marqué par les impérieux devoirs de solidarité de clan et de famille. Ces devoirs tombent, avec l'atomisation individuelle et les protections sociales (assurances, retraites, etc.). Et il se trouve que, dans l'évolution rapide qui élargit les fossés entre générations, nous nous sentions fort loin de nos proches et étrangers aux nôtres. Mais aux frères perdus de l'ancienne famille ou tribu se substituent des frères d'élection ou amis. Ici peu importe : je ne parle spécialement ni de la famille ni des amis, mais je parle des *nôtres*, de ceux que nous aimons, de ceux avec qui nous avons un lien de proximité, non seulement ou tant spatiale qu'affective et morale. Les seuls vrais rapports « humains » sont ceux de personne à personne, et, si elle la vaut, aucune morale abstraite supérieure ne prévaut contre la morale concrète pour les gens qu'on aime et qu'on aide. Je dirais même qu'il y a une morale du « toit » ou du territoire qui consiste à donner droit d'asile à quiconque, même ennemi, se réfugie chez soi ; le respect de l'étranger chez soi est lié au privilège accordé au proche par rapport à tout étranger. Il y a là une vérité morale concrète qu'il faut d'autant moins oublier que nous sommes soumis aux devoirs généraux abstraits émanant de la société, et, que nous sommes menacés par l'horrible devoir d'État qu'imposèrent les polices stalinienne et nazie, de dénoncer le fils, le père et le frère. La morale sociale abstraite, fondée sur la négation de tous liens concrets, devient par là l'antimorale, et il est aujourd'hui d'importance vitale, non seulement éthique, mais politique, de maintenir le privilège de la relation concrète.

L'éthos politique : l'au-delà militant

Chacun subit l'éthos social sous forme d'injonctions, contraintes, nécessité d'obéir. Mais, comme nous l'avons déjà vu, il est une minorité d'individus qui se sentent intérieurement voués à l'intérêt général et au devoir politique. Ces individus deviennent alors des militants.

Le militant, dans son principe, est le sel de la terre. Il se détache de l'égoïsme qui l'environne pour se consacrer aux fins collectives. Il est prêt à risquer sa vie pour la cause qu'il soutient et qui le soutient. Il sécrète les vertus de ferveur, solidarité, fraternité.

Ici, une fois de plus dans l'histoire, les sous-produits de l'action militante en sont devenus les produits principaux sous l'effet du bureaucratisme et du sectarisme de parti. La stratégie a fait place à l'obéissance militaire. La vision dialectique de la lutte est devenue manichéisme. Le langage de la persuasion est devenu litanie. Le parti-moyen devient le parti-fin. Le militant devient incapable de comprendre les non-militants ou les militants d'autres causes. Il les voit d'autant plus aliénés et inconscients qu'il s'aliène lui-même dans son parti et qu'il perd conscience de la multidimensionnalité de la réalité humaine, sociale, culturelle, qu'il réduit de façon monotone à son schéma politique. Il retire son amitié à tout déviant, tout exclu de la cause. Il hait aussitôt l'ami perdu, perdant par là même le sens de l'amitié. Il vit dans un état de transe, d'hystérie, persuadé de l'état d'urgence, tout en étant d'une patience indéfinie quand la promesse s'éloigne aux horizons. Il unit en lui finalement ce qu'a de pire la pensée réductrice/simplifiante et ce qu'a de pire la pensée mythologique/illusionnante. Ainsi l'action militante devient mutilante. Madeleine Szcozodrowski, au terme de son expérience militante *(Sans consigne ni retour)* se demande si les formes du militantisme qu'elle a expérimentées, outre qu'elles peuvent se tromper d'objet, ne sont pas coupables de conduire les hommes dans une voie sans issue, si ce n'est une issue fatale.

Cette déformation n'est pas liée à toute formation militante, loin de là. Elle est liée surtout au modèle jésuito/bureaucratico/militaire d'organisation politique, à la conception caporalisée de l'action politique. Il faut donc rompre le modèle organisationnel et rompre avec le modèle idéologique pour que les vertus militantes puissent s'exprimer dans un au-delà du militantisme : c'est en effet *l'animateur/responsable* qui doit réapparaître en brisant le corset militant. L'animateur/responsable n'ordonne pas, mais organise ; il ne manipule pas, mais communique ; il ne dirige pas, mais anime.

L'animateur/responsable n'obéit pas à un programme et n'impose pas son programme. Il élabore et ré-élabore sans cesse sa stratégie d'action, en veillant au problème constamment posé par l'opposition entre le manichéisme des finalités et l'empirisme des stratégies, en veillant sans cesse aux risques de dérive, de transmutation de fins en moyens et moyens en fins, aux inversions du sens de l'action... Il propose et inspire. Le modèle devient alors non pas celui du médecin qui connaît le médicament dont a besoin le corps social malade, mais celui de l'acupuncteur qui stimule un centre périphérique lequel, de proche en proche, éveillera l'organisme qui de lui-même opérera sa cure.

Est-ce dire que l'action sociale doive se passer de toutes organisations ? Est-ce condamner les partis ? Je pense au contraire qu'une société a besoin de pluralité politique, donc de *partis*, c'est-à-dire, comme l'indique correctement le mot même, de parties diverses, concurrentes et antagonistes, mais complémentaires dans ce sens que leur concurrence/antagonisme réalise la nature même de la démocratie. Mais je pense que tout parti doit lutter contre sa tendance à s'autofinaliser et à se prendre pour le tout, que tout parti à tendance bureaucratique doit s'employer à s'autoréformer sans cesse, qu'il faut rompre avec le parti à la fois sectaire, bureaucratique, militaire, jésuite. Je pense qu'on peut prendre parti, non seulement dans les partis, mais dans les associations, ligues, coalitions qui s'imposent selon les buts visés. Je pense qu'il faut dépasser les formes de partis telles qu'elles existent présentement.

L'anthropo-éthique

La quatrième éthique, l'anthropo-éthique, consacre à la fois l'homme en tant qu'individu et l'humanité en tant qu'humanité.

Dans le premier sens, il s'agit, d'une part, de la reconnaissance en tout être humain d'un *ego-alter* réel et d'un *alter-ego* potentiel, d'autre part, politiquement, du problème des droits de l'homme.

Les droits de l'homme ont été aussi décriés que le pluralisme politique, sans doute parce qu'ils sont non dissociables et que leur dissolution est indispensable au totalitarisme.

La vulgate marxiste a fait des droits de l'homme une ruse, un masque, un alibi, tout au plus une superstructure, un luxe secondaire, qui doivent toujours et partout être sacrifiés pour faire la révolution et nourrir les affamés. Or, j'ai déjà indiqué que la liberté n'est pas ce qui empêche le prolétaire de manger, c'est ce qui empêche de dissimuler la famine (ainsi on évalue aujourd'hui à quarante millions les morts de faim en Chine, de 1959 à 1962, époque où la famine avait été officiellement liquidée par la pensée Mao-zedong).

Mais comment prendre au sérieux les droits de l'homme quand l'homme n'a pas de statut théorique, quand la science ignore sujet et liberté, quand l'ancien humanisme abstrait est en miettes, lorsque Dieu, protecteur douteux, est en sommeil ?

Or, je l'ai montré, nous pouvons désormais disposer d'une science de l'autonomie qui reconnaît la réalité, non métaphysique, non suprabiologique, non suprasociale, mais physiquement, biologiquement, sociologiquement dépendante de l'individu-sujet et de la liberté. Nous pouvons fonder la notion d'homme, non sur le mythe humaniste, mais sur la réalité bioculturelle de l'hominisation [13].

Enfin, nous pouvons concevoir que les droits de l'homme relèvent, non pas de l'idéalisme ou du mythe, *mais des exigences de complexité propre à la société ouverte*.

(13) Cf. E. Morin, *Le Paradigme perdu : la nature humaine*, éd. du Seuil.

L'autre aspect de l'anthropo-éthique concerne, ai-je dit, l'humanité en tant qu'humanité. Le sens très ancien et très nouveau de ce terme « humanité » va nous apparaître dans le chapitre suivant.

Conclusion : le pari

Nous vivons plusieurs vies en une seule vie. Nous vivons notre vie tout en vivant la vie léguée par nos mère et père, la vie de nos enfants et de nos proches, la vie de la société, la vie de l'espèce humaine, la vie de la vie...

D'où nos multiples *éthos*. D'où la pluralité, la concurrence, l'antagonisme entre les quatre éthos dans le *temps*. Nous vivons aussi bien dans le présent du plaisir, de la jouissance, de la souffrance, que dans le continuum à moyen terme de nos travaux et projets, que dans le devenir à la fois court, moyen, long, indéfini, de notre société, de l'humanité, de la vie.

Dès lors, la politique de notre vie et notre vie politique doivent être conçues à la fois dans l'instant, le moyen terme, le devenir, ce qui comporte incertitude et contradictions, mais qui est, biologiquement parlant, la *seule* façon de vivre : si la cellule originelle n'avait pensé qu'à « jouir », elle aurait négligé de constituer des réserves et de se reproduire ; si elle n'avait songé qu'à se reproduire, elle aurait négligé de vivre, condamnant du coup sa propre reproduction. Ainsi, nous devons vivre pour vivre notre vie tout en vivant pour les autres vies, actuelles et potentielles, qui font partie de nos vies et dont nous faisons partie. Nous devons vivre privément et publiquement, individuellement et socialement, non politiquement et politiquement, dans l'instant, le présent, l'immédiat, le futur, le devenir...

La politique n'est pas seulement présent, n'est pas seulement futur. Nous vivons dans une histoire où (nous allons le voir dans le chapitre prochain) la relation passé/présent/futur est extraordinairement interdépendante et complexe. Mais l'histoire comme l'amour, hélas beaucoup plus rarement, connaît des moments d'extase, et qui, encore hélas, se dissipent rapidement, mais laissent à ceux qui les ont vécus, le goût politique de vivre, et nous ré-injectent, pour une bonne période, l'espoir. Ainsi, en fut-il, en ce qui me concerne, de la libération de Paris, du rapport Khrouchtchev, de l' « octobre polonais » de 1957, de la « révolution hongroise » concomitante, du « printemps de Prague » en 1968, du mai 1968 parisien, de l'avril portugais 1973, de l'été polonais 1980. Il en est d'autres, ailleurs, en Afrique, Asie, Amérique latine, que je n'ai pas vécus, même de loin, par l'esprit... Ces événements-fêtes sont aussi importants, du point de vue politique, que la fusion d'amour entre deux êtres, laquelle tout en se consumant toute dans l'extase lance vers l'avenir sa semence !...

Mais l'extase ne se programme pas d'avance. L'extase surgit. A nous de la vivre. En attendant qu'elle survienne ou non, il nous faut encore, sans cesse, nous reposer la question « Que faire ? ».

Nous devons d'abord *tout faire* pour tirer le bilan d'une expérience énorme, renversante, terrifiante, l'expérience de notre siècle. La leçon à tirer de cette expérience est évidemment ambiguë. La leçon que j'en tire est, non pas qu'il faille revenir aux formes traditionnelles de politique, mais qu'ils nous faut une autre politique. La leçon, plus importante encore, que j'en tire, est que pour une autre politique, il nous faut une *autre pensée* : une pensée qui reconnaisse l'importance clé du problème de l'erreur, la fragilité de la vérité, le mystère du mythe, la multidimensionnalité du réel, l'extrême complexité des choses humaines, l'aventure du devenir... Alors la pensée complexe pourra nourrir une politique complexe et devenir elle-même force politique.

Cette autre politique, il faut le dire, non avec prudence, mais sans aucune précaution, comporte en elle le risque de façon consubstantielle. Le jeu de la vérité comporte risques, le jeu de la démocratie comporte risques, le jeu de la révolution comporte risques, et jouer tous ces jeux à la fois comporte multirisques. Nous n'éliminerons jamais l'incertitude, l'erreur, nous n'abolirons jamais les forces de dégradation et de désintégration. Et, jusqu'à présent, tout nous dit, qu'à la fin des fins, elles vaincront. Mais là encore, il n'y a nulle certitude...

Que faire ? Nous savons que l'incertitude, la peur du risque, le surgissement des contradictions nous paralysent et nous vouent à l'impuissance. Mais nous savons aussi qu'une action est inconcevable sans risque. L'incertitude, la contradiction nous incitent aussi à parier. Parier, c'est agir ; agir, c'est parier.

Le pari est dans toute action. Le pari est dans toute idée. La foi religieuse est devenue moderne lorsque Pascal l'a fondée sur le pari. La foi révolutionnaire deviendra moderne lorsqu'elle se fondera sur le pari et non plus sur les « lois de l'histoire ». Lukács avait, dans sa jeunesse, introduit le pari dans le marxisme, mais, réprimandé, effrayé, il avait fait marche arrière et chanté la certitude. *Le pari est dans toute vie, qui est jeu, et le pari politique lie indissolublement le jeu de nos vies personnelles, le jeu de la vie sociale, le jeu de la vérité et de l'erreur.*

Parions donc, puisque ne pas parier est le mauvais pari, le mauvais parti. Mais voyons ce qu'est l'enjeu, voyons ce qu'est le jeu, voyons où en est le jeu du monde.

Troisième partie

Où va le monde ?

L'interdépendance passé/présent/futur

La prospective des années soixante posait que le passé était archiconnu, que le présent était évidemment connu, que le socle de nos sociétés était stable, et que, sur ces fondements assurés, l'avenir se forgeait dans et par le développement des tendances dominantes de l'économie, de la technique, de la science. Ainsi, la pensée techno-bureaucratique croyait qu'elle pouvait prévoir l'avenir. Elle croyait même, dans son optimisme débile, que le XXIe siècle allait cueillir les fruits mûrs du progrès de l'humanité.

Mais, en fait, les prospectivistes ont édifié un futur imaginaire à partir d'un présent abstrait. Un pseudo-présent engraissé aux hormones leur a tenu lieu de futur. Les outils grossiers, mutilés, mutilants qui leur servent à percevoir, concevoir le réel les a rendus aveugles non seulement à l'imprévisible, mais au prévisible. Je ne résiste pas au plaisir de reciter l'expert des experts, Robert Gibrat, président des Sociétés statistiques de France : « Les experts se sont régulièrement trompés depuis vingt ans. »

C'est qu'ici encore, et surtout, il faut, pour concevoir le devenir historique, substituer une conception complexe à la conception simpliste régnante. La conception simpliste croit que passé et présent sont connus, que les facteurs d'évolution sont connus, que la causalité est linéaire, et, par là, que le futur est prédictible.

Passé ⟶ Présent ⟶ Futur
(connu) (connu) (connaissable : prédictible)

En fait, il y a toujours un jeu rétroactif entre présent et passé, où non seulement le passé contribue à la connaissance du présent, ce qui est évident, mais aussi où les expériences du présent contribuent à la connaissance du passé, et par là le transforment.

Passé ⇄ Présent

Le passé est construit à partir du présent, qui sélectionne ce qui, à ses yeux, est historique, c'est-à-dire précisément ce qui, dans le passé, s'est développé pour produire le présent. La rétrospective fait ainsi sans cesse – et en toute sécurité – de la prospective : l'historien qui traite de l'année 1787-1788 prévoit avec perspicacité ce qui, dans les événements de ces années, prépare l'explosion ultérieure (évidemment totalement ignorée par acteurs et témoins de cette période prérévolutionnaire). Ainsi, le passé prend son sens à partir du regard postérieur qui lui donne le sens de l'histoire. D'où une rationalisation incessante et inconsciente, qui recouvre les hasards sous les nécessités, transforme l'imprévu en probable, et annihile le possible non réalisé sous l'inévitabilité de l'advenu. Comme, de plus, le présent se modifie, que les expériences se succèdent, c'est, à chaque nouveau présent, une refocalisation qui modifie le passé, comme on l'a bien vu pour la Révolution française, non seulement sans cesse re-écrite au XIXe siècle, mais plus que jamais récrite au XXe siècle à travers les expériences du socialisme (Jaurès), du bolchevisme (Mathiez), du stalinisme (Soboul), du libertarisme (Guérin), de la déstalinisation (Furet/Richet) (14).

(14) Nous savons parfaitement les dates et le déroulement des événements de la Révolution française. Mais le sens et l'effet des actions décisives de ladite révolution sont encore controversés. La Terreur a-t-elle sauvé la

Ainsi donc, nous découvrons une brèche dans le passé, à quoi correspond une brèche dans le présent : *la connaissance du présent nécessite la connaissance du passé qui nécessite la connaissance du présent.*

D'autre part, et surtout, la plus grande illusion est de croire connaître le présent parce que nous y sommes. Tout l'effort de ce livre, dans un sens, s'attache à la difficulté de déterminer le visage du présent.

Or, le futur naît du présent. C'est dire que la première difficulté de penser le futur est la difficulté de penser le présent. L'aveuglement sur le présent nous rend *ipso facto* aveugles au futur. Ainsi, il était patent, après 1950, que nous mettions notre économie sous la dépendance du pétrole, lequel dépendait de nations de moins en moins dépendantes de l'Occident, lequel, lui, devenait vitalement dépendant de ce qui était auparavant sous sa dépendance. L'étonnant est que, à part exception (Louis Armand), cela a été inaperçu et exclu des prévisions de l'époque. La perspective sur le présent est donc nécessaire à toute prospective.

Mais il ne suffirait pas de penser correctement le présent pour être capable de prévoir le futur. Certes, l'état du monde présent contient en puissance les états du monde futur. Mais il contient des germes microscopiques, qui se développeront, et qui sont encore invisibles à nos yeux. D'autre part, bien qu'elles dépendent de conditions pré-existantes, donc existant déjà dans le présent, les innovations, inventions, créations à venir ne peuvent encore être conçues avant leur apparition (ce sont seulement les conséquences des créations/inventions actuelles qui peuvent être éventuellement imaginées). Cette

république ? Robespierre et Saint-Just, en frappant modérés et enragés, ont-ils en fait sapé l'assise même de la révolution, préparant sans le vouloir Thermidor et Bonaparte ? Effets et contre-effets s'enchevêtrent. D'autre part, les phénomènes mal élucidés, comme le jacobinisme, sont réinterrogés (Cochin, Furet) et nous posent de nouvelles interrogations... Il y a fragilité dans le savoir historique le plus assuré. Celui-ci, comme tout savoir scientifique, est, en dépit de ses corrections et vérifications, sans cesse remis en question sous l'effet de documents nouveaux, ou, plus encore, du nouveau regard sur les documents anciens.

part décisive du futur n'a donc pas encore pris forme dans le terreau du présent. Le futur, avant qu'il n'arrive, est là (comme nous le montre l'exemple de notre dépendance énergétique) en même temps qu'il n'est pas encore là. Le futur, ce sera un cocktail inconnu entre le prévisible et l'imprévisible.

A tout cela, il faut ajouter que le futur est nécessaire à la connaissance du présent. C'est lui qui va opérer la sélection dans le grouillement d'actions, interactions, rétroactions qui constituent le présent. C'est lui qui nous dévoilera les vrais opérateurs du futur. C'est à la lumière du futur devenant présent et faisant du présent un passé, que les acteurs principaux du présent rentrent dans l'ombre, deviennent des comparses, des utilités, tandis que sortent de l'ombre, de la coulisse, de sous les tables, de derrière les rideaux, les joueurs véritables dans le jeu du temps.

Ainsi donc la connaissance du présent est nécessaire pour la connaissance du futur, laquelle est nécessaire pour la connaissance du présent.

C'est dire du coup que la connaissance du passé et du présent sont lacunaires, comme l'est la connaissance du futur, et que ces connaissances sont interdépendantes : la connaissance du passé est subordonnée au présent, dont la connaissance est subordonnée au futur.

Il nous faut donc abandonner le schéma simplificateur apparemment évident :

passé ⟶ présent ⟶ futur

pour la conception complexe :

passé ⇄ présent ⇄ futur

Une telle conception, de par les incertitudes qu'elle apporte dans l'apparemment assuré, le passé et le présent, semble devoir frapper de nullité toute tentative de prévoir le futur. En fait, elle dévoile la nullité des prospectives et futurologies qui prétendaient se fonder sur le socle du présent. Elle nous fait certes renoncer à toute vision assurée du futur, mais cela aurait été folie de croire qu'une prospective puisse se substituer avec la même assurance, à la prédiction des prophètes ou des astrologues. Elle nous appelle à un grand et difficile effort, celui de faire entre-communiquer notre passé, notre présent, notre futur, de façon à constituer une boucle génératrice de connaissance plus lucide du présent et de projections suffisamment incertaines sur le futur.

Pour cela, nous disposons d'un instrument de liaison qui est la connaissance des principes de ce qui fait passer du passé au présent et du présent au futur, c'est-à-dire qui permettent de concevoir l'évolution historique.

L'évolution n'obéit ni à des lois ni à un déterminisme prépondérant. L'évolution n'est ni mécanique ni linéaire. Il n'y a pas un facteur dominant en permanence qui commande l'évolution. Le futur serait effectivement très aisé à prédire si l'évolution dépendait d'un facteur prédominant et d'une causalité linéaire. Il nous faut au contraire partir de l'ineptie de toute prédiction fondée sur une conception évolutive aussi simpliste. La réalité sociale est multidimensionnelle ; elle comporte des facteurs démographiques, économiques, techniques, politiques, idéologiques... Certains peuvent dominer à un moment, mais il y a rotativité de la dominante. La dialectique ne marche ni sur les pieds ni sur la tête, elle tourne, parce qu'elle est avant tout jeu d'inter-rétroactions, c'est-à-dire boucle en mouvement perpétuel.

C'est dire du même coup que tout ce qui est évolutif obéit à un principe polycausal. La causalité est une polycausalité où non seulement les inter-rétroactions s'entrecombinent et s'entrecombattent, mais aussi où tout processus autonome produit sa causalité propre tout en subissant les déterminations extérieures, c'est-à-dire comporte une auto-exo-causalité complexe. En même temps, nous l'avons vu dans ce livre et ailleurs (*La Méthode*, I, p. 257-271 et II, p. 81-83), les actions dérivent, dévient, inversent leur sens, provoquent des réactions et contre-actions qui les submergent. D'où les effets boomerangs où le coup vient frapper non pas l'ennemi, mais l'auteur, et les effets « pervers », dont nous commençons à percevoir la grouillance.

Enfin, les inventions, innovations, créations, techniques, culturelles, idéologiques, surgissent, modifient l'évolution, voire la révolutionnent et font dès lors évoluer les principes d'évolution.

Les innovations/créations constituent des déviances, lesquelles peuvent s'amplifier et se fortifier en tendances, qui peuvent soit s'introduire dans la tendance dominante et en modifier l'orientation, soit se substituer à elle. Ainsi, une évolution, qu'elle soit biologique, sociologique ou politique, n'est jamais frontale ni régulière. L'histoire ne s'avance pas massivement comme un fleuve. Elle bourgeonne de façon marginale, se développe de façon déviante selon le schéma :

innovation ⟶ déviance ⟶ tendance ⟶ nouvelle norme ou orthodoxie

Le passage à la déviance est en même temps une bifurcation d'où peut naître un schisme, et où se développent des formes nouvelles (schismo-morphogénèse). Les oppositions peuvent conduire à des conflits. Les nouvelles tendances se développent en ruinant les anciennes structures, cultures, institutions. Le capitalisme, par exemple, n'est pas né frontalement du développement des forces productrices du monde féodal. Comme l'a montré Baechler, il est tout d'abord apparu en parasite dans la société féodale où il s'est auto-éco-développé, corrompant et décomposant cette société.

Ainsi, le jeu du devenir est d'une prodigieuse complexité. L'histoire innove, dérive, titube. Elle change de rail, se déroute : le contre-courant suscité par un courant se mêle au courant, et, le déroutant, devient le courant. L'évolution est dérive, déviance, création, et elle est ruptures, perturbations, crises. Le développement de l'industrie s'est fait, non pas sur le sol de la civilisation précédente, mais en bouleversant de fond en comble la société traditionnelle, déportant en masse les ruraux dans les faubourgs, brisant les liens et solidarités sous la relation monétaire, ruinant les cultures millénaires...

De plus, il est des occurrences critiques, crisiques, incertaines où l'histoire hésite, soit sous la poussée de forces contraires qui s'entre-annulent temporairement, soit aux moments carrefours où s'opèrent des élections, s'ouvrent des successions, soit dans les bifurcations qui se présentent aux avancées d'un devenir aventureux. Dès lors, il suffit d'une très faible inflexion initiale, d'un très faible déplacement, d'un aléa, d'une ou quelques décisions pour que tout le cours soit détourné. Aujourd'hui, de plus, l'histoire porte dans ses flancs une charge explosive mortelle et pourrait exploser en plein vol.

Ainsi, dans le jeu tourbillonnaire d'innovations/déviations/tendances / contre-tendances / schismo-genèses / morphogénèses/conflits/crises/bouleversements qu'est le jeu du devenir, sans cesse se produisent détournements et retournements des processus, permutation des fins devenant moyens, des moyens devenant fins, transformation des produits principaux en sous-produits et *vice versa*. Ainsi, la pollution, sous-produit de l'industrialisation, peut devenir son produit principal. Les bienfaits vitaux de la réduction de la mortalité infantile peuvent entraîner les périls mortels du déferlement démographique... Et tout cela, à nouveau, peut se renverser, selon que l'on corrige ou bonifie la technique, que l'on multiplie la production des substances et qu'on en améliore la répartition. Aussi, aucun facteur ne peut être considéré comme durablement stable, constant, isolable, dans l'examen concret du devenir, et du coup rien ne peut être prédit assurément, tout doit être présagé conditionnellement.

Pour toutes les raisons indiquées ci-dessus, l'évolution ne suit guère le processus qui paraît probable à un présent donné. Celui-ci ne connaît pas l'innovation non encore advenue, ne voit pas les germes encore microscopiques qui vont connaître un développement accéléré, ne saurait prévoir les effets des innombrables inter-rétroactions qui constituent la vraie causalité complexe, ne perçoit pas encore les inversions de sens et les permutations de finalités qui marqueront les processus futurs. Dès lors, l'avenir appartient à l'improbable plus qu'au probable, surtout si l'évolution continue de la façon accélérée et multiple que connaît notre siècle. De fait, le passé ne cesse de nous indiquer que l'évolution est l'évolution seulement quand elle n'a pas suivi le processus probable. Les futurologues de l'ère secondaire, venus d'outre-galaxie observer la Terre, n'auraient pas prédit que les énormes sauriens hypercuirassés régnant alors sur notre planète auraient disparu quelques minutes cosmiques après leur triomphe, pour faire place à des petits mammifères désarmés. Ils n'auraient pu supposer que dans l'univers végétal aux sobres habits verts, éclateraient soudain des fleurs multicolores. De même, l'aventure d'*homo sapiens* aurait été imprévisible et inconcevable au futurologue revenu visiter la planète il y a cent mille ans. Et qui, il y a moins de quinze mille ans, à contempler une diaspora humaine de petits groupes chasseurs-ramasseurs semi-nomades, sans État, sans ville, sans agriculture, aurait pu prévoir le surgissement de l'État, de la ville, de l'empire ?

C'est dire qu'un principe d'incertitude irréductible affecte le futur. Plus encore : la béance de l'avenir frappe d'incertitude le présent dont on ne saurait certainement déterminer le(s) sens, atteint le passé, et affecte toute l'aventure humaine (qui, si elle aboutit à l'anéantissement atomique, devient échec absolu).

La reconnaissance de cette incertitude ne doit pas seulement nous faire renoncer aux prévisions simplettes et débiles qui firent la fortune des instituts futurologiques des années soixante. Elle doit nous apporter de l'incertitude en réponse à nos certitudes présentes. Elle doit nous faire affronter la grande difficulté centrale : penser notre présent, c'est-à-dire les mouvements de notre monde présent.

Le grand progrès apporté par la décennie 1970 a été la reconnaissance de l'incertitude. C'est bien le premier sens qu'apporte avec lui le mot de « crise » : le surgissement de l'incertitude là où tout semblait assuré, réglé, régulé, donc, prédictible. Les économistes et sociologues « bourgeois » des années 1960 croyaient que la société « industrielle », puis « postindustrielle » reposait sur du roc, que nous étions quasi à la fin de l'histoire, au moment d'accomplissement presque ultime de la « bonne société », celle qui établit paix, sécurité, bien-être, bien-aise, pour tous ses ressortissants, et que l'avenir, en somme, n'était que la continuation du présent affecté d'un taux de croissance régulier (notre sympathique sociologue des loisirs n'avait-il pas imaginé même un « taux d'accroissement culturel » !). De l'autre côté, le marxisme officiel assurait que la révolution fondamentale était accomplie là où régnait le régime stalinistique, identifié au « socialisme réel ». Or nous commençons à comprendre aujourd'hui que ce n'est pas seulement l'Occident qui est entré dans une crise économique et culturelle, mais que le socle de l'une et de l'autre société dérive et se craquelle et que la planète est autant en transes volcaniques qu'en « voie de développement ». Nous entrevoyons qu'aucune étoile ne guide l'avenir, que celui-ci est ouvert comme jamais dans les siècles précédents, puisqu'il comporte désormais à la fois la possibilité d'anéantissement de l'humanité, celle d'un progrès décisif de l'humanité, et, entre ces deux possibilités extrêmes, toutes les combinaisons, tous les mélanges, toutes les juxtapositions de progressions et régressions sont possibles.

Il nous faut donc tenter de considérer la boucle passé/présent/futur en ayant le sens des complexités propres à l'évolution historique. Prévoir devient dès lors explorer le sens des tourbillonnements du présent. Il ne s'agit plus de vouloir contrôler le futur. Il s'agit de veiller, guetter dans/avec l'incertitude. Comment travailler avec cette incertitude ? En interrogeant ce siècle qui agonise.

Le siècle des crises. Le siècle en crise

Regardons notre siècle, mais d'un regard binoculaire. A supposer qu'un œil de l'esprit ne voie que l'aspect continu, l'autre que l'aspect discontinu, nous avons autant de difficultés à lier ces deux aspects que nous avons difficulté à comprendre qu'un phénomène microphysique puisse être à la fois onde et corpuscule.

Ainsi, du premier œil, nous voyons le continuum progressif,

apparemment linéaire, des développements scientifiques, techniques, économiques, industriels, consommationnistes, civilisationnels, et c'est bien la vision qui règne dans les conceptions sociologiques et techno-bureaucratiques.

Mais ouvrons le second œil : alors, nous voyons un siècle volcanisé par les deux plus grandes guerres, mondiales l'une et l'autre, de toute l'histoire de l'humanité : ces guerres ne sont pas seulement massacreuses et balayeuses de populations ; ce ne sont pas seulement des déferlements de barbarie issus du cœur même de la civilisation, déclenchés par les nations les plus évoluées de l'univers, notamment par la patrie de la poésie, de la musique et de la philosophie ; elles apportent aussi de formidables crises de sociétés, des ruptures dans le devenir, l'avortement et le dévoiement des processus émancipateurs.

La guerre de 1914-1918 n'a pas seulement accouché du communisme d'appareil, en quoi s'est transformé le bolchevisme de guerre civile et étrangère, puis du fascisme italien, et, au terme de quinze ans de crises et convulsions, du nazisme, lequel a accouché de la Seconde Guerre mondiale. La guerre de 1914-1918 a brisé quelque chose de possible. Elle a brisé une autre évolution que symbolisaient les noms de Jaurès et de Liebknecht, et ce sont les déchets aigris de cette histoire brisée qui ont infecté et infesté le XXe siècle. Le siècle a bifurqué en 1914, puis en 1917. On ne peut savoir où il serait allé, mais on peut penser qu'il allait ailleurs. L'histoire humaine a peut-être capoté, avorté en 1914-1918, et nous ne le savons pas encore, car les conséquences de cette catastrophe ne se sont pas encore toutes produites.

Ainsi, deux voies pour comprendre le XXe siècle : l'une de progrès de développement, d'apparente rationalité ; l'autre de convulsions et d'horreurs.

Le Seconde Guerre mondiale n'a pas été la réplique de la première. Elle en a été la continuation. Elle est devenue autre, non pas seulement de par l'accroissement des forces de mort, mais aussi, et surtout, par l'intervention des deux totalitarismes concurrents, ennemis, un moment alliés – pour le déclenchement du conflit –, puis devenant ennemis mortels. Leur guerre s'est mêlée de façon gordienne à la guerre des nations démocratiques mais impérialistes, contre lesquelles ont tenté de commencer à se libérer les peuples qu'elles colonisaient ; lutte équivoque où « le camp de la liberté » travaillait en même temps pour le totalitarisme stalinien et pour sauvegarder l'oppression coloniale ; où le stalinisme travaillait en même temps pour libérer les peuples asservis par l'Allemagne nazie ; où celle-ci, bien que combattant le « bolchevisme », visait non à libérer, mais à asservir autrement, mais davantage, les peuples de l'URSS. Pendant ce temps, à l'autre bout du monde, le Japon asservissait les peuples qu'il libérait.

Il y eut la prise de Berlin, l'an zéro de l'Allemagne. Il y eut Hiroshima, l'heure zéro pour l'humanité.

Il y eut la Libération, les ruines, l'espoir, Yalta, l'entente entre les superpuissances, la guerre froide entre ces puissances. Dans le monde, la décolonisation se met en marche, par révolte, négociation ou guerre, et le processus passe notamment par deux guerres que mène la France, l'une au Viêt-nam, l'autre en Algérie. L'histoire du monde ne cesse d'être heurtée, violente, marquée d'insurrections, de répressions. Et pourtant, en Europe de l'Ouest, dans le sillage des États-Unis, commence en 1950-1955 un nouvel essor économique, un processus d'urbanisation et d'industrialisation. Les prophètes aveugles de la sociotechnocratie voient arriver enfin le dépassement des crises économiques, des tensions sociales, l'assouvissement des besoins de l'humanité, la confluence dans la société industrielle planétaire, le développement généralisé d'une humanité devenue paisible et inter-coopérante.

Comment a-t-on pu croire, sur cette mince, fragile, locale, provisoire pellicule d'Occident, à peine durcie sur le cratère, que l'on bâtissait enfin sur du roc ?

Le XXe siècle n'est-il pas, au contraire, siècle en crise, siècle des crises ? N'a-t-il pas ouvert sa crise propre, en 1914 et, aujourd'hui, ne sommes-nous pas confrontés à des crises s'enchaînant, se combinant, se heurtant, parfois se neutralisant les unes les autres ?

Ici, il nous faut tenter d'éclairer ce terme de crise, devenu creux à force d'usage. Mais disons d'abord que l'emploi multiplié du mot « crise » (crise du progrès, crise de civilisation, crise de l'adolescence, crise du couple, etc.) vient de la multiplication même des symptômes crisiques... Essayons de définir le terme. A un premier regard, la crise se manifeste non seulement comme fracture dans un continuum, perturbation dans un système jusqu'alors apparemment stable, mais aussi comme accroissement des aléas donc des incertitudes. Elle se manifeste par la transformation des complémentarités en antagonismes, le développement rapide des déviances en tendances, l'accélération de processus destructurant/désintégrant (*feed-back* positifs), la rupture des régulations, le déferlement donc de processus incontrôlés tendant à s'auto-amplifier d'eux-mêmes ou à se heurter violemment à d'autres processus antagonistes eux-mêmes incontrôlés.

Or, nous ne sommes pas seulement dans une société où une crise culturelle a surgi (acmé 1968), où une nouvelle crise économique s'étend, sous l'effet de causes exogènes (renchérissement du pétrole) qui réveillent les causes endogènes latentes dans nos sociétés. Nous sommes dans un devenir où la crise nous apparaît, non comme un accident dans nos sociétés, mais comme leur mode d'être ; comme je l'avais indiqué dans mon étude sur la notion de crise (*Communications*, n° 25, 1976) – et je le dis ici sous une formulation qui n'est pas mienne, mais d'Antonio Negri : « La crise n'est pas le contraire du développement, mais sa forme même. »

Les deux idées, l'une que la crise est devenue le mode d'être de nos sociétés, l'autre que le développement comporte en lui-même un caractère crisique,doivent être associées : c'est dans son mouvement transformateur accéléré que le développement des nations comporte en lui destructurations/désorganisations économiques, sociales, culturelles : le développement ne s'effectue pas sur un socle culturel, civilisationnel, sociétal : le développement est inséparable de la destruction/transformation de ce socle, et c'est ce processus désorganisateur/réorganisateur qui est de caractère crisique.

Ainsi, en ce qui concerne les sociétés occidentales, la crise de civilisation, la crise culturelle, la crise des valeurs, la crise de la famille, la crise de l'État, la crise de la vie urbaine, la crise de la vie rurale, etc., sont autant d'aspects de l'être, désormais crisique, de nos sociétés, lesquelles sont certes menacées par cette crise, mais vivent aussi de cette crise.

Il semble en être tout autrement des sociétés stalinistiques. L'apparente immobilité du système, la sclérose et la congélation politique des sommets, la rigueur disciplinaire de la machine, tout cela semble écarter l'idée de crise. Et tout cela constitue effectivement une formidable machine à écarter a tout prix, et sans cesse, toute déviance, tout *feed-back* positif, toute expression de pluralisme, toute manifestation d'antagonisme au pouvoir, c'est-à-dire à éviter tous débuts de processus crisiques. Mais c'est justement toute la société soviétique qui serait en crise et éclaterait, sans ce formidable système répressif/correctif/normatif totalitaire.

D'où cette situation paradoxale : l'empire russe entretient ses facteurs crisiques tout en les réprimant. Ainsi l'agriculture est en crise, mais sans être en crise. Toute la machine industrielle civile subit à la fois un ordre rigide émanant des sommets et un désordre de bric-à-brac, débrouillardises, tricheries, issu de la base ; mais la conjonction de cet ordre et de ce désordre, au lieu de faire crever cette société à la fois de sclérose et de décomposition, est précisément ce qui la fait vivre, l'ordre de contrainte lui apportant colonne vertébrale, le désordre de nécessité lui apportant vitalité. Par ailleurs, l'Empire est virtuellement éclaté puisqu'il y a partout aspiration des nationalités à échapper à la domination grand-russienne, mais l'éclatement demeure imaginaire, bien qu'inscrit dans la réalité, parce que sont réprimés dans l'œuf tous mouvements qui pourraient l'amorcer. Le système politique est d'une stabilité de marbre, mais c'est ce qui le condamne à évoluer de façon crisique, par remplacement brutal d'un clan, d'un leader, conspiration de palais, complot fractionnel au bureau politique.

A considérer URSS et USA, chacune de ces sociétés est en

proie à des oppositions, contradictions, de caractère crisique. Aux USA, les oppositions et contradictions se déploient dans de grands désordres qui ont parfois secoué, ébranlé, et même provisoirement, paralysé l'État. Toutefois, c'est à travers ces désordres que se manifeste la vitalité de la société américaine. A l'inverse, en URSS, le Parti-État refoule le désordre dans les sous-sols de la société, étouffe dans l'œuf toute manifestation d'opposition et d'antagonisme. L'URSS semble beaucoup moins en crise que les USA et, en fait, les facteurs de crises sont inhibés avant d'émerger. Mais la potentialité crisique est, de par là même, infiniment plus grande, et du coup indéfiniment et perpétuellement refoulée. La société américaine peut non seulement supporter crises, conflits, désordres intérieurs, elle ne fait pas seulement que gagner une extraordinaire tolérance à des facteurs qui désintégreraient une société comme la société française, elle peut, du moins jusqu'à un certain seuil, y puiser des forces de réorganisation et d'autocorrection.

USA et URSS sont en même temps deux superpuissances impériales. A considérer depuis 1945 les deux empires, le premier, vieillissant, se racornit ; le second, en pleine croissance, s'étend et se trouve actuellement implanté en divers pays d'Asie et d'Afrique, sans perdre le moindre pouce de terrain en Europe où il a maté les révoltes hongroise, polonaise, tchèque. Sur le plan militaire, chacune des deux superpuissances dispose d'une force fabuleuse et souffre d'une débilité extraordinaire. Nous avons eu à voir la débilité de la fabuleuse force américaine pendant les longues années de la guerre du Viêt-nam. Nous l'avons vue à Cuba. Nous l'avons vue partout. Nous n'avons pas encore vu la débilité de la force russe et peut-être ne la verrons-nous jamais (hypothèse que j'examine plus loin, « L'hypothèse hégémonique et l'Europe »), mais il y a des germes de désintégration au sommet comme à la base de la formidable puissance militaire, et les communications avec ses protectorats périphériques peuvent être aisément brisées. Certes, la mythologie du socialisme stalinistique demeure ferment d'émancipation nationale dans le monde soumis à la domination américaine. Mais partout où la domination russe se substitue à une domination impérialiste antérieure, partout cette mythologie se racornit, s'effiloche, se désintègre, sous l'expérience du « socialisme réel ».

Ainsi, nous avons affaire à deux forces/faiblesses inouïes. L'URSS est le centre de rayonnement du socialisme national, formule des nouvelles classes dirigeantes du Tiers Monde, formule d'espoir des populations lointaines et ignorantes de l'expérience du socialisme « réel », formule de foi et de salut pour des militants et intellectuels dans tous pays, et, par là, le réseau d'influence de l'URSS s'étend sur le monde, jusqu'au cœur du système américain. Mais, d'autre part, c'est au cœur de la vie « soviétique », à Moscou comme dans toutes les provinces de l'immense empire, que rayonne le modèle de vie individualiste occidental et le mythe de l'eldorado américain. Le socialisme n'est pas la réalité vécue des pays « socialistes » mais le masque idéologique qui recouvre le retrait sur la vie privée et les aspirations à une vie de consommation, loisirs et libertés... A son niveau propre, chaque idéologie, chaque mythe, règne chez l'ennemi (avec cette différence que la croyance en l'*american way of life* demeure forte aux USA alors que la croyance en un mode de vie socialiste est nulle en URSS). *Nous sommes paradoxalement et simultanément en une ère stalinistique mondiale et une ère américanistique mondiale.*

Ainsi, chacun des deux superpartenaires dispose de formidables atouts et chacun souffre de gigantesques carences. Chaque super-puissance, comme dit Sallantin, est en même temps super-impuissante. On ne sait qui sera vainqueur. Mais sans doute, la force décisive de l'un viendra de la faiblesse décisive de l'autre. En ce qui concerne l'Europe, par exemple, c'est notre extrême impuissance à tout effort fédérateur et préservateur qui fera la force du colosse, lequel, s'il n'a pas à remuer ses pieds d'argile, n'aura qu'à se baisser pour nous croquer. Souvent, en histoire, l'échec total d'un système doté de la force policière et militaire le catapulte en avant, et lui fait triompher du système qui, lui, était viable...

L'Est et l'Ouest sont l'un et l'autre travaillés par des ferments crisiques. Le Tiers Monde, qui a émergé au monde avec la décolonisation, connaît le développement du sous-développement. La diminution de la mortalité infantile, la désintégration des économies et sociétés traditionnelles, les dégradations apportées par des technologies ignorantes des équilibres écologiques, culturels, sociologiques, une urbanisation de bidonvilles, tout cela a créé nouvelles disettes et nouvelles famines, et on évalue à trente millions par an le nombre de morts par sous-nutrition, dont 15 à 18 pour 100 d'enfants de moins de quinze ans. Dès lors, si tous les processus continuent à ce rythme, y compris ceux de l'accroissement démographique, on atteindra bientôt un milliard de morts par an.

Le Tiers Monde est entre vie et mort. 80 pour 100 de l'humanité y mènent une vie de survie qui devient de plus en plus sous-vie en fonction des besoins et aspirations que leur apporte l'image de la civilisation moderne.

Le problème n'est pas celui de la frugalité et des contraintes climatiques que subissent des sociétés encore archaïques. Le sous-développement n'est pas seulement un héritage d'arriération. C'est aussi le produit de l'implantation forcée du modèle du développement occidental hors des conditions historiques, culturelles, technologiques, qui furent celles du développement occidental, donc modèle abstrait et imposé, modèle techno-bureaucratique ne voyant que la machine industrielle et jamais l'homme, dont la compétence préalable est nécessaire aux machines et dont la culture préalable ne peut s'adapter à l'univers techno-chronométré. En même temps, le développement du sous-développement des bidonvilles, de la désoccupation et de la déculturation de millions d'Africains, Asiatiques, Sud-Américains, est le produit direct ou indirect du développement des zones industrielles avancées. Mais, dans ces zones industrielles avancées, ce développement lui-même ne produit pas que du bien-aise et du bien-être ; il produit aussi de plus en plus du mal-aise et du mal-être, non pas seulement sous forme de nuisances et de pollution, non pas seulement sous forme de contraintes techno-chrono-bureaucratiques pesant sur la vie de chacun, mais aussi sous la forme d'un appauvrissement psychique, moral, mental, dans la vie de millions d'urbains d'Occident livrés à leur égoïsme individualiste, à leurs crispations sur le quantifiant et le quantifiable, c'est-à-dire l'argent, et désormais de plus en plus possédés par les biens matériels qu'ils possèdent, de plus en plus solitaires dans l'atomisation civilisationnelle, de plus en plus malheureux et fermés dans leur chez-soi propriétaire, tout en étant de plus en plus aspirants à l'épanouissement personnel et au bonheur.

Dès lors, partout, dans le monde hyperdéveloppé comme dans le monde en voie de développement, il y a développement de sous-développements inséparables du développement lui-même.

Ainsi, il n'y a pas seulement un développement inégal qui, de ce fait, est un développement des inégalités. Il n'y a pas seulement que tout développement suscite de lui-même crise dans la société, la tradition, la culture où il se produit. Il n'y a pas seulement que le développement est en crise et produit sa propre crise. Il y a que le développement apporte en lui sous-développement, c'est-à-dire que son progrès comporte et apporte des régressions. Le développement nous apparaît du coup comme une réalité crisique et critique apportant autant de destructions que de créations, autant de régressions que de progressions, et nous nous rendons compte que l'idée de développement, sous sa forme simpliste et euphorique, économistique et technologique, était un mythe dément de la pensée techno-bureaucratique moderne : une fois encore, le délire abstrait se prenait pour la rationalité !

Régression dans la progression et progression de la régression

L'idée de progrès semblait évidente à la fois comme direction assurée et comme progression effective. La croissance économique semblait déterminer le développement économique, lequel déterminait le développement social et individuel. L'accroissement quantitatif entraînait de lui-même l'épanouissement qualitatif. Or, cette idée de progrès était métaphysique dans le sens littéral où elle ignorait la loi, ou plutôt, l'anti-loi physique fondamentale : nous sommes dans un univers où joue un principe d'agitation, de dispersion, de désordre, où tout travail comporte déperdition et dégradation d'énergie, où toute organisation comportant du travail – depuis l'organisation des étoiles juqu'à celle des êtres vivants – produit par là même sa propre désorganisation, contre quoi elle lutte par autoréorganisation permanente, mais qui, finalement, l'emporte et produit la mort : ainsi les étoiles comme les vivants sont promis à la mort. Tout progrès est partiel, local, provisoire, et, de plus, produit de la dégradation, de la désorganisation, c'est-à-dire du régrès. L'évolution biologique peut être considérée comme un progrès buissonnant à partir d'une archaïque vie unicellulaire. Mais ce progrès s'est payé par la disparition d'espèces des milliers de fois plus nombreuses que les espèces aujourd'hui survivantes. Tout organisme vit, non seulement de la vie, mais aussi de la mort (le renouvellement) de ses cellules. Toute société vit, non seulement de la vie, mais aussi de la mort de ses individus. Ainsi, il n'y a ni progrès définitivement acquis, ni progrès qui n'est que progrès, ni progrès sans ombre. Tout progrès risque de se dégrader et comporte un double jeu dramatique progression/régression.

Le progrès est donc un des visages, et un visage incertain du devenir. Il est remarquable que sur la ruine de la providence divine, l'humanité laïque, la philosophie des Lumières, l'idéologie de la raison, aient pu hypostasier et réifier l'idée de progrès en Loi et Nécessité de l'histoire humaine ; et cette idée a été à ce point désincarnée, détachée de toute réalité physique et biologique, qu'elle a fait ignorer le principe de corruption et désintégration en œuvre dans *physis, cosmos, bios*. Plus aveugle encore fut le mythe techno-bureaucratique du progrès qui régna pendant deux décennies. Il conçut la croissance industrielle comme l'opérateur du développement économique, et le développement économique comme l'opérateur du progrès humain. Dès lors, la croissance, vouée à progresser indéfiniment, devenait la preuve, la mesure, la promesse d'un progrès généralisé et infini...

Ainsi, on a ignoré l'ombre du développement industriel. On a ignoré que les produits de vidange du progrès pouvaient s'accroître et devenir produits principaux, de plus en plus difficilement éliminables, tandis que les produits principaux bénéfiques pouvaient se réduire et n'être plus que sous-produits. Et cela, non seulement dans la sphère des effets extérieurs du développement industriel (pollutions, nuisances, dégradations écologiques), mais aussi à l'intérieur des vies quotidiennes (les avantages libérateurs de la vie urbaine et de l'accroissement des biens disponibles étant compensés de plus en plus par les mutilations de l'existence spécialisée, la perte des solidarités et l'atomisation des individus, la soumission des corps et des esprits aux rythmes chronométriques et aux normes de l'organisation des machines). On a ignoré enfin qu'à l'échelle du globe, la croissance/progrès était aussi un *feed-back* positif, c'est-à-dire une accélération sans contrôle ni mesure et c'est cette croissance qui était chargée de réguler les rapports sociaux qu'elle soumettait de plus en plus à ses dérèglements.

Désormais, il est clair que le développement technique n'est pas uniquement ou totalement progressif ; il comporte et produit des régressions spécifiques : la pensée technocratique ne conçoit ce qui est vivant, anthropologique et social, que selon la logique simplifiante des machines artificielles ; la compétence technocratique est celle de l'expert, dont l'aveuglement général enveloppe la lucidité spécialisée ; l'action technocrate ne peut être, socialement et politiquement, que mutilée et mutilante.

De plus, il apparaît de plus en plus évident, non seulement que la technique, comme la langue d'Esope, peut servir au meilleur comme au pire, ce qui est un pauvre truisme, mais que, en étant contrôlée, administrée, dirigée, ordonnée par les pouvoirs d'États et d'Empires, elle se met principalement au service de l'asservissement et de la mort. D'ores et déjà, elle permet l'anéantissement de l'humanité, alors que ses promesses bienfaisantes et émancipatrices se diluent ou s'estompent aux horizons.

C'est également dans leur progrès même que les sciences comportent des régressions. Ces régressions sont celles-là mêmes qui permettent l'arrogance de la pensée techno-bureaucratique. Le développement hyperdisciplinaire des sciences rend aveugle à ce qui tombe entre les disciplines, et qui est l'essentiel. Tandis que la formalisation et la quantification ignorent les êtres et les existants, qui deviennent par là même invisibles et font place à des chiffres, des formules, des idéalités, c'est la vie qui tombe dans les trous entre les disciplines biologiques, c'est l'homme qui tombe dans les trous entre les disciplines des sciences humaines. C'est le sujet qui, depuis longtemps disparu de toutes sciences, est considéré comme pur fantasme, ce qui constitue le délire le plus subjectif qui se puisse concevoir. Ainsi donc, les progrès de la science produisent non seulement de l'élucidation, mais aussi de l'aveuglement.

Il ne s'agit pas ici de remplacer l'idée de progression par celle de régression, c'est-à-dire de substituer une simplification mutilante à une autre. Il s'agit au contraire de considérer enfin en complexité l'idée de progrès. Pour cela, il faut détruire l'idée d'un progrès simple, assuré, irréversible, et considérer un progrès incertain dans sa nature comportant du régrès dans son principe même, un progrès, aujourd'hui, *en crise* à l'échelle de chaque société et, bien sûr, de la planète dans son ensemble.

Il nous faut alors considérer la barbarie, non seulement celle que n'a pas encore pu chasser le progrès de la civilisation, mais aussi celle qu'a produite ce même progrès de la civilisation. *On peut même dire que les formes nouvelles de barbarie, issues de notre civilisation, loin de réduire les formes anciennes de barbarie, les ont réveillées et s'y sont associées.* Ainsi, il s'est développé une forme de barbarie rationalisatrice, technologique, scientifique, qui a non seulement permis les déferlements massacreurs de deux guerres mondiales, mais a rationalisé l'enfermement sous la forme du camp de concentration, rationalisé l'élimination physique, avec ou sans chambre à gaz, rationalisé la torture, la seule barbarie qui semblait éliminée au début du xxe siècle, désormais restaurée et ré-instaurée par nazisme et stalinisme, utilisée par la France au Viêt-nam et en Algérie, et devenue pratique courante dans de nombreux pays d'Afrique, d'Asie, d'Amérique latine, sous forme réactionnaire ou révolutionnaire, « capitaliste » ou « socialiste ».

Marx avait fort bien pronostiqué au siècle dernier la montée triomphante de la barbarie dans la civilisation. Il avait lancé l'alternative : socialisme ou barbarie. Il n'avait pu imaginer que le socialisme et la barbarie auraient contracté alliance ; c'est que le « socialisme » advenu n'est pas le socialisme idéal de sa prévision, mais le socialisme étatique d'appareil, qui permet de conjoindre et concentrer en lui la barbarie du pouvoir d'État (cf. plus loin, « L'âge de fer planétaire »), la barbarie de la domination policière/militaire, la barbarie technologique, la barbarie bureaucratique.

Cette conjonction des barbaries ouvre notre fin de siècle sur les possibilités d'asservissement ou d'anéantissement généralisés : les pouvoirs d'État peuvent aujourd'hui anéantir la planète ; ils pourront demain manipuler la vie, dénaturer la nature, assujettir l'esprit humain.

Il n'est pas absolument certain, il n'est que probable, que notre civilisation aille vers l'autodestruction, et, *s'il y a autodestruction, le rôle de la politique, de la science, de la technologie et de l'idéologie sera capital, alors que la politique, la science, la technologie, l'idéologie, s'il y avait prise de conscience, pourraient nous sauver du désastre et transformer les conditions du problème.*

Il y a plus profond encore. Marcuse avait bien vu que notre civilisation industrielle nourrissait en elle sa propre autodestruction. Auparavant, Walter Benjamin avait compris que tout développement de civilisation comportait son envers ou fondement de barbarie. Encore auparavant, avant même qu'Hitler accède au pouvoir, Freud avait vu que le développement de la vie civilisée, en refoulant et inhibant à grande profondeur notre propre barbarie mentale, favorisait l'accumulation souterraine de celle-ci, jusqu'au seuil explosif où elle éclaterait. Ainsi le développement manifeste de la civilisation est le développement d'une barbarie latente. Cette barbarie doit-elle éclater au moment de l'extrême civilisation comme nous le suggère la fable science-fictionnesque de *Planète interdite ?* (Dans ce film, les Krell, habitants d'un univers lointain, avaient atteint une telle maîtrise dans leurs pouvoirs sur la matière qu'ils décidèrent de se spiritualiser. Ils libérèrent alors des furies destructrices qui les anéantirent.)

Il nous faut réfléchir : il y a un lien crucial civilisation/barbarie, non seulement dans les grandes civilisations du passé, mais aussi dans notre civilisation présente. La civilisation, de toute façon, disais-je en 1958 (*Autocritique*, p. 227), et je le redis, « n'est qu'une mince pellicule non seulement à la surface sociale, mais à notre propre surface mentale ». Ce qui est à craindre, ce n'est pas une brutale implosion de civilisation (il s'est certes déjà produit, et il se produira encore, des implosions locales), ce n'est pas le seul surgissement de la barbarie intérieure à notre civilisation, c'est l'alliance et la conjonction de la barbarie extérieure et de la barbarie intérieure.

Tous les processus qui maintenant sont lancés à grande vitesse et à croissante ampleur dans notre présent conduisent, *s'ils continuent de même*, au désastre, à la terreur, à l'hyperdomination. C'est dans ce sens que le pire est probable. Comme dit Niko Tinbergen : « A moins que nous changions de route, nous sommes condamnés. » (In M. Salomon, *L'Avenir de la vie*.)

Mais, fort heureusement, dans la crise généralisée des sociétés et de la civilisation, la guerre est elle-même en crise, comme l'a bien dit Fornari. La peur mutuelle que les mastodontes étatiques s'inspirent les uns aux autres est devenue en fait le contrôle réel qui a jusqu'à présent différé la troisième guerre mondiale. L'anéantissement potentiel de l'humanité devient son propre frein, qui empêche jusqu'à présent les destructions partielles de se généraliser. La guerre est entrée en crise lorsque le développement et la multiplication des techniques d'anéantissement lui ont ôté tout sens. Mais il n'est pas dit que la folie ne l'emportera pas. Il y a des suicides de peuples. Un Hitler, dont s'effondrait le Walhalla, aurait entraîné le monde entier dans sa mort, s'il en avait eu la possibilité. Si ou lorsque le communisme d'appareil jouera son va-tout, aura-t-il ou non scrupule d'entraîner l'humanité dans sa ruine ? L'anéantissement thermonucléaire sera-t-il alors frein ultime ou ultime recours ? Que penser ? Nous sommes dans un monde dont la crise porte en elle, non seulement de multiples guerres, mais aussi la menace de la guerre ultime et suprême, menace qui, mettant elle-même la guerre en crise, ne nous permet d'espérer que dans ce qui désespère...

Le futur perdu

Tout, dans ce monde, est en crise. Dire crise, c'est dire, nous l'avons vu, progression des incertitudes. Partout, en tout, les incertitudes ont progressé. C'est dire que si les prophètes peuvent prophétiser, si les voyants peuvent voir, les diagnostiqueurs ne peuvent plus bien voir et les pronostiqueurs ne peuvent plus prédire. Le présent est en perdition. La planète vit, titube, roule, rote, hoquète, pète au jour le jour. Tout se fait, se vit, à court terme. Le futur s'efface d'autant plus qu'il dépend, non seulement d'aléas et de bifurcations (qui peut-être ont déjà eu lieu...) mais aussi d'un éventuel tout ou rien.

Mais nous ne sommes pas pour autant dans la confusion. Nous avons perdu l'évolution linéaire, le devenir préprogrammé, le futur robotisé, mais nous avons gagné un complexe d'idées crisiques. Nous savons que les enchaînements et multiplications de crises sont inséparables d'une évolution que nous avions cru nommer développement et progrès ; nous avons vu que si cette évolution comporte effectivement développements et progrès, les développements comportent sous-développements et les progressions comportent régressions. Nous savons aussi que cette évolution comporte ruptures et transformations radicales, qu'elle produira des transformations encore plus radicales, et que nous sommes au siècle même des révolutions. Nous savons enfin que l'évolution tend peut-être vers son autodestruction. Ainsi, nous nous trouvons dans un monde qui nous apparaît à la fois en évolution, en révolution, en progression, en régression, en crise, en péril.

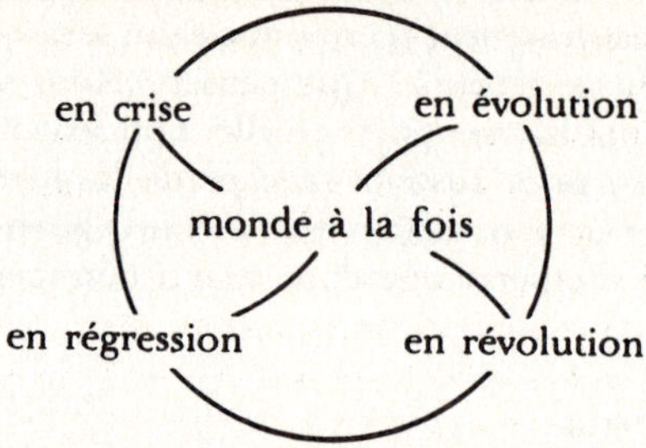

Il nous faut donc associer ces notions de crise, évolution, révolution, régression, au lieu d'en sélectionner une et éliminer les autres. Nous vivons tout cela à la fois. Et notre incertitude, c'est de ne savoir lequel de ces termes sera finalement décisif.

La crise de l'humanité

Nous avons sans cesse annoncé dans ce livre la mauvaise nouvelle : il n'y a pas de salut historique. Nous ne sommes pas près de la solution finale. Nous n'allons pas sortir de l'histoire. Au contraire, il nous faut savoir que nous n'avions jamais quitté l'histoire, et la rentrée de l'esprit dans l'histoire, rentrée nécessaire et vitale, va s'accompagner de noyades et d'asphyxies. Il nous faut renoncer aux derniers espoirs fous, ceux du tiers-mondisme, que pour ma part j'avais abandonné en 1958 : « Le Tiers Monde recommence l'histoire des nationalismes européens et l'histoire du socialisme d'appareil, parfois simultanément, avec des caractères parfois plus progressifs, parfois plus régressifs encore. » (*Autocritique*, p. 221.)

Mais si tout continue, si tout recommence, il y a une dimension radicalement nouvelle dans l'histoire : l'émergence planétaire de l'humanité – ou l'émergence de l'humanité planétaire. Toutes les crises dont nous avons parlé comportent intrinsèquement en elles la dimension planétaire. Tous les désordres et crises de notre présent comportent et prolongent tous les désordres et crises historiques du passé, mais l'état de désordre présent ne leur est pas réductible par son caractère proprement planétaire.

Il y a cinquante mille ans, *homo sapiens* a essaimé sur tous les continents, et la diaspora humaine s'est poursuivie, consolidée, pendant des millénaires. Les ethnies se sont enfermées dans leur langue, leur culture, leur croyance. Les civilisations communiquaient de proche en proche, mais la grande dérive avait isolé les unes des autres les humanités d'Amérique, d'Afrique, d'Asie, d'Europe, et, au sein même des vastes continents, empires et civilisations demeuraient ignorants les uns des autres. Il y avait des histoires, variées, multiples, asynchrones, non pas une histoire.

C'est après la découverte de l'Amérique que, comme une nébuleuse spirale, l'humanité commence à émerger dans et par les intercommunications et interactions de continent à continent. L'ère planétaire s'amorce au XIXe siècle, au moment où le déferlement de la technique, des armées, des impérialismes occidentaux recouvre le globe. Au XXe siècle, deux guerres mondiales à la fois déchirent et unifient la planète. Désormais, le premier tissu conjonctif d'un grand corps planétaire se trouve tissé et retissé par les myriades d'intercommunications, interconnexions, interdéterminations, interdépendances, inter-rétroactions non seulement techniques, économiques, informatiques, idéologiques, culturelles, mais aussi biologiques (unification microbienne du monde, caractère planétaire des épidémies annuelles de grippe, métissages multipliés, etc.) Aujourd'hui, un temps commun synchronise les différents temps. De multiples boucles bio-anthropoculturelles constituent les premières émergences d'une humanité dont les fragments diasporés se retrouvent Un. Et une première fois, devant les écrans de télévision, la planète s'est contemplée elle-même, vue de la Lune.

Une conscience planétaire, une conscience d'humanité, se

forme et se reforme, bien que les internationales se soient brisées et aient été dévorées par les nationalismes. L'humanité n'est pas seulement une notion idéale : elle est devenue une communauté de destin, qui, forgée dans et par deux guerres mondiales, est devenue depuis Hiroshima une communauté de vie ou de mort. L'humanité a vecu sa mort potentielle avant d'avoir pu naître. C'est la menace d'anéantissement qui a vertu génésique pour l'humanité et transforme l'idée abstraite en réalité concrète. Cette concrétude s'enveloppe d'une autre concrétude planétaire, dont la science écologique nous a fait prendre conscience : la biosphère, ensemble auto-éco-organisateur constitué par les inter-rétroactions entre tous les êtres vivants, dont nous-mêmes, sur notre planète. Enfin, l'aventure spatiale est beaucoup plus qu'une aventure russe ou américaine, elle est aussi aventure humaine. C'est l'esprit d'entreprise, de curiosité d'*homo* qui anime l'exploration de l'univers, et pas seulement la mégalomanie de deux empires. La Terre est devenue vaisseau spatial.

Ainsi, sur la base biologique de l'espèce *homo sapiens,* à travers l'extraordinaire diversification des cultures, l'humanité se constitue en entité géographique planétaire, s'unifie sous l'égide de la technique qui lui permet toutes intercommunications, se reconnaît comme communauté de destin au sein de la biosphère et, enfin, émerge comme conscience...

Il est pratiquement aisé que l'humanité se fédère, devienne une, sans cesser d'être diverse. Chacun de nos organismes est une république de trente milliards de cellules. Pourquoi une fédération de quelques centaines de nations et de trois à six milliards d'*homo sapiens,* ne parviendrait-elle pas à s'auto-organiser ? Il est non seulement raisonnable, il est vital de l'envisager : le péril mortel que font courir à tous les humains les affrontements entre empires et puissances nous pousse à concevoir une confédération d'humanité qui, englobant les États-nations, respectant leur originalité et leur singularité, leur supprimerait leur omnipotence, les freinerait et les régulerait.

Et c'est là justement où tout piétine, patine, dérape, décolle, déconne... La nébuleuse spirale d'humanité se défait au moment même où elle essaie d'accéder à l'être. La crise planétaire dès lors, c'est la crise de la planétarisation. La planétarisation qui s'effectue dans et par la technique, dans et par la communauté de destin, ne s'effectue pas au niveau de l'humanité divisée et déchirée en nations, empires, races. Là où cette planétarisation progresse par l'hégémonie et par l'homogénéisation, alors, *de par cela même, elle régresse*. Ainsi, nous voyons que *la crise de la planétarisation, c'est la crise de l'humanité qui n'arrive pas à se constituer en humanité, et du coup, la crise du monde encore incapable de devenir monde, la crise de l'homme encore impuissant à s'accomplir homme...*

L'âge de fer planétaire

Et nous pouvons maintenant essayer de nous situer par rapport au passé, au présent, et au futur en gestation dans le présent incertain.

Nous sommes encore à la préhistoire de l'esprit humain.

Le problème anthropologique de l'organisation sociale et de la vie en société n'a pas trouvé sa solution fondamentale.

Nous sommes dans une ère de crises, bruit et fureur, progressions/régressions.

Et, en même temps, corrélativement, nous avons accédé à l'ère planétaire où, comme une nébuleuse spirale, l'humanité tend à accéder à l'être.

Nous sommes dans l'âge de fer planétaire.

Et cet âge de fer est en même temps l'ère ouranienne des États-Nations.

On le sait : l'État apparaît en même temps que les sociétés historiques, il y a dix mille ans. Mais c'est véritablement à la fin du XVIIIe siècle, qu'après longue gestation s'accomplissent les États-nations modernes. Non plus seulement États de petites cités autonomes ou États imposés à un assemblement fragile d'ethnies différentes (empires), mais État lié à une communauté de destin définie culturellement, linguistiquement et mythiquement (la référence à la « mère-patrie » donnant à l'État-Nation substance maternelle/paternelle à l'égard des citoyens infantilisés à son égard et fraternisés entre eux). La formule de l'État-Nation essaime en Amérique et en Europe, mais c'est véritablement au XXe siècle qu'elle s'universalise, et, avec la décolonisation du Tiers Monde, remplit le champ de la planète.

Dans un sens, l'accession à l'existence nationale nous apparaît comme un moment positif d'émancipation des ethnies subjuguées par la colonisation occidentale. Dans un autre sens, la prolifération balkanique des États-Nations nous apparaît comme l'échec de formules fédérales en Amérique latine (le « rêve » de Bolivar), puis en Asie et Afrique. Plus profondément encore, l'incapacité des peuples ou nations à s'entre-fédérer, en Europe comme dans le monde entier, au début du XXe siècle, le déferlement en 1914 du chauvinisme guerrier sur une France et une Allemagne où les masses ouvrières avaient adhéré à l'idée internationale, puis, après le triomphe de la Révolution russe, l'assujettissement, non pas de l'URSS aux objectifs internationaux de la révolution planétaire, mais des objectifs internationaux des partis communistes aux intérêts nationaux de l'URSS ; tout cela marque, non seulement l'engloutissement coup sur coup de trois internationales sous les nationalismes, mais l'échec de la révolution du XXe siècle.

Je veux dire ici qu'une vision rétrospective doit considérer les possibilités, les ébauches et les genèses qui ont été désintégrées ou dévoyées pendant la première partie du siècle. Il y eut, dans ce sens, au début du XXe siècle, l'élan de la IIe Internationale qui amena un début de formation, sur la base de la fraternité des travailleurs, de la « nébuleuse spirale » d'humanité. Mais l'échec premier ne fit que renforcer, par contrecoup, les Nations-États, jusqu'au moment où l'horrible tuerie, l'absurdité de la guerre, favorisèrent par contrecoup inverse du premier, l'espoir en une nouvelle internationale révolutionnaire ; alors Moscou apparut comme la première conquête de la nouvelle humanité : « Un sixième du globe a été libéré » fut chanté et rechanté par les générations, dont la mienne pendant la Résistance ; mais le second, décisif et irrémédiable échec avait déjà eu lieu, libérant cette fois la forme suprême et monstrueuse de l'État-Nation, la forme socialiste-nationale ou national-socialiste. En effet, l'URSS est devenue une nation grande-russienne de caractère hégémonique puis impérial ; le socialisme « dans un seul pays » se moulant et s'intégrant dans la nation, est devenu national, puis nationaliste, tandis que le fascisme italien, puis le nazisme allemand, eux, par l'opération inverse, non plus d'introduction de l'idée de nation dans l'idée socialiste, mais de l'idée socialiste dans l'idée de nation, ont créé la formule symétrique, concurrente, ennemie, différente, mais analogue du national-socialisme. L'élément nouveau est, dans tous ces cas, la constitution du Parti-État, la monopolisation du pouvoir, et, plus ou moins, la concentration des pouvoirs entre les mains du parti, dont le réseau nerveux occupe jusqu'en ses moindres cellules tout le corps social.

Le XIXe siècle avait lancé au monde l'idée de nation, le XXe siècle lance au monde l'idée de nation socialiste. Dès lors, les conditions régressives de la crise du XXe siècle recréent inévitablement les conditions de l'essor et de la diffusion du modèle socialiste-national, tantôt sous la forme stalinistique stricte, tantôt selon des formules plus ou moins autonomes et plus ou moins composites. Partout les aspirations émancipatrices qui nourrissent et l'idéologie nationale et l'idéologie socialiste sont détournées, dérivées, inversées, au profit de la nouvelle domination. L'ultime tentative internationaliste, celle de la IVe Internationale, demeure une déviance pathétique et tragique (elle témoigne de l'aptitude intellectuelle du marxisme trotskiste à vouloir assumer le destin de l'humanité, tout en témoignant de son inaptitude à se hisser au niveau de la complexité du problème). Le mondialisme est devenu une idée de patronage...

L'échec de la révolution du XXe siècle est irrémédiable. Était-ce ou non fatal, est une autre question. L'avenir de toute façon s'est joué en 1914, 1917, 1921, 1924, 1935, 1937, 1941, 1945. L'important est qu'il y eut une première et grandiose tentative pour poser, sur d'autres bases, et l'organisation de toute société, et le problème de l'humanité. Je lui demeure fidèle à jamais.

Mais non moins important fut l'échec. La nation socialiste est devenue un moment clé dans le développement omnipotent de l'État-Nation. Il n'est nullement dit que tous les États-Nations subiront ou chercheront cette formule. Il n'est même pas absolument certain que son triomphe soit assuré pour le troisième millénaire. Mais rarissimes sont les États-Nations qui seront hors contagion.

Cette formule paroxystique de l'État-Nation pose dès lors, de façon paroxystique, des problèmes que pose déjà l'existence des États-Nations aux deux niveaux humains fondamentaux : celui des individus d'une part, celui de l'humanité d'autre part.

Du premier point de vue, on peut considérer que l'État démocratique et pluraliste établissait des relations de contrôle mutuel simultané et corrélatif entre pouvoirs séparés, partis antagonistes, et individu/État, relation récursive où l'État contrôleur était contrôlé par ses contrôlés. Toutefois, les développements techno-bureaucratiques de l'État-providence moderne tendent, en même temps qu'à sécuriser et protéger l'individu, à l'irresponsabiliser en des secteurs clés de sa vie. Mais c'est avec le totalitarisme que l'État tend à irresponsabiliser complètement l'individu. Hannah Arendt a raison de faire d'Eichmann un exemple éclatant qui, au-delà du nazisme, illumine une tragédie moderne : Eichmann effectivement « obéissait aux ordres ». Le totalitarisme détruit la relation récursive individu/nation, bien que l'État n'ait pas un atome d'existence en dehors des interactions entre individus constituant la nation. Nous arrivons à un problème très grave, que j'ai esquissé ailleurs (*La Méthode*, II, p. 252-254, 299-302). Je cite ici le passage concernant mon présent propos :

> *Une nouvelle et énorme puissance d'État tend à se concentrer au cours de ce siècle.*
>
> *1. L'État devient de plus en plus État-providence et état assistentiel* (Welfare state). *Dans un sens, il se voue de plus en plus à la protection et au bien-être des individus, mais en même temps, il étend ses compétences dans*

tous les domaines des vies individuelles, désormais enserrées dans un réseau polymorphe, à la fois cocon (protecteur, mais éventuellement infantilisant) et nasse. Ainsi se développe un État, non certes totalitaire, mais totalisant, c'est-à-dire couvrant toutes les dimensions de l'existence humaine.

2. Les remarquables développements informatiques dont on suppute et discute aujourd'hui les ambivalences (Nora, Minc. 1978) laissent entrevoir d'étonnantes possibilités de déconcentration et décentralisation communicationnelles dont bénéficieraient les individus. Mais, en même temps, l'informatique donne à un appareil d'État central la possibilité de rassembler et traiter toutes informations sur un individu de façon beaucoup plus ramifiée et précise que le contrôle neurocérébral sur les cellules de nos organismes. Dès lors, un contrôle policier/technologique (muni de dispositifs de détection et d'écoute tous terrains) peut désormais s'exercer sur toute déviance, anomalie, originalité. A cela, il faut déjà ajouter les futures actions biochimiques sur l'esprit ⇄ cerveau humain, qui permettraient d'établir une normalisation généralisée en éliminant toute déviance. D'ores et déjà, l'État se trouve doté de pouvoirs qui, virtuellement, excèdent tous les pouvoirs de contrôle et d'intervention jamais concentrés.

3. Ici même, il faut inscrire le processus apparemment marginal et sociologiquement mineur dont j'ai fait état (La Méthode, I, p. 12-14) : la connaissance scientifique est de moins en moins produite pour être pensée et méditée par des esprits humains, mais de plus en plus accumulée pour la computation par les ordinateurs, c'est-à-dire pour l'utilisation par des entités super-individuelles, au premier chef l'entité super-compétente et omniprésente : l'État. En même temps et corrélativement, cette science-là nous aveugle : le visage de notre monde, de notre société, de notre destin, est mis en miettes par une connaissance scientifique encore aujourd'hui incapable de penser l'individu, incapable de concevoir la notion de sujet, incapable de penser la nature de la société, incapable d'élaborer une pensée qui ne soit pas seulement mathématisée, formalisée, simplifiante, mais, par contre, fort capable de fournir aux pouvoirs des nouvelles techniques de contrôle, de manipulation, d'oppression, de terreur, de destruction.

Nous approchons donc du moment où l'on peut envisager que tous ces processus conjoints pourraient permettre à l'être du troisième type (État-Nation) de s'accomplir en toute-puissance, non seulement en nous assujettissant et nous manipulant, mais aussi, en nous infantilisant, nous irresponsabilisant et nous dépossédant de l'aspiration à la connaissance et du droit au jugement.

Une telle hypothèse n'est pas un jeu de l'esprit puisque l'État voué à un tel accomplissement a surgi au XXe siècle : l'État totalitaire. Il s'installe, sous diverses variantes, dans tous continents, toutes civilisations, toutes sociétés sous l'impulsion, le contrôle, l'appropriation d'un appareil souverain du sou-

verain : le parti détenteur de toutes compétences, possesseur de la vérité sur l'homme, l'histoire, la nature.

Dès lors, il suffirait que cet État totalitaire concentre et utilise de façon systématique toutes les formes de domination/contrôle, non seulement bureaucratiques, policières, militaires, mythologiques, politiques, mais aussi scientifiques, techniques, informatiques, biochimiques, pour que puisse s'opérer un assujettissement des classes, groupes, individus non plus seulement généralisé, mais irréversible ; des régressions des droits individuels non plus seulement généralisés mais irréversibles. On peut certes espérer que nos totalitarismes contemporains soient les monstres provisoires nés des agonies et gestations de ce siècle. Mais on peut craindre aussi que ces monstres deviennent durables dans et par l'assujettissement/contrôle structurel *des individus...*

Considérons maintenant du point de vue de l'ère planétaire les États-Nations. Les États-Nations sont des monstres paranoïdes, qui considèrent comme ennemi *a priori* leur voisin et comme suspect leur ressortissant. Ils s'affrontent comme des dinosaures et des ptérodactyles, dans une furie de sang de plus en plus démente. Ils ne reconnaissent aucune loi supérieure à leur volonté barbare. Les traités sont toujours des chiffons de papier que déchire tout nouveau rapport de forces. Ils sont incapables d'aimer et sont dépourvus de conscience. Et nous, individus, nous, humanité, dépendons totalement des ivresses, fureurs et cruautés de ces monstres ouraniens. Le sort de la planète est entre leurs mains. C'est bien des États-Nations que vient la menace suprême qui pèse et sur les individus en tant qu'individus (l'aliénation totalitaire) et sur l'humanité en tant qu'humanité (l'anéantissement total).

C'est dire que nous ne sommes qu'à l'ère secondaire de la politique. C'est dire que nous sommes encore à la préhistoire de l'organisation sociale, à la préhistoire de l'esprit humain : *l'âge de fer planétaire*.

L'hypothèse hégémonique et l'Europe

C'est dans le nouvel âge de fer qu'il faut prévoir *notre* avenir, européen local d'abord, l'avenir de la civilisation, l'avenir du monde.

Il nous faut affronter l'hypothèse d'une grande hégémonie d'empire qui pourrait s'étendre sur la plus grande partie du globe. Dans un sens, l'URSS dispose d'une gigantesque puissance militaire mondiale. Toutefois, cette puissance inouïe est aussi d'une faiblesse inouïe, comme nous l'avons vu précédemment, et il suffirait d'un déchirement ou rupture à partir du sommet pour qu'une désintégration en chaîne atteigne le système en son entier.

C'est toutefois cette faiblesse qui nourrit la formidable puissance répressive, défensive, offensive de l'URSS. C'est parce qu'il a échoué dans ses fins que le communisme d'appareil a réussi dans ses moyens pour sauver et accroître son pouvoir, et constitue aujourd'hui, le seul pouvoir capable d'exterminer systématiquement et durablement tout embryon d'opposition. Plus il y aura échec intérieur (idéologique, économique, social), plus le système misera sur sa grande réussite (le contrôle d'appareil, la puissance militaire), plus ces deux forces se pousseront en avant et le pousseront en avant. Il suffirait alors que ses adversaires soient désemparés, démunis, incompétents, ahuris, comme ils le sont déjà pour la plupart, il suffirait qu'à nouveau ou durablement les USA soient en crise, pour que le système étende plus ou moins son hégémonie sur le vieux monde et sur le sud du nouveau. Mais il n'est pas dit qu'il puisse atteindre l'hégémonie universelle, et il n'est pas dit que, *in extremis*, une coalition défensive de l'Extrême-Ouest, de l'Extrême-Est et de l'Europe ne puisse l'intimider. De toute façon, même vainqueur, l'appareil central de l'Empire du Nord ne pourra conserver séculairement sa victoire. Certes, à courte et moyenne échéance, sa domination sera atroce. Il fermera l'école d'Athènes, de Vienne, de Francfort, de Paris. Mais, de même que le Moyen Age chrétien a su conserver Aristote, le communisme néo-médiéval conservera en germes, enfouis dans les enfers de ses bibliothèques et de ses musées, les trésors de notre culture. Il anéantira beaucoup de vivant, mais il conservera beaucoup de mort, qui pourra renaître. Et, tôt ou tard, l'appareil central échouera dans sa prétention à contrôler l'histoire et l'humanité. Il reste seulement à espérer qu'il n'entraînera pas l'histoire ni l'humanité dans sa ruine.

Et l'Europe, s'en sortira-t-elle ? Sera-t-elle vassalisée ? Médiévalisée ? Helvétisée ? Redeviendra-t-elle foyer de civilisation, nouvelle méditerranée dans un univers de continents massifs, ou bien s'éteindra-t-elle sous le bâillon tandis que la nouvelle méditerranée s'ouvrira dans le Pacifique nord, entre Californie, Japon et Chine ? Serons-nous les cités grecques qui s'écrasèrent devant le Macédonien, ou bien, comme ces mêmes cités, qui, un siècle auparavant, relevèrent le défi de l'Empire perse ? Ici encore, on ne peut prévoir. Certes, peut-être tout est-il déjà joué ? Mais peut-être aussi, rien n'est encore joué. Nos descendants le sauront longtemps après que tout aura été joué. Nous sommes aujourd'hui, pour nous, dans le plus large jeu des possibles, non pas parce que notre monde est indéterminé, mais parce que ce monde est, au contraire, de tous côtés soumis à des dérives, des transformations, des progressions, des régressions, des inventions...

De toute façon, il semble que l'humanité ne peut éviter le chaos. Le problème est de savoir si ce sera un petit chaos, avec des guerres, mais locales, des convulsions, mais temporaires, des régressions, mais non généralisées, ou un grand chaos, déflagration en chaîne pouvant aboutir même à l'anéantissement atomique. Si ce sera un chaos court, de quelques décennies, ou un chaos long de caractère séculaire.

Cette idée de chaos, à mes yeux, comporte quelque chose d'agonique. Dans le mot agonie, il faut mettre le sens de tension extrême, de lutte entre vie et mort, entre naissance et décomposition.

L'agonie

Ici encore, c'est déjà dans le présent du siècle que nous pouvons sentir le tourbillonnement agonique où les forces de vie et les forces de mort non seulement se heurtent, mais travaillent en aveugles les unes pour les autres. C'est d'ores et déjà que le futur jaillit de toute part, en élancées inouïes, tout en étant impuissant à naître.

Aujourd'hui, les forces porteuses de mort vont plus vite que les forces porteuses de vie, lesquelles pourtant croissent rapidement. Les forces de crétinisation continuent à progresser plus vite que les forces d'élucidation, lesquelles pourtant accélèrent depuis 1970. Les forces d'asservissement développent leurs moyens de plus en plus rapidement par rapport aux forces d'émancipation, lesquelles souvent encore, par inconscience, œuvrent ardemment pour l'asservissement et la mort. L'idée de la nécessaire révolution dans les rapports humains, sociaux, internationaux, se répand, mais encore captée par la contre-révolution, qui, sous le masque de la révolution, étend et fortifie son empire.

Les processus de crétinisation, d'asservissement, d'anéantissement continueront-ils à être les plus rapides ? Si oui, alors nous sommes lancés dans la course apocalyptique à la mort, et le futur devient notre néant proche. Aujourd'hui nous voyons comme gain le fait que la troisième guerre mondiale soit différée depuis 1947. Mais n'aurons-nous pas tout perdu dans les quelques années gagnées ?

Il y a péril mortel. Le péril mortel n'est pas dans la seule bombe, qui n'est que de l'uranium ou de l'hydrogène. Il est dans la conjonction synergique des États tout-puissants, des techniques de manipulation, d'asservissement et d'anéantissement, des mythes délirants. Le péril est dans la confluence des forces d'asservissement politiques, technologiques, biologiques, informationnelles, et le déferlement des processus démographiques, économiques, écologiques.

Mais tout peut changer encore, dans cette agonie porteuse d'une éventuelle fin du monde et d'une éventuelle naissance d'un monde...

Nouvelle naissance et révolution

J'ai renvoyé et dissipé aux horizons l'idée de Révolution conçue comme solution finale ou « fin de l'histoire », mais je n'ai pas cessé de reconnaître la profondeur et la « vérité » des aspirations révolutionnaires de ce siècle. De plus, le processus d'autodestruction de la civilisation et de l'humanité ne saurait être stoppé par les remèdes issus des sources techno-bureaucratico-étatiques du mal. La crise de la culture, comme la crise de la guerre, nous incitent à une transformation profonde dans la relation individu/individu, individu/société, société/humanité. D'où, plus urgente et radicale que jamais, la nécessité qu'exprime le terme pourtant souillé, sali, crétinisé (mais quel grand mot ne l'est pas !) de *révolution*.

Mais ici, *il ne s'agit plus de la lutte finale, il s'agit d'une nouvelle lutte initiale*. Il s'agit d'envisager une nouvelle naissance, qui serait liée à la naissance de l'encore inexistante et potentielle humanité. *Il ne s'agit plus d'accomplir les promesses de l'évolution, il s'agit de révolutionner cette évolution même*. C'est le changement qui doit changer.

Le mot de « révolution » doit être complètement repensé. La nouvelle idée de révolution n'est ni de promesse ni d'achèvement. Ce n'est plus le mot-solution, c'est le mot-problème. La solution : le parti révolutionnaire, la classe révolutionnaire, la conquête du pouvoir, l'appropriation des moyens de production, la connaissance des lois de la société, c'est cela qui justement fait tragiquement problème. Il n'y a plus de parti-messie, de classe-messie, de peuple-messie, d'idée-messie. Il ne s'agit pas seulement d'éliminer l'ancienne classe dominante : sur le sol arasé naît la nouvelle classe et la nouvelle et très vieille domination : il faut donc s'attaquer au problème de la domination dans ses structures mentales et organisationnelles. Il ne s'agit pas tant d'approprier collectivement les moyens de production, il faut les déproprier collectivement et donner autonomie aux collectivités. La révolution ne doit pas se borner à transformer une supposée infrastructure à partir de quoi se diffuserait le changement sur toutes les superstructures. Les révolutionnaires du siècle passé étaient hantés par le problème : par où, comment commencer ? Par l'éducation ? Mais Marx avait justement critiqué la thèse de Feuerbach sur le primat de l'éducation : qui éduquera les éducateurs ? Par le parti ? Mais qui formera le parti ? Par la prise de pouvoir ?

Mais qui prendra le pouvoir ? Par l'appropriation des moyens de production ? La liquidation des classes dominantes ? Mais ceci aboutit à une nouvelle appropriation, cela à une nouvelle classe dominante. Par la transformation des mœurs ? Mais comment les transformer ? Par l'éducation ? Et à nouveau, le cercle vicieux. En effet, les problèmes ne se disposent pas de façon linéaire à la queue leu leu. Ils se posent ensemble et se renvoient les uns aux autres. La réalité sociale, nous l'avons vu et répété, est multidimensionnelle et la dialectique entre les différents facteurs qui la constituent forme boucle d'inter-rétroactions, sans qu'un facteur puisse déterminer ou contrôler les autres. C'est dire que le mot « révolution » doit signifier dans son principe même un changement multidimensionnel, une métamorphose, où chaque changement local ou sectoriel serait nécessaire au changement général, lequel en même temps serait nécessaire au changement local et sectoriel. Les changements de structure sociale, de structure économique, de structure culturelle, de structure mentale, tout en étant chacun irréductible à l'autre, sont irréductiblement liés dans la perspective de la révolution d'ensemble.

Il faut qu'il y ait donc boucles actives et rétroactives entre les microtransformations (chez les individus, entre individus), les métatransformations (nouvelles formes d'organisation sociale), la mégatransformation (planétaire). C'est dire que tout ne peut venir que dans, et par, des inter-rétroactions constituant boucles tourbillonnaires, nébuleuse spirale effectivement, mais nébuleuse comportant antagonismes et luttes autant que fraternisation et amour. La lutte, elle-même, tout en étant de nature désintégrante, fait partie de la naissance agonique. La lutte se mène aujourd'hui partout, au sein de chaque empire, nation, classe, ethnie, groupe, individu, entre deux façons de penser, se comporter, agir...

Le progrès, dit Laborit, viendra ni de l'Ouest, ni de l'Est, ni du Tiers Monde, mais de la planétarisation de l'humanité. Il faut ajouter que la planétarisation de l'humanité viendra de l'Ouest, de l'Est, du Tiers Monde. Elle viendra de partout et de nulle part. Elle viendra du féminin et du masculin, du juvénile, de l'adulte, du vieux, du prolétaire, de l'intellectuel. *Elle viendra de myriades de déviances confluant en synergie générale*. Elle viendra de la jonction entre l'extrême inconscience des besoins spontanés et l'extrême conscience d'une nouvelle pensée complexe. Elle viendra, peut-être, mais ne vient pas encore : au contraire, chacun des mouvements, s'il ne trouve la boucle dont il devient un des constituants et où il s'intègre, retombe, isolé, et tout se disperse en fragments disjoints, épars, se recroquevillant chacun sur soi, dans un néo-égoïsme, fanatisme, dogmatisme singulier et fragmentaire...

C'est dire l'énormité du problème, c'est dire le fantastique progrès, la fabuleuse métamorphose qui seraient nécessaires pour que nous sortions de l'âge de fer planétaire !

La Révolution ne dépend plus d'un opérateur principal (le parti, le prolétariat), d'une action principale (la prise de pouvoir), d'un noyau social principal (les moyens de production) ; elle nécessite une multiplicité de changements/transformations/révolutions à la fois autonomes et interdépendants dans tous domaines (y compris nécessairement celui de la pensée).

Dès lors, il est vrai qu'une telle révolution semble logiquement et pratiquement impossible. Il n'y a plus de bon bout par où commencer, il faut commencer partout à la fois... Mais toute grande création, dans le domaine de la vie, nous semble logiquement impossible avant et parfois même après qu'elle apparaisse. Ainsi, on se demande toujours comment l'œil a pu apparaître dans l'organisme animal, puisque les conditions de formation des éléments constitutifs de l'œil supposent l'existence globale de l'organe où chacun trouve sa fonction, et que cette existence globale suppose l'existence préalable des éléments constitutifs. Et pourtant, l'œil est apparu, non pas une fois, mais au moins deux dans l'évolution animale. De même, ai-je rappelé, quel observateur extraterrestre aurait pu imaginer il y a trois milliards de siècles que des interactions tourbillonnaires dans des conglomérats de molécules auraient pu aboutir à la constitution d'un être cellulaire aux propriétés inouïes par rapport à celles de ses constituants, l'aptitude à échanger, s'auto-organiser, s'autoréparer, s'autoreproduire...

La vie est une révolution fabuleuse qui s'est accomplie sur terre. Sur cette terre, est né un premier être polycellulaire, autre révolution. Un poisson a pu vivre hors de l'eau sans s'asphyxier. Des animaux terrestres ont pris leur vol. Les plantes ont fait éclater des fleurs. *Homo sapiens/demens* est né avec un énorme cerveau de dix milliards de neurones, capable de se penser et de se transformer intellectuellement, culturellement, socialement. Avant chacune de ces étapes, la révolution aurait été imprévisible et inconcevable par un observateur doté de notre intelligence et de nos moyens d'observation.

C'est dire que l'inconcevable est possible. Certes, la possibilité de la « nouvelle naissance » révolutionnaire de l'humanité demeure une possibilité très improbable, et la probabilité continue à se situer du côté de la régression et de la mort.

Mais, si la prévision fait apparaître le pire, l'espoir, lui, va dans le sens de l'improbable et de l'inconçu. La création, avant, est toujours invisible, et il faut parier en cet invisible.

Nuit et brouillard

Nous ne sommes pas proches du sommet de la côte d'où nous allons saluer le soleil levant. Nous ne sommes pas au moment où vont s'accomplir les promesses des Lumières, comme on l'avait cru en 1789, avant que l'histoire reparte dans les tempêtes avec guillotine, soubresauts, Napoléon, Restauration, re-révolutions...

Nous n'allons pas sortir de l'histoire.

Nous devons nous resituer dans la préhistoire de l'esprit humain. Nous sommes dans le jeu incertain/aléatoire du régressif/progressif, à la fois dans révolutions sauvages et régressions barbares. Nous sommes dans nuit et brouillard, placenta informe, utérus où le sang qui nous nourrit est mêlé à l'immonde.

Nous ne savons pas si l'agonie où nous sommes entrés est celle de la naissance ou de la mort de l'humanité.

Ainsi, tout en préparant une nouvelle Renaissance, tout en

demeurant dans la préhistoire de l'esprit, ce n'est pas un vrai Moyen Âge que nous vivons, ce n'est pas une vraie Renaissance que nous préparons, ce n'est pas la préhistoire que nous achevons. Nous sommes dans l'âge de fer planétaire.

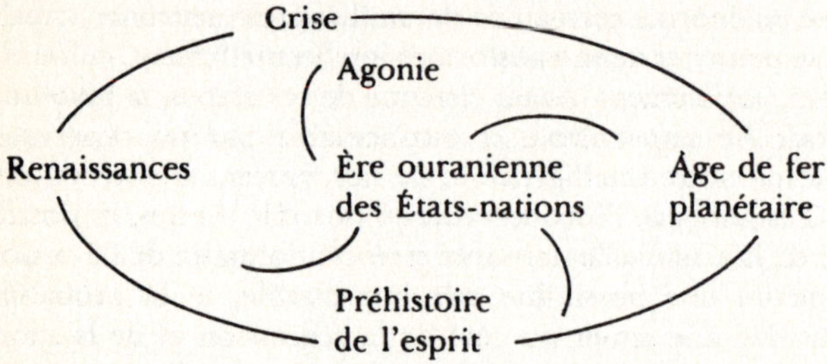

Mais un âge de fer est par lui-même forgeron. C'est l'humanité que forge l'âge de fer planétaire. La différence avec l'ancien âge de fer, où se forgeait la civilisation technique, est que celle-ci ne portait pas en elle la menace d'anéantissement de l'humanité, sinon en son terme actuel *où l'extrême développement technique permet à la fois la genèse de l'humanité planétaire, c'est-à-dire ce nouvel âge de fer, et sa destruction apocalyptique*.

C'est dire que nous devons être prêts à désespérer et à espérer. D'une part, la fin de l'humanité est peut-être proche. D'autre part, une nouvelle naissance de l'humanité est possible. Le désabusement radical à l'égard du salut historique ne doit pas pour autant chasser l'idée qu'une transformation radicale est possible et nous fait besoin. Mais la fin de notre préhistoire, de notre histoire, de nos histoires, n'est pas proche. Préparons-nous à tout, sauf à l'avenir radieux.

Beaucoup croient que nous avons tout perdu en perdant nos illusions. Au contraire, nous avons fait une acquisition prodigieuse en perdant nos erreurs, celle de la prise de conscience nécessaire et peut-être, dans le jeu de la vérité et de l'erreur, salutaire. Nous avons perdu la promesse du progrès, mais c'est un très grand progrès, enfin, de découvrir que le progrès était un mythe. Nous avons appris qu'une raison close usurpait la place de la rationalité. Mais c'est une grande conquête de la rationalité que cette dérationalisation. Nous avons perdu le futur garanti par la Rand Corporation et le futur garanti par le label Marx-Lénine. Mais nous voilà capables d'agir pour le futur, en pleine conscience des aléas, réactions, effets pervers et effets boomerangs de toute action.

Nous sommes dans une planète qui vit, titube, au jour le jour. Peut-être, ai-je dit, tout est-il déjà joué, mais nous ne le saurons que bien plus tard : mais peut-être tout continue-t-il à se jouer et se rejouer, en mille bifurcations, hésitations, ici et là, dans le monde, et qu'à chaque fois la décision dépend de courage ou de lâcheté, de lucidité ou d'égarement. Peut-être serons-nous témoins ou acteurs de l'événement inconnu faisant déferler la grande avalanche, dont le grondement se répercutera jusqu'à la fin des temps humains.

place de la [illegible] grands [illegible]
[illegible]
[illegible] par la [illegible]
[illegible] Marx-[illegible]
[illegible]
[illegible]

Nous sommes dans une époque [illegible] au [illegible]
[illegible]
[illegible]
[illegible]
[illegible]
[illegible]
[illegible]
[illegible] dans la [illegible]
[illegible] jusqu'à la fin des temps humains.

CONCLUSION

L'accouplement des baleines

Réveiller/Éveiller l'humanité

Chacun, dans son ici et maintenant, se sent bien loin de l'Humanité, notion abstraite qui se dilue dans l'ailleurs et dans l'avenir.

Mais, en fait, le tissu d'humanité se constitue, non seulement à partir de la nébuleuse spirale planétaire en gestation, mais aussi à partir des individus, lorsque chacun reconnaît en tout autrui qui entre dans le champ de sa communication *un prochain,* c'est-à-dire un *ego-alter* potentiellement *alter-ego.* L'humanité se tisse à partir de l'*alter-ego* et du *méta-ego*. Mais l'humanité n'est pas du *super-ego*, je veux dire une entité supérieure à l'individu. Ce ne peut être l'ultime idole, l'ultime religion. L'humanité, c'est le nouveau terme accomplissant et développant la nature propre d'*homo* devenant dès lors tétralogique :

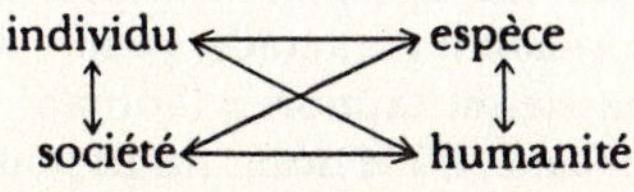

Nous voyons donc bien la complexité, la multiplicité constitutive de l'ultime éthique : *faire émerger l'humanité*. Elle comporte aussi, nécessairement, l'éveil en chacun de l'humanité.

Arrêter la méga-mort

Éveiller l'humanité, aujourd'hui, se confond avec la nécessité de réveiller l'humanité, c'est-à-dire de provoquer le « sursaut d'humanité » qui puisse arrêter la marche à la mort. Arrêter la mort ! Ce n'est pas seulement contribuer à la lutte permanente et multiforme de toute vie contre la mort. C'est lutter contre la nouvelle mort, la mort massive par millions ou *méga-mort*.

C'est au cours de ce siècle que la méga-mort est apparue. Les deux guerres mondiales ont tué par millions. Les camps staliniens et nazis ont tué par millions. Mais ces morts étaient encore étalées dans le temps et l'espace : il fallait des milliers de massacreurs pour des millions de massacrés, des millions d'entre-massacreurs pour des millions d'entre-massacrés, Hiroshima et Nagasaki ont produit la méga-mort dans sa dimension concentrée et anéantissante.

Jusqu'à présent l'équilibre de la terreur entre les superpuissances inhibe et suspend la menace. Toutefois, une spirale est en mouvement, non seulement parce qu'il y a une escalade en boucle dans l'accroissement qualitatif et quantitatif des armes entre les deux superpuissances, mais aussi parce qu'il y a diffusion de l'arme, donc accroissement des puissances d'abord moyennes, puis petites qui entrent dans la boucle/spirale. La spirale va finalement s'étendre à toutes les nations.

Cette spirale de néant change la nature même de la guerre en créant une nouvelle relation entre ennemis. Jusqu'alors, la guerre signifiait nécessairement survie et bénéfice du vainqueur. Désormais, elle signifie potentialité d'anéantissement réciproque. A la relation paranoïde, propre aux États « ta vie est ma mort, ma vie est ta mort » (Fornari) se substitue une relation bouleversante, où le néant surgit pour ouvrir la porte à la solidarité vitale entre États/Nations : « Ma mort est ta mort, ma vie est ta vie. » La guerre, qui n'a cessé de ravager les temps historiques, est en crise. La seule issue de la crise est que l'ennemi devienne *ego-alter/alter-ego*. C'est donc le Néant qui porte la chance de vie : le Néant est la méta-puissance qui seule aujourd'hui puisse contrôler l'État paranoïde et juguler son omnipotence, c'est-à-dire *susciter une émergence d'humanité supérieure aux nations.*

La folle violence

Ici se pose non le problème de la violence, mais celui de *la violence devenue folle* (15).

Le problème de la « folle » violence est un problème inséparable de la nature même d'*homo sapiens/demens,* mais elle se déploie véritablement dans l'ère historique, qui est l'ère des États et des guerres, avec massacres énormes, sévices cruels, tortures insensées qui dépassent et débordent toute portée stratégique. Les fanatismes religieux, les croyances messianiques et apocalyptiques ont accru et multiplié les déchaînements de folle violence. Loin de les réduire, le XXe siècle ouvre une ère nouvelle de folle violence en même temps qu'il ouvre l'ère de la méga-mort.

La folie méga-meurtrière de la Première Guerre mondiale a été le bouillon de culture du messianisme apocalyptique de la violence révolutionnaire. Et comment ne pas tressaillir de foi, alors, quand la grande Rosa Luxemburg annonçait la destruction sanglante du vieux monde, dont la violence devait périr par la violence nécessaire à la naissance du nouveau enfin pacifique.

(15) Je ne veux pas traiter ici de la violence, qui est un problème bio-anthroposociologique complexe que l'on tend sottement à réduire ou à unidimensionnaliser. Je veux seulement indiquer ici que la violence est une notion faussement claire, qui ne peut se circonscrire dans l'exercice physique de la violence. L'intimidation, la menace comportent en elles une violence potentielle énorme qui dispense de l'exercice physique de la violence. Contraintes et coercitions font violence. Dès lors, la violence de révolte peut devenir le seul moyen de briser l'intimidation et de répondre salutairement à la coercition. Mais évidemment cette proposition ne vaut pas pour des violences à répétitions, gâteuses, menées pour des causes débiles sur des autorités débiles.

Mais cette violence de Salut s'est dénaturée en devenant violence d'État, en confirmant et justifiant idéologiquement, mystiquement, religieusement la nouvelle méga-violence de l'État devenu totalitaire. C'est ce qui a conduit à la première, la plus durable et la plus forte production concentrationnaire de méga-mort que l'histoire ait connue, tandis qu'au même moment la religion nazie de la race lionne et de l'État prédateur créait son propre système concentrationnaire et allumait l'incendie de la Seconde Guerre mondiale.

Aujourd'hui, nous sommes sous l'emprise d'une nouvelle spirale de violence devenant folle. Elle vient de la jonction de la violence de résistance/libération qui s'oppose à la coercition (occupation militaire, domination coloniale) et du messianisme de salut révolutionnaire, pour qui tous les moyens sont légitimés par la finalité émancipatrice.

La nouvelle spirale s'étend non tant dans les sociétés totalitaires (qui la réprime dans l'œuf), non plus seulement dans les dictatures et dominations coloniales, mais aussi dans les sociétés pluralistes. Elle y prend deux formes. La première forme, banalisée, diluée, « bénigne » si l'on peut dire, est dans la transformation de l'aboiement protestataire en attentat à la bombe à objectif indiscriminé, parfois même sans nulle relation avec la cause de la protestation (ainsi, un comité arménien a de façon bizarre protesté contre des actes racistes commis par des loubards sur quelques Arméniens d'Alfortville en déposant une bombe devant le siège d'Air-France sur les Champs-Élysées). La seconde forme, concentrée, virulente, est la forme messianique/apocalyptique dite terroriste, où l'infime minorité porteuse de la vérité de l'histoire se donne mission de réveiller les classes ouvrières et démasquer les démocraties apparemment libérales pour qu'elles révèlent dans la répression leur vrai visage fasciste.

Cette spirale ne fait pas qu'entretenir une boucle de réponses, contre-réponses, contre-contre-réponses où s'entretiennent l'une l'autre la violence terroriste et la violence d'État, elle va d'elle-même vers les méga-meurtres avec les attentats sur foule, et, bientôt, la miniaturisation et la facilité de fabriquer l'arme atomique feront déboucher la folle violence terroriste sur la méga-mort.

Ainsi confluent les spirales intra-étatiques de la violence déchaînée et la spirale inter-étatique porteuse de la méga-mort foudroyante, qui tourbillonne autour de l'humanité, véritable placenta de néant.

La méta-violence

Y a-t-il possibilité d'arrêter la spirale ? Nous savons que les bons sentiments et les bonnes idées sont impuissants. Mais désormais entrent en jeu deux facteurs qui, nés de la violence et de la méga-mort, se retournent contre eux :
– la méta-puissance contrôleuse du néant ;
– l'expérience de la violence devenant folle.

L'expérience de la violence devenant folle est l'expérience de chacun et de tous. C'est dans les métropoles les plus civilisées que le drogué en manque de cheval traîne à terre et piétine la vieille femme dont il veut arracher le sac. C'est partout désormais que des enfants sautent et crèvent sous la bombe noire ou rouge.

L'issue ne peut venir ni de la violence elle-même ni de l'a-violence, c'est-à-dire du monde calfeutré, recroquevillé des tièdes, des émoussés, des blasés, des indifférents, de ceux qui se sont installés dans la contemplation télévisée des hécatombes du Biafra, du Viêt-nam, du Burundi, du Cambodge, de l'Afghanistan, de Timor. Ce n'est pas seulement que l'infra-violence est de la sous-vitalité. C'est que l'a-violence est ce qui permet à la violence de prospérer et de se déchaîner. Ce qui est terrorisé par la violence cède toujours sous elle. On ne fera rien *d'abord* avec les tièdes, comme l'avait compris l'ancien Évangile. Le lutte contre la violence devenue folle sera d'abord menée par ceux qui ont pratiqué la violence guerrière jusqu'à l'ignominie, la violence révolutionnaire jusqu'à l'absurdité, la violence terroriste jusqu'à l'écœurement. C'est la leçon évidente que donnent les deux films américains qui nous ont donné à voir comment le voyage abominable et atroce au bout de la guerre du Viêt-nam peut déboucher sur la révolution de soi-même. *Apocalypse now* certes n'arrive pas à sortir de l'apocalypse (et Coppola n'a pas trouvé de fin véritable à son film en élaborant plusieurs fins toutes insatisfaisantes pour lui et pour nous). Mais *The Deer Hunter,* lui, débouche sur la prise de conscience de la folie meurtrière et sur le refus de jouer désormais au jeu de la mort : l'horreur du meurtre submerge enfin, chez le chasseur héros du film, la jouissance de tuer. Non plus imaginaire, mais réel est l'exemple de H.J. Klein, membre du groupe Baader, ayant participé à l'attaque de la réunion de l'OPEP à Vienne, et qui, au terme de son propre voyage au bout de la nuit, écrit : « Le tonneau chez moi est ras : on n'y mettra plus une seule goutte de sang. » (*La Mort mercenaire*, p. 44.) Et Michael Baumann, lorsqu'il « jette son flingue » en 1974 nous dit : « J'ai déposé les armes parce que je me suis rendu compte que ce n'est pas la haine qui est mon mobile profond, mais l'amour. » (Et nous nous rendons compte du même coup que si l'amour frustré, impuissant, angoissé, piétiné peut se transformer en haine, cette haine même peut se reconvertir en amour.)

Les ex-violents doivent être compris et reconnus, non seulement dans leur rôle irremplaçable contre la violence devenue folle, mais comme *frères*. Dostoïevski, avec quelques millions d'années-lumière d'avance sur Marx, avait compris et montré, en contant l'histoire de Raskolnikov et Sonia, comment se constitue une boucle nouvelle d'humanité

repentir ⟶ pardon : le pardon ne peut venir que de
└──────⟵──────┘

ceux qui ont été meurtris, offensés, lésés, de ceux qui ont eu des victimes parmi leurs proches... Et là aussi, il y a quelque chose de radical à dépasser : la vengeance et la haine.

La conversion des ex-violents ne suffit pas. La nouvelle spirale productrice d'humanité ne peut se constituer qu'en englobant aux deux bouts les ex-paisibles qui se reposaient sur la violence d'État et les ex-violents qui ont lutté avec folle violence contre la violence d'État. C'est cette spirale, qui peut créer la *nouvelle espèce des pacifiques*.

Le sursaut d'humanité,s'il advient,passe nécessairement par la conscience individuelle tout en se propageant en onde de choc collective. Dès lors peuvent se créer les conditions d'une politique méta-violente, qui, tout en sachant réduire et circonscrire le rôle de la violence politique, saurait lutter et combattre les puissances d'oppression et de mort. Je dis méta-violence pour dire que l'issue viendra, si elle vient, non de la suppression de la violence, mais de la réduction de la folle violence. Il nous faut exclure tout salut, et par le messianisme de la violence, et par le messianisme de la non-violence. La méta-violence n'est pas salut, c'est la voie contradictoire, complexe, difficile, qui nous dit d'échapper à la folie mortelle.

Ici corrélativement entre en jeu le second facteur : la présence du néant. C'est l'alternative sursaut d'humanité/anéantissement généralisé qui doit nous éveiller. C'est la conscience d'anéantissement mutuel qui peut constituer le méta-contrôle des monstres paranoïdes. C'est à juste titre que Xavier Sallantin nous dit que la menace nucléaire constitue le ferment d'une conscience mondiale... Elle est, mieux encore, devenue ferment d'Humanité.

Nous voyons donc apparaître par *les deux bouts* l'urgence et la nécessité première : l'*émergence de l'humanité*.

Résister et changer

Nous devons résister au néant. Nous devons résister aux formidables forces de régression et de mort. Dans toutes les hypothèses, il faut résister. Arrêter la mort est résister. Lutter contre la barbarie est résister. L'avenir n'est plus la fulgurante marche en avant, ou, plutôt, c'est à la fulgurante marche en avant des menaces d'asservissement et de destruction qu'il faut résister aussi. Plus largement, nous devons dès aujourd'hui, nous aurons sans cesse à résister au mensonge, à l'erreur, au Salut, à la résignation, à l'idéologie, à la technocratie, à la bureaucratie, à la domination, à l'exploitation, à la cruauté. Plus encore, nous devons nous préparer aux nouvelles oppressions, c'est-à-dire aux nouvelles résistances.

En même temps, nous devons savoir que nous ne pourrons surmonter la menace mortelle que par très grande et multiple transformation qui puisse révolutionner les conditions du problème. « Si l'homme veut vivre, il doit changer », disait Jaspers. Plus s'avance la mort, plus s'avance le problème du changement nécessaire pour sauver la vie. Ici réapparaît l'idée de Révolution, c'est-à-dire d'une transformation radicale qui affecterait à la fois l'individu, les relations interindividuelles, l'organisation sociale des Nations-État, et qui ferait émerger l'Humanité en tant qu'humanité. Mais cette nouvelle idée de Révolution doit être purgée de tout Salut, sinon celui du sauvetage de l'aventure humaine. Nécessaire logiquement pour sauver la vie elle n'est pas historiquement nécessaire, et même semble peu probable. Elle n'accomplirait pas l'évolution humaine, mais initierait une nouvelle évolution. Elle ferait changer les principes du changement. Cette idée de révolution porte en elle l'idée de continuité radicale, car c'est la vie, singulièrement la vie humaine qu'il faut continuer, et c'est la civilisation, certes jusqu'à présent toujours inséparable de barbarie, qu'il faut sauver de la barbarie ancienne et nouvelle. Et, en même temps, elle porte en elle l'idée de transformation radicale.

Il y a donc désormais relation à la fois complémentaire et antagoniste entre les deux idées de résistance et de révolution. L'abandon du mythe de la Révolution-Salut nous conduit à l'idée de résistance, mais celle-ci conduit à l'idée nouvelle de révolution. La révolution passe par la résistance à la mort, laquelle a besoin d'une révolution. En tout état de cause, *l'avenir passe par la résistance*.

Nous pouvons lier les idées de résistance et de révolution dans l'idée de *fondations*. Ceux qui ont lu l'admirable trilogie d'Isaac Asimov comprendront le sens plein qu'il faut donner au terme de fondations, en ces temps incertains où à la fois les trésors du vieux monde risquent d'être anéantis dans sa chute et où les germes du nouveau risquent d'être détruits par le gel.

L'idée de fondations signifie :

– constituer les noyaux de résistance de toute culture qui seront du même coup les noyaux de départ de la nouvelle culture (il n'est pas impossible que se répète pour une longue nuit la fermeture de l'école d'Athènes) ;

– constituer les tissus embryonnaires de nouveaux rapports sociaux et de vie autre ;

– constituer les îlots de recherche où l'on s'efforcerait d'élaborer les principes d'une pensée non mutilée/non mutilante pour comprendre notre monde, notre temps, nous-mêmes (et moi désormais pour ces fondations j'apporte mon travail, dont ce livre).

L'idée de fondations est une idée clé pour notre fin de siècle et l'aube du troisième millénaire. Elle contient en elle à la fois la volonté de sauvegarder ce qu'il faut sauver dans la régression généralisée qui menace, et la volonté de faire germer ce qui pourrait permettre enfin progression décisive dans le devenir de l'humanité. *L'idée de fondations est ce qui permet de conserver non seulement le passé, mais surtout le futur.*

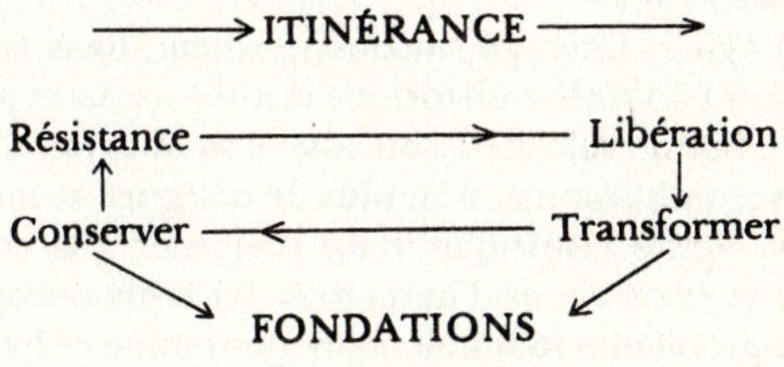

Chacun où il se trouve... est dans la lutte entière

Le général dit à ses troupes : « Que chacun fasse comme si la lutte entière ne dépendait que de lui. » La pensée complexe nous dit : chacun se trouve engagé dans la lutte entière dans le jeu des innombrables inter-rétroactions.

Nous savons que toute résistance fait appel à l'autonomie de chacun et à sa prise de responsabilité personnelle. Nous savons que toute crise nécessite les qualités individuelles d'intelligence et d'inventivité, et cela d'autant plus qu'elle attire les illusions, les drogues idéologiques, les « bouc-émissarisations ». Nous avons vu qu'une vraie révolution ne peut qu'être multidimensionnelle et nécessite plusieurs changements simultanément. La Révolution du troisième millénaire n'a pas de formule, pas de recette. Tout peut commencer d'on ne sait où, tout doit commencer de partout, par plusieurs bouts, il faut que plusieurs commencements s'opèrent ensemble, se synchronisent, se synergisent, fassent tourbillon...

Dès lors, là où le scénario n'est pas *ready made,* là où l'aléa et l'incertitude planent sur les commencements et les développements, là où l'initiative et l'intelligence redeviennent acteurs, alors chacun, où il se trouve, dans son site propre, doit à nouveau se sentir concerné. C'est à chacun de commencer à commencer ne serait-ce qu'avec lui-même. Comme le dit à sa façon G. Leakey *(Strategy for a living revolution)* : « Nous sommes des créatures du vieux système, qui cependant voulons aider à construire le nouveau système : *un de nos programmes doit être nous-mêmes.* »

Chacun agit et interagit, inconsciemment, dans le devenir. La disparition du messie historique restitue à tous et personne, à chaque « bonne volonté » son rôle et sa mission. Chacun se trouve désormais sommé, non plus de déléguer sa foi au Parti porteur de Vérité historique, mais d'accéder à la conscience générique et générale de l'humanité. Ici nous retrouvons en boucle les problèmes fondamentaux dont traite ce livre : comment savoir voir, savoir penser, savoir penser sa pensée, savoir agir, et cela, non seulement pour soi, mais pour la tâche la plus grandiose jamais rencontrée par l'homme : la lutte simultanée contre la mort de l'espèce humaine et pour la naissance de l'humanité.

L'itinérance

Nous sommes dans le devenir, et le devenir comporte passé, présent, futur. Rappelons une dernière fois que chacun vit une pluralité de vies, sa vie propre, la vie des siens, la vie de sa société, la vie de l'humanité, la vie de la vie. Chacun vit pour garder le passé en vie, vivre le présent, donner vie au futur. Il y a, non seulement en chacun, pour chacun, mais aussi pour les autres et pour la société une relation incertaine et antagoniste entre présent et futur. On se voue au présent et au futur, mais la part de l'un et de l'autre ne saurait se calculer comme un budget où l'on répartit la part de la consommation et celle de l'investissement. Chacun est livré à soi-même devant ce problème. Mais le sacrifice du présent pour l'avenir radieux prépare en fait un avenir affreux. Il faut de la joie et de l'amour *dans le présent* pour bien investir dans l'avenir. Il faut savoir jouir du présent pour aimer l'avenir. Il faut savoir que l'avenir lui-même fait partie du devenir, et passera, lui aussi...

La vie politique, comme la vie amoureuse, prend sens dans des sublimes moments de communion, de fusion, de joie *hic et nunc*. Le livre d'Alberoni nous éclaire sur cette identité profonde entre l'extase collective et l'extase amoureuse (*Enamoramento e Amore,* traduction française : *Le Choc amoureux,* éd. Ramsay, 1981). Je sais certes que les libérations sont éphémères, que là où les nouvelles chaînes se brisent, de nouvelles chaînes se forgent, de nouveaux esclavages se préparent, et que là où une libération est incapable de faire naître une liberté, elle creuse la voie à une nouvelle oppression. Je sais que les nouvelles oppressions arrivent chargées de fleurs et de drapeaux, accueillies par les larmes d'espoir de ceux qui sont alors sûrs de sortir du malheur, et qu'alors commence un nouveau et terrible malheur. Je sais que rien n'est joué, que rien ne sera joué à jamais, définitivement, sauf la mort. Il nous faudra cheminer dans la joie et la souffrance, dans l'attente non plus de la promesse, mais de l'inattendu...

Je parle de mon expérience. J'ai vécu le minuit du siècle au moment même où Victor Serge l'annonçait : le pacte germano-soviétique, l'invasion de la France, l'effondrement de l'Europe, la ruée allemande jusqu'à Moscou, tout cela sonnait à jamais le glas de tout espoir. Et pourtant, dès fin 1941, l'espoir renaissait...

Plus tard, à partir de 1947, avec la seconde glaciation stalinienne et la guerre froide, j'ai cru que le siècle s'était enfoncé dans le tunnel et n'en sortirait pas de mon vivant. Mais en 1953, l'immortel mourait.

J'ai vécu en 1957 l'écrasement de la « révolution hongroise » et la destruction de l' « Octobre polonais ». J'ai subi après 1960, le retour des illusions que je croyais à jamais détruites, mais reportées cette fois sur Cuba et la Chine ; j'ai vu le triomphe de l'obscurantisme chanté par l'intelligentsia à laquelle j'appartenais, le triomphe de la pensée la plus mutilante jusque chez mes proches, que seule l'amitié empêchait de me rejeter, et que seule l'amitié m'empêchait de repousser.

Mais aussi, comme je l'ai déjà dit, la Résistance que j'ai vécue en 1942, 1943, 1944 à travers les craintes et les périls, n'était pas seulement exaltée par l'espoir d'une Libération/Salut. Elle comportait, à travers les arrestations, tortures, déportations d'amis chers, les risques mortels pour les miens, des moments inouïs de fraternité et de bonheur. J'ai vécu la Libération de Paris, dans les barricades, le tumulte des cloches, les incendies, les feux d'artifice. J'ai vécu, par procuration, la « révolution hongroise », et ai vécu un moment bouleversant sur place, avec mes meilleurs amis, l' « Octobre polonais ». J'ai vécu à Paris le Mai parisien et par procuration le « printemps de Prague ». Je suis allé goûter la joie d'avril à Lisbonne !...

Préparons-nous *à tout*.

Préparons-nous au Néant. Préparons-nous à la Boule de Feu. Préparons-nous à nous trouver bientôt protectorat d'Empire, avec notre Husak national. Préparons-nous à l'irrémédiable défaite. Bien que nous souhaitions le plus au monde de voir cesser l'humiliation, le mépris, le mensonge, nous n'avons plus besoin de la certitude de victoire pour continuer la lutte. Les vérités exigeantes se passent de victoire et résistent pour résister.

Mais préparons-nous aussi aux libérations, même éphémères, aux divines surprises, aux nouvelles extases de l'histoire...

Semer. S'aimer

En route pour le second millénaire.

Nous sommes dans l'errance et ne sortirons pas de l'itinérance. Le renoncement au paradis ne fait que commencer. L'histoire de l'humanité ne fait que commencer. L'acceptation de la tragédie humaine (et sans doute de la tragédie de l'univers) est la condition sine qua non de toute anthropolitique.

Agir ? J'ai dit le principe d'incertitude inclus dans toute action, et singulièrement toute action politique. J'ai dit l'incertitude inouïe de l'action pour l'humanité. Celle-ci, de plus, risque à chaque instant *la folie*. Nous n'allons pas éliminer l'incertitude et l'aléa, nous allons apprendre à mieux travailler et jouer avec eux. Nous ne deviendrons pas subitement « sages », nous allons apprendre à commercer avec notre folie pour nous préserver de ses formes atroces et massacrantes.

Parier ? Nous ne savons pas si tout est déjà joué, si rien n'est joué. Rien n'est sûr, surtout pas le meilleur, mais y compris le pire. C'est dans Nuit et Brouillard qu'il nous faut *jouer*.

Il nous faut enfin formuler le principe spermatique de l'action politique. L'action politique n'est pas dotée de l'efficacité de l'action physique, où chaque coup de marteau, s'il est bien assené, enfonce un peu plus le clou. Ce n'est pas seulement que, en politique, vous défoncez le mur en croyant enfoncer le clou. C'est que l'efficacité politique, comme l'efficacité biologique de la sexualité, a besoin d'innombrables efforts infructueux, d'un gaspillage inouï d'énergie et de substance vitale pour arriver enfin à une fécondation. Des myriades de spores et pollens s'envolent des plantes et meurent pour la plupart avant de naître. Michelet avait imaginé que les baleines, pour s'accoupler, devaient s'élancer dans les airs verticalement et se projeter l'une vers l'autre, de sorte qu'en un éclair, par chance, le sexe du mâle pénètre celui de la femelle et lui lance sa semence. Que d'efforts infructueux, inlassables avaient donc besoin les baleines de Michelet pour se reproduire. L'action politique est à l'image de ce mythe. Elle nécessite des ardeurs répétées, des essais/erreurs ininterrompus, jusqu'à ce qu'un jour, par chance, la fécondation s'opère. A chacune de nos éjaculations, cent quatre-vingts millions de spermatozoïdes frénétiques se précipitent, et, dans une hécatombe généralisée, un seul peut-être, si l'ovule est disposé à l'accueillir, trouvera le but visé. Semer la vie, pour nous, c'est la dépense d'efforts sans nombre, c'est la production de germes sans nombre, mais en même temps semer peut coïncider avec s'aimer, c'est-à-dire avec l'amour qui transfigure deux êtres et trouve sa finalité dans leur extase de communion.

Et voici le symbole, que chacun a pu et peut vivre, de cette identité complexe entre l'accouplement de deux êtres et l'accomplissement aveugle d'une fonction venue du fond des âges et qui va vers l'horizon des temps : on en revient à ce que nous savions avant toute connaissance et toute conscience, tout en arrivant à ce que toute connaissance et toute conscience nous disent d'accomplir et d'épanouir : semer ——→ s'aimer.

sehr schön, diese Hoffnung auf das Unvorhersehbare (ist auch meine)

Revolution – Kairos

TABLE

Deuxième partie : Le jeu de la vérité et de l'erreur

Troisième partie : Où va le monde ?

Conclusion : L'accouplement des baleines

Du même auteur

LA MÉTHODE

La Nature de la Nature (t. 1)
Seuil, 1977 et « Points Essais », n° 123, 1981

La Vie de la Vie (t. 2)
Seuil, 1980 et « Points Essais », n° 175, 1985

La Connaissance de la Connaissance (t. 3)
Seuil, 1986 et « Points Essais », n° 236, 1992

Les Idées. Leur habitat, leur vie, leurs mœurs, leur organisation (t. 4)
Seuil, 1991 et « Points Essais », n° 303, 1995

L'Humanité de l'humanité (t. 5)
L'identité humaine
Seuil, 2001 et « Points Essais » n° 508, 2003

L'Éthique (t. 6)
Seuil, 2004 et « Points Essais » n° 555, 2006

La Méthode
Seuil, « Opus », 2008

COMPLEXUS

Science avec Conscience
Fayard, 1982
Seuil, « Points Sciences », n° S64, 1990

Sociologie
Fayard, 1984
Seuil, « Points Essais », n° 276, 1994

Arguments pour une Méthode
Colloque de Cerisy (Autour d'Edgar Morin)
Seuil, 1990

Introduction à la pensée complexe
ESF, 1990
Seuil, « Points Essais » n° 534, 2005

La Complexité humaine
Flammarion, « Champs-l'Essentiel », n° 189, 1994

L'Intelligence de la complexité
(en collab. avec Jean-Louis Le Moigne)
L'Harmattan, 2000

RÉFORME

La Tête bien faite
Seuil, 1999

Relier les connaissances
Le défi du XXIe siècle
Journées thématiques
conçues et animées par Edgar Morin
Seuil, 1999

Les Sept Savoirs nécessaires à l'éducation du futur
Seuil, 2000

ANTHROPOLOGIE FONDAMENTALE

L'Homme et la Mort
Corréa, 1951
et nouvelle édition, Seuil, 1970 et « Points Essais », n° 77, 1977

Le Cinéma ou l'Homme imaginaire
Minuit, 1956

Le Paradigme perdu : la nature humaine
Seuil, 1973 et « Points Essais », n° 109, 1979

L'Unité de l'homme
(en coll. avec Massimo Piattelli-Palmarini)
Seuil, 1974 et « Points Essais », 3 vol., nos 91-92-93, 1978

XXe SIÈCLE

L'An zéro de l'Allemagne
La Cité universelle, 1946

Les Stars
Seuil, 1957 et « Points Essais », n° 34, 1972

L'Esprit du temps
Grasset, (t. 1) 1962, (t. 2) 1976
LGF, « Biblio-Essais », 1983 (nouvelle édition)
Armand Colin, 2008

Commune en France : la métamorphose de Plozévet
Fayard, 1967
LGF, « Biblio-Essais », 1984

Mai 68 : la brèche
(en coll. avec Claude Lefort et Cornelius Castoriadis)
Fayard, 1968
Complexe, 1988 (nouvelle édition,
suivie de Vingt Ans après*)*

La Rumeur d'Orléans
Seuil, 1969
et « Points Essais », n° 143, 1982
(édition complétée avec La Rumeur d'Amiens*)*

De la nature de l'URSS
Fayard, 1983

Le Rose et le Noir
Galilée, 1984

Penser l'Europe
Gallimard, 1987 et « Folio », 1990

Un nouveau commencement
(en coll. avec Gianluca Bocchi et Mauro Ceruti)
Seuil, 1991

Terre-Patrie
(en coll. avec Anne Brigitte Kern)
Seuil, 1993 et « Points » n° P207, 1996

Les Fratricides
(Yougoslavie-Bosnie 1991-1995)
Arléa, 1996

L'An I de l'ère écologique
Tallandier, 2007

Où va le monde ?
Éd. de L'Herne, 2007

Vers l'abîme ?
Éd. de L'Herne, 2007

POLITIQUE

Introduction à une politique de l'homme
Seuil, 1965 et « Points Politique », n° PO29, 1969
Nouvelle édition, « Points Essais », n° 381, 1999

Politique de Civilisation
(en coll. avec Sami Naïr)
Arléa, 1997

L'Affaire Bellounis
(préface du témoignage de Chems Ed Din)
Éditions de l'aube, 1998

Le Monde moderne et la Question juive
Seuil, 2006

VÉCU

Autocritique
Seuil, 1959 et « Points Essais », n° 283, 1994
(réédition avec nouvelle préface)

Le Vif du sujet
Seuil, 1969 et « Points Essais », n° 137, 1982

Journal de Californie
Seuil, 1970 et « Points Essais », n° 151, 1983

Journal d'un livre
Inter-Éditions, 1981

Vidal et les siens
(en coll. avec Véronique Grappe-Nahoum
et Haïm Vidal Sephiha)
Seuil, 1989 et « Points », n° P300, 1996

Une année Sisyphe
(Journal de la fin du siècle)
Seuil, 1995

Pleurer, Aimer, Rire, Comprendre
1er janvier 1995 – 31 janvier 1996
Arléa, 1996

Amour, Poésie, Sagesse
Seuil, 1997 et « Points », n° P587, 1999

Vagabondages méthodiques
CNRS éditions, 2008

TRANSCRIPTIONS DE L'ORAL

Planète, l'aventure inconnue
(en coll. avec Christophe Wulf)
Mille et une nuits, 1997

À propos des sept savoirs
Pleins Feux, 2000

Reliances
L'Aube, 2000

Itinérance
Arléa, 2000, et Arléa poche, 2006

Nul ne connaît le jour qui naîtra
(avec Edmond Blattchen)
Alice, 2000

Culture et barbarie européennes
Bayard, 2005

Intelligence de la complexité
Epistémologie et pratique
(co-direction avec Jean-Louis Le Moigne)
(Actes du Colloque de Cerisy, juin 2005)
Éd. de l'Aube, 2006

Dialogues sur la connaissance
Suivi de Reliances
L'Aube, 2000

IMPRESSION : NORMANDIE ROTO IMPRESSION S.A.S. À LONRAI
DÉPÔT LÉGAL : AVRIL 2004. N° 63874-2 (080269)
IMPRIMÉ EN FRANCE

Collection Points

SÉRIE ESSAIS

DERNIERS TITRES PARUS

532. Mange ta soupe et… tais-toi !, *par Michel Ghazal*
533. Jésus après Jésus, *par Gérard Mordillat et Jérôme Prieur*
534. Introduction à la pensée complexe, *par Edgar Morin*
535. Peter Brook. Vers un théâtre premier, *par Georges Banu*
536. L'Empire des signes, *par Roland Barthes*
539. En guise de contribution à la grammaire
et à l'étymologie du mot « être », *par Martin Heidegger*
540. Devoirs et délices, *par Tzvetan Todorov*
541. Lectures 3, *par Paul Ricœur*
542. La Damnation d'Edgar P. Jacobs
par Benoît Mouchart et François Rivière
543. Nom de dieu, *par Daniel Sibony*
544. Les Poètes de la modernité. De Baudelaire à Apollinaire,
par Jean-Pierre Bertrand et Pascal Durand
545. Souffle-Esprit, *par François Cheng*
546. La Terreur et l'Empire, *par Pierre Hassner*
547. Amours plurielles. Doctrines médiévales du rapport
amoureux de Bernard de Clairvaux à Bocace
par Ruedi Imbach et Inigo Atucha
548. Fous comme des sages
par Roger-Pol Droit et Jean-Philippe de Tonnac
549. Souffrance en France, *par Christophe Dejours*
550. Petit Traité des grandes vertus, *par André Comte-Sponville*
551. Du mal/Du négatif, *par François Jullien*
552. La Force de conviction, *par Jean-Claude Guillebaud*
553. La Pensée de Karl Marx, *par Jean-Yves Calvez*
554. Géopolitique d'Israël, *par Frédérique Encel,
François Thual*
555. La Méthode 6, *par Edgar Morin*
556. Hypnose mode d'emploi, *par Gérard Miller*
557. L'Humanité perdue, *par Alain Finkielkraut*
558. Une saison chez Lacan, *par Pierre Rey*
559. Les Seigneurs du crime, *par Jean Ziegler*
560. Les Nouveaux Maîtres du monde, *par Jean Ziegler*
561. L'Univers, les Dieux, les Hommes
par Jean-Pierre Vernant
562. Métaphysique des sexes, *par Sylviane Agacinski*
563. L'Utérus artificiel, *par Henri Atlan*

564. Un enfant chez le psychanalyste, *par Patrick Avrane*
565. La Montée de l'insignifiance, Les Carrefours du labyrinthe IV *par Cornelius Castoriadis*
566. L'Atlantide, *par Pierre Vidal-Naquet*
567. Une vie en plus, *par Joël de Rosnay, Jean-Louis Servan-Schreiber, François de Closets, Dominique Simonnet*
568. Le Goût de l'avenir, *par Jean-Claude Guillebaud*
569. La Misère du monde, *par Pierre Bourdieu*
570. Éthique à l'usage de mon fils, *par Fernando Savater*
571. Lorsque l'enfant paraît t. 1, *par Françoise Dolto*
572. Lorsque l'enfant paraît t. 2, *par Françoise Dolto*
573. Lorsque l'enfant paraît t. 3, *par Françoise Dolto*
574. Le Pays de la littérature, *par Pierre Lepape*
575. Nous ne sommes pas seuls au monde, *par Tobie Nathan*
576. Anthologie, *par Paul Ricœur* *édition établie par Michael Foessel et Fabien Lamouche*
577. Cantatrix Sopranica L. et autres écrits scientifiques *par Georges Perec*
578. Philosopher à Bagdad au xe siècle, *par Al Farabi*
579. Mémoires. 1. La brisure et l'attente (1930-1955) *par Pierre Vidal-Naquet*
580. Mémoires. 2. Le trouble et la lumière (1955-1998) *par Pierre Vidal-Naquet*
581. Discours du récit, *par Gérard Genette*
582. Le Peuple « psy », *par Daniel Sibony*
583. Ricœur 1, *par L'Herne*
584. Ricœur 2, *par L'Herne*
585. La Condition urbaine, *par Olivier Mongin*
586. Le Savoir-déporté, *par Anne-Lise Stern*
587. Quand les parents se séparent *par Françoise Dolto*
588. La Tyrannie du plaisir, *par Jean-Claude Guillebaud*
589. La Refondation du monde, *par Jean-Claude Guillebaud*
590. La Nostalgie du possible, sur Pessoa, *par Antonio Tabucchi*
591. Quand la ville se défait, *par Jacques Donzelot*
592. La Dissociété, *par Jacques Généreux*
593. Philosophie du jugement politique *par Vincent Descombes*
594. Vers une écologie de l'esprit 2, *par Gregory Bateson*
595. L'Anti livre noir de la psychanalyse *par Jacques-Alain Miller*
596. Chemins de sable, *par Chantal Thomas*
597. Anciens, Modernes, Sauvages, *par François Hartog*
598. La Contre-Démocratie, *par Pierre Rosanvallon*